REBEL University

3

ICE AND FIRE

Collection New Romance® créée par Hugues de Saint Vincent,
dirigée par Arthur de Saint Vincent
Ouvrage dirigé par Angélique Romain

Photo de couverture : © Shutterstock – izikMD
Couverture : Emmanuel Pinchon
Illustrations : © Nicolas Jamonneau

Pour la présente édition,
© 2023, New Romance®, Département de Hugo Publishing
34-36 rue La Pérouse
75116 Paris
www.hugopublishing.fr

ISBN : 9782755669039
Dépôt légal : novembre 2023
Imprimé en France par Corlet
N° d'imprimeur : 23080406 - octobre 2023

ALFREDA ENWY
ALICIA GARNIER

REBEL University

3

ICE AND FIRE

Hugo Roman

Note des autrices :

Écrire une romance universitaire était pour nous une évidence, y ajouter le contexte du hockey, le challenge supplémentaire. Les règles du championnat universitaire étant complexes, afin que ça ne soit pas indigeste pour vous, nous avons pris des libertés concernant le tournoi ! On espère que vous passerez un merveilleux moment en compagnie des Grizzlys. Belle lecture !

Alfreda et Alicia

À toutes les filles qui placent
la barre trop haut à cause des personnages fictifs…
je vous souhaite de trouver votre Cade.
Alfreda Enwy

Comme dirait Hunter, « tout part en Cade »,
et c'est pour ça que vous allez aimer notre Captain.
THE bookboyfriend par excellence.
Alicia Garnier

CHAPITRE 1

Le problème n'est pas le problème.
Le problème, c'est ton attitude face au problème.

(Capitaine Jack Sparrow)

CADE

– Ou alors, on crée un compte *OnlyFans* pour vendre nos photos torse nu. Enfin, je veux dire, le calendrier a super bien marché…

La réflexion de Zeke me fait tiquer, ça ne lui ressemble pas vraiment, et en même temps, on a tellement besoin d'argent que je ne serais pas surpris qu'il en vienne à penser des trucs aussi extrêmes. Après, je connais mon pote depuis assez longtemps pour deviner qu'il balance plutôt une idée pourrie à haute voix. Mais dans le doute, je préfère m'en assurer et me tourne dans sa direction. Le long regard que l'on échange en dit beaucoup sur notre situation.

On y réfléchit.

Genre, vraiment.

Ce silence s'étire beaucoup trop à mon goût, et il est temps d'y couper court.

– Nan, on ne peut pas faire ça, je lâche finalement en secouant la tête. On va trouver autre chose !

– Nan, j'déconne, rajoute-t-il au même moment, un air coupable sur le visage.

Presque malgré moi, je le fixe encore un instant, en me demandant s'il va revenir sur ses paroles. Il attend certainement la même chose de son côté, et on se détourne, mal à l'aise, chacun reprenant sa tâche de manière abrupte. On ne saura jamais vraiment s'il déconnait ou si sa phrase était un prolongement de ses pensées. Zeke est toujours plein de surprises…

Qu'est-ce qu'on n'envisagerait pas pour se sortir d'une galère ! Mais on ne peut s'en prendre qu'à nous-mêmes. Pendant près de trois ans de colocation, on a tous savouré notre vie de petits privilégiés et jamais, à aucun *putain* de moment, l'un de nous n'a pensé à mettre du fric de côté pour éviter la galère. On a été vraiment débiles sur ce coup. Zeke reprend sa perceuse afin de continuer à faire des trous pour installer nos étagères.

– Je n'aurais pas choisi cette teinte, moi, déclare Griffin dans mon dos. D'accord, on baisse en gamme avec cette maison, mais on pourrait au moins ne pas massacrer le mur avec un blanc « effet sale ». On a quand même des réputations à tenir sur le campus…

Je serre les mâchoires pour ne pas l'envoyer bouler. La période n'est évidente pour personne, et on fait tous comme on peut pour mettre de l'eau dans notre vin.

Sauf Griffin.

Ce mec reste fidèle à lui-même. Surtout depuis qu'on l'a tous rassuré : on ne lui en veut pas. Comment on pourrait lui reprocher quoi que ce soit, de toute façon ? C'est son géniteur qu'on a tous envie de croiser en ce moment, pour lui expliquer ce qu'on pense de son expulsion forcée – ou pour l'écraser sous les roues de nos bagnoles. On serait partis de nous-mêmes, une fois que notre pote nous a confié ce qu'il devait faire pour qu'on garde cette immense baraque ; aucun de nous ne voulait plus y rester. Sans parler des propos racistes qu'il a tenus envers Maeve. Quand j'y repense, je me sens vraiment con de ne pas avoir vu ni compris ce que Griffin subissait. Tu parles d'un Captain en carton... Lorsqu'il est revenu au petit matin en se montrant ignoble après avoir fait semblant de coucher avec une autre fille que Maeve, j'aurais dû lui foutre la tête dans les chiottes pour le forcer à tout avouer. Peut-être qu'on aurait pu éviter beaucoup de tristesse si j'avais réagi plus tôt. Mais rien ne s'est déroulé comme on l'imaginait, puisqu'en revenant victorieux du Frozen Four, on était aussi sans domicile fixe.

On pensait bêtement qu'on aurait le temps de se retourner et qu'on laisserait son père se démerder avec sa maison de gros bourge. Sauf qu'il ne nous en a pas laissé l'occasion. Harper, Maeve et Griffin ont dû nous expliquer qu'on ne pourrait plus rentrer chez nous, puisqu'on n'avait plus de « chez-nous ». Et encore, heureusement, les filles ont eu l'aide d'une partie de l'équipe de basket et ont géré le déplacement de nos affaires, qui étaient en train de moisir dans la neige.

Griffin père est vraiment une raclure de vieux bidet.

Je continue à peindre le mur du salon en faisant un maximum d'efforts pour ignorer Griffin. Je sais que s'il y a une chose qui peut le faire rager, c'est qu'on le zappe, et je m'en réjouis d'avance. Pour les peintures, on a tous voté à main levée. Lui voulait un vert gris sauge – comment il peut connaître le nom exact, ça, en revanche, ça me dépasse – et Hunter, Zeke et moi avons préféré un truc plus sobre, passe-partout. D'où le blanc. Cependant, ça me surprend qu'il ne saute pas directement sur l'occasion d'étaler sa science en décoration. D'un rapide coup d'œil, je prends conscience qu'il est en train de mater Maeve, occupée à déballer un carton de livres un peu plus loin dans la pièce avec sa meilleure amie.

Dire qu'il est raide dingue de cette fille est un euphémisme.

Et ça fait plaisir à voir. Tous deux étaient dans un sale état lors de leur rupture, et ils méritent d'être enfin posés et tranquilles. On peut dire que Griffin se sera battu pour ça, pour elle. Peut-être plus fort que jamais, et je l'admire pour son courage.

Je me recentre sur ma tâche, qui me paraît interminable. C'est la troisième couche de peinture que j'applique dans cette pièce, mais rien n'y fait, au bout de quelques heures, des auréoles apparaissent. La maison qu'on a pu se permettre de louer avec nos moyens respectifs n'est pas aussi grande ni aussi belle que la précédente. Ici, tout est étriqué et légèrement défraîchi. Il n'y a que deux chambres et une seule salle de bains, mais c'est *chez nous*. On ne doit plus rien à personne. Excepté au coach Meyer, qui nous a dégoté cette location en un temps record. C'est grâce à lui que je vais pouvoir arrêter de partager un canapé-lit avec Zeke. Et ça, c'est le bonheur.

Tous nos parents, sauf ceux de Griffin, ont filé un coup de main pour qu'on puisse louer la maison sans perdre de temps et assurer le premier mois de loyer. Pour le reste, on s'est tous démerdés pour trouver des jobs. Griffin a décroché le sien en premier. Il s'est pointé dans un centre de soins comme une fleur et en moins de deux, il était embauché. Peut-être avait-il envie de nous montrer qu'il ne nous laisserait pas tomber, même si personne n'en a douté. Hunter a été le deuxième à réagir. Fidèle à lui-même, il s'est tout simplement pointé chez Wells, la doyenne de la fac, et lui a demandé un boulot. Le plus surprenant dans tout ça est qu'elle a accepté. Du coup, tous les matins, de 6 heures à 8 h 30, Hunter nettoie les salles de cours et les amphithéâtres. Il pourra même continuer cet été, car entre certains rattrapages et autres stages, il y a encore du monde sur le campus à ce moment-là, chose que j'ignorais complètement, puisque je rentrais chez moi, normalement, durant cette période.

– Sérieux, Cade, faut qu'on prenne une autre couleur, insiste Griffin, en revenant finalement à la charge. Elle ne fait pas ressortir mon teint de pêche.

– Mec, si tu ne veux pas que je peigne ce mur avec ton sang, fous le camp !

– Oh la la, ce que tu es susceptible, Captain. Mais puisque tu parles de rouge, une nuance de couleur style terracotta, ça illuminerait la pièce. Et un peu de gaieté remonterait le moral de tout le monde, même si mon aura magnifique illumine déjà la maison.

Terraco-quoi ? Il est barge, ce mec.

Je me retourne vivement vers lui, le pointant dangereusement de mon rouleau de peinture, pour lui balancer la première connerie qui me vient à l'esprit, quand je l'aperçois.

Winnie.

Elle entre dans le salon, les bras chargés de boîtes de pizzas, et ses longs cheveux roux lui encadrent le visage. Toute pensée cohérente quitte mon cerveau à son arrivée, et même le ricanement irritant de Griffin n'arrive pas à m'arracher à cette vision.

En même temps, comment faire autrement quand la femme de ma vie débarque chez moi ? Je ne savais pas qu'elle devait passer, et la surprise me met directement de meilleure humeur.

Depuis le jour où j'ai rencontré Winnie à la radio de la fac, *j'ai su*. Elle nous a ouvert la porte du local pour nous accueillir, le rouge aux joues, le sourire aux lèvres. En l'espace d'un battement de cils, puis d'un battement de cœur, j'ai eu le souffle coupé. Je n'ai pas pu – ni voulu, d'ailleurs – dévier mon regard d'elle. Au fond de moi, j'ai eu la certitude que j'épouserais cette fille un jour. Et même près d'un an plus tard, j'y crois encore dur comme fer. Cette beauté rousse est la femme de ma vie, c'est aussi évident que ça.

Sans trop réfléchir, je tends le rouleau couvert de peinture à Griffin et me dirige vers elle. Je l'observe sans discrétion, ni pouvoir expliquer pourquoi chaque fois qu'elle est là, elle réduit mon monde à elle seule. Elle est en train de rire à quelque chose que lui dit Zeke, puis lui répond avec une grimace. Je la regarde, conscient d'être subjugué. Mais ce n'est pas parce qu'elle est magnifique, bien qu'elle le soit, c'est autre chose… Elle est différente. Elle a un petit truc de nouveau, comme si elle s'était débarrassée du poids qui la faisait suffoquer depuis des mois. Peut-être qu'elle a fini par se remettre de sa rupture et par oublier son ex. Peut-être qu'elle supporte un peu plus la gent masculine de manière générale.

Peut-être que je vais *enfin* avoir ma chance avec elle.

Ouais, je sais, mes espoirs tiennent sur beaucoup de suppositions, mais je suis un éternel optimiste, on ne se refait pas. Et puis, le temps ne m'enlève pas cette conviction qu'elle est faite pour moi.

Je me dépêche de les rejoindre.

– Salut ! Besoin d'aide ?

Elle se tourne vers moi et me sourit. Ce sourire à la Julia Roberts, celui qui m'a fait disjoncter les neurones la toute première fois. Celui-là même que je n'avais pas vu depuis des semaines et qui m'avait tant manqué.

– Salut, Cade. Non, c'est bon, ce n'est pas si lourd. Dis-moi juste où les poser.

Je détaille la pièce de vie dans laquelle nous sommes, et entre les cartons à moitié ouverts et le bordel dans le moindre recoin, il n'y a plus de place nulle part. Mais sans hésiter, j'attrape une boîte sur laquelle est écrit « Fringues Hunter », la vide sur le canapé en tas informe et la retourne pour en faire un support.

– C'est Big H qui va être heureux de trouver ses vêtements tout froissés, me balance Harper, les mains sur les hanches.

– Il s'en remettra, je réponds en balayant de la main sa réflexion. Tiens, Winnie, tu peux les mettre là, tes pizzas.

Elle hoche la tête en croisant mon regard. Je n'ai jamais dit à personne à quel point j'ai détesté son mec quand j'ai su qu'elle était en couple. J'ai *envié* ce connard comme cela ne m'était jamais arrivé. Incroyable, quand on y pense : la première fois que j'ai un coup de foudre pour une nana, il fallait qu'elle soit avec quelqu'un.

Bien joué, blaireau, comme dirait mon grand frère Cameron.

– Merci, souffle-t-elle en déposant les cartons.

– Il y a quoi de bon là-dedans ? je la questionne, en désignant la nourriture.

– Tu fais comme Zeke, tu viens t'assurer qu'il n'y a pas d'ananas ?

– Admets que l'ananas sur la pizza, c'est une aberration. Qui mange de la pizza avec des fruits ? Ne cherche même pas à répondre, c'est un débat stérile où je gagne à tous les coups.

Elle rit spontanément. Il y a plusieurs semaines encore, elle n'était que la pâle copie d'elle-même, elle paraissait comme effacée, et ça me tuait à petit feu. Mais il semble que ça aussi, ça a changé, pour de bon j'espère.

– Tu vas bien, au fait ? je demande néanmoins.

– Oui, répond-elle simplement.

Et elle a l'air sincère. Elle va mieux et elle a retrouvé son éclat.

– Poussez-vous, les gueux, la bouffe est là, annonce Hunter en entrant triomphalement dans la maison.

Il ne s'embarrasse pas d'autant de manières que Winnie ; il pousse du pied des affaires pour faire une place au sol et y dépose tous les sacs.

L'odeur des burgers et des pizzas remplit la pièce et soudain, je réalise à quel point je crève de faim. L'eau à la bouche, je me laisse tomber à côté de mon pote et il me tend un emballage bien gras et une portion de frites.

Le paradis.

La saison de hockey étant finie, on peut se faire plaisir de temps en temps. Et heureusement, sinon, on serait trop frustrés de toujours surveiller notre alimentation. Rapidement, les autres nous rejoignent et on savoure un repas bien mérité.

C'est vraiment cool que les filles soient venues nous filer un coup de main. Certains membres de l'équipe nous ont aidés à rapatrier le gros des meubles, mais dès qu'il faut faire de la peinture et du rangement, il n'y a plus personne. De toute manière, la baraque n'aurait pas supporté deux Grizzlys de plus.

– Du coup, la vente des meubles qu'on ne peut pas garder, c'est quand déjà ? demande Zeke entre deux bouchées.

– Mercredi !

L'excitation de Maeve fait sourire tout le monde. C'est son idée d'organiser ce vide-grenier et ça lui tient à cœur. Je ne sais pas si c'est parce qu'elle se sent en partie coupable de la réaction du père de Griffin, mais personne ne va se plaindre de sa proposition de génie. Si on arrive à vendre notre stock, cela va nous permettre de souffler financièrement. D'autant que, dans tous les cas, on n'a pas la place de tout mettre ici. On a dû faire des choix et se séparer de pas mal d'affaires. Mais finalement, on a gardé l'essentiel, et ça fait déjà beaucoup de bordel. Griffin et moi, on a quand même loué un box de stockage pour certaines choses en attendant. Griffin est celui qui a le plus de fric de côté, ses parents n'ont pas pu récupérer l'argent qu'ils lui ont donné et qu'il n'avait pas dépensé, ni sa voiture, d'ailleurs. Il a décidé de le garder pour les coups durs afin d'avoir des économies. Il a raison. Toujours est-il que toutes ses figurines et ses mangas, ainsi que ma collection de films, sont entassés dans ce local. Ces affaires sont importantes pour nous et il n'y avait pas moyen qu'on les vende. En attendant de trouver une solution pour les ranger ici, au moins, elles sont à l'abri.

Une fois qu'on a tous mangé plus qu'on aurait dû, la motivation est beaucoup moins présente pour ouvrir les cartons ou finir la peinture.

– Putain ! Pourquoi mes fringues sont en vrac sur le canapé ? s'insurge Hunter.

Harper me lance un sourire victorieux en mode « je te l'avais bien dit », auquel je réponds par un tirage de langue bien senti.

– T'avais qu'à mettre le carton dans ta chambre, je lui lance, sans me démonter.

– Et je fais ça comment, génie, vu qu'on ne les a pas encore attribuées ?

Je le fixe, perplexe. Il se fout de moi ou il est sérieux ? Le plus simple est encore de demander.

– Tu te payes ma tronche ?

– En temps normal, tu sais bien que oui, mais là, non. On n'était pas d'accord sur qui allait dormir avec qui.

– Mais si. Toi et moi dans la première chambre, et Griffin et Zeke dans celle d'à côté, je m'agace en désignant les portes de la main.

– Quoi ? Et pourquoi ce serait à moi de me taper Princesse ? s'offusque Zeke.

Oh, bordel.

On n'a pas le cul sorti des ronces si on change d'avis tous les quatre matins sur ce genre de sujet. On a encore tellement de travail pour rendre la maison plus chaleureuse que j'aimerais bien qu'on ne perde pas de temps avec des trucs débiles comme ça.

– Parce que Hunter est mon meilleur pote et que ça semble logique…

– On est tous meilleurs potes, à ce compte-là, argue Zeke. Si on joue au jeu des similitudes, Hunter et Griffin se ressemblent plus qu'ils ne veulent le croire et toi et moi, on a un côté *control freak*…

– Comment ça, on se ressemble ? aboie Hunter.

– Je…

Le rire de Griffin m'empêche de bafouiller davantage, et tous les regards se braquent sur lui.

– Ce que tu oublies, Captain, c'est qu'on a vécu de longs mois ensemble. Et qu'on connaît toutes nos petites habitudes : moi, je suis une vraie diva insupportable ; toi, tu te ronges les ongles quand t'es stressé, ce que tu es tout le temps ; Zeke ronfle super fort quand il picole trop ; Hunter peut enfumer sa chambre la nuit…

– C'est pas vrai ! s'agace ce dernier.

Si, c'est la vérité, et pratiquement tout le monde le sait. Alors, il se tourne vers Harper, à la recherche de soutien. Elle rougit, ne voulant pas le contredire, mais sa réaction veut tout dire.

– Ah, bah bravo ! boude-t-il en croisant les bras.

– Mais je t'aime quand même, tu le sais ça, pas vrai ? se rattrape Harper.

– Mouais.

Il ne faut qu'un sourire de sa copine pour que tous deux se rapprochent et s'embrassent passionnément. Comme ça, devant nous. Je détourne rapidement le regard, avant de tiquer sur leur manque de pudeur, car ils sont toujours collés l'un à l'autre. C'est écœurant à force.

T'es juste jaloux, surtout, me souffle une petite voix vicieuse.

– Bref, c'est bien beau, ton exposé, Griffin, mais ça ne nous avance pas. Tu proposes quoi pour choisir ? je demande, afin de reprendre le contrôle de la situation.

Il hausse les épaules, pas vraiment concerné par la nécessité de résoudre ce problème, visiblement trop hypnotisé – comme Hunter – par la présence de sa meuf.

– Pourquoi vous ne laisseriez pas le hasard décider ? lance Winnie.

Tout le monde se tourne vers elle, et son visage est bientôt de la même couleur que ses cheveux.

Qu'elle est belle, bordel !

– Tu suggères quoi ? je la questionne, gentiment.

– Je peux écrire vos quatre prénoms sur des papiers et l'un d'entre vous pioche. Forcément, la seconde paire se créera automatiquement. Et on en fait deux autres avec chambre un et deux.

On se concerte du regard avec les mecs et d'un hochement de tête, on accepte tous. Autant laisser le destin décider pour nous parce que sinon, on y sera encore la semaine prochaine.

Les filles se regroupent pour préparer les papiers, puis nous rejoignent. Dans les mains de Winnie, quatre petites boules blanches, et dans celles de Maeve, deux.

Je m'avance vers Winnie pour faire la sélection des binômes, et personne ne s'y oppose. Zeke, lui, se dirige vers Maeve.

Je mélange les morceaux pour qu'on ne m'accuse de rien du tout et en pioche un. Je ne sais pas pourquoi mon cœur tambourine fort comme ça, alors qu'il s'agit juste de savoir avec qui je vais partager une piaule. Il faut dire que le résumé de Griffin ne vend pas du rêve, ce qui n'aide pas.

Je déplie doucement le papier, j'ai l'impression que tout le monde retient son souffle et soudain, je lis le prénom de mon coloc de chambre. Ça aurait pu être pire.

– Zeke, j'annonce en montrant à tout le monde le prénom.

– Yes ! Tope là, mec !

On se fait un *high five* avant qu'il ne sélectionne à son tour notre chambre.

– Chambre deux !

– Non, mais dans quel monde vous vous attendez à ce que je ne dise rien sur le fait de partager pendant *un an et demi* la même piaule que Griffin ?

– Arrête de faire ton offusqué, Hunthunt, tout le monde sait que tu m'aimes et que tu rêves de passer plus de temps avec moi !

Hunter, blasé, désigne notre gardien comme pour prouver ses dires.

– C'est le jeu, mec, on a tous accepté, je conclus.

– Ouais, ben, vous attendez pas à regoûter ma nourriture de sitôt ! dit-il, vexé, en emportant un carton vers sa nouvelle chambre.

– Oh, le prends pas comme ça, *mamour*, lance Griffin en se précipitant à sa poursuite. Je t'apprendrai à être cool, on se maquillera en écoutant les *One Direction*.

Je me retiens de rire tandis que tout le monde retourne à ses corvées. Cette colocation risque d'être encore plus intéressante que la précédente. C'est avec un peu plus de motivation que je retourne à mon activité de peinture.

– Cade ?

Je me retourne, surpris, vers Winnie.

– Eh, tu as besoin de quelque chose ?

Bon sang, j'oublie comment être un mec cool quand elle est là.

– C'est plutôt à moi de te proposer mon aide. Je peux faire quelque chose ?

M'épouser.

Ses grands yeux verts me fixent en attendant ma réponse.

– Ça dépend… Tes compétences en peinture sur une échelle de un à dix ?

Elle scrute le mur en faisant mine de réfléchir.

– Vu que les tiennes semblent se situer à deux, je dirais que je vaux au moins trois.

– Sérieusement, « deux » ? Comment tu expliques une note aussi basse ?

– Déjà, tu perds quatre points pour la couleur.

– Ah, qu'est-ce que je disais ! Merci, Winnie, fanfaronne fièrement Griffin depuis sa piaule.

Ce type a des oreilles bioniques, quand il veut.

Elle glousse en glissant son regard dans le mien. J'oublie mon pote sur-le-champ.

– Ensuite, tu perds deux points pour la présentation. Tu devrais être torse nu, histoire de parfaire le côté cliché de la situation.

– Je peux toujours m'exécuter maintenant, si c'est ce que tu veux.

– Trop tard, ta note restera inchangée, je suis incorruptible, comme juré.

Je ris et elle aussi. Elle semble sereine et joyeuse aujourd'hui.

– Et les deux points manquants ?

– Parce que tu as demandé ses compétences à une femme, on ne fait jamais ça. *Jamais.*

Elle tire la langue ; et merde, si elle savait ce que j'ai envie de faire avec la mienne.

– Donc, à nous deux, on peut former un cinq, conclut-elle joyeusement.

– Vendu.

Je lui tends un rouleau neuf et rajoute de la peinture dans le bac.

– Au fait, je suis désolée que vous vous retrouviez dans cette situation. Je compatis.

– Merci.

On s'observe en silence, sans que cela soit gênant. J'ai souvent besoin de combler les blancs, car je n'aime pas ça. Mais là, je n'en ressens pas l'envie. Pourtant, une question titille ma curiosité et je dois la laisser sortir.

– Du coup… tu sembles aller bien mieux, est-ce que ça veut dire que tu ne détestes plus la gent masculine ? je lance innocemment en recommençant à peindre.

Elle sourit, avant de se pincer les lèvres pour faire mine de réfléchir. Ce sourire pourrait me forcer à faire n'importe quoi.

Pour de vrai.

– Pourquoi cette question ?

– Je suis de nature curieuse, et puis, c'est juste une constatation comme ça…

Winnie pouffe.

– Mmh, tu veux tenter ta chance, peut-être ? glousse-t-elle en étalant de la peinture sur le mur à son tour.

Elle n'a pas l'air le moins du monde sérieuse en balançant sa vanne, et pourtant, mon ventre fait un saut périlleux.

Si elle savait.

CHAPITRE 2

Roses are red, shit is brown.
Shut the fuck up, and sit the fuck down[1].

(Vu sur Pinterest)

WINNIE
Deux mois plus tard

Je remonte mon épaisse tignasse rousse en queue haute avant de regarder mon reflet dans le miroir. Ils ont tellement poussé, ces derniers mois, qu'ils m'arrivent dans le bas du dos. Adam, mon ex, avait un faible pour les cheveux longs. Du coup, pour lui faire plaisir, j'ai arrêté de les couper… Je me penche vers le miroir en secouant la tête. Les cheveux ainsi tirés, j'ai l'impression de faire plus vieille et plus sévère, alors j'opte pour un chignon lâche et laisse dépasser quelques mèches pour qu'ils encadrent mon visage. Voilà, c'est mieux. Même si je préfère les avoir détachés, j'ai été convoquée par la doyenne de l'université afin de parler de l'avenir de la radio, et il est important de faire bonne impression. Du moins, c'est ce que je me répète depuis une demi-heure en cherchant le courage de me préparer.

Je dois avouer que j'ai un peu peur, car son assistante n'a rien su – ou voulu – me dire au téléphone. Je crains qu'elle ne décide de fermer Rebel's Radio pour une raison

1. Les roses sont rouges, la merde est marron. Ferme ta gueule et assieds-toi.

quelconque. J'y travaille depuis ma première année d'université et j'y tiens beaucoup. J'ai eu la chance d'y effectuer un stage durant l'été avant ma rentrée officielle sur le campus, et j'ai su que je ferais tout pour y avoir ma place. C'est d'ailleurs lors de ce stage que je m'étais mise en couple avec mon ex. Depuis, j'y acquiers une vraie expérience en termes de médias, et j'y apprends plein de choses. Je développe davantage ma passion, et même si les derniers mois m'ont semblé longs et difficiles avec la présence d'Adam – le putain d'enfoiré qui m'a larguée comme une merde –, cet endroit est comme un havre de paix. Je n'imagine plus étudier ici sans aller à la radio, passer mon casque et préparer des *play-lists* ou des interviews. C'est mon cocon à moi, et je ne suis pas certaine de bien réagir à la nouvelle si jamais Wells décide d'y mettre fin. Je m'extirpe de mes pensées, puis mets du rouge à lèvres couleur *nude* et un peu de mascara. Je suis prête à défendre cet endroit coûte que coûte. Je ne peux pas perdre ça également, pas alors que je mise tout dessus. Après avoir attrapé mon sac à main, je quitte ma résidence.

La fin d'année est proche, les vacances d'été, également. Ça se sent dans l'air et dans le comportement des étudiants. La pression des examens envolée, l'euphorie de deux mois loin des cours et les beaux jours rendent le campus de Rebel particulièrement festif. Moi, je reste ici, ma grand-mère habite tout près et je n'ai pas franchement les moyens de partir où que ce soit. Mais j'accueille ces quelques semaines de glande et de repos comme une bénédiction. Tandis que j'avance dans les couloirs, je fixe les murs. Ils sont toujours couverts de noir et jaune, les couleurs des Grizzlys, fiers tenants en titre du Frozen Four. J'ai suivi leurs matchs et je dois avouer qu'ils ont joué comme des dieux à chaque rencontre. Ils avaient une réelle cohésion, un vrai esprit d'équipe, et comme personne ne croyait en eux, pas même l'université, ils avaient tout à prouver. J'aime les gens qui se donnent à fond pour démontrer aux autres qu'ils en veulent. Les deux semaines qui ont suivi leur retour après la finale, le campus a plongé dans une euphorie totale, c'était la joie, la fête. À Jenkins, la résidence universitaire où je dors en semaine, c'était même difficile de trouver le calme certains soirs. Tout le monde était fier, comme si chacun avait gagné, dans un sens. Je bifurque vers le bureau de la doyenne tandis que le stress fait s'entortiller mes boyaux. N'empêche, je me demande pourquoi c'est moi qu'elle a convoquée. Je déteste ne pas savoir, ça me file toujours des crampes à l'estomac. En tout cas, quand il s'est tiré avec ses cliques et ses claques, Adam ne m'a rien dit.

Une femme avec des lunettes noires et un carré à frange grisonnant m'accueille. Le combo me fait sourire, on dirait Edna Mode du film d'animation *Les Indestructibles*. Elle est au téléphone.

– Bonjour, je suis à vous dans une minute, lance-t-elle en cachant le combiné pour qu'on ne l'entende pas.

Je hoche la tête, tout en inspirant doucement pour dénouer le nœud dans mon ventre.

– Non, je suis désolée, le planning de la doyenne est très serré en cette fin d'année. On peut éventuellement programmer un rendez-vous téléphonique. Parfait… Très bien, je note. Bonne journée.

Elle griffonne quelque chose sur un papier, puis lève la tête vers moi.

– Voilà, je suis à vous. En quoi puis-je vous aider ? me demande-t-elle, avant d'enchaîner sans me laisser en placer une. Pour tout ce qui est réclamation, dossier ou bourse, il faut voir avec le bureau d'administration.

– Non, j'ai rendez-vous avec madame Wells, je réponds.

– Dans ce cas, vous êtes au bon endroit. Votre nom ?

– Wilson.

L'assistante regarde son ordinateur pour vérifier.

– Oui, effectivement. La doyenne est en entretien téléphonique pour l'instant, elle vous appellera dès qu'elle aura fini. Installez-vous, je vais la prévenir que vous êtes arrivée.

L'assistante « Edna » est vêtue d'une robe noire avec un petit col Claudine, elle pourrait faire un *cosplay* sans se fatiguer. Le hall est composé de plusieurs chaises. Au mur, il y a des photographies de l'université, et sur le guéridon à côté duquel je m'assieds, des prospectus à propos de la vie sur le campus et des activités qu'il propose, ainsi que quelques vieux numéros du journal de l'université. Rebel n'était pas mon premier choix, j'aurais aimé étudier à la fac George-Washington, à New York. Je voulais m'immerger dans une grande ville, mais c'était trop loin et bien trop cher pour moi, même avec une bourse. Heureusement, Rebel offrait également un cursus sur les médias et la communication tout à fait respectable.

Après quelques minutes d'attente, la porte du bureau s'ouvre et une femme d'une quarantaine d'années en sort. Elle donne quelque chose à Edna, puis se tourne vers moi en souriant.

– Winifred Wilson ?

Je hoche la tête.

– Suivez-moi.

Son ton est à la fois aimable et autoritaire, on sent qu'elle a l'habitude qu'on lui obéisse. Tandis que je me lance à sa suite, je trouve qu'il se dégage d'elle une aura de grandeur et de confiance en soi.

– Winnie, je balance sans sommation, en fermant la porte. Il n'y a que ma grand-mère qui m'appelle Winifred.

La nervosité me fait dire la première chose qui me passe par la tête. Je me sens rougir quand elle me retourne mon regard.

– Très bien, Winnie. Prenez place, s'il vous plaît.

Elle s'installe derrière son bureau en lissant soigneusement sa robe fourreau bleu pétrole. Elle est si classe, elle me fait penser à Eva Green. Solide, fière, inébranlable. Il se dégage d'elle un charisme incroyable. J'aime les femmes de pouvoir qui en imposent comme elle.

– Si je vous ai convoquée, c'est pour parler de l'avenir de la radio.

– Est-ce que vous comptez la fermer ?

Encore une fois, j'ai parlé trop vite, je l'ai peut-être même coupée dans son élan. En plus, ma voix est partie dans les aigus. Je bafouille une excuse pour lui enjoindre de continuer.

– Je devrais ? me questionne-t-elle, en arquant un sourcil. Il est vrai que les audiences commencent à stagner, pour ne pas dire baisser.

Mon cœur bat à tout rompre dans ma poitrine. Le pire, c'est que je ne peux pas la contredire, car elle a raison. La manière dont Adam dirigeait la radio était plutôt conventionnelle… pour ne pas dire nulle. Alors que pour une antenne d'étudiants, il y avait matière à innover et faire des choses qui bougent. J'ai bien essayé, mais c'était peine perdue, Adam n'entendait rien. Hormis sa propre voix.

– Rebel's Radio est importante pour moi, et je suis certaine qu'il y a moyen de l'améliorer. Toute une équipe bosse sur des chroniques et des podcasts, c'est un plus pour leur future carrière, s'ils veulent poursuivre dans cette voie.

– Je n'en doute pas le moins du monde. Mademoiselle Wilson, je suis également d'accord sur le fait que tout peut être amélioré. Adam Flinch quittant l'université d'ici quelques jours, le poste qui était le sien devient vacant, et je pense que vous avez l'étoffe de lui succéder.

Cette proposition me laisse sans voix. Je ne l'avais pas vue venir, celle-là !

– Moi ?

Elle me sourit, alors que j'en perds mon latin. Si je m'attendais à ça… Moi, diriger la radio ? Winnie, présidente de Rebel's Radio. Je suis tellement sous le choc que je ne sais rien dire d'autre et reste pantoise.

– Oui, *vous*.

Mon cerveau ne semble pas vouloir enregistrer l'information. Est-ce que c'est une caméra cachée ? Wells devine ma perplexité, elle semble même s'en amuser, car elle poursuit :

– Depuis la création de la radio, trois hommes se sont succédé à sa présidence, je pense qu'il est grand temps d'y remédier. Je vais vous avouer une chose, mademoiselle Wilson, j'ai un petit côté féministe. J'adore secouer les membres de l'administration, principalement constituée d'hommes, et j'aime voir des jeunes femmes montrer ce qu'elles valent quand on leur en donne l'opportunité. Vous avez secondé monsieur Flinch, alors j'estime que vous êtes la mieux placée pour ce rôle. Et comme vous semblez défendre la radio et les étudiants qui y travaillent, je pense que mon instinct ne m'a pas trompée.

Elle est cash, honnête et engagée, elle s'entendrait à merveille avec ma grand-mère.

– Je ne sais pas quoi vous répondre, j'avais peur que vous me disiez que c'était fini, alors je ne réalise pas vraiment. La radio est importante pour moi, je suis honorée de recevoir cette proposition.

Elle sourit de nouveau.

– Dites oui, alors, répond-elle en souriant, avant d'enchaîner. Par contre, il faudrait repenser entièrement le concept pour lui donner un coup de jeune et booster l'audience. Ça ne peut pas rester en l'état.

– Entièrement ?

– Entièrement, confirme-t-elle, en hochant la tête. Je veux des émissions en temps réel, ainsi que des programmes pertinent avec un audimat élevé. Pas des *playlists* lancées en boucle ni des choses préenregistrées. Je veux du vrai. La meilleure émission cette année est celle de Lemon avec sa rubrique *sexo*. Elle a dépassé de nombreuses fois le millier d'auditeurs. Harper a touché jusqu'à neuf cents personnes avec ses chroniques sur les *serial killers*. Mais pour le reste, avouons-le, l'audience est en dents de scie. J'aimerais que les chiffres doublent. Je veux du renouveau, du percutant, du drôle, bref, une radio qu'on a envie d'écouter à tout moment de la journée. Quelque chose que mon campus sera fier d'entendre.

OK. Elle a vraiment bossé sur le sujet, elle ne me balance pas juste la patate chaude. Ça me motive de me savoir soutenue, et même si ça me fout une pression de dingue, je me sens épaulée.

– C'est un changement radical, alors, je murmure.

– Est-ce que vous doutez de vous, Winnie ?

– De temps en temps…

Je ne sais absolument pas ce qui me prend de répondre ça. C'est la vérité, mais elle n'a pas besoin de le savoir. En plus, est-ce qu'elle parle de sa proposition ou en général ? Je suis son regard quand elle se redresse.

– C'est une preuve d'intelligence, vous savez, déclare-t-elle. En revanche, ne laissez jamais quelqu'un vous faire douter de vous-même. Vous êtes jeune, vous avez des amis, vous savez ce qui plaît aux personnes de votre âge, ce qui vous tient à cœur… Je suis certaine que vous allez redonner une vraie âme à cette radio.

Elle s'appuie sur son bureau, à côté de moi. Ce qu'elle dégage est vraiment intense. Comme si elle ne doutait de rien. Bien sûr que cela doit lui arriver, comme à tout le monde, mais elle ne laisse rien paraître aux yeux des autres. C'est un vrai défi qu'elle me lance et je ne peux que l'accepter. Il est hors de question de dire non à une telle opportunité, c'est positif pour moi. J'ai l'impression que l'année qui arrive sera merveilleuse et que plein de possibilités s'offrent à moi.

– Si j'accepte, est-ce que vous me laisserez carte blanche à la rentrée ? je demande.

– Oui, absolument. Mais je souhaiterais un planning de diffusion et les animations que vous avez l'intention de proposer avant fin août dans ma boîte mail, je les validerai ou non. Sinon, votre créativité est la bienvenue.

Je pèse le pour et le contre, sous le regard perçant de la doyenne. Oui, ça fait peur, mais je tiens entre les mains une occasion de me prouver que je peux y arriver. Que c'est ma voie.

– Alors, je suis honorée de devenir la prochaine présidente de la radio du campus.

Le sourire qu'elle m'adresse en réponse est un mélange de fierté et de confiance. Elle n'a pas douté un instant que j'accepterais sa proposition.

– Envoyez-moi des propositions percutantes, Winnie.

– Ce sera fait, madame. Je vais révolutionner cette radio.

Wells se redresse.

– Je suis impatiente de découvrir ça.

Je quitte le bureau de la doyenne, sur un étrange nuage. Un mélange de pression, de joie et de bouleversement fait battre mon cœur puissamment. Je suis tellement euphorique que j'oublie de dire au revoir à la secrétaire, Edna.

Arrivée à l'abri de bus, je sors mon téléphone de ma poche.

Winnie : *Salut, meuf. Vous êtes chez vous ?*

Harper : *Yep, tu veux passer ?*

Winnie : *Ouiiiiii, j'ai une méga giga ultra putain de nouvelle à vous annoncer.*

Harper : *Genre ???*

Je peux sentir l'excitation de Harper à travers ses messages et je trépigne de tout lui dire. Mais je veux voir sa réaction en direct.

Winnie : *Sois patiente. J'apporte la bouffe : pizza ou sushis ?*

Harper : *Sushiiiiiiis ! Et dépêche de rappliquer par ici, je veux trop savoir.*

Winnie : *J'arrive.*

J'adore Harper. Dès son premier jour à la radio, le courant est passé entre nous. Elle avait un côté solaire qui m'attirait, un franc-parler incroyable et une énergie qui la rendait unique. Aujourd'hui, je peux dire qu'elle fait partie de mes plus proches amies, tout comme Maeve, d'ailleurs. Ces derniers temps, je me suis sentie ultra-chanceuse de les avoir dans ma vie. La rupture avec Adam a été horrible, surtout au début, mais elles m'ont soutenue, je dirais même gardée à flot, pour que je ne déprime pas. J'étais vraiment amoureuse de lui. Et je crois que j'adorais l'idée d'avoir rencontré l'homme de ma vie à la fac. On était en couple depuis plus de deux ans et bien qu'à mon âge, c'est idiot de tirer des plans sur la comète, je nous imaginais toujours ensemble après l'université, dans la vie active… Pas lui, de toute évidence. Monsieur avait d'autres projets. Faut dire que monsieur était un connard.

Si j'avais su qu'il me larguerait à la fin de ses études, car, je cite, « c'était cool un moment, mais je rentre dans la vraie vie et toi, tu restes là, ça ne colle pas avec mes projets », je lui aurais parlé de mes propres envies plus tôt. Quand je pense que j'ai broyé du noir à cause de cette pauvre tache.

Plus jamais.

J'ai mis du temps, mais maintenant, je suis libre, et bon sang, ça fait du bien de se retrouver et de se sentir mieux dans sa propre peau.

Harper et Maeve ont pris soin de moi, elles m'ont redonné le sourire petit à petit. Avec le recul, je dois avouer que j'étais heureuse de savoir que je pouvais compter sur elles, car c'était compliqué d'aller à la radio tous les jours en ayant conscience qu'*il* serait là. Mais j'ai pris sur moi et je ne lui ai jamais montré la moindre larme. Même quand je crevais d'envie de me jeter à son cou pour le tuer ou l'embrasser de désespoir, je suis restée forte. Plutôt passer sous un bus que lui faire ces honneurs.

Mais tout ça est enfin fini. Et puis maintenant, la radio est à moi. C'est moi la présidente, putain !

La revanche d'une rousse.

Je vais révolutionner ses méthodes machistes.

Je regarde l'heure sur mon téléphone, avant de quitter l'abribus pour rejoindre le restaurant de sushis situé sur le campus. La nouvelle que m'a annoncée la doyenne est tellement merveilleuse que j'en suis étourdie. Quand j'y réfléchis, c'est incroyable…

Je suis tellement dans mes pensées que je ne fais pas gaffe où je marche et me cogne contre quelqu'un.

– Désolée, je…

– Non, c'est ma faute ! Rien de cassé ? demande une voix grave.

Je lève la tête, persuadée de la connaître.

– Winnie ! s'écrie alors Hunter.

Le sourire qu'il affiche est chaleureux et sincère. J'envie son teint mat alors que je suis plus blanche encore que Casper, le gentil petit fantôme.

– Tu ne t'es pas fait mal ? insiste-t-il. Je sais d'expérience que les corps des joueurs de hockey sont fracassants. Je m'en voudrais de t'avoir blessée par inadvertance.

Je glousse comme une idiote, surtout à cause du haussement de sourcils qui accompagne ses mots.

– Ça va, merci, je réponds finalement. Zéro blessure à l'horizon.

Il porte un jean noir avec un haut assorti, qui souligne son imposante carrure. Il est vraiment canon. Je me souviens encore de l'exaspération dans la voix de Harper quand elle nous a raconté leur rencontre « percutante ».

– Tu vas où comme ça ?

Il a le même franc-parler que sa copine, mais un charisme différent. Il émane de lui quelque chose que je ne saurais expliquer. Il s'aime, il adore la vie et il ne s'en cache pas. Il semble profiter de chaque instant, ce qui le rend complètement humain et accessible. La première fois que je l'ai vu, tout comme Harper, il m'a fait une forte impression. Il riait à cause de mon prénom, car il est inspiré de celui d'une célèbre sorcière, Winifred Sanderson.

– Chercher des sushis, j'explique en désignant la devanture du restaurant.

– C'est sushis pour tout le monde, Harper vient de me dire qu'elle va en manger aussi.

– Je sais, je dîne avec elle. C'est moi qui fais office de Uber Eats, ce soir.

Hunter ne cherche même pas à dissimuler son sourire. Il est complètement gaga de sa copine. Je l'ai compris tout de suite quand ils ont commencé à se tourner autour. Lorsqu'il venait la taquiner à la radio, ça se voyait qu'il craquait pour elle. Je crois honnêtement que je pensais qu'entre Adam et moi, c'était aussi fort qu'entre eux deux, mais je me rends compte aujourd'hui, qu'il n'avait pas les mêmes attentions envers moi. Ce n'était pas de l'amour, du moins pas aussi puissant.

– Toi aussi, alors ? je me force à demander, pour me sortir de mes pensées moroses.

– On a tous trimé comme des cons cette semaine, alors on s'octroie une petite soirée bouffe devant Netflix avec Cade et Princesse. Ça rentre dans le budget du mois, donc on en profite !

Le fait que les quatre idoles de Rebel aient été foutues à la porte de leur palace par le père de Griffin n'est plus un secret pour personne. Cette histoire a ébranlé l'université, tout le monde s'est senti attristé. Ça a été le sujet de conversation chaud bouillant sur les lèvres de chacun pendant des jours. Ils ont dormi à six dans l'appartement de Maeve et Harper, et ils se sont rapidement bougés pour dégoter un job. Finalement, je trouve qu'ils s'en sont sortis à merveille.

Nous entrons ensemble dans le restaurant. Comme il est tôt, on évite l'affluence. Hunter me fait galamment passer devant dans la file.

– Vas-y, je m'en voudrais de faire attendre Baby H. Elle se transforme en démon quand elle a faim.

– Et elle t'en voudrait de ne pas avoir été un *gentleman*, pas vrai ? je ricane.

– Et comment.

Je souris en m'appuyant sur le comptoir pour regarder les menus, quand un vendeur s'approche.

– Bienvenue chez Sushis Rebel, que puis-je pour vous ?

– Bonjour, je vais vous prendre la box avec quarante pièces. Ajoutez également deux portions de riz nature, un chirashi tartare de saumon et trois mochis duo au litchi et à la framboise.

– Mettez aussi un bol de soupe miso et une salade wakamé à la commande.

Je me tourne vers Hunter pour l'interroger du regard.

– Harper adore ça, répond-il.

Puis il sort cinq dollars et me les tend.

– Dis-lui que c'est de la part de son Big H.

Comment ne pas fondre ?

– Ce sera tout ? demande le serveur.

– Oui, je lui réponds en souriant.

Tandis qu'il encaisse, je me dis que l'attention de Hunter est absolument adorable. J'en serais presque jalouse, mais au final, je suis juste heureuse pour mon amie. Et puis, ça permet aussi de ne pas perdre trop foi en la gent masculine.

J'arrive à l'appartement de Maeve et Harper, les bras chargés de notre repas. Hunter a proposé de m'accompagner jusqu'ici en voiture, mais je n'avais pas envie de le déranger. Harper m'accueille à la porte avec un énorme sourire.

– Ah, te voilà enfin. Je crevais d'impatience.

– Pour les sushis ou pour la nouvelle ? je raille.

Elle glousse et se décale afin de me laisser entrer.

– D'après ce que vient de me dire Hunter, il ne faut surtout pas faire attendre la bouffe, je rajoute.

– Il a raison, lance la voix de Maeve.

Je ris. Je sens déjà la bonne humeur m'envahir. Harper est vêtue d'un legging de sport et d'un petit top noir asymétrique, et ses cheveux sont relevés en une queue haute.

– Tu as vu Big H ?

– Oui, j'ai croisé ton mec au restaurant.

Harper rougit.

– Il a fait ajouter une soupe miso et une salade wakamé pour toi, en disant que tu adorais ça.

Elle devient encore plus écarlate, avant de glisser son bras sous le mien pour nous conduire vers le salon. Il y a des fleurs partout, ainsi que des plantes. Maeve est assise sur le canapé, elle me sourit en me faisant un petit signe. Je pose les sacs en papier sur la table du salon. Un cadre rose en particulier attire mon attention, où trônent les inscriptions « Maeve King, briseuse de bite » et « Prince Griffin, roi des mauvais coups », ainsi qu'un selfie des deux concernés. Décidément, ils ne font jamais rien comme les autres.

– Je vais chercher la vaisselle, lance Harper.

Maeve se redresse pour s'agenouiller devant la table basse et commence à sortir la nourriture.

– Ça sent bon, couine-t-elle. Comment tu vas ?

Elle a été un soutien émotionnel incroyable suite au dossier Adam. Et quand elle a rompu avec Griffin il y a quelques mois, on s'est pas mal entraidées, toutes les deux. Mais si je savais que ma relation à moi était définitivement finie, j'avais le pressentiment que pour elle, ce n'était pas la même chose. Mon flair ne m'avait pas trompée. Parce qu'après les avoir vus sortir de l'ascenseur, tous les deux barbouillés de soin au charbon, je me rappelle m'être dit qu'ils étaient faits l'un pour l'autre.

– Je vais bien.

Parfois, je réponds ça alors que ce n'est pas le cas, mais aujourd'hui, je le pense. La proposition de Wells, bien que stressante, me rend absolument euphorique. Après une telle demande de la part de la doyenne, je ne peux que me montrer à la hauteur et enfin faire la démonstration de ce que je vaux.

– Tu as l'air, lance Maeve avec un regard bienveillant. Ça a un rapport avec la bonne nouvelle ? J'ai hâte de savoir, petite cachottière.

– Et moi, de vous raconter !

Je veux l'aider, mais elle tape sur ma main.

– Tu as apporté la bouffe, alors assieds-toi.

Je m'exécute sans broncher. Harper revient de la cuisine avec un plateau chargé de verres, de plusieurs boissons, d'assiettes et de couverts. On s'installe toutes en tailleur autour de la table. On dirait que Maeve a disposé les aliments sur celle-ci de sorte à les prendre en photo pour les réseaux sociaux, car tout est placé harmonieusement. Alors que je compte lui poser la question, je me rends compte que Harper a pris un cliché de notre repas.

– Faites coucou, les filles.

Maeve et moi nous exécutons quand l'objectif du téléphone de Harper croise notre trajectoire.

– Tu le savais, je glousse, en regardant Maeve.

– Je la connais par cœur. Son téléphone est greffé à sa main. Heureusement pour Hunter, une seule suffit pour la masturbation.

L'intéressée nous sourit tout en tapotant sur son portable. Je ris si fort que les voisins doivent m'entendre.

– Voilà, je vous ai mentionnées en story.

Elle nous rejoint enfin pour manger et nous piochons impatiemment dans les plats. Je dois avouer que c'est plus agréable de dîner avec elles plutôt que toute seule dans ma chambre à la résidence universitaire. Je suis du genre à aimer la solitude au point de ne voir personne pendant plusieurs jours, et soudain, j'ai besoin de me reconnecter avec le monde extérieur. Souvent, je n'ose pas leur dire que je me sens seule, pour ne pas les déranger, ne pas m'imposer dans leur quotidien. C'est tellement désagréable, la sensation de s'incruster. J'ai toujours détesté ça. Même si elles ne m'ont jamais donné l'impression que c'était le cas, parfois, c'est plus fort que moi.

– J'étais affamée, je soupire, la bouche pleine.

– Alors, c'est quoi, cette nouvelle ? me presse Maeve.

J'attrape une canette de soda sur la table et l'ouvre.

– La doyenne m'a convoquée aujourd'hui, c'était pour me parler de la radio.

– Et alors ? s'inquiète Harper. Tout va bien ?

Sa rubrique est l'une des plus appréciées, comme l'a justement souligné Wells. Même si je hais mon ex, je dois avouer qu'il a eu du flair avec Harper. Quand elle enregistre ses podcasts, elle est toujours hyper-passionnée par le sujet qu'elle évoque.

– Elle m'a désignée comme présidente à la place d'Adam.

Le petit silence qui accueille ma phrase me réjouit. Je ne suis pas la seule à avoir besoin de digérer la nouvelle.

– Putain, c'est pas vrai ?! s'écrie finalement Maeve.

– Siiiii ! j'exulte.

– Je n'en doutais pas une seconde ! s'exclame Harper. Quelle belle revanche.

– Je suis si contente. Bon, super stressée, mais si contente qu'elle ait pensé à moi…

– C'est absolument normal, lance Harper, avant de boire une gorgée de son eau pétillante. Tu étais la seconde d'Adam et tu gérais plein de choses, c'était impensable que tu ne prennes pas le relais. Wells est intelligente, elle sait que son choix est le meilleur.

Maeve approuve d'un signe de tête, et nous mangeons dans la bonne humeur. Harper met même une *playlist girly* sur Spotify, diffusée à travers une enceinte connectée.

– Elle m'a lancé un défi, en revanche, je dis après avoir avalé mon dernier sushi.

– Genre ?

Je leur explique ce que m'a proposé Wells concernant la refonte de la radio, des programmes, et ses attentes sur les audiences, qu'elle veut voir doubler.

– Je me souviens que tu avais essayé de soumettre des idées à Adam et qu'il ne les avait pas prises en compte.

J'ai un pincement au cœur. Ce n'était pas passé inaperçu comme je l'avais cru.

– Ouais, je soupire. Comment j'ai pu ne pas me rendre compte que ce mec était un macho toxique ? Sérieux.

– Certaines personnes prennent plus de temps que d'autres, minaude Maeve.

Je glousse face à son insulte.

– Remarque, j'ai mis trois plombes à marcher, pas avant dix-huit mois, si j'en crois ma grand-mère.

– C'est ce que je dis, t'es longue à la détente.

– Mais tu reprends ton destin en main, maintenant ! enchaîne Harper. T'as l'occasion de changer les choses, de faire entendre ta voix et de montrer de quel bois tu te chauffes !

– Si j'y arrive, si je parviens à faire tout ça, ce projet sera mon mémoire, je pourrai le présenter pour un futur stage ou job. C'est une opportunité en or, mais il y a plein d'inconnues pour le moment.

– Tu vas y arriver, assure Maeve. On va t'aider. Ce ne sera pas bien compliqué de faire mieux qu'Adam. Il n'était clairement pas à la page, notamment en termes de réseaux sociaux.

– Maeve a raison. La radio n'a pas de compte Instagram, pas de compte TikTok. Notre génération a le téléphone greffé à la main, comme l'a justement dit Maeve en se foutant de ma gueule. On va chercher l'info sur ce genre d'application maintenant, ça fait partie intégrante de notre quotidien. Créer au moins un compte pour la radio donnera de la visibilité.

Je hoche la tête. Harper n'a pas tort sur ce point.

– Et faire des comptes sur les plateformes de streaming musical aussi, c'est hyper-important, enchérit Maeve. Quand je bosse, je mets toujours une *playlist*. Prince m'en envoie de temps en temps pour me faire découvrir des titres, et quand on passe du temps ensemble, on en écoute souvent.

Tu pourrais y proposer les podcasts, les gens auraient la possibilité de les réécouter n'importe quand et de les partager s'ils ont aimé.

– Et pourquoi pas des *playlists* en rapport avec des sondages faits sur les réseaux sociaux qu'on va créer ? Genre, la *playlist* du jour, ou la *playlist* de la semaine, d'après les titres sélectionnés par les auditeurs…

Je les écoute parler, presque éblouie. J'ai pensé à ces choses-là, mais elles en débattent avec tellement de naturel et de passion que ça me conforte dans l'idée qu'avec leur aide, on pourrait réussir le défi de Wells.

– Je peux m'occuper de créer le compte Instagram, propose Harper. Je le relayerai sur le mien pour attirer du monde.

Harper est devenue influenceuse avec le *body positive*, et elle a presque atteint les trois cent mille abonnés.

– Ce serait cool, je dis.

– On va faire ça.

– Par contre, il n'y a pas moyen de changer le nom de la radio ? demande Maeve. Rebel's Radio, c'est d'un banal.

– Je t'avoue que je n'en sais rien… En même temps, j'aime bien le côté simple du nom. On pourrait s'amuser sur un nouveau logo, plutôt ?

Maeve tape dans ses mains, ce qui me fait rire. J'ai hâte de coucher plein d'idées sur le papier.

– On va tout révolutionner, meuf, j'espère que tu le sais. On va prouver à la doyenne qu'elle a eu raison de te choisir toi.

Je suis maintenant persuadée d'être entourée d'une équipe de choc afin de mener à la perfection le mémoire idéal pour ma future fin d'études !

CHAPITRE 3

Shortest horror story :
Monday[2].

(Vu sur Quickmeme)

CADE

Là, tout de suite, j'aurais bien besoin qu'on m'explique pourquoi je m'inflige *ça*. Ce triste « ça » qui signifie me lever à six heures pour enfiler un maillot de bain, affectueusement surnommé « moule bite » par mes colocataires, afin d'aller surveiller des personnes à la piscine du campus. Il y a plus passionnant dans la vie, mais en même temps, je ne pouvais pas me permettre de faire la fine bouche en cherchant le job étudiant idéal. Et puis, ça aurait pu être pire, j'aurais pu devenir serveur dans un *diner* rétro, comme Zeke. Uniforme ridicule et patins à roulettes obligatoires.

C'est toujours calme le matin, car les lieux ne sont fréquentés que par des nageurs réguliers et expérimentés. C'est en fin de journée que ça bouge un peu plus, quand la piscine est remplie de gamins qui hurlent, courent et sautent partout. Cela dit, je dois avouer que c'est le moment où je m'amuse le plus. Les enfants me permettent de faire le débile avec eux et ça, c'est plutôt cool.

2. L'histoire d'horreur la plus courte : Lundi.

Mais bosser pendant les vacances d'été, sérieusement ?

Je m'imaginais pouvoir glander, me reposer, faire la fête, la grasse matinée pendant ces deux mois. Bref, profiter du *break* bien mérité, parce que j'en ai besoin. Relâcher la pression sur cette période est essentiel pour tout étudiant, surtout après ce qu'on vient de traverser.

Mais ça, c'était avant qu'on ne prenne une tonne de responsabilités sur le coin de la gueule. Du coup, depuis le mois de mai, je travaille comme maître-nageur au centre aquatique du campus, avec ses nombreuses piscines d'entraînement. Il est ouvert toute l'année aux élèves, ainsi qu'aux familles des employés de la fac. En bossant là, j'ai appris que l'équipe de natation de Rebel se défendait plutôt pas mal sur ses propres compétitions, même si je ne connais aucune des personnes qui en font partie.

En temps normal, je ne me plains pas de mon job, parce qu'il y a bien pire. Du moins, je ne m'en plaignais pas avant, quand j'étais sur le créneau de fin de journée. Je n'avais que les cours collectifs des gamins à surveiller et les derniers nageurs venus se détendre. Sauf qu'on m'a proposé un créneau en plus, et vu qu'on est en vacances et qu'on a besoin d'argent, j'ai rapidement accepté. J'aurais peut-être réfléchi davantage si j'avais su que le service s'étendait de 6 h 30 à 10 heures.

Presque aucune grasse matinée de tout l'été, excepté le jeudi, où la piscine n'ouvre que l'après-midi, et le dimanche. Ça, ça craint à mort. Je sors de ma voiture en grommelant, me dirige vers l'entrée du personnel et badge pour pouvoir ouvrir la porte sécurisée. Même dans cette partie-là du bâtiment, ça sent le chlore. J'ai mis quelques jours à m'y habituer, mais finalement, c'est comme le froid de la patinoire, on s'y fait. Ce qui me dérange le plus, c'est la moiteur près des bassins. Je préfère le froid.

Je prends le temps de me changer dans le vestiaire, de papoter avec les autres salariés déjà présents et de me faire un café. Puis, la mort dans l'âme, je traîne des pieds jusqu'à mon nouveau spot : le bassin numéro quatre. Une première pour moi, car l'après-midi, je suis assigné au deuxième. Lorsque je pose ma serviette et ma gourde d'eau à côté de ma chaise, je me rends compte qu'il y a déjà quelqu'un dans l'eau. J'ai peut-être un peu trop pris mon temps pour arriver à mon poste de surveillance. Normalement, on doit être présent avant que quiconque ne mette un pied dans le bassin. Je souffle sur mon café et détaille cette piscine. Elle est bien plus petite que celle dont j'ai l'habitude, et ici, pas de fanions partout aux couleurs de l'équipe de natation. Non, on est sur une décoration minimaliste avec quelques plantes tombantes par-ci par-là, mais c'est tout.

Il y a une atmosphère plus détendue et moins de compétition. C'est agréable, malgré la sensation d'humidité qui me colle déjà à la peau. La femme en train de nager enchaîne ses longueurs sans s'épuiser. Je suis admiratif de la fluidité de ses mouvements et de son aisance dans l'eau. Une autre personne s'avance sur le bord, puis plonge dans le deuxième couloir. Personnellement, excepté faire une bombe pour amuser tout le monde, je n'apprécie pas spécialement barboter. Je trouve ça chiant au bout de deux minutes.

Bien entendu, je sais nager, et j'ai passé tous les examens pour pouvoir être surveillant, mais ça ne m'oblige pas pour autant à aimer faire trempette pendant des heures.

Je m'échoue sur ma chaise et finis ma boisson chaude. Cette ambiance douce, bercée seulement par les bruits de la nage, a quelque chose d'hypnotisant. Il n'en faudrait pas beaucoup plus pour que je me rendorme. Heureusement que d'autres personnes arrivent petit à petit, cela me tient en alerte. Il ne manquerait plus que je sois grillé en train de pioncer par les autres membres de l'équipe le premier jour de mon nouveau créneau.

Ou pire, qu'un des nageurs se noie pendant ce temps-là.

Je me redresse un peu, luttant contre la fatigue. Et comme pour me prouver que j'ai un petit ange gardien à mes côtés, le boss de la piscine arrive à ce moment précis. Je saute de mon petit perchoir pour lui tendre la main, qu'il accepte avec un sourire.

– Salut, Cade ! Alors, cette première surveillance matinale ?

Jacob doit avoir la quarantaine, avec le physique d'un ancien nageur professionnel. Il est toujours souriant et sa tenue préférée semble être le short de bain-claquettes.

Peu importe le temps, il n'a jamais un tee-shirt sur lui. Alors que moi, ce matin, j'ai gardé le haut blanc avec marqué « maître-nageur » dans le dos. Il est trop tôt pour que je me désape complètement. Mon slip de bain est déjà une torture à lui tout seul.

– Ça va, c'est moins mouvementé que les fins d'après-midi.

– C'est sûr, mais ça permet aussi d'avoir un moment de calme. Les gens qui viennent à cette heure-ci sont des habitués ou des passionnés. Du coup, c'est tranquille : ils font leurs longueurs et repartent sans un mot.

– Oui, j'ai cru comprendre. La personne dans le couloir numéro cinq n'a pas arrêté, et ça fait une heure que je suis là, je réponds.

– Des passionnés, je te dis.

La pointe de fierté dans sa voix ne m'échappe pas. Il aime partager son amour pour la natation, un peu comme moi avec le hockey. J'ai ce sport dans le sang, et si je peux convertir chaque personne que je croise, je le fais sans hésiter. Ça doit être pareil pour Jacob, et ça me rassure de me dire que dans vingt ans, je pourrai toujours avoir la même niaque.

– Allez, je ne te dérange pas plus. Garde un œil sur eux pour moi, tu veux ? Et avant de quitter ton service, pense à ouvrir la véranda, sinon il va faire trop chaud.

Je lui souris et on se serre la main une nouvelle fois avant qu'il ne rebrousse chemin. Je n'ai pas le temps de me rasseoir qu'un des nageurs sort de la piscine. Je vérifie rapidement mes lignes, et comprends alors qu'il s'agit justement de la cinquième.

La femme qui enchaînait les longueurs sans s'arrêter ni s'essouffler grimpe doucement à l'échelle. Sa carrure semble sportive et svelte. Je l'observe se diriger vers ce que je suppose être ses affaires et s'enrouler directement dans une grande serviette noire, assortie à son équipement de natation.

Le bruit d'un plongeon me détourne d'elle. J'observe un autre nageur sortir la tête de l'eau pour commencer son crawl. Sérieusement, il y a vraiment des gens très motivés pour faire ça de si bon matin. Même moi, je ne fous pas les pieds sur la glace avant huit heures, et je *vis* pour le hockey.

– Cade ?

Je me tourne vers la voix et mets une seconde à comprendre qui se tient devant moi.

Winnie.

Mon cerveau n'arrive pas à additionner les informations pour trouver une réponse logique à tout ça. Il est vraiment trop tôt pour mes neurones et moi. Je comprends soudain que c'était elle qui était déjà présente quand je suis arrivé à mon poste. Je l'ai regardée nager pendant plus d'une heure sans réaliser qu'il s'agissait d'elle !

Bordel, si j'avais su !

J'aurais… J'aurais… rien fait du tout.

Mon cul serait resté sur cette foutue chaise à attendre qu'elle sorte de l'eau pour venir lui parler. Ça aurait été une véritable torture ! Je me serais trituré le cerveau pour trouver quoi lui dire.

Deux claquements de doigts devant mon nez ont le don de me ramener dans le présent, avec *elle*.

– Dans la lune, l'ami ?

– Non, je soupire. Plutôt encore mentalement dans mon lit, bien au chaud, probablement en train de faire des bulles de bave !

– Ah, la fameuse expression « j'ai croisé mon envie de travailler et c'est confirmé, on ne va pas au même endroit » est de rigueur, si je comprends bien.

– Tout à fait !

– Sportif comme tu es, tu devrais être habitué à te lever aux aurores pourtant, non ?

Je travaille comme un acharné pour être au top du top, en tant que hockeyeur qui vise la ligue professionnelle, mais je suis long à démarrer. Une fois lancé, par contre, je suis inarrêtable.

– Pas pendant les vacances. Mon cerveau refuse de comprendre pourquoi il doit subitement carburer dès six heures du matin. C'est inhumain.

Elle glousse.

– Je ne peux qu'imaginer, puisque je suis une lève-tôt. Même pendant les congés, j'ai un foutu réveil dans la tête. Chaque jour, j'ouvre les yeux à la même heure et…

Winnie rougit et s'interrompt soudain.

– Désolée, je pars dans un monologue dont tout le monde se fout.

Oh non, continue, tout ce que tu dis m'intéresse.

Putain, si seulement je pouvais trouver la foi de lui dire que je prends la moindre petite info possible sur elle, parce que je l'ai dans la peau. Mais je n'en fais rien, je préfère attendre un signe de sa part.

– Je ne savais pas que tu nageais ici.

– Je viens tous les jours à l'ouverture.

Je note ça dans un coin de ma tête pour ne pas l'oublier. Je vais la croiser quotidiennement quand je serai ici, il y a vraiment pire pour bien commencer une journée. Parfois, les lundis ne sont pas si pourris.

– Je ne t'avais jamais vu ici, depuis quand tu travailles à la piscine ? me demande-t-elle, curieuse.

– Depuis le mois de mai ! Mais je fais les surveillances en fin de journée, tu sais, ce moment où il y a plein de gamins qui crient partout et font des plongeons explosifs…

– Tu dois être dans ton élément, du coup, m'attaque-t-elle.

– *Bingpot*[3] ! je réponds, fier qu'elle me cerne aussi bien. J'aurais adoré apprendre le patinage aux enfants. Parce qu'on a le droit de les pousser.

– Pardon ?

Elle me regarde avec curiosité et intérêt.

– Si si, on les pousse pour qu'ils tombent, qu'ils apprennent à se relever et qu'ils n'aient plus peur de la chute ou de se faire mal.

– T'es en train de me dire qu'il y a un mec quelque part dont le boulot est de pousser des gosses sur une patinoire pour qu'ils se ramassent ?

– Non, je déconne. C'était le job de mes rêves, je soupire exagérément, mais malheureusement, il n'y avait pas d'offre d'emploi dans les petites annonces. Juste un poste de maître-nageur.

Elle pouffe, avant de retirer son bonnet de bain. Une longue tresse rousse se pose sur son épaule. Elle a le visage

3. Référence à la série télé *Brooklyn Nine-Nine*.

marqué par ses équipements, mais même comme ça, je la trouve à tomber. Winnie n'a besoin d'aucun artifice pour m'avoir à ses pieds. Il lui faut juste les taches de rousseur qui parsèment son nez retroussé, et ses yeux verts, dans lesquels il y a comme de petits éclats dorés. Et son sourire, aussi. Bon sang, celui-là arrive à la première place.

– Pour être tout à fait honnête, c'est pour ça que je viens si tôt dans ce bassin. C'est toujours très calme et je peux faire des longueurs sans être bousculée ni me prendre un coup de pied dans le visage au passage. Un vrai paradis, quoi !

Sa franchise est un trait de caractère que j'ai déjà remarqué et qui me plaît beaucoup. Les filles que je fréquentais jusque-là avaient plutôt tendance à me raconter ce qu'elles croyaient que j'avais envie d'entendre, comme si elles devaient s'oublier pour que je les apprécie. Alors qu'au contraire, je préfère celles au tempérament de feu, qui disent ce qu'elles pensent, même si je ne partage pas leur avis. Je crois qu'il en est de même pour Hunter et Griffin, ils sont tous les deux tombés amoureux de nanas au caractère bien trempé. En ce qui concerne Winnie, plus je la vois, et plus j'ai l'impression qu'elle montre son vrai visage. C'est juste mon ressenti, mais on dirait que depuis qu'elle n'est plus avec Adam, elle a retiré un filtre. Et ça me plaît. Beaucoup.

– Du coup, tu restes sur le campus même l'été ? je la questionne, espérant qu'elle me réponde oui.

Elle hoche la tête.

– Je n'habite pas très loin d'ici, et puis, j'avoue que j'utilise ma carte d'étudiante pour profiter de l'entrée gratuite. Mais que ça reste notre petit secret, chuchote-t-elle en se penchant dans ma direction.

– Tu aurais tort de t'en priver. Et puis comme ça, au moins, je vais pouvoir papoter un peu tous les jours avec quelqu'un que je connais !

Elle penche le visage sur le côté et tout d'un coup, j'ai l'impression d'être passé sous un microscope.

– Quoi ? je lâche, soudain en alerte à l'idée d'en avoir trop dit ou d'avoir laissé paraître quelque chose.

– Rien, j'essaye de savoir si tu es gentil avec moi parce qu'on a des amis en commun ou si tu es juste comme ça…

C'est quoi cette question ?

Qu'est-ce qu'elle a bien pu entendre sur moi dans les couloirs du campus pour me demander ça ? Les nombreux visages de mes précédentes conquêtes passent devant mes yeux, et je sens le rouge me monter aux joues. Oui, d'accord, il y en a un paquet, mais j'ai toujours été cool et respectueux avec elles. Même si l'inverse n'a pas toujours été vrai.

Gêné, je me masse la nuque. Si seulement elle savait que depuis un an, je n'ai presque touché personne…

– Ma mère m'a bien élevé, et je pense pouvoir affirmer que je suis un mec plutôt sympa dans l'ensemble.

En réponse, elle plisse les yeux, mais ne rajoute rien. Au contraire, elle raffermit sa prise sur sa serviette et fait un premier pas en direction du vestiaire pour femmes.

– Eh bien, Cade, le « mec plutôt sympa », passe une bonne journée !

OK, je l'ai bien méritée, celle-là.

– À demain, même lieu, même heure !

– Arrête, dit comme ça, on croirait que c'est un rendez-vous ! se moque-t-elle en reculant davantage.

Pas encore. Mais je compte bien en obtenir un, quand elle sera prête. D'ici là, j'ai un stock de patience illimité pour ce bout de femme.

– Dans tes rêves, Winnie, je la taquine.

Elle semble apprécier mon trait d'humour, puisqu'elle m'envoie un grand sourire. Après un dernier salut de la main, elle disparaît derrière une porte.

Je m'assieds, soufflé par cette rencontre que je ne pensais pas faire. Son beau visage est encore gravé sur ma rétine et je trépigne déjà d'impatience de la revoir demain. Avec un peu de chance, d'ici la fin de l'été, on sera vraiment devenus amis et elle saura qu'elle peut compter sur moi sans tenir compte des rumeurs à mon propos.

J'ai cette fille dans la peau, et je joue gros.

Une image furtive de nous deux au bord de cette piscine se fraie un chemin dans mes pensées. Ça pourrait être mon quotidien, non, ça *va* l'être. Juste elle et moi, de bon matin. Voilà qui me met de bien meilleure humeur pour la journée, et même pour les deux mois à venir. J'imaginais que ce créneau allait être une vraie torture, mais il vient de se transformer en chance inouïe !

Lors de mon appel téléphonique hebdomadaire hier soir, ma mère m'a bien dit que mon horoscope prévoyait une surprise.

Eh bien, je ne suis pas déçu que, pour une fois, ce ne soit pas une connerie !

Une douce chaleur se répand en moi, et le sourire niais que j'ai accroché aux lèvres ne se fane pas.

Ouais, ça promet d'être intéressant !

CHAPITRE 4

Yes… I'm single.
And you'll have to be fucking amazing to change that[4].
(Vu sur Pinterest)

Winnie

Je ne vais jamais très loin lorsque je quitte le campus pour retourner chez moi. La maison de ma grand-mère est à quinze minutes de l'université. J'aurais pu rentrer chez elle tous les soirs en période scolaire, mais elle a insisté pour que je profite de la vie étudiante à fond et que je dorme là-bas. Je l'avoue, parfois, je vais la voir quand j'ai le cafard ou que c'est trop bruyant, mais sinon, j'aime ma chambre à la résidence universitaire.

La maison de Nana est à son image : haute en couleur et remplie de végétations en tous genres. Il n'y a pas un rebord de fenêtre sans fleurs. La façade de la bâtisse aujourd'hui est bleue et les volets sont violets, mais je sais que demain, si ça lui prend, elle changera tout.

Je traverse l'allée pavée qui mène à la porte d'entrée en humant le divin parfum des rosiers de Chine qui sont plantés le long du chemin.

---

4. Oui… je suis célibataire. Et il va falloir que tu sois putain d'exceptionnel pour changer ça.

Tout est encore calme. Je dépose mes affaires à l'entrée, puis me débarrasse de mes chaussures pour glisser mes pieds dans mes pantoufles. Avant d'aller à la cuisine, je m'arrête devant le portrait de ma mère.

– Bonjour, maman. Aujourd'hui, je suis allée me promener dans ce petit parc près de la mairie que tu adorais. J'en ai profité pour m'étendre dans l'herbe et prendre le soleil, c'était vraiment un bel après-midi. Tu me manques, j'ajoute en touchant le verre du cadre.

Ma mère est morte quand j'avais treize ans. Un cancer foudroyant a eu raison d'elle et me l'a arrachée. Il n'y a pas un seul jour où elle ne me manque pas. Elle était ma meilleure amie, ma confidente. Après son décès, j'ai trouvé des lettres et des petits mots dissimulés dans mes affaires : dans les poches d'un jean, entre les pages de mes livres, etc. C'était sa façon de me laisser des parts d'elle à découvrir. Ça fait sept ans, mais il y a quelques mois, j'en ai retrouvé un en changeant la disposition de mon lit. Il m'a rendue aussi heureuse qu'il m'a fait pleurer. Maman était autrice, elle écrivait des livres pour enfants, et elle en a édité des dizaines. Je garde ces œuvres précieusement chez moi, mais plus encore les manuscrits qu'elle n'a jamais publiés, car ils n'étaient destinés qu'à moi. Elle griffonnait tout le temps, même une vulgaire liste de course était calligraphiée avec soin. Quand elle a su qu'elle allait mourir, elle s'est mise à m'adresser des lettres, pour que je les lise alors que je grandirais sans elle. Il ne m'en reste qu'une, mais je n'ai jamais osé l'ouvrir. Parce que c'est la dernière et une fois que j'aurai sauté le pas, je n'en aurai plus. C'est une sorte de pochette-surprise, dans une enveloppe bulle, et on sent qu'il y a quelque chose dedans. Mais je ne m'y résous pas encore. La sensation de vide qui se loge dans ma poitrine quand j'imagine cela me terrifie. Alors je repousse l'échéance.

Je lui jette un dernier regard et vais à la cuisine. Sur le plan de travail, des cookies maison m'attendent, et à côté, un petit mot : « Il y a de la limonade dans le frigo. »

Je souris en me servant un verre et ne résiste pas aux gâteaux. Je trouve ma grand-mère dans le jardin. Elle est assise autour d'une petite table en ferraille blanche, en train de siroter un cocktail. Ses longs cheveux blancs se soulèvent avec la brise et sa longue robe bohème rouge me donne le sourire.

– Bonjour, Nana.

– Bonjour, mon colibri.

Ma grand-mère aime lire, peindre, jardiner, jouer aux jeux de cartes et au bingo. Elle profite de sa vie à fond. Et elle est la dernière personne qu'il me reste. Si je la perdais elle aussi, je me retrouverais seule au monde.

– Tout va bien ?

– Oui, la journée a été fatigante à la boutique, j'avais besoin de me ressourcer ici.

– C'est ta faute, aussi, quelle idée d'avoir les plus belles fleurs à des kilomètres à la ronde !

– Tu me connais, j'ai toujours besoin de me démarquer.

Je pouffe, parce qu'elle n'est même pas en train de faire du sarcasme, elle est sérieuse.

– Tu lis quoi ? je demande.

– *Le Sang et la Cendre* de Jennifer L. Armentrout, je l'ai pris dans ta bibliothèque.

– Ce livre est assez…

– Fantastiquement génial ? Je sais. Ce Hawke me donne envie d'avoir une garde rapprochée !

Je ris. J'ai toujours été proche de Nana, car elle a eu maman jeune, et ma mère avait elle-même dix-huit ans quand elle a accouché de moi. Mon père a foutu le camp avant ma naissance. Nous avons toujours vécu ensemble, toutes les trois. Je n'ai pas connu mon grand-père, il était militaire et est malheureusement mort en service. À bien y penser, je crois que les femmes de ma famille sont maudites avec les hommes. Quoique Nana semble très bien en profiter sans forcément se caser. Elle n'a que soixante ans, et chaque nouvelle journée est une occasion pour elle de s'amuser.

– J'avoue qu'il fait son petit effet, mais ce n'est pas mon tome préféré de la saga.

– Il y a une soirée bingo en ville, elle commence à dix-neuf heures. Je nous y ai inscrites.

– Tiens, ça faisait longtemps.

Si on peut dire que deux mois, c'est long. On y va souvent plus pour s'amuser, écouter les potins et les ragots de la ville que pour la gagne, même si quand on part avec un lot, c'est toujours plaisant.

– Il y a un ordinateur à remporter, je me dis que ça pourrait toujours servir. Et sinon, il y a des paniers gourmands, un jambon fumé complet, du vin et du pur café italien. Je me sens en veine, je pense qu'on peut rentrer avec quelque chose.

– La dernière fois que tu t'es sentie en veine, on est reparties bredouille.

– C'est parce que j'ai fait confiance à mon horoscope, il prédisait que j'aurais de la chance. J'ai perdu au bingo, mais tu te souviens de ce charmant Jim avec qui je suis sortie deux ou trois fois ?

– Oui. Pourquoi ça n'a pas marché avec celui-là, déjà ?

– Parce que je suis libre comme l'air et qu'un charmant Max ou Luke est arrivé… et un Sebastian après eux.

– Tu as plus de conquêtes que moi, Nana… Tu es irrécupérable.

– Ce n'est pas à quatre-vingts ans que je pourrai m'envoyer en l'air, alors je profite tant que je suis encore jeune, et que mon esprit est clair et brillant. Je te l'ai dit, ma Winifred…

Elle me regarde, attendant que je finisse sa phrase préférée.

– … il n'y a absolument aucun mal à se faire du bien. Je sais.

– Si tu te souviens vraiment de mes conseils, alors tu devrais te trouver un garçon dix fois plus mignon et mieux bâti que cet Adrien. Un beau mec qui…

– Adam, Nana, je la coupe. Il s'appelait Adam.

– Grand bien lui fasse, à ce navet. Toujours est-il que tu devrais te dégoter un chevalier qui te ferait oublier cet Aiden, *illico*. Franchement, tu mérites qu'on t'offre le monde. Tu devrais sortir, ça te ferait du bien. Faire des rencontres, tout ça.

– Je vais bien. Et pas besoin de mec pour ça.

– Non, c'est sûr, mais ils sont utiles de temps en temps…

Je ris à gorge déployée.

– Tu sais quoi, si un chevalier en armure passe la porte de ta boutique, tu m'appelles et je rapplique dans la seconde.

Quand je lui ai raconté ma rupture, j'ai dû la retenir de force. C'est limite si elle n'allait pas débarquer à la radio pour frapper mon ex. J'aurais peut-être dû la laisser faire, ça aurait été drôle. Si le prochain me brise aussi le cœur, je sais que j'ai cette botte secrète, désormais. Les gens ne sont pas prêts pour Nana.

– Je vais me changer et on y va. On aura le temps de prendre des sodas et de quoi grignoter comme ça.

– Je t'attends. J'ai acheté de nouveaux tampons pour le bingo. Je te l'ai dit, la chance est avec nous ce soir !

Ma chambre est un reflet de ma personnalité : il y a des posters aux murs, des photos de ma mère, de ma grand-mère, mais également de moi et de mes amis. Celle que je préfère a été prise par Nana : ma mère est en train de sourire alors qu'elle regarde au loin. Ce qu'elle contemple, on ne peut pas le deviner quand on ne connaît pas la photo. En réalité, je participais à une compétition de natation synchronisée. Alors, c'est moi qu'elle regarde avec amour et fierté. Je devais avoir douze ans, ce n'était pas longtemps avant sa mort. Puis, j'ai aussi accroché un tableau avec les petits mots qu'elle m'a écrits et que j'ai retrouvés depuis sa mort.

Il y a une bibliothèque avec des livres et une plus petite avec des vinyles, des CD et même des cassettes. La plupart appartenaient à ma mère, je n'ai jamais pu m'en séparer. Mon bureau fait face à la fenêtre, qui donne directement sur le jardin. Autant dire qu'ici, c'est mon havre de paix rien qu'à moi et que j'adore m'y enfermer lorsque je viens. Dans cette pièce, je me sens moi, entière.

Quand j'y pense, Adam n'est jamais venu jusque dans ma chambre. On se voyait toujours à son appartement. Les rares fois où il a fait le déplacement jusque chez Nana, c'était pour un repas, mais elle ne l'a jamais vraiment apprécié. Ses raisons ? Il ne débarrassait jamais la table avec nous et il lui semblait trop fade pour moi.

Je me dis que ça aurait dû me mettre la puce à l'oreille… Nana se trompe rarement sur les gens, et Adam ne semblait pas très curieux d'en apprendre plus à mon sujet. C'est vrai, quel mec ne profiterait pas de se trouver dans la maison d'enfance de sa copine pour chercher à voir sa chambre et fouiner dans son tiroir à sous-vêtements ?

Je ricane toute seule tout en me préparant en vitesse.

La salle où a lieu le bingo est blindée. Il y a de nouvelles têtes, puis il y a les habitués. Mais ils ont un point en commun : ils sont tous attirés par les gains à remporter.

Le plus petit lot ce soir vaut cinquante dollars, c'est pas mal comme première mise.

– Nana ! Winnie ! On est ici, on a gardé des places.

– Les filles sont déjà là, on dirait, constate ma grand-mère.

Ses amies lui font signe et on les rejoint avec hâte. Nous nous installons l'une à côté de l'autre. Autour de la table, il y a Marge, dit Maggy, Camila, ainsi que Patty. Cette dernière a les cheveux rouges, mesure près d'un mètre quatre-vingt et a un grain de beauté au-dessus de la lèvre supérieure, à la Cindy Crawford. Elle dit même que c'est la mannequin qui lui a piqué l'idée à l'époque. Maggy a les cheveux blancs aussi longs que les miens et porte des robes exubérantes. Ce soir, elle semble sortir tout droit des années soixante, ça lui va à ravir. Camila a la peau sombre, et elle est la plus vieille amie de Nana. Elles se sont rencontrées au lycée et elles sont inséparables depuis ce jour-là. Elles ont même ouvert leur boutique ensemble. Les fleuristes les plus célèbres du coin ! Je trouve ça incroyable. Une relation de plus de quarante ans. Ces trois femmes sont les plus chères amies de ma grand-mère. Elles jouent ensemble au bingo, mais aussi aux cartes, et partent souvent en voyage.

– Salut, tout le monde, lance Nana.

Je pose mon gobelet géant de soda sur la table.

– Winnie, tu es plus belle chaque fois que je te vois.

Je lève la tête, les joues rouges.

– Merci !

– Tu ressembles de plus en plus à ta mère.

– Le meilleur des compliments, je roucoule.

– Bon, alors, tu as retrouvé quelqu'un depuis l'autre plouc ? lance Maggy.

OK, ça attaque fort.

– Non.

– Mais alors ! s'indigne Patty. À ton âge, je ne restais jamais seule bien longtemps. On n'a pas de temps à perdre pour pleurer sur les branleurs dans le genre de ton ex…

– Je me suis contentée d'un crétin bas de gamme pendant deux ans, alors on ne m'y prendra plus, ça, c'est sûr. Mais ça y est, c'est fini, il est enfin parti pour Seattle.

– Bon débarras ! Le pire, dans tout ça, c'est qu'il doit être persuadé de s'être rendu service. Mais Winnie, ma puce, crois-moi sur parole, c'est à toi qu'il a rendu service, ajoute Camila.

– Qui ne craquerait pas pour toi ? Tu es à croquer, renchérit Maggy.

– On pourrait faire un casting, s'esclaffe Patty.

– Oh, j'adore l'idée, répond Nana. Un casting pour trouver un homme digne de Winifred Winona Wilson.

Je défie n'importe qui au monde d'avoir les mêmes prénoms que moi. Une association qui rendait ma mère particulièrement fière. Un patronyme unique pour une fille unique, voilà ce qu'elle disait à chaque fois.

Winifred pour la célèbre Winifred Sanderson du film *Hocus Pocus.* Et Winona pour Winona Ryder, dont ma mère était une grande fan.

– Ça nous donnerait l'occasion de reluquer la jeunesse dorée de Rebel University, en plus. D'après les photos qu'on a vues dans le journal local, après la victoire de leur équipe de hockey, je crois qu'il y a de beaux spécimens.

Je ne sais plus où me mettre.

– Je confirme, approuve ma grand-mère. Quand on voit le calendrier qu'ils ont fait pour récolter des fonds, ça donne envie de retourner à la fac. Peut-être que je pourrais m'inscrire à des cours du soir, cela dit…

– Nana ! je râle.

– Bah quoi, c'est vrai, se défend-elle. Je l'ai feuilleté plus d'une fois, pour le plaisir. J'ai une petite préférence pour le mois de septembre.

Septembre ?

Je rougis, parce qu'il s'agit de Cade. Si Nana savait qu'on se parle tous les matins, elle m'accompagnerait à coup sûr à la piscine et me coacherait pour que je lui mette le grappin dessus. N'empêche, je ne peux pas la contredire, il est plus que séduisant. Il est même très sexy dans son tee-shirt moulant et son short de running… Pour voir sa musculature à la Hercule tous les matins, je peux allègrement dire qu'il n'y a aucune retouche sur la photo. Cade est vraiment beau.

– Il y en a déjà deux de casés avec des amies proches, je contre-attaque, en me forçant à sortir de mes pensées.

– Il y a douze mois dans une année, donc il en reste au moins dix, sans compter les remplaçants, remarque Camila.

– Et encore, ce n'est *que* l'équipe de hockey, on ne parle même pas de tous les autres sportifs du campus ! conclut Patty.

Elles s'esclaffent toutes les quatre et je ris aussi.

Les voix se calment quand l'animateur de la soirée annonce le début du bingo. Il souhaite bonne chance à tout le monde, tout en actionnant le boulier. Chacun s'arme de ses grilles et de ses tampons, et Nana me donne le violet.

– Le premier numéro est le B7.

– J'ai rien, bougonne ma grand-mère.

– Moi, je l'ai.

Elle me sourit. Ce genre de sourire dont je me nourris depuis toute petite.

Nous rentrons à la maison avec un énorme jambon fumé, du vin ainsi qu'un panier rempli de toutes sortes de confitures, de sablés et autres joyeusetés. De quoi filer la peau grasse et un taux de diabète sacrément élevé.

– Que dirais-tu que je nous prépare un plateau avec un peu de toutes ces délicieuses choses et qu'on se regarde *Ted Lasso* ?

– Meilleur programme de l'univers, je réponds. Tu as besoin d'aide ?

– Non, va t'asseoir.

Alors que je m'installe sur le canapé, je me fais la réflexion que je n'ai encore rien dit à Nana pour la radio. J'ai eu besoin de laisser décanter l'information, et surtout, d'être sûre que cela n'était pas un rêve et que Wells n'allait pas revenir sur sa proposition. Mais maintenant que l'année scolaire est terminée, je réussis à me dire que ça m'arrive bel et bien.

J'allume la télé et sélectionne la série que nous sommes en train de regarder. C'est la dernière saison de *Ted Lasso* et je ne suis pas prête à dire au revoir aux personnages.

Lorsque Nana revient, elle s'installe à mes côtés après avoir posé devant nous un grand plateau rempli de cochonneries délicieuses à manger.

– Il y a un truc que je ne t'ai pas annoncé, au fait.

– Je suis tout ouïe ! dit-elle en me tendant un verre de vin et en s'installant à mes côtés.

– J'ai eu un entretien avec la doyenne de l'université il y a une quinzaine de jours. Elle m'a offert le poste de présidente de la radio.

Le sourire de Nana est spontané, et surtout, empli de fierté. Briller à travers son regard est mon plus grand bonheur, car c'est la personne la plus importante de ma vie. Et puis, maman avait les mêmes yeux qu'elle, et j'ai l'impression de la voir encore un peu comme ça.

– Je suis si contente pour toi.

– Bon, elle m'a aussi dit qu'elle voulait que je révolutionne la station en la changeant complètement. Alors ça va être un boulot de titan, parce que je dois trouver des idées inspirantes et innovantes pour donner envie aux gens de nous écouter et pour augmenter les audiences…

– Winifred…

– Mais elle semblait croire en moi, et je veux montrer ce que je vaux. En plus, elle est féministe, tu l'adorerais, elle dégage quelque chose de puissant et elle m'en croit capable, elle a dit que c'étaient des mecs qui avaient été à la présidence avant moi et qu'elle était ravie que ce soit une femme maintenant…

– Winifred !

Je m'interromps dans ma tirade. Nana me regarde affectueusement, mais avec un sourire moqueur. Il semble que je sois partie dans mes élucubrations. Un petit truc que je fais quand je suis stressée, c'est-à-dire souvent.

– Tu déblatères encore, petit colibri.

– Pardon.

– Je suis fière de toi, cette femme a très bon goût. Tu bosses là-bas depuis plus de deux ans, et tu vas prendre la place de Aaron. Dis-moi que tu es fière de toi.

– Adam, Nana, je la corrige, par automatisme.

– Tu ne réponds pas à ma question.

– Oui, je le suis.

– C'est merveilleux. Tu vas pouvoir montrer ce que tu sais faire. Et ne stresse pas, je suis certaine que tu n'auras aucune difficulté à trouver des sujets et des émissions passionnants. Tu as un esprit brillant, tu es ambitieuse et débrouillarde. Ne doute pas de toi.

– Merci, je réponds en l'enlaçant.

– Tu as été courageuse de continuer à travailler avec Austin. C'était dur, mais tu as tenu bon, et je ne sais pas comment tu as fait. Moi, j'aurais tout plaqué. Mais tu n'es pas moi, tu es plus réfléchie. Maintenant, tu vas pouvoir montrer ce que tu vaux comme tu l'as toujours voulu. Alors, on trinque à ton futur triomphe, mon colibri ?

Nos verres claquent et je bois une gorgée.

CHAPITRE 5

I'm not like the other girls…
I'M SATAN[5]*.*

(Vu sur Rebel Circus)

CADE

Est-ce que je suis devenu un mec qui adore se lever aux aurores ?

Absolument !

Est-ce que j'en ai chié les premiers jours ?

Tout à fait !

Est-ce que je reviendrais en arrière ?

Nope !

Les gars à la coloc me prennent pour un taré, puisque désormais, même les dimanches, j'ai du mal à rester dans mon lit. Alors j'en profite pour aller courir quelques kilomètres, histoire de ne pas perdre ma forme physique pour la saison de hockey qui reprendra le mois prochain, à la rentrée. De temps en temps, Zeke se joint à moi, mais Hunter est trop crevé, et Griffin m'a simplement ignoré quand je le lui ai proposé, la dernière fois.

Personnellement, j'adore ma nouvelle routine. Je n'avais pas du tout imaginé les bienfaits sur mon corps et ma santé

---

5. Je ne suis pas comme les autres filles. JE SUIS SATAN.

mentale de respecter mon sommeil. Il faut dire que de toute façon, avec ce nouveau rythme, je m'écroule le soir. C'est nouveau pour moi, parce qu'avant, j'étais du genre à détester les gens qui s'endorment dès qu'ils ferment les yeux, pour la simple et bonne raison qu'il me fallait parfois deux heures, dix-huit changements de position et trois élaborations de scénarios de film catastrophe pour y parvenir. Bref, tout ça pour dire que ce regain d'énergie, je le dois à Winnie, elle me motive comme jamais.

Parce que je sais que je vais la voir en arrivant au travail et qu'on va discuter, même si parfois, c'est juste cinq minutes. Ça égaye mon été. On apprend à se connaître, et j'adore découvrir toutes les facettes de sa personnalité que je n'avais pas soupçonnées. C'est ce qui me plaît vraiment. J'ai beau craquer pour elle, le fait de devenir progressivement son pote me rend heureux.

Je suis toujours persuadé qu'elle est la femme de ma vie, j'ai cette certitude ancrée au fond de mon bide. Mais d'un autre côté, j'apprécie vraiment de prendre le temps de la cerner couche après couche. Je me suis rendu compte que si notre histoire devait évoluer vers quelque chose de sentimental, devenir amis avant donnerait des bases solides à notre relation. Je n'ai pas envie de tenter quoi que ce soit avec Winnie tant qu'elle ne m'aura pas clairement fait comprendre qu'elle veut plus.

Ça ne m'empêche pas de relever certains détails la concernant. Durant nos rendez-vous matinaux, j'ai commencé à repérer les différents enchaînements qu'elle pratique lorsqu'elle est dans le bassin, et lesquels elle utilise pour se dépenser ou au contraire se détendre. J'ai également découvert quelles étaient les boissons qu'elle préférait. Certes, seulement dans le maigre choix qu'offre le distributeur de la piscine, mais quand même, c'est une information supplémentaire. Winnie n'aime pas le café, mais elle adore le chocolat chaud et le thé à la menthe. Alors, j'alterne un jour sur deux, en lui en offrant un après ses longueurs. Le sourire que j'ai en retour, à chaque fois, vaut tout l'or du monde.

Ouais, j'en suis arrivé à ce stade-là.

Et finalement, je kiffe.

J'ai compris que le fait de cultiver notre amitié nous permet de faire tomber les barrières entre nous, que ça renforce le lien qui nous unit. J'aime à me dire qu'avec le recul, ce sera ma meilleure décision.

Je pense souvent à mes parents, en ce moment. Pour moi, ils représentent le couple idéal. Ils sont ensemble depuis la fac, et toujours aussi amoureux que depuis leur premier rencard. Je pensais depuis tout petit que c'était ce que je voulais aussi, mais mes années universitaires ne ressemblent en rien à celles de mon père. Je suis loin de m'en plaindre, je n'ai jamais été forcé à prendre du bon temps avec ces filles. Mais je n'ai pas eu le coup de foudre tant attendu, alors j'ai cru que ce n'était pas pour moi.

Jusqu'à Winnie.

En parlant du loup, je l'observe nager vers l'échelle et monter les marches prudemment. Cette matinée est très calme, puisqu'il n'y a que Jimmy, un autre lève-tôt, qui est en train de s'entraîner. Alors je trottine vers elle, mes claquettes couinant sur le sol. Le temps pour elle de s'enrouler dans une serviette, je la rejoins en lui tendant sa boisson chaude.

– Grosse session, aujourd'hui, je commente.

Elle boit une gorgée, puis soupire avant de me répondre.

– J'ai eu une journée chargée hier, et j'avais vraiment besoin de décompresser. J'ai même rêvé que je nageais, cette nuit !

– Ça m'arrive en période intensive de hockey. Des fois, je me réveille en étant persuadé d'avoir les patins aux pieds !

Elle rigole, puis sèche doucement sa peau humide. Je me force à détourner le regard, parce que ce serait mentir de dire que je ne suis pas attiré physiquement par elle. Mais tant qu'elle ne m'aura pas clairement donné son consentement pour me mettre en mode séducteur, celui-ci restera gentiment en veille.

– Tu n'as jamais songé à faire partie de l'équipe de natation ? je balance, pour me changer les idées.

– Non, avec la radio et les cours, je n'ai pas le temps. Je n'ai pas envie de blinder mon planning, et puis, je préfère venir quand je le désire sans avoir de pression. Tu vois le genre ?

– Je comprends, même si personnellement, je mange de la pression à chaque repas.

Ma remarque la fait rire, puis elle défait sa tresse rousse. Je regarde ses cheveux tomber en cascade sur ses épaules et le long de son dos.

– J'imagine que ça doit être compliqué de gérer une équipe de grands gaillards et les compétitions. Devoir rester calme, impartial, tout ça…

– En vrai, j'adore ça. C'est compliqué, et parfois crevant, mais je me sens dans un univers qui me correspond et je ne me vois pas faire autre chose. Bon, après, je suis loin d'être un maître Yoda niveau tempérament, mais les gars le savent.

Elle hoche la tête, puis détourne le regard pour observer Jimmy faire une rotation afin de recommencer une longueur.

– Qu'est-ce que tu as prévu aujourd'hui ?

– Je vais passer à la radio et voir si je peux prendre mes marques.

La grimace qui lui échappe me surprend.

– Il y a un problème ?

– Non, non, pas vraiment. Laisse tomber, c'est pas important.

Euh… négatif, jolie rouquine. Ce n'est pas mon genre de ne pas creuser quand une personne semble avoir un souci, surtout lorsque je tiens à ladite personne.

– Winnie, vide ton sac ! Je veux dire, tu sais que tu peux me parler.

Elle regarde autour d'elle, comme si quelqu'un allait venir la sauver de cette discussion. Malheureusement pour elle, il n'y a personne hormis Jimmy, qui est déjà bien occupé.

– Adam est partout là-bas, finit-elle par m'avouer. Dans la déco, l'agencement, le matériel… Ce n'est pas évident d'y mettre les pieds et de retrouver cette sensation de sanctuaire que j'y avais. C'était déjà dur de m'y sentir à mon aise depuis notre rupture, je pensais que ça irait mieux après son départ… mais non.

Putain, ça ne m'avait pas du tout traversé l'esprit. Il faut dire que je ne me suis jamais retrouvé dans ce genre de situation non plus. Je me doute qu'un nouveau départ, dans un lieu où elle va passer beaucoup de temps, lui permettrait de se sentir à nouveau bien, presque comme « chez elle ».

– Mais ça va s'estomper, je vais m'y habituer, ajoute-t-elle avec un sourire peu convaincant.

Elle semble prendre mon silence pour un manque d'intérêt, alors que mon cerveau est déjà en train de carburer sur des dizaines de possibilités afin de l'aider.

– Je ne peux qu'imaginer, je lui réponds de manière honnête. Ça ne doit pas être le truc le plus cool du monde, en effet.

Elle pouffe, me prenant une fois de plus de court.

– Je suis sûre que ton cœur n'a pas souvent été brisé.

J'ouvre la bouche pour riposter, mais rien ne me vient, car au fond, elle a raison, et je n'ai pas de contre-argument à lui opposer.

– Ne te fatigue pas, Cade. Tu as la chance de ne jamais t'être retrouvé dans cette situation. C'est à chier, et je ne le souhaite à personne.

Elle me fait un clin d'œil, avant de disparaître derrière cette foutue porte du vestiaire. Lorsque je reprends mes esprits, je suis déjà en train d'échafauder deux plans bien distincts, pour lesquels je vais avoir besoin d'aide.

Il est temps de mettre en place la mission « Sauvons le soldat Wilson ! ».

Capotes extra larges et nervurées.

Je relis pour la dixième fois la liste de courses sous mes yeux, et surtout, ce rajout sauvage. Je reconnais parfaitement l'écriture de Griffin. Si je l'avais sous la main, je le truciderais sur place.

Entre mecs, on se file des préservatifs, on ne se les achète pas. Il y a des limites. Mais on a été très clairs, celui qui se charge de la corvée du supermarché doit rapporter tout ce qu'il y a sur la liste. Sans exception. Même si ça nous colle la honte. Je pensais juste que le Bro Code[6] s'appliquerait ici aussi. Quoique… j'ai été le premier, forcément, à lancer les hostilités avec Hunter, en inscrivant une crème pour les hémorroïdes. Zeke a renchéri, et ainsi de suite. Cela dit, des capotes nervurées, vraiment… ce petit con ne perd rien pour attendre.

6. L'expression a été inventée et popularisée par Barney Stinson, un personnage de la série télévisée *How I Met Your Mother*.

Pour l'instant, je me retrouve comme un débile à devoir me résoudre à lui acheter des putains de préservatifs alors que Maeve est en vacances. Remarque, il me semble l'avoir entendu nous dire qu'elle revenait bientôt. Je n'ai aucun mal à l'imaginer ricaner comme un démon en rajoutant sa petite demande sur la liste de courses.

Comme si j'allais à l'échafaud, je me dirige vers le rayon concerné. Dans ma tête, je me prépare à faire ça en mode ninja, ce qui est ridicule, j'en ai déjà acheté, mais pour moi. Là, j'ai l'impression bizarre de faire un truc sale, et tout ça parce que l'autre n'est pas foutu de trouver un distributeur… Quand j'arrive à destination, j'hallucine complet devant toutes les variétés que ce magasin propose. Sérieusement, qui a besoin d'une capote fluorescente ?

Hunter.

Ou Griffin.

Pour ce genre de conneries, ils sont complémentaires.

Je ricane en cherchant précisément ce qu'a marqué mon gardien, mais je fais chou blanc. J'attrape plusieurs paquets, en pensant avoir trouvé la perle rare à chaque fois, mais non. J'ai l'impression de crever avec les minutes qui s'étirent, alors que je pensais rester dix secondes dans le rayon.

– Le choix est cornélien, hein ?

Je me fige en reconnaissant immédiatement cette voix.

Putain de merde, je suis maudit.

Comme dans les films, je me retourne, et j'ai l'impression que la scène se passe au ralenti. Malgré ça, je croise bien trop vite son regard vert malicieux.

Winnie.

– C'est fou ! On ne se croisait jamais avant, et maintenant, c'est plusieurs fois par jour, je la taquine pour cacher mon trouble.

Mais c'est mal la connaître, car elle ne saisit pas ma perche.

– Tu veux que j'appelle une vendeuse pour t'aider ? Je suis sûre qu'elle pourra te guider dans ta sélection, se moque-t-elle en désignant du menton les boîtes toujours dans mes mains.

J'en prends une au hasard et si Griffin n'est pas content, il pourra cordialement se les foutre au cul. Alors que je m'apprête à rentrer dans son jeu, je remarque une nouveauté qui me fait perdre mes moyens. Je lâche ce que je tiens tellement je suis surpris.

Qu'est-ce que c'est que ce bordel ?

Sans lui laisser le temps de réagir, je l'attrape par les épaules et la fais pivoter.

Putain. De bordel. De merde.

D'un mouvement souple, Winnie se libère de ma prise et se tourne vers moi avec un petit sourire moqueur.

– Tu as coupé tes cheveux… je lâche dans un souffle.

– Bonne déduction, Sherlock. Mais si je me fie à ton expression, je dirais que tu n'aimes pas du tout…

Je me secoue en essayant de me recomposer un visage. Merde, je ne voulais pas lui donner cette impression, loin de là…

– Non, je suis simplement surpris.

Surpris, c'est un putain d'euphémisme.

– Et donc, Cade Reed, qu'en penses-tu ?

Elle passe une main dans ses mèches rousses devenues courtes, leur donnant un peu plus de volume. J'adorais ses cheveux longs, mais son nouveau carré lui donne un côté plus sexy et piquant. Elle est tout simplement encore plus canon qu'avant, ce que je ne pensais pas possible.

– Et toi ?

– Comment ça, moi ?

Cette fois, c'est elle qui est déstabilisée. *Chacun son tour !*

– Toi, est-ce que tu aimes ? je précise.

– Oui, répond-elle. J'adore.

– C'est tout ce qui compte, alors. Et si vraiment mon avis compte pour toi, Winifred Wilson, alors je dirais que tu es magnifique. Ça fait ressortir tes pommettes et ton sourire.

Ses yeux s'écarquillent pendant une brève seconde, avant que n'apparaisse ce sourire à la Julia Roberts : grand, affiché, magnifique.

– C'est vrai ? demande-t-elle, surprise.

– Oui.

Elle se frotte le bras, un peu gênée, ce qui attire mon attention sur la robe à fines bretelles jaune pastel qu'elle porte. Je ne l'avais jamais vue si jolie.

– Du coup, grosse soirée en perspective ? me demande-t-elle, me sortant de mes pensées.

Je comprends très bien où elle veut en venir, et si j'étais timide, le rouge me monterait aux joues. Mais ce n'est pas le cas.

– Même pas ! C'est ce connard de Griffin qui m'a demandé de lui en rapporter.

– Personnellement, je trouve ça très drôle.

– La moquerie ne te va pas au teint, Winnie, surtout quand elle est dirigée contre moi.

Pour seule réponse, elle me tire la langue et replace une mèche sauvage derrière son oreille.

– Et toi, pourquoi tu es dans ce rayon ?

– Captain, tu as le chic pour poser les questions qu'il ne faut pas à une dame.

La partie que j'aime le moins de ma charmante personnalité s'alarme. Je déteste découvrir qu'elle a besoin de capotes, même si je sais au fond de moi qu'elle a tout à fait le droit de s'amuser comme elle veut et avec qui elle veut.

Putain, juste penser ça, ça me coûte. Je veux bien me dévouer, moi, si elle a envie de s'éclater avec quelqu'un.

– D'accord, alors qu'est-ce qui a provoqué ce changement capillaire ? je lance pour me détourner de mes tourments.

Elle passe une main dans ses cheveux afin de les recoiffer.

– Peu après mon anniversaire, j'ai débarqué dans le salon avec une paire de ciseaux en demandant à Nana, ma grand-mère, de me les couper. L'entrée dans la majorité, nouvelle année à Rebel, nouvelle radio, alors nouvelle Winnie. Tout est en train de changer autour de moi et je ne sais pas pourquoi, mais ça m'a semblé être le bon jour. Ça faisait un moment que je les portais longs.

– La meilleure des idées, mais…

Je reste interdit quelques instants, car mon cerveau analyse toutes les informations qu'elle vient de me donner.

Putain.

– Tu as fêté ton anniversaire et tu ne m'as rien dit ? Mais on se voit tous les jours !

À mon ton, elle se rend compte que je suis vexé.

– Non, je n'ai rien fêté dans le sens où tu l'entends. Pas de grosse soirée avec de l'alcool qui coule à flots comme vous avez le don de les organiser. Je suis allée jouer au bingo avec les amies de Nana, puis on a mangé du gâteau et rigolé à s'en faire mal aux abdos. Ça s'est fini devant *Thor* pour le simple plaisir de voir Chris Hemsworth soulever son gros marteau.

Pfff, il n'est pas plus beau que moi, ce type, et je le soulève quand il veut, son marteau à la con. J'aimerais bien le voir sur des patins à glace et affronter un mec qui lui fonce dessus pour l'écraser contre le Plexiglas !

– J'aurais quand même adoré être là et profiter de ce moment avec vous, j'argue.

Je suis déçu qu'elle n'ait pas partagé cette information avec moi. Le passage à l'âge adulte est important. Et j'aurais pu débarquer avec un cadeau, n'importe quoi. Il semblerait que je ne dissimule pas très bien ma déception, puisqu'elle pose sa main fraîche sur mon avant-bras. Le contraste entre ma peau chaude et la sienne est surprenant, mais agréable.

Bien trop agréable.

– Ce n'est rien qu'une date dans un calendrier, un simple anniversaire, Cade. Tout le monde n'aime pas le fêter.

– C'est ton cas ?

Elle secoue la tête. Je crois que c'est la première personne qui me dit ça.

– Non, je n'aime pas la pression qu'il y a autour de cet événement. Donc, les soirées et tout ça, très peu pour moi. Je préfère largement me faire un plateau télé plutôt qu'être en compagnie d'une vingtaine de personnes avec qui il faut obligatoirement parler… Mais, je te promets que tu seras invité à la prochaine soirée bingo, conclut-elle en se retenant de rire.

– C'est à mon tour de te prendre au mot.

– Tu seras un ovni dans la salle. Et tu ressentiras probablement ce que subissent les femmes au quotidien quand elles se font reluquer de manière insistante.

– Je prends le risque. Et à ton prochain anniversaire, je serai là aussi, j'ajoute.

– Oui, Cade, à mon prochain anniversaire aussi.

Elle semble plus dire ça pour se débarrasser de moi qu'autre chose. C'est mal me connaître.

– Je peux au moins connaître la date pour la noter dans mon agenda, histoire de te souhaiter un non-anniversaire comme il se doit l'année prochaine ? je demande innocemment.

Elle fronce les sourcils, puis me sort cette petite moue moqueuse dont elle a le secret.

– Je ne sais pas ce que tu mijotes, mais ça se mérite, de connaître une date aussi personnelle…

Mon éclat de rire résonne entre les rayons.

– Quoi ? lance-t-elle.

– Rien, j'aime la façon dont fonctionne ton cerveau, il ne cesse de me surprendre. Tu sais que si tu ne me donnes pas l'info, je finirai par la trouver par mes propres moyens.

– J'aimerais bien savoir comment tu t'y prendras. Harper et Maeve seront de mon côté et ne te balanceront rien si je le leur demande.

J'étire mes lèvres façon chat du Cheshire, d'*Alice au pays des merveilles*.

– Arrête ça, tu me fais flipper ! me balance-t-elle, en allant jusqu'à reculer d'un pas, comme si elle était vraiment effrayée.

J'aime quand elle entre dans mon jeu.

– Je ne sais pas si tu es au courant, Winnie, mais dans la bande, je suis celui qui a des idées à la con… Ça m'a même valu un titre honorifique.

– Ça, ça ne m'étonne pas vraiment, me répond-elle du tac au tac.

– J'ai aussi un esprit très créatif lorsque je veux obtenir quelque chose. Alors, ne me lance pas un défi sans être sûre de pouvoir me tenir tête, je continue, sans tenir compte de son intervention.

Elle semble mesurer mes propos, mais les balaye d'un geste de la main comme s'ils ne représentaient rien.

Pauvre petite chose, je pense intérieurement.

– Je prends le risque, dit-elle simplement.

– C'est entendu, je découvrirai ta date de naissance et tu reconnaîtras ma supériorité devant nos potes. Pas de pression…

– Ou alors, tu échoueras et tu devras subir une honte sans fin, achève-t-elle.

– Pari tenu ? je lance en lui tendant la main.

– Oh que oui ! Prépare-toi à te faire piétiner, mec !

Une fois de plus, son franc-parler me coupe l'herbe sous le pied, et je me retrouve comme un naze qui n'a plus rien à dire. Cependant, ça ne semble pas la gêner, et elle me sourit avant de m'adresser un clin d'œil puis de partir. L'urgence de ne pas la quitter sur ça fait accélérer mon cœur, et je balance le premier truc qui me passe par la tête.

– Le premier août ? je crie.

Elle se fige, me jette un regard par-dessus son épaule et me lance :

– Tu peux faire mieux que ça, Cade.

– Ça ne me dit pas si je me suis trompé ou pas…

– Non, ce n'est pas ma date d'anniversaire. Tu pourras retenter ta chance demain.

Puis elle disparaît au bout de l'allée.

Ouais, je suis sacrément mordu.

CHAPITRE 6

Here we fucking go again.
I mean, good morning[7].

(Vu sur Pinterest)

WINNIE

Selon moi, sept est le chiffre idéal.

Pour que la radio tienne une belle homogénéité à l'antenne de six heures à vingt-trois heures, il faut sept émissions diffusées tout au long de la journée, le tout entrecoupé de *playlists* pendant les créneaux les plus creux.

Je fixe le tableur sur mon écran en massant ma nuque douloureuse. Si j'arrive à faire ce que je veux, la radio va connaître un sacré raz-de-marée. Au revoir les lives seulement de temps en temps et les épisodes préenregistrés, et bonjour les émissions en direct et les trucs qui parlent réellement aux étudiants, en continu. Il n'y aurait plus que les podcasts qui seraient enregistrés à l'avance. Pour une question de disponibilité du local, ce sera plus simple.

Oui, je suis plutôt contente de ce planning. Il ne reste qu'à le remplir avec des thématiques bien précises… Plus facile à dire qu'à faire. C'est ça, le hic, la doyenne croit en

---

7. C'est reparti, putain.
Je veux dire, bonjour.

moi, et je ne veux pas la décevoir, alors je ne peux pas lui proposer un truc moisi. C'est enfin ma chance d'apporter ma pierre à l'édifice, de montrer ce que je vaux et de faire bouger les choses. De briller. Il n'est pas question que je me foire, du coup, je me mets une pression hallucinante.

Je fixe mon document et remplis la dernière tranche horaire en live. Elle est prise par la rubrique *sexo* de Lemon, qui a toujours bien fonctionné. L'animatrice est hyper à l'aise avec tous ces sujets. Seulement, je me dis que ce serait sympa qu'elle soit accompagnée d'un mec et qu'ils débattent tout en répondant aux gens qui appellent. Elle avait proposé d'améliorer sa rubrique de la sorte, mais comme elle marchait bien, Adam ne voulait pas y toucher. Je l'appellerai après pour en discuter avec elle, je suis certaine qu'elle sera ravie de l'évolution des programmes.

Le midi, il me semble logique que Malcolm continue de parler bons plans, restaurants et autres, mais cette fois-ci, en direct. Quant aux podcasts enregistrés, on pourrait les glisser en fin d'après-midi, les auditeurs raffolent de ceux de Harper. Je me demande si en préparer sur la politique ou l'humour serait une bonne idée. Pour le reste, il y a trop de possibilités. Il faut trouver des sujets pour la matinée, mais aussi combler la fin de journée.

Et si j'envisageais de faire une émission, moi aussi ? J'animais des interviews une fois par semaine, mais je me suis toujours sentie frustrée de ne pas développer plus tout ça. J'en avais fait la demande à Adam, mais il disait toujours « plus tard » ou « peut-être »… Comment est-ce que j'ai pu ne pas voir que ce type était un odieux connard ? Il ne m'a jamais poussée à aller plus loin, si ce n'est vers le bas. Il ne m'a jamais fait confiance.

Mais peut-être qu'il savait que je n'étais pas assez bien pour le direct. Ai-je vraiment les épaules pour m'engager davantage et me mettre sur le devant de la scène ? J'en aurais envie, c'est vrai, mais je ne suis plus tout à fait sûre de moi.

Je secoue vivement la tête. Non, mon but n'est pas de penser à moi, mais à la radio et à ce que je dois en faire. Et je me défoncerai pour créer un truc génial. Si j'anime, je n'aurai certainement pas le recul nécessaire pour bien gérer le reste de l'équipe. Et puis, il y a encore plein de choses à trouver.

Du percutant.

Du brillant.

Du John Rebel University.

J'attrape mon téléphone afin d'envoyer un message de SOS à une déesse de la communication :

Winnie : *Hello, ma belle ! Tu vas bien ?*

Comme je m'y attendais, elle répond dans la seconde.

Harper : *Nickel, et toi ?*

Winnie : *Ça va, je suis en train de bosser sur la future grille de programmes de la radio.*

Je prends le temps de réfléchir à mes prochains mots pour être sûre de bien réussir à lui expliquer mon problème.

Winnie : *J'ai quelques créneaux de remplis (Malcolm et Lemon), mais c'est la version que je dois présenter à la doyenne, alors faut des putains d'idées de génie, tu vois le genre ? Et j'ai l'impression de ne pas en avoir. Je me sens stressée et complètement dépassée alors que j'étais hyper-excitée de base. Du coup... HELP !*

Harper : *Je vois carrément ce que tu veux dire, mais ne panique pas. On va trouver des trucs géniaux et Wells va surkiffer !*

Winnie : *C'est plus fort que moi, j'ai l'impression de ne pas être légitime, un bon gros syndrome de l'imposteur, quoi…*

Harper : *Pour la présidence de la radio, tu es ABSOLUMENT légitime. Alors, ôte-toi de la tête que tu n'es pas faite pour ça.*

Je n'ai pas le temps de répondre qu'un nouveau message arrive dans la foulée :

Harper : *C'est compris ?*

Winnie : *Promis, j'essaye.*

Harper : *Pour les idées, je réfléchis. Laisse-moi deux minutes.*

Je me cale dans mon lit. Les trois petits points apparaissent et disparaissent pendant plusieurs minutes. J'ai vraiment besoin de faire un truc bien. Même si j'ai des projets, les voir se concrétiser, c'est un autre niveau. Et je crois qu'une part de moi flippe que ça devienne concret et soit soumis au jugement d'autres personnes.

Harper : *Je peux ajouter Hunter à la conversation ? J'étais au téléphone avec lui et il veut participer. Il a une idée, mais il ne veut pas que je la dise à sa place, car il refuse que je lui pique la gloire si tu la valides. Bon sang, qu'il me fatigue, des fois…*

Winnie : *Pas de souci. J'espère que ça vaut le coup, vu comme il fait sa diva !*

Harper : *Les mecs… je te jure.*

À peine quelques secondes plus tard, Harper m'invite dans un groupe de discussion nommé « Brainstorming Radio ».

Hunter : *Salut, Baby H. Salut, Winnie !*

Winnie : *Salut* 😊

Harper : *Alors, cette idée de génie, elle vient ? Parce que le suspense est à son comble. On trépigne d'impatience d'entendre ce que tu vas nous proposer.*

Hunter : *J'ai pensé que vous pourriez faire une émission qui parle de moi. Dire à quel point je suis exceptionnel, sexy et gentil, pour commencer. Une émission sur Hunter Clark, le membre des Grizzlys le plus apprécié.*

Harper : *Tu cherches une nouvelle meuf, peut-être ? En mode recrutement via la radio ?*

Hunter : *Jamais, ma Baby H, mais avoue-le, je suis formidable. En plus, depuis que t'es en Floride, je m'embête un peu…*

Harper : *On bosse, nous.*

Hunter : *Griffin demande qu'on l'ajoute dans le groupe. Il est dans* *la piaule et il dit qu'il a une suggestion fantastique.*

Harper : *Je te promets que si tu invites ton pote et qu'il raconte une connerie comme toi, je vous démonte tous les deux.*

Aucune réponse.

Puis un nouveau pseudonyme se greffe dans la conversation, et enfin, le retour des points de suspension.

Je sens l'exaspération de Harper, qui a déjà subi ça. Je glousse comme une idiote, en me disant que plus on est de monde et plus les idées peuvent fuser. Mais en même temps, il ne faudrait pas que ça parte dans le n'importe-quoi et que je me retrouve avec encore moins de contenu qu'au départ…

Griffin : *Sa Majesté est arrivée, faites de la place !*

Harper : *Fais gaffe, je t'ai à l'œil. Si tu ne veux pas que je demande à ta copine de faire ceinture pendant une semaine (et je te jure sur la tête de ton pote de chambre qu'elle coopérera, car elle m'aime), je te conseille d'avoir une bonne idée à soumettre.*

Griffin : *Hunthunt, ta copine, elle est méchante.*

Hunter : *Tu pouvais me dire ça en vrai, abruti. Je suis littéralement à deux mètres de toi.*

Je les imagine aisément en train d'écrire sur leurs smartphones et de ricaner alors qu'ils sont dans la même pièce.

Griffin : *Oui, mais elle est méchante. Fallait qu'elle le sache.*

Hunter : *Je sais. Elle est en manque de sa dose de Hunter, le soleil de sa Floride n'est pas aussi resplendissant que moi. Je suis le sunshine-plus-ultra !!*

J'éclate de rire. Oh, bon sang, si je m'attendais à ce que la conversation prenne ce tournant. Peut-être que je devrais leur proposer d'animer une émission, tous les deux. Ils feraient un sacré show !

Griffin : *Concentrons-nous, les enfants. Winnie, tu veux de la nouveauté live pour la radio, c'est ça ?*

Winnie : *Oui, il me faut plusieurs idées pour les heures de grande écoute. L'ancienne grille de programmes n'avait que deux plages horaires en direct sur la semaine, mais je pense qu'on peut en faire beaucoup plus et bien mieux.*

Griffin : *J'ai déjà écouté la rubrique sexo, et c'était vraiment cool ! Pourquoi ne pas avoir un nouveau rendez-vous animé par un mec et une nana ? Ça pourrait plaire aux gens.*

Winnie : *C'est pas mal, mais quels seraient les sujets de discussion ?*

Griffin : *Tout et n'importe quoi. Des trucs qui intéressent les jeunes. Et surtout, ce seraient des étudiants qui parlent à d'autres étudiants de choses qui les touchent, un peu comme on voit dans les radios nationales. Il y a* *toujours des* talk-shows *spécifiques qui surfent sur l'actualité, tu pourrais reprendre ce principe.*

L'idée de Griffin me plaît beaucoup, il y aurait moyen de faire quelque chose avec. Ça demanderait du travail, de trouver les thèmes et les angles de débat… mais ça, ce seraient les animateurs qui s'en occuperaient. Et surtout, c'est dans la ligne éditoriale que je souhaite.

Hunter : *Films, séries, jeux vidéo. Les sujets de papotage peuvent être hyper-variés.*

Harper : *Ça pourrait aussi être un moment où les gens appellent pour parler de leurs problèmes, avoir une oreille attentive. Ou tout simplement des questions en tout genre : quoi porter pour un rencard ? Comment bien préparer ses révisions à un examen ? Ou partir dans le loufoque en mode : est-ce qu'on met le lait avant ou après les céréales ? Un live complètement décomplexé.*

Winnie : *C'est génial comme concept ! Ça ferait une super rubrique juste avant l'émission sexo, qu'on pourrait aussi développer avec les auditeurs qui voudraient des conseils sur comment séduire leur crush ou autre !*

Je sens l'enthousiasme monter en moi, j'aime l'efferves-cence et le ping-pong d'idées entre nous tous. C'est bon de pouvoir compter sur ses amis, et si jamais la radio peut aussi être ce relais-là pour ceux qui n'ont pas cette chance, ce serait vraiment cool ! Lors de ma première année, je me souviens de m'être sentie bien seule, au début.

Cade : *Euh... on m'a ajouté dans la conversation. Salut ?*

Je ne peux pas m'empêcher de sourire en le voyant apparaître comme par magie dans notre groupe.

Winnie : *Salut, Captain !*

Hunter : *C'est moi qui t'ai invité. On cherche des idées pour la version 2.0 de la radio de Winnie.*

La radio de Winnie. Mon cœur rate un battement à la lecture de ces mots. Je ne suis pas sûre de m'y faire un jour.

Cade : *OK, là, comme ça, je n'en sais rien.*

Griffin : *Merci de ton aide, Cadounet. On savait qu'on pouvait compter sur toi !*

Cade : *Ta gueule. On me prend de court, je viens de sortir du travail.*

Winnie : *Désolée de t'imposer ça.*

Cade : *Pas de souci. Vous avez déjà des pistes ?*

Winnie : *Les deux créneaux du soir sont pris. Griffin a trouvé un super concept de live en début de soirée.*

Harper : *Du style décomplexé. Les gens pourront appeler au besoin pour demander conseil ou débattre.*

Griffin : *Je suis le meilleur, cherchez pas.*

Harper : *Les Grizzlys et leur modestie, c'est fabuleux.*

Cade : *Eh, on ne me mêle pas à ça.*

Hunter : *Tu veux que je le frappe ? Vu que t'es pas physiquement là, je peux m'en charger.*

Griffin : *Je t'attends, p'tite bite.*

Je manque de m'étouffer. Ces mecs sont complètement timbrés et je n'imagine pas l'ambiance à la colocation, ça doit envoyer !

Cade : *Dire que je suis le leader de ces timbrés… Et Hunter, le temps de faire la route, je m'en charge en rentrant* 😼

Hunter : *OK. Mais avoue surtout que tu nous aimes et que tu es le ROI de cette joyeuse troupe.*

Griffin : *Harper, ton mec vient de péter dans la chambre !!*

Harper : *Bien fait, t'as qu'à être plus modeste.*

Griffin : *C'est une horreur, la piaule est si petite que c'est comme si l'odeur restait incrustée dans les murs. Et comme il repète par-dessus, ça pue en permanence. Je vais crever, à force.*

Oh, bordel.

Cade : *BON, SINON !!!! Vous avez pensé à une matinale ?*

Winnie : *Tu peux développer l'idée ?*

Cade : *Horoscope, météo, actus liées au campus, offres d'emploi (on a tellement galéré à trouver les nôtres). Tu peux parler de tout ce qui se passe autour de l'université, comme les lectures de poésie qu'il y a au café littéraire ou les œuvres de charité qui vont pleuvoir avec la rentrée…*

Hunter : *C'est pas mal, tu pourrais parler des matchs du jour s'il y en a, des manifestations, des différents clubs, etc.*

Je m'empresse de noter les propositions qui défilent sous mes yeux. Ils sont forts !

Winnie : *Merci, Cade, l'idée est vraiment brillante, j'aime beaucoup. Manque plus qu'à trouver quelqu'un de motivé pour faire du six heures-huit heures cinq jours par semaine !*

Harper : *Tu pourrais t'occuper de cette rubrique.*

Winnie : *Qui ça ?*

Harper : *Toi, patate, notre rouquine préférée !*

Harper : *Tu es une lève-tôt et bon sang, il est temps que tu passes plus souvent à l'antenne. En plus, c'est déjà toi qui récupères toutes ces infos pour la radio ! Winnie, ne* *me force pas à le dire ici, sinon, tu sais que les mecs ne vont plus te lâcher.*

Griffin : *Je veux savoir.*

Cade : *Idem.*

Je n'aime pas avoir la pression, mais d'un autre côté, je connais Harper et je sais qu'elle ne me pousserait pas à entreprendre un truc qui ne me ferait pas du bien. Pourtant, le doute est encore très présent. Ce serait me rajouter une grosse charge de travail, en plus de présider la radio et de valider les contenus des autres animateurs.

Winnie : *Je ne sais pas, je verrai…*

Harper : *Tu ne me laisses pas le choix.*

Je me mords la lèvre, en sachant très bien ce qui va suivre. Je ne tente rien pour l'arrêter, parce qu'avec Harper, c'est peine perdue.

Harper : *Elle est persuadée qu'elle n'est pas légitime et Adam ne voulait pas qu'elle soit plus souvent à l'antenne. Donc, elle doute d'elle-même.*

Cade : *Quel bouffon !*

Hunter : *Un gros bouffon !*

Griffin : *Un big troufion de bouffon ! Tu étais géniale avec nous en live.*

Winnie : *Vous êtes adorables, mais le live avec vous était facile, vous avez fait tout le job.*

Harper : *Sans une bonne animatrice, la meilleure émission serait nulle à chier !*

Cade : *Tu pourrais au moins essayer, et si ça ne te convient pas, ben tu le sauras. Sinon, tu pourrais le regretter un jour. Et les regrets, c'est vraiment du caca en boîte.*

Je me mordille la lèvre en lisant les messages. Ils ont tous raison. Je dois au moins tenter le coup et ne pas me laisser submerger par Adam et son comportement passé. Mais c'est si simple de dire non et de rester dans ma zone de confort…

Griffin : *WINNIE ! WINNIE ! WINNIE ! WINNIE !*

Winnie : *Oui. D'accord !! Je vais tenter. Je vais le faire, mais je ne promets pas de m'accrocher coûte que coûte. Si ça ne me plaît pas, je laisserai ma place. Merci à vous tous, en tout cas, ça m'a beaucoup aidée.*

La conversation se poursuit et ma feuille est paraphée d'idées loufoques par endroits, mais que j'ai hâte de poser au propre. En y ajoutant de la musique pendant les heures creuses et en trouvant une équipe pour tout ça, il y a moyen de rendre madame Wells fière.

Winnie : *Bon sang, il va falloir recruter et trouver des gens capables de faire ça en plus de leurs cours.*

Harper : *C'est génial ! On va former une team de dingue.*

Hunter : *Du calme.*

Harper : *Jaloux ?*

Hunter : *Carrément.*

Harper : *Il faut lancer les annonces, on va relayer l'info sur mes réseaux sociaux. Ça va être le feu. On va trouver, ne t'en fais pas.*

Winnie : *Merci, vous me sauvez la mise. Vos idées sont vraiment exceptionnelles, je vais pouvoir faire un super fichier pour Wells.*

Cade : *Tiens-nous au courant de ce qu'elle dira, même si je suis persuadé qu'elle va aimer.*

Tout le monde finit par quitter la conversation après quelques derniers échanges. Bien qu'il soit l'heure de dîner et que je devrais me lever pour sortir le wrap qui m'attend dans le frigo, j'attrape mon ordinateur afin de mettre au clair toutes ces idées. Mon doigt tremble un peu quand je remplis la tranche horaire de « six heures-huit heures » et que j'y note mon prénom.

Moi, en matinale ?

Tous les jours ?

Bon sang, je peux le faire. Nana me pousserait, elle aussi, et si elle savait que je me bride à cause d'Adam, elle me servirait des discours à n'en plus finir. Je dois tenter le coup. Parce que je suis d'accord avec Cade, les regrets, c'est bien du « caca en boîte ».

Bon sang, je remercie par la pensée la bande de Harper d'avoir débarqué dans la conversation. Ces mecs sont géniaux. Je pourrais le faire en personne avec Cade à la piscine quand je le verrai demain.

J'ai hâte d'en parler de vive voix avec lui.

CHAPITRE 7

Situation amoureuse (partie 1) :
✓ Célibataire
× En couple
✓ En train de faire une connerie…
(Alfreda Enwy & Alicia Garnier)

Cade

– Tu n'as pas peur qu'elle tombe dans les pommes en arrivant ?

Je sais que la question de Harper est spontanée et sans pression, mais elle vient titiller une inquiétude que j'essaye d'enfouir loin dans mon esprit depuis le début de la matinée.

Ouais. Il y a des chances que Winnie soit vraiment surprise, et je ne sais pas si ce sera positif ou négatif. Mais de là à provoquer un malaise, il ne faut pas déconner.

Pas vrai ?

– Cade, tout va bien ? insiste Harper.

Je descends de l'échelle sur laquelle je me tiens en équilibre et lui sers mon plus beau sourire.

– Elle va adorer l'initiative, j'en suis certain, je lui lance, beaucoup plus confiant que je ne le suis réellement.

Le sourire qu'elle me renvoie en retour ne trompe personne, mais elle semble accepter ma réponse, pour le moment. Dans un monde idéal, Winnie aurait été avec nous, mais je ne sais pas si elle nous aurait laissés l'aider et prendre les choses en main. Alors j'ai préféré passer mon projet sous silence et lui faire une surprise complète. Je jette un coup d'œil à la petite pièce dans laquelle on se trouve. Tout le monde est présent, les mecs sont au taquet, tandis que Maeve et Harper tentent de les calmer, tout en apportant leur pierre à l'édifice.

Bon courage à elles, parce que pour vivre aux côtés de ces deux-là, je sais combien ils sont ingérables et fatigants.

Quand je leur ai parlé de mon idée, ils ont tous été hyper-emballés, peut-être un peu trop. Mais on est comme ça, on fait les choses à fond ou on ne les fait pas du tout. Les filles ont créé les visuels de ce que j'avais en tête, et on s'appuie dessus pour ne pas partir dans tous les sens. Harper est même rentrée plus tôt de Floride pour être présente.

– Tiens, les photos que tu as demandées, me dit Maeve, en me tendant de jolis cadres en bois.

– Merci, tu as géré.

– Bien sûr, pour qui tu m'as pris ? rétorque-t-elle, avant de se détourner.

Un rire franc m'échappe ; elle est toujours piquante à souhait. Griffin doit vivre un véritable rodéo à ses côtés. Le petit veinard.

– Cette couleur orange est osée, mais j'aime beaucoup ! Et je suis sûr que Winnie va surkiffer, me balance Hunter en arrivant à mon niveau et en me cognant sur l'épaule.

Mes genoux ploient légèrement sous la puissance de sa tape amicale. Ce mec est un ours, ma parole. Et pourtant, je n'ai pas à rougir niveau carrure, mais là, je n'étais pas près. Il le remarque et ricane légèrement.

– Ouais, je me suis dit que ça trancherait carrément avec le « avant ».

– Difficile de faire pire quand la couleur de base était gris dégueulasse, lâche Griffin en passant.

– Il n'a pas tort, ricane Hunter. Mais je confirme, plus aucune trace d'Adam.

J'ouvre la bouche pour répondre, pourtant, aucun mot n'en sort. Même si je n'ai pas explicitement dit les choses comme ça, je comprends qu'ils ont clairement vu à travers mon jeu. *Ils savent.* Pourquoi je me tue à essayer de leur cacher quoi que ce soit, au fond ? Et je crois que ça m'enlève un poids, car je me dis qu'au besoin, je pourrai enfin me confier à eux à propos de Winnie. La seule qui semble ne pas percuter que je craque pour elle, c'est la principale concernée. Mais chaque chose en son temps.

– Je suis surtout content que Wells ait accepté de nous laisser faire.

On était obligés de passer par elle, car il nous fallait son aval. Mais Harper et Hunter se sont chargés de tout et sont revenus avec la bonne nouvelle. Entre sa décision de proposer le job de directrice de la radio à Winnie, sa patience envers Hunter et le soutien qu'elle nous a apporté avec le calendrier, je commence à me dire que cette femme est une sainte. Je nous estime chanceux de l'avoir à nos côtés.

– Il n'y avait aucune raison. Elle adore Harper, et elle sait maintenant qu'on peut se montrer sérieux. En plus, on avait de très bons arguments à lui apporter.

Je me tourne vers Hunter, les sourcils levés.

– Lesquels ?

– Principalement, l'idée que la radio ne se rénove pas que dans ses programmes, qu'elle avait clairement besoin d'un coup de fraîcheur. Ensuite, le fait que ce serait bénéfique pour Winnie. Et que ça resterait à notre charge, bien entendu…

Je n'ai pas pu assister à cet entretien parce que je travaillais, et jusqu'à maintenant, Hunter ne m'avait pas raconté comment ça s'était passé. Quand je suis rentré du boulot, il m'a juste balancé un « elle a dit oui », avant de s'enfermer dans sa chambre avec sa copine.

Lorsque Winnie m'a avoué que la radio lui rappelait à ce point l'autre tocard d'Adam, j'ai su que je devais faire quelque chose. J'ai compris que pour qu'elle se sente chez elle ici et qu'elle arrive à y travailler correctement, il lui fallait son endroit bien à elle. Cela dit, en y réfléchissant, je me rends compte que j'ai décidé de transformer ces lieux, mais que c'est peut-être une initiative qu'elle aurait aimé prendre elle-même. Une pointe de stress me pique de nouveau le cœur. J'espère ne pas être allé trop loin et que ça lui fera plaisir.

– Allez, aide-moi à accrocher ces cadres, je lance, pour me sortir de mes pensées.

– À tes ordres, Captain ! répond Hunter.

Je lui tends les clichés avant de remonter sur l'échelle. Quand on recule de quelques pas pour admirer le résultat, je suis plutôt fier de moi. Sur ces photos, il y a la vie de la radio, de ses podcasteurs, et bientôt animateurs. Et bien sûr, de Winnie. Elle est présente sur beaucoup d'entre elles, toujours souriante et magnifique. Il reste même de la place pour les petits nouveaux qui vont arriver cette année. J'ai tout prévu.

– Tiens, il manque celui-là, annonce Zeke en me tendant le dernier cadre.

Je prends le temps de le regarder en détail, il s'agit d'un cliché de nous quatre – Hunter, Griffin, Zeke et moi –, pris juste après la finale du Frozen Four. Je ne pouvais pas laisser une si belle occasion passer alors que je suis en charge de la rénovation de ce lieu. Comme ça, elle m'aura, victorieux, sous les yeux tous les jours. Je ne suis pas peu fier de cette idée de génie.

J'ai laissé un espace vide, pile au milieu du mur, histoire d'avoir le meilleur spot. Deux coups de marteau supplémentaires et on trône dans cette pièce, comme les champions qu'on est.

– Vous êtes dégoulinants de sueur là-dessus, lâche Maeve en s'approchant pour détailler le cliché.

– C'est la transpiration des vainqueurs, mon roi, intervient Griffin. Et je te signale que tu m'as embrassé alors que j'étais dans cet état.

– D'accord, mais je ne voudrais quand même pas être la personne qui s'occupe de laver votre matos…

La pauvre… Elle n'a aucune idée de la vérité derrière sa phrase.

Quand on finit un match ou un entraînement, on est souvent dans un sale état, et autant les affaires que l'on met dessous ou nos maillots peuvent être lavés régulièrement, autant le reste de l'équipement, c'est une autre histoire.

Le regard que j'échange avec les mecs lui met la puce à l'oreille.

– Parce que vous le *lavez*, n'est-ce pas ?

– Oh. Mon. Dieu ! s'exclame Harper, en comprenant la triste réalité. Alors ça, ça mérite un papier dans le journal tellement c'est répugnant.

– Cade pense que ça porte malheur, et personne n'a voulu se risquer à lui prouver qu'il avait tort, se justifie Hunter.

– C'est quoi ces conneries ? Mon grand-père lave toujours son matos ! insiste Maeve.

– Tu en es sûre ? je l'interroge, innocemment.

Elle ouvre la bouche, prête à répondre, mais je l'interromps.

– Avant de t'avancer, tu ferais mieux de lui demander.

– Je connais son petit cérémonial, comme le fait qu'une fois sa crosse bandée, plus personne n'avait le droit de la toucher, sinon il recommençait. Et aussi le fait qu'il embrassait toujours la photo de ma grand-mère avant de quitter le vestiaire, mais ça… crois-moi, je vais lui poser la question !

Elle connaît son grand-père mieux que nous, mais elle serait surprise du nombre de routines qu'on a tous. Les hockeyeurs, comme beaucoup d'autres sportifs, sont très superstitieux, et on a souvent des rituels d'avant-match pour espérer mettre la chance de notre côté. Il est hors de question que je tente le diable pour une histoire de nettoyage. Le gros de mes protections passe au lavage une fois par mois, et après, il faut faire avec, point barre.

– Bon, les enfants, ce n'est pas tout, mais il faut aller chercher les meubles dans les voitures, annonce Griffin en tapant des mains. J'ai presque fini dans la pièce d'enregistrement et Winnie doit se pointer dans moins d'une heure. Donc du nerf !

Je regarde mon portable, il est déjà onze heures, le temps a filé beaucoup plus vite que je ne l'imaginais. Harper a donné rendez-vous à Winnie à midi pour parler stratégie concernant la nouvelle grille de programmes.

Elle ne s'imagine pas ce qu'on lui réserve. J'ai tellement hâte, bordel.

On se secoue pour suivre Griffin en file indienne jusqu'au parking, où on s'est garés un peu à la va-vite. L'avantage d'avoir la fac presque que pour nous, c'est qu'on peut encore faire ce qu'on veut. Pas de police du campus pour gueuler, et ça, c'est juste trop bien. Dommage que les vacances d'été se terminent bientôt.

11 h 58.

On a fini.

Je n'en reviens pas. L'espace vibre d'une nouvelle énergie qui, je l'espère de tout cœur, plaira à la principale concernée. Ça a été beaucoup plus de travail que prévu et sans la troupe, je n'aurais tout simplement pas réussi dans les temps.

– Franchement, merci à tous, je répète pour la centième fois de la matinée.

– C'est pour Winnie qu'on l'a fait, donc arrête de nous remercier. Cette meuf mérite le meilleur, balance Harper en souriant.

Et elle a parfaitement raison.

– Elle mérite peut-être le meilleur, mais qui va payer pour les ampoules sur mes magnifiques mains ? se plaint Griffin.

Je lève les yeux au ciel avant de dire quelque chose que je pourrais regretter.

– Mec, tu bosses dans un centre de soins pour bourges, tu vas trouver une *crècrème* pour corriger ça, j'en suis sûr, ne peut résister Zeke.

– Tu es cruel, Hezekiah, tu sais que je n'ai plus les moyens de m'acheter leurs produits, s'offusque faussement notre gardien.

– Genre, ça t'empêche d'essayer tous les échantillons qu'ils ont en stock, j'enchéris, sur le ton de la rigolade.

– Comment osez-vous, tous ? Je suis un employé modèle, je vous signale.

– Princesse, on te suit à la trace, à la maison, entre les odeurs de parfum et ton compartiment à produits de luxe dans la salle de bains, que personne n'a le droit de toucher, sous peine de t'entendre râler pendant des heures, l'achève Hunter.

Je pince les lèvres très fort pour ne pas exploser de rire face à la mimique parfaitement outrée que tire Griffin.

– Tu n'avais pas à toucher à ma crème de jour.

– J'avais des cernes et… c'est pas la question, on t'a jamais appris à partager ?

– Je ne vais pas partager mes produits avec un rustre dans ton genre. En plus, il y avait la trace de tes trois putains de doigts dans le pot.

– T'es une vraie diva quand tu t'y mets.

– Vous allez le laisser tranquille un peu, oui ? s'interpose Maeve, en le prenant dans ses bras.

Il nous fait toujours face et nous présente ses deux majeurs, avant de refermer ses mains sur le dos de sa copine et d'ajouter :

– Moi, au moins, quand je sors de la salle de bains, ça se sent. On dirait que pour certains – l'*un* d'entre vous, surtout –, il suffit de passer la tête sous le jet d'eau pour appeler ça une douche.

Un ricanement m'échappe. Je m'apprête à rétorquer, prêt à en découdre encore un peu, quand la porte de la radio s'ouvre dans mon dos. Je me retourne vivement pour voir la plus belle personne de mon univers.

Winnie.

La bouche grande ouverte.

Les yeux écarquillés.

Splendide.

Je me reprends avant les autres pour lâcher un « Surpriiiiiiiiise ! », qui la fait sursauter et semble la ramener parmi nous. Harper lui bondit dessus sans plus attendre, alors que Winnie tente de rassembler ses esprits et de suivre tout ce que lui raconte son amie. Les mecs vont l'entourer pour lui dire bonjour et lui montrer ce qu'ils ont fait pour elle. De mon côté, je reste un peu en retrait, le temps que l'effervescence redescende. J'ai tout le temps du monde pour lui parler et profiter de sa réaction. Alors je patiente, assis dans le canapé que l'on a installé dans un coin de la salle principale, la régie, pendant que Griffin lui fait faire le tour de la pièce d'enregistrement. Plusieurs fois, je la vois s'essuyer les joues à travers la vitre qui sépare les deux endroits.

Opération « Sauvons le soldat Wilson ! » : succès !

Je suis en train de scroller sur mon portable quand je sens quelqu'un s'avachir à mes côtés. Je suis surpris d'y trouver Winnie, le visage coloré par l'émotion. Ses yeux capturent les miens et en un instant, j'ai soudain de nouveau douze ans. Quand elle est là, je ne sais visiblement plus parler aux filles. Elle m'impressionne plus que je ne veux bien l'admettre. Parce qu'elle capte constamment toute mon attention, parce qu'elle est la seule nana à me foutre dans cet état et parce que depuis peu, elle vibre d'une aura qu'elle n'avait jamais dégagée et à laquelle je suis visiblement hypersensible. Winnie est ma kryptonite.

– Merci, murmure-t-elle.

D'un coup d'œil, je remarque que la bande est en train de déconner avec les micros, derrière la vitre.

– Je n'ai pas fait ça tout seul…

– Non, mais je sais que c'est ton idée. Je n'en ai parlé qu'à toi, me coupe-t-elle. Alors, Cade Captain Reed, merci.

Je déglutis péniblement, et je suis sur le point de me reprendre, quand elle se penche doucement vers moi pour poser ses lèvres… sur ma joue.

La caresse de sa bouche sur ma peau est comme un électrochoc.

Ouais, je suis foutu…

Je force mon cerveau à se remettre de son *crash test* pour retrouver la parole. Je lui souris de toutes mes dents, avant de lui tapoter le genou.

– C'est ce qu'on fait pour ses amis, non ? Se serrer les coudes en cas de besoin.

Oh. Putain. Pitié, ferme-la.

Elle me regarde comme si je venais d'être victime d'un AVC, et elle n'est peut-être pas très loin de la réalité. Je n'en reviens pas de lui avoir dit ça *et* de lui avoir tapoté le genou comme me le fait ma grand-mère depuis que je suis tout petit.

– Eh, Cade ! Tu peux dire à Hunter que ma voix est plus sexy ?

L'interruption de Griffin, qui débarque comme un diable en boîte, fait éclater la gêne qui m'entourait.

– Pardon ?

– Ma voix, m'explique-t-il, comme si j'avais deux ans. Elle est bien plus sexy que celle de Hunter, non ?

C'est quoi ce bordel ?

Je suis tombé dans un monde parallèle, c'est ça ? Ça expliquerait pourquoi je me comporte comme un jeune puceau avec Winnie, et la question que me pose Griffin.

– Tu vois, même lui sait pas quoi te répondre tellement tes espoirs sont vains, Princesse, argumente Hunter, en enroulant son bras autour des épaules de Griffin pour le ramener vers l'autre salle.

– Je ne suis pas d'accord, s'interpose alors Winnie en souriant. Celui qui a la voix la plus sexy, c'est Zeke. Il pourrait s'enregistrer pour des livres audio coquins, ça marcherait du feu de Dieu !

Hunter et Griffin s'offusquent comme deux gamins. Quant à moi, je fusille des yeux mon pote, qui n'a rien entendu de ce qui vient de se dire sur lui. Il est en train de rigoler avec Maeve et Harper, pour une fois innocent.

Est-il possible d'être jaloux d'une voix ?

Il faut croire que oui.

– Pffff, vous n'avez aucun goût… lâche Griffin. Zeke, une voix sexy, et puis quoi encore ?

– Laisse tomber, elle entend mal à cause de tous ces casques sur ses oreilles à longueur de temps, enchérit Hunter.

Et ils partent comme des fleurs en ricanant. Ces mecs auront ma peau un jour, ils passent tellement du coq à l'âne que parfois, même moi, j'ai du mal à les suivre. Mais je les aime pour ça aussi.

– Au fait… quinze juillet ? je lance innocemment.

Elle se tourne vers moi, les sourcils froncés, et je vois le moment précis où elle comprend ce que je suis en train de faire.

– Non, toujours pas.

– Le vingt-deux ?

– Tss, tss, tss, ne triche pas comme ça. Tu ne peux me demander qu'une fois par jour, voyons.

– J'ai tellement de moyens à ma disposition pour trouver ta date d'anniversaire.

– Je serais curieuse de savoir quelle méthode tu auras employée quand tu trouveras.

Quand, pas si.

Elle sait que je vais jouer le jeu jusqu'au bout, elle commence à bien me cerner.

– D'ailleurs, ça me fait penser, si tu es OK, je voulais te demander de faire les recrutements des nouveaux animateurs pour la radio avec moi…

– Non pas que je ne sois pas ému que tu me le proposes, mais pourquoi moi ? Non, laisse-moi deviner, les filles étaient prises ?

Son rire fait vibrer mon cœur et m'arrache un ricanement presque malgré moi.

– Non, je ne le leur ai pas proposé. Vu les thématiques de certaines plages horaires, il pourrait y avoir des étudiants lourdingues. Avoir de gros bras musclés avec moi me rassurerait.

– Donc, ce n'est que pour ma superbe musculature ? Je savais que ça me retomberait dessus un jour. Le poids harassant d'un physique comme le mien…

– Tu viens de faire une référence au *Roi lion* là, ou je rêve ?

Je lui fais un clin d'œil et elle éclate de rire.

– T'en as d'autres de ce genre ?

– J'aime beaucoup m'écouter parler, alors ouais, j'en ai d'autres en réserve.

Elle me regarde, les yeux plissés d'amusement.

– Plus sérieusement, tu sembles réussir à bien décrypter les gens et ça m'aiderait vraiment. Tu as l'habitude de gérer une vingtaine de gros durs et d'arriver à développer une cohésion entre eux, alors j'ai juste pensé à toi. Je vais devenir la Captain de cette radio, donc autant apprendre auprès du meilleur que je connaisse.

Ses mots me touchent en pleine poitrine, cette fille aura ma peau.

– Avec plaisir. Par contre, j'ai un droit de veto ? En mode « vous ne passerez pas[8] ! » ?

– Absolument pas.

Je hausse une épaule, cependant, je n'ai pas dit mon dernier mot. Elle me demande de l'aide et je compte bien assurer. Mais tous mes radars seront allumés pour ces recrutements.

8. Citation du *Seigneur des anneaux*.

CHAPITRE 8

I'm cold.
You're hot.
Let's cuddle[9].
(Vu sur Pinterest)

Winnie

Depuis que la doyenne a donné son aval pour la nouvelle grille des programmes, je vis comme sur un nuage. Sans compter qu'elle a également accepté que mes amis rénovent le local. Tout change, tout devient merveilleux. Il n'y a plus cette estampille à la Adam. Je n'en reviens toujours pas que Cade ait eu cette attention et qu'ensuite, il ait embrigadé sa bande de potes pour l'aider. Je me sens chanceuse d'avoir cette *team* complètement délurée à mes côtés. Et surtout, de l'avoir lui comme ami.

Quand je pense que Wells a tout validé. Elle n'a retiré aucune rubrique et n'a absolument rien changé. Elle a même dit que l'ensemble lui semblait prometteur et qu'elle avait hâte d'être à la rentrée, pour écouter cette nouvelle version de Rebel's Radio. Je me suis sentie comprise et soutenue. Cette femme, c'est vraiment une bombe. Et il ne me reste que quelques jours afin d'être prête pour la grande première.

9. J'ai froid. Tu as chaud. Faisons un câlin.

Je sors de la douche, puis me brosse les cheveux. J'aime ma nouvelle longueur, ma routine capillaire est tellement plus rapide ! Un vrai bonheur. Avant, je mettais trois heures à les sécher, mais plus maintenant. Et heureusement, parce que ces derniers temps, je n'ai pas chômé, et les filles non plus. On a lancé des démarches pour recruter du monde, et aussi pour organiser un *brainstorming* avec les « anciens » de la radio. Malcolm était fou de joie d'avoir une rubrique tous les jours. Et Lemon s'est montrée hyper-emballée de pouvoir mettre en place ce duo qu'Adam lui avait refusé. J'ai décidé de lui laisser le libre choix de son partenaire, car après tout, sa rubrique est un programme phare. Je me suis dit qu'il fallait qu'elle s'y sente bien, et surtout, aussi indépendante que possible. Je ne veux pas faire comme Adam et brider tout le monde. J'ai envie que cet endroit soit la *safe place* de tous ceux qui y travaillent, ainsi que celle des auditeurs.

Après ça, nous avons diffusé des annonces sur les réseaux sociaux et sur le site de la fac. On les a même fait imprimer pour en mettre dans les endroits stratégiques sur le campus, car certains étudiants reviennent un peu en avance pour préparer la rentrée. Je ne pensais pas avoir beaucoup de participants, mais le lendemain de notre communication, j'avais une quinzaine de mails de candidature et depuis, j'en ai reçu au moins le triple. Heureusement, Harper avait eu l'idée de dire aux gens qu'ils devaient bien stipuler dans le mail pour quelles émissions ils postulaient. Ça nous a permis de trier rapidement les profils.

Il nous faut recruter quatre personnes. Une pour le créneau du matin, une l'après-midi et enfin, deux pour la soirée. Je me sens déjà excitée à l'idée de faire les entretiens et de trouver les perles rares qui vont gonfler les rangs de la radio.

Je sors de la salle de bains, enroulée dans une serviette. On est quasiment à la fin août et j'ai l'impression que ces vacances sont passées à la vitesse de l'éclair. Je n'ai quasiment pensé qu'à la radio. Je crois qu'après ces rendez-vous, avant de retomber dans le rush des cours, je vais glander un maximum. Même si tout ce que j'ai prévu me motive à fond, je vais avoir besoin de me ressourcer si je veux tenir la distance jusqu'à la fin de l'année.

J'enfile une robe blanche aux motifs floraux orange et une paire de baskets en toile blanche. Puis je me penche vers ma coiffeuse. Sans toucher à mon teint, je mets juste un peu de mascara et un rouge à lèvres couleur pêche, qui sur ma peau fait un peu *nude*, quand on y pense. *L'avantage d'être rousse !*

Les entretiens commencent en début d'après-midi. La doyenne nous a même donné accès à une petite salle de conférences pour que nous puissions être tranquilles. Je me vois déjà, assise face aux candidats, à essayer de les déstabiliser et à crâner parce que je suis la présidente de la radio. *Pff, tu parles !* Zéro crédibilité, Winifred Wilson. Jamais je n'oserais avoir ce comportement, mon but est de trouver les bons éléments et de créer une équipe soudée pour qu'on déchire tout cette année.

J'arrive à la salle de conférences avec une heure d'avance. Le lieu est beaucoup trop grand, mais c'est quand même classe que la doyenne ait pensé à nous. J'adore vraiment cette femme. En revanche, on dirait que quelqu'un a déjà bougé des tables, car il y en a deux de collées, entourées de deux chaises d'un côté et une de l'autre, tandis que le reste du mobilier a été repoussé dans le fond.

– Déjà là ?

Comme j'étais dos à la porte, je n'ai pas vu Cade arriver. Sa silhouette se dessine devant moi. J'ai l'impression qu'il est plus grand chaque fois que je l'aperçois. Un sourire aux lèvres, il se penche pour poser un plastique sur l'une des tables.

– Désolé, je ne voulais pas t'effrayer, ricane-t-il.

– T'es pas crédible, Cadounet, on sait tous les deux que tu *adores* me faire flipper !

Il tique à l'utilisation de ce surnom. Ses potes semblent l'appeler ainsi quand ils le charrient et c'est assez rigolo, parce qu'au vu de son imposante carrure, il n'a rien d'un *Cadounet*. C'est vrai, ça donne plus l'impression d'une petite chose fragile qu'on a envie de cajoler. Mais même avec la meilleure volonté du monde, je ne peux pas imaginer Cade comme une personne frêle.

– En plus, tu ricanes comme une hyène, je rajoute.

Cade sourit de plus belle. Il a toujours l'air de bonne humeur chaque fois que je le croise. Parfois, je me demande ce qui peut le foutre en rogne, mais pour l'avoir vu sur la glace et savoir de quelle façon il mène son équipe, je sais qu'il peut aussi être sérieux et redoutable.

– Loin de moi l'idée de te faire peur. Et je ne ricane pas. Jamais.

– T'as raison, tu glousses… je dis en me détendant. Et toi, pourquoi tu es déjà là ?

– J'aime arriver en avance quand je fais quelque chose, pour connaître l'espace, prendre possession des lieux. C'est une vieille habitude.

Encore un point commun. J'ai la sensation qu'on se ressemble beaucoup, et je ne peux m'empêcher de me dire qu'Adam aurait détesté que je sois amie avec lui.

– J'ai la même, d'où ma présence une heure avant. Je vois que tu as installé les tables.

– La disposition te plaît ?

– Oui, il n'y a pas de quoi être formel, de toute façon. Il faut une bonne ambiance, pas trop stricte. Je veux que les gens se sentent bien et soient eux-mêmes.

Je pose à mon tour mon sac sur la table. Il contient mon carnet pour prendre des notes, ainsi que des fiches profil pour essayer de mieux cerner les candidats.

– Qu'est-ce que tu as apporté ? je demande.

– Tu es beaucoup trop curieuse, Winnie.

Je m'avance vers lui, et je ne manque pas ses yeux bleus qui tombent sur moi. Ma robe est assez fluide et elle épouse le haut de mon corps. Le regard de Cade est discret, mais pas assez pour que je ne le remarque pas, et je me sens rougir. Je me demande s'il me trouve belle. En tout cas, les frissons discrets qui glissent sur mes bras m'indiquent que j'aime ça. Pendant deux ans, j'ai oublié les autres garçons, mais depuis quelque temps, je vois que certains me remarquent. C'est assez plaisant de sentir que je plais, même si c'est furtif.

– Mais comme je suis un gentleman, je vais te répondre.

– Tu es beaucoup trop sûr de toi.

– Je sais ce que je suis, et tu ne tarderas pas à t'en rendre compte, Winnie, lance-t-il. Je suis le mec idéal, un putain de chevalier. J'ai peut-être pas l'armure rutilante, mais t'as compris l'idée.

– Tu m'en diras tant, je glousse. Peut-être que Disney+ prépare une série sur toi. On appellerait ça *Cade, le putain de chevalier servant.* Je parie déjà sur un succès mondial !

Il éclate de rire.

– Le synopsis, ça donnerait un truc du genre : « Malgré son statut de capitaine de la meilleure équipe de hockey de tous les temps et de beau gosse incontesté, le pauvre Cade n'arrive pas à trouver le bonheur, alors qu'il cherche désespérément la femme de sa vie. Arrivera-t-il à réaliser ce rêve ? » lance-t-il, avec soudain ce drôle de regard.

Il a également ce sourire dont il me gratifie parfois, et dont je ne comprends pas bien la signification, si ce n'est qu'il me déstabilise toujours un peu. Cade est troublant, à sa manière.

– Moi, je regarde direct, ça a l'air génial, je déclare avec entrain. Potes, histoires sexy, trahisons, très prometteur.

Je ne peux m'empêcher de pouffer en hochant la tête.

– Et donc, le contenu de ce sac, reprend-il.

Cade sort des bouteilles d'eau. Je suis agréablement surprise, j'avoue que je n'y avais pas pensé, et j'aurais dû. C'est un peu le prérequis des entretiens, on va beaucoup parler, et donc avoir soif.

– Tu vois, je suis prévenant.

– Je vois ça, oui.

Ensuite, il attrape des bonbons et autres douceurs.

– En cas de petit creux, on a ce qu'il faut aussi.

Les barres chocolatées me font de l'œil. C'est mon péché mignon.

– Et encore ça ! clame Cade d'un air triomphant.

Cette fois, il sort deux paires de lunettes. Une à monture fine et une autre à monture noire.

– Qu'est-ce que tu veux qu'on fasse de ça ? Mes yeux vont très bien, je te signale, je le charrie.

– Pour nous donner un côté sérieux, intello.

– Tu…

– Attends de voir avant de critiquer.

Il attrape la paire noire et se retourne pour les enfiler. Mais qu'est-ce qu'il fout, bon sang ? Pourtant, je ne peux pas m'empêcher de sourire d'anticipation. Il a ce pouvoir sur les gens, d'arriver à les détendre, et cela me fait tellement de bien. Je suis heureuse de faire ça avec lui.

Cade finit par se retourner, les lunettes sur le nez, et je dois avouer que ça lui donne un côté… vachement sexy. Elles font ressortir le bleu de ses yeux et ses cheveux en bataille savamment coiffés. *Comme sur le calendrier de l'équipe de hockey*, je me rappelle soudain. Je rougis en me remémorant sa photo, son corps et ce regard vers l'objectif. *Mama*… ce physique en ferait défaillir plus d'une. Dont moi, je l'avoue sans aucun scrupule.

– Alors, verdict ? demande-t-il.

– Hyper-sérieux, en effet. Donne-moi la seconde, je veux jouer dans la même *team* que toi !

Je l'enfile à mon tour et je lui souris en haussant un sourcil aguicheur, pour me rendre attirante. Enfin, c'est le but recherché, mais je ne suis pas sûre d'arriver à mes fins. Il faut dire que mes notions de drague sont aussi usées que mes baskets préférées.

– Canon, hein ? je balance néanmoins.

– Plus que ça, avec ta nouvelle coiffure.

Je rougis de nouveau, sentant que mon cœur bat un peu plus fort alors qu'il me scrute toujours. Décidément, ça devient systématique, cette histoire de joues rouges. Finalement, j'aurais peut-être dû mettre du fond de teint pour essayer de camoufler légèrement ma peau claire qui me trahit à chaque émotion.

– Tu veux qu'on se prenne en photo ? je propose, un peu brusquement.

Il plonge le regard dans le mien et semble me sonder silencieusement.

– Je veux dire, pour mettre en *story* sur le compte Instagram de la radio. Harper dit que c'est important de poster du contenu, et comme on fait les entretiens, peut-être que…

– Tout ce que tu veux, Red, me coupe-t-il, un sourire particulièrement sûr de lui planté sur le visage.

Je lui lance un regard en biais, cherchant dans son attitude s'il y a une insinuation à comprendre ou non. Puis, je tilte sur le surnom qu'il vient de me donner. « Red ». Avant que j'aie pu l'interroger à ce sujet, il sort son téléphone et s'approche de moi. Deux choses me frappent alors qu'il est si près de moi : son odeur entêtante, et combien il est carré.

– On se la joue sérieux ou souriants ?

– On peut tester les deux.

Il prend plusieurs clichés, et je me sens vraiment heureuse d'être là. Mieux, de partager ça avec lui. Le rendu n'est pas mal, mais Cade semble en retrait.

– Viens plus près, t'es trop loin ! je lui ordonne.

Cette fois, il passe carrément sa tête par-dessus mon épaule et prend la photo légèrement en contre-plongée.

– Verdict ?

L'image qui s'affiche sur l'écran de son portable est vraiment belle.

– On a notre vainqueur, j'ai l'impression.

– Elle est parfaite.

– Tu me l'envoies ? je demande.

Cade hoche la tête, puis se redresse. Son odeur flotte encore dans l'air, et je réprime un frisson tandis que mon téléphone vibre sur la table à côté de nous.

– Je peux te mentionner ? je m'enquiers.

Il ouvre la bouche pour répondre. Mais la voix qui résonne en réponse n'est pas la sienne :

– Euh, excusez-moi !

Cade semble frustré alors que nous nous tournons vers l'entrée.

– On peut t'aider ? je demande.

– Je voulais juste savoir si c'était bien ici les entretiens pour la radio.

– Oui, je réponds en hochant la tête.

Le jeune homme qui nous fait face souffle de soulagement et me sourit de toutes ses dents.

– Désolé, j'ai toujours de l'avance, je vais attendre dehors que ça commence.

– Mais non, tu es là, on va pouvoir s'y mettre, si tu veux.

Il entre dans la pièce d'un pas assuré. Il remonte ses lunettes de soleil et les coince dans ses cheveux.

– Je m'appelle Taylor.

– Winnie, je suis la nouvelle présidente de la radio. Je te présente Cade, qui va m'assister pour les entretiens.

Taylor s'avance pour saluer Cade. Ils se serrent la main, se jaugeant.

– Tu es donc la nana qui révolutionne le style ringard d'Adam ? Enchanté.

– Euh… Merci ?

Je ne m'attendais pas tellement à ce qu'il commence son entretien en critiquant Adam. Mais je crois que son honnêteté me plaît beaucoup. Il semble que tout le monde est d'accord pour dire qu'Adam a fait n'importe quoi, et ça me désole un peu plus encore d'avoir été aveugle.

– Et toi, tu bosses à la radio ? demande-t-il à Cade.

– Non, du tout, répond-il. Je suis le capitaine des Grizzlys.

– C'est pour ça que j'ai l'impression de te connaître. Félicitations pour votre victoire au Frozen Four !

D'habitude, les garçons se gorgent des fleurs qu'ils reçoivent par rapport à leurs succès, mais là, ça ne semble lui faire ni chaud ni froid. *C'est bizarre, ça.*

– Merci. Installe-toi.

Cade et moi nous asseyons d'un côté, Taylor de l'autre. Je sens une pointe de stress, car je n'ai jamais fait ça, mais en même temps, je suis excitée de tout changer. Ce que je suis en train de vivre est tellement enrichissant ; je me sens chanceuse. Alors que je croyais avoir tout perdu lorsque Adam m'a larguée, je me rends compte qu'il m'a rendu un fier service, car tout me semble dorénavant à portée de main. Il n'y a rien que je ne puisse pas faire.

Je sors mon bloc-notes et mon classeur avec les fiches profil, que je dépose entre Cade et moi. Il le détaille rapidement avant de carrer les épaules et de s'avachir sur sa chaise.

– Alors, Taylor, parle-moi un peu de toi, je demande pour lancer la discussion.

– Je suis en troisième année de journalisme, j'ai vingt et un ans. Je suis un passionné de radio depuis gamin et j'espère y faire carrière. Mon père a animé pendant dix ans le *Dave's Mornings* avec sa costar Sheryl sur RN1.

– Tu déconnes ? Radio News One ? je lâche, ébahie.

– Pas du tout, je suis tout à fait sérieux, répond-il avec une fossette qui creuse sa joue droite.

– Merde alors, je soupire. Je l'ai déjà écouté de nombreuses fois. Je ne savais pas que son fils était à Rebel !

– Ouais, j'évite de trop l'ébruiter. J'ai envie de faire mes preuves sans être le « fils de », même si je me rends compte que je viens de balancer mon père comme gage de garantie. Mais il sera ravi d'apprendre que la présidente de la radio de ma fac a écouté son travail.

– T'es en train de me faire de la lèche ? je raille alors.

– C'est possible.

– Je suis incorruptible. Sauf si tu as du chocolat sous la main, je plaisante en montrant les sucreries sur la table.

Taylor et moi rigolons alors que Cade se redresse sur sa chaise, on ne peut plus sérieux. Je me reconcentre et griffonne sur ma feuille pour chasser mon étonnement. Puis, en reprenant contenance, j'enjoins notre candidat à continuer à parler de lui.

– Je ne vais pas mentir, intégrer la radio de l'université, c'est mon but. J'ai des podcasts sur Spotify et je fais des lives sur Twitch aussi.

Cade hoche la tête.

– Tu joues aux jeux vidéo sur ta chaîne ? lui demande-t-il, montrant enfin un intérêt pour notre postulant.

– Non, du tout. À côté des performances de gaming, la plateforme accueille des formats discussion, des radios libres donnant la parole aux *viewers*, de la création musicale, de la cuisine, de l'actu, et bien d'autres contenus super cool. C'est passionnant pour communiquer, mais je rêve d'essayer de présenter quelque chose de différent. C'est un challenge et une réelle envie.

C'est impressionnant. Il est sûr de lui et c'est très plaisant. Je serais stupide de ne pas mettre son CV en haut de ma liste.

– Tu ne t'es jamais présenté à la radio avant ? je demande. Pourquoi ?

– En réalité, si, lors de ma première année. Mais j'ai vite déchanté en rencontrant Adam.

– Comment ça ? balance Cade, pour creuser la situation.

– Le gars était le roi du truc, il donnait l'impression qu'il avait tout inventé, alors qu'il diffusait de la musique en boucle, et de temps en temps, foutait des lives pour appeler ça une radio.

Je retiens difficilement un gloussement ; il a tellement raison.

– J'ai essayé de lui dire qu'un *talk-show* avec des étudiants qui parlent aux étudiants, c'était ce qu'on voulait, reprend Taylor, mais il ne m'a pas écouté. Il y a quelques jours, un de mes potes m'a envoyé une capture du site de l'université avec les annonces, et j'ai eu envie de voir si ça allait vraiment changer. Alors, me voilà.

– Ce n'est pas simplement un changement, explique Cade. C'est une révolution. Winnie a entièrement repensé les programmes.

Taylor sourit et mon cœur à moi danse comme s'il était heureux de ces compliments. Mes premières impressions sur lui sont bonnes.

– Tu voudrais postuler pour quelle tranche horaire ? je l'interroge.

– Pour le live du soir, je bouillonne déjà d'idées pour ce programme.

– C'est un duo, indique Cade en regardant la fiche devant moi. Est-ce que ça te dérange de bosser avec quelqu'un ?

– D'ailleurs, l'idéal serait un duo mixte, j'ajoute.

– Ça ne m'ennuie pas, au contraire, c'est une meilleure dynamique. À deux, on peut s'aider, on peut compter sur l'autre, et surtout, avoir des débats hyper-intéressants.

– Pourquoi tu choisirais ce créneau particulièrement ?

Je continue à noter ce qu'il me dit.

– Je trouve génial de choisir un sujet qui concerne les étudiants et d'en débattre, j'adore le mélange de points de vue et des différents arguments. On est souvent paumés sur beaucoup de thématiques, généralement plus par manque d'informations que par réel désintérêt. Là, on pourrait juste faire entendre plusieurs voix et les laisser se forger leur opinion. D'ailleurs, j'ai fait partie du club de débat de mon lycée.

Un point de plus. Ce Taylor est en train de s'imposer comme une évidence.

– Je me suis permis de plancher sur des sujets de discussion, je ne savais pas si tu voulais qu'on t'apporte des idées, mais j'ai préféré venir avec quelque chose pour te montrer que je suis sérieux et motivé.

OK.

Le mec me cloue sur place.

– Je veux bien les voir, je dis, en me reprenant.

Il me tend alors une feuille avec une liste impressionnante ; difficultés financières des étudiants, qualité de la vie sur le campus, accès aux soins… il a potassé tous les sujets. Je suis impressionnée par le travail qu'il a abattu pour cet entretien. Il a de l'ambition et il en veut, j'adore ça.

– Je sais, ces sujets sont sérieux, et il y en a tant d'autres à aborder. Je pense qu'on pourrait même parler de choses plus légères comme de musique, de séries. En fait, on pourrait évoquer chaque soir deux thèmes, un sérieux et un autre beaucoup plus léger, histoire de ne pas les angoisser, rigole-t-il.

– J'adore l'idée, j'avoue. C'est dynamique, en plus.

– Merci, je suis désolé si je parle trop, mais quand ça me tient à cœur, je suis un vrai moulin à paroles.

Je pouffe, parce que je suis exactement pareille. J'ai l'impression de me voir, mais en mec. Le type ne sait pas s'arrêter, et il semble aussi hyper-passionné. Je crois que s'il rejoint la *team*, on devrait bien s'entendre.

– Tu peux me donner ton pseudo sur les réseaux sociaux ? J'aimerais beaucoup t'écouter pour me faire un avis plus poussé, intervient Cade.

Je suis surprise qu'il pose cette question, mais c'est en effet une bonne initiative. Heureusement qu'il est là, il pense à des choses qui m'auraient échappé, sinon.

– Bien sûr, c'est *Taylor's Voice*.

– En honneur à *Taylor's Version* ? je le questionne, souriant d'avance.

– Madame est connaisseuse, répond-il avec un clin d'œil.

– Je note, on va voir ce que donnent les programmes que tu proposes actuellement, conclut Cade, déjà sur son portable.

– Tu veux savoir autre chose ? me demande Taylor, en se tournant vers moi uniquement.

Je sens que l'énergie entre les deux mecs n'est pas au beau fixe, mais ça ne me dérange pas plus que ça. Ils ne vont pas bosser ensemble, de toute façon. Néanmoins, je me demande pourquoi Cade est si froid et bougon, alors que d'habitude, c'est un rayon de soleil ambulant. Il gigote sur sa chaise à côté de moi, alors je jette un coup d'œil vers lui. Il a l'air de tirer une tronche de trois pieds de long en posant son téléphone.

– Non, je réponds en souriant à Taylor. J'ai tout ce qu'il me faut. Et toi, Cade ?

– Non, c'est bon pour moi, grommelle-t-il.

Le candidat nous salue et après un ultime clin d'œil dans ma direction, il quitte la pièce.

– Je le sens vraiment bien, je soupire, quand il est hors de vue.

– Il est… pas mal, me répond Cade.

– Pas mal ? Tu rigoles ? Il est passionné et engagé. Ça se voit qu'il a envie d'apporter un vrai plus à la radio.

Cade ouvre une bouteille d'eau et boit. Je l'observe en biais. Il me semble bien trop silencieux pour la pipelette qu'il est en temps normal. Je le laisse briser le silence, parce que je sais qu'il déteste ça.

– Avec ses clins d'œil, on aurait dit qu'il avait un tic incontrôlable. Mais à t'entendre, on pourrait croire que tu as un faible pour lui.

Je réfléchis à ses mots. *Sérieusement.* Parce que Taylor représente effectivement ce que j'aimerais trouver chez un homme. Du peu que j'ai découvert de lui, il plairait à beaucoup de personnes.

– Tu hésites ! s'exclame Cade, offusqué.

– *Professionnellement*, oui, tu as raison, j'ai un coup de cœur pour lui.

– Ce n'est pas professionnel pour une Captain d'avoir un penchant pour un subalterne… C'est même assez scandaleux.

J'éclate de rire, et Cade esquisse enfin un de ses fameux sourires.

– Si tu t'aventures sur ce chemin-là, je couchais avec mon boss il n'y a pas si longtemps… Mais plus sérieusement, Adam a tellement chié dans la colle, j'ai l'impression de revivre, de donner leur chance à des gens qui en voulaient et qu'il a snobés pour on ne sait quelle raison obscure… Je ne veux pas présider la radio comme lui. Taylor semble extra et j'ai vraiment hâte de rencontrer les autres candidats, maintenant.

– Je comprends. Il y a l'air d'y avoir des gens dans le couloir, alors je fais entrer le prochain.

– Grave.

Il se dirige vers la porte, mais je ne résiste pas à l'appeler. Il se retourne, les sourcils levés derrière ses « lunettes d'intello ».

– Merci d'être là, ça m'aide beaucoup, je lui avoue.

– Toujours, Red. Je rapplique dès que tu as besoin de mon impressionnante musculature.

Sa phrase répand une douce chaleur dans ma poitrine, et je me sens de nouveau d'attaque pour enchaîner les rendez-vous. Il va falloir qu'on parle de ce nouveau surnom dont il m'affuble, mais je sais d'avance que je ne vais pas trop protester, parce que je l'aime déjà beaucoup.

CHAPITRE 9

Meilleur ami
(Synonyme : génie incompris)
1. Grand élu avec lequel on peut communiquer seulement par le regard.
2. On se demande souvent pourquoi il est aussi stupide, puis on se rappelle que c'est pour ça qu'on l'aime.
(L'afficherie.com)

Cade

– Non, mais, sérieusement, tu ne trouves pas que ce boxer met divinement bien mon cul en valeur ?

Pitié, achevez-moi.

Et encore, je ne suis pas aux premières loges.

La place d'honneur revient à Hunter. Ce mec est un saint quand il le veut. Parce qu'à travers la fine cloison qui sépare nos chambres, j'entends sa voix rauque répondre : « Mais oui, Princesse, mais oui… » Il y a de grandes chances que, de mon côté, j'aurais envoyé Griffin se faire foutre avec sa question, ou je lui aurais ri au nez.

Je jette un coup d'œil vers Zeke. Tout est bien rangé, son pieu est fait, et rien ne traîne par terre. Tout à son image. Zeke aime l'ordre et le contrôle. Je suis un peu moins ordonné que lui, mais dans l'ensemble, ça se tient. L'autre jour, j'ai cru faire une syncope en passant après Hunter dans la salle de bains. Il y avait des traces de dentifrice sur le miroir et le tube n'était pas rebouché. Autant dire qu'on a eu notre première prise de bec complètement ahurissante. On en a rigolé après coup, mais sur le moment, j'étais tellement agacé que ça a gueulé.

J'étire mon dos douloureux d'être resté trop longtemps assis sur mon fauteuil de bureau. Mais la rentrée est pour bientôt et je commence à me pencher sur les statistiques des équipes que l'on va très certainement rencontrer lors du Frozen Four de cette année. Car je ne me fais pas d'illusions, au dernier championnat, on était les *outsiders*. Là, on va nous attendre de pied ferme. On va devoir bosser deux fois plus dur pour prouver qu'on est juste les meilleurs et qu'on va les laminer un par un cette fois encore. Et surtout, c'est notre dernière année ici, il est hors de question que l'on ne reparte pas de nouveau victorieux.

Cela rajoute une bonne grosse dose de pression, mais j'ai les épaules pour et je ne compte pas me défiler. C'est mon rôle de leader de cette équipe que d'afficher ma confiance et de trimer encore plus que les autres pour montrer l'exemple. Ce qui fait qu'après mon service du matin à la piscine, je file à la patinoire – avec l'accord du coach Meyer – pour entamer des tours sur la glace. Les mecs m'ont accompagné à quelques occasions, mais ils profitent surtout des derniers moments tranquilles pour faire autre chose.

– Griffin ! Je te jure que je vais te jeter par la fenêtre !

Je sursaute en entendant Hunter s'agacer. Peut-être pas si « saint » que ça, finalement.

– Allez ! Aide-moi, mec, tu me dois bien ça !

– Je te dois que dalle et la réponse est non !

Un sourire pointe sur mon visage. Cette nouvelle colocation pèse sur tout le monde, mais je ne changerais rien. Ce n'est pas rose tous les jours, surtout quand on voit l'insouciance qu'on a eue les années précédentes et le luxe qu'on s'est payé dans l'immense baraque. Là, on ne va pas tarder à cumuler nos études, les entraînements, les matchs et nos jobs. Autant dire qu'on ne va pas avoir beaucoup le temps de souffler.

Quand un bruit sourd, suivi de près par un cri, me parvient, je me lève précipitamment et déboule dans leur chambre. Ce que je vois me fait cligner des yeux bêtement, avant que je ne me reprenne. Je croise les bras et laisse une expression amusée se graver sur mes traits lorsqu'ils remarquent enfin ma présence.

– C'est pas ce que tu crois ! lâchent-ils tous les deux en chœur.

– Moi, je crois que c'est exactement ce que j'imagine, je les titille.

Un Griffin seulement vêtu du fameux boxer est immobilisé sur le ventre par Hunter, qui pèse sur lui de tout son poids. Si ça avait été quelqu'un d'autre que notre Princesse, j'aurais eu de la peine pour lui, car il doit à peine pouvoir respirer ! Mais il l'a certainement cherché, voire vu venir.

– Vous voulez que j'appelle Zeke en FaceTime histoire que toute la bande soit réunie ? je ricane.

– Toi, la ferme ! s'agace Hunter, en me jetant un regard noir. Et toi, va falloir que t'ailles retrouver Maeve très vite, votre petite expérience doit prendre fin. Pour ma santé mentale.

– Quelle expérience ? je demande, ma curiosité piquée.

Le problème majeur que l'on rencontre depuis que l'on est ici, c'est qu'on a du mal à trouver des moments où on est tous ensemble. Nos emplois du temps ne nous le permettent plus vraiment et du coup, j'ai l'impression de passer à côté de plein de trucs dans la vie de mes potes.

Et je ne supporte pas vraiment ça. La FOMO[10] me guette, j'en ai bien peur.

– Si tu lui dis, t'es qu'une balance, riposte Griffin, tout essoufflé. Je t'ai fait cette confidence sur l'oreiller !

– Sérieusement, mec ! Tu dois vraiment réfléchir avant de parler, s'énerve Hunter en se relevant d'une poussée agile. En plus, c'est débile, cette histoire. Comment tu t'es laissé convaincre ?

Notre pote roule quant à lui sur le dos, cherchant toujours sa respiration.

– Comment tu fais pour ne pas écraser Harper quand vous niquez ? Je veux dire, je suis du genre costaud, mais j'ai cru crever sous ton poids !

Mon éclat de rire me vaut de recevoir un tee-shirt en pleine tronche. Il semblerait que Hunter n'apprécie pas l'humour de Griffin aujourd'hui.

– Toi, arrête de te marrer à ses blagues pourries, et toi… reste de ton côté de la ligne !

Ce n'est que maintenant que je remarque la longue bande d'adhésif noir qui sépare la pièce en deux. Je réalise qu'il s'agit du ruban qu'on utilise pour consolider nos crosses ou patins à glace au besoin. Je sens mon fou rire repointer le bout de son nez, et j'essaye de le contenir, mais un petit couinement franchit quand même mes lèvres malgré moi. Tous deux m'observent comme si j'étais un alien, et je ne peux que plaquer une main sur ma bouche en haussant une épaule, pas le moins du monde désolé.

– Alors, cette expérience ? je relance.

---

10. *Fear Of Missing Out* : il s'agit de la peur de manquer tout événement que l'on pense indispensable. Cela peut toucher tous les aspects de la vie de la personne.

Griffin se traîne jusqu'à son lit et une fois bien installé, il finit enfin par cracher le morceau.

– Maeve a lu un livre sur le sexe tantrique et elle a voulu essayer…

Perplexe, je jette un regard à Hunter, qui lève les yeux au ciel, mais ne me donne pas plus d'informations. OK, je vais devoir partir à la pêche, si je veux en savoir plus.

– Et du coup, quel est le lien entre les lectures de ta meuf et le fait de te retrouver plaqué au sol ?

– Parce que Hunter n'est pas un bon pote ! se plaint le gardien.

L'intéressé se relève, offusqué, et il manque même de s'étouffer avec sa salive tellement il essaye de tout faire en même temps.

– T'as une sacrée paire de couilles de dire ça !

Griffin, pas le moins du monde intimidé, s'enfonce un peu plus dans son matelas et envoie un baiser dans le vent à notre ami. J'ai l'impression que Hunter se retient de le jeter à terre une fois de plus.

– Qui supporte ta puanteur ? Qui te donne des conseils quand tu t'engueules avec ta Baby H ? Qui a pris une photo de tes abdos l'autre jour pour que tu lui envoies ? C'est ta Princesse d'amour… Alors tu pourrais au moins prendre mon cul en photo. Moi, j'en ai une du tien dans mon tel, je te rappelle.

J'éclate de rire et Hunter me trucide du regard.

– Ce qu'il ne te dit pas, c'est que du coup, ça fait des semaines qu'ils ne se sont pas touchés ! Ils se préservent pour le grand soir qui est supposé être exceptionnel après la privation, balance Hunter, en ignorant la phrase de Griffin. Donc notre *Princesse* est chaud bouillant et il devient infernal !

– C'est faux, je le vis très bien !

– Mec, redescends sur Terre, tu voulais que je prenne ton cul en photo pour l'envoyer à Maeve en espérant qu'elle craque ! explose enfin Hunter.

Je regarde leur joute verbale comme si j'étais devant un match de tennis. Il me manque juste un peu de pop-corn.

– J'ai envie de baiser, les gars, craque Griffin. Je suis jeune, hyper-sexy, ma meuf a un corps de déesse, mais aussi des idées à la con, par moments. Merde, je vais me la jouer à la Jim Levenstein[11] rien qu'en la voyant en sous-vêtements ! Je suis trop jeune pour ces conneries.

Je ris comme un naze.

– Tu me fatigues ! siffle Hunter.

– Putain, ça fait du bien de l'avouer… Tu me prends sous mon meilleur angle maintenant ?

– Va chier.

– Allez, Hunthunt !

C'est fascinant à regarder, et je suis tellement heureux que ces abrutis soient mes meilleurs potes, mais je regrette profondément que Zeke ne soit pas là. Il aurait trouvé la petite phrase parfaite à lâcher au meilleur moment. Comme toujours. Zeke est notre boussole et sans lui, parfois, on déraille un peu. D'ailleurs, ça me donne une idée, tout ça.

– Vous n'avez pas la dalle ? je les interromps, alors que chacun campe sur ses positions.

Quoi de mieux pour mettre d'accord trois grands gaillards que la nourriture ?

– Si, répond Griffin.

– Toujours, dit Hunter au même moment.

– Ça ne vous dirait pas d'aller faire un gentil coucou à notre Zeke adoré ? je demande, en devinant très bien leur réponse.

---

11. Personnage principal de la série de films *American Pie*, qui est légèrement précoce la première fois.

On essaye vraiment de le laisser tranquille, parce qu'il n'est pas des plus à l'aise dans son job, mais la tentation pour nous est bien trop forte. Alors deux ou trois fois par mois, on va le faire chier. En même temps, ce con l'a bien cherché. Après son petit cinéma devant Connor, quand on prospectait pour trouver un boulot, il ne pouvait pas faire machine arrière. C'est un compétiteur dans l'âme, on l'aurait trop chambré. Il s'est donc présenté au *diner*, on l'a bien sûr accompagné en bagnole, et il a eu le poste direct... Notre joie était immense. Évidemment, on était là pour son premier jour. C'est important de toujours soutenir ses potes, et on est les meilleurs qu'il puisse avoir.

– On a le budget pour y aller ?

Encore et toujours cette question qui nous tient par la peau du cul. Ça me gonfle, mais c'est aussi réaliste. Griffin est le plus inquiet de nous tous, et je le comprends parfaitement. Pourtant, c'est celui qui possède le plus d'économies, avec tout ce qu'il avait de côté. On a halluciné qu'il se prive autant la dernière fois qu'il nous a montré son relevé bancaire, mais il nous a dit que lui ne pouvait maintenant plus compter que sur lui-même, alors que nous, on avait encore nos familles en cas de gros souci. Ce qui est vrai. Cet argent, il refuse d'y toucher, afin de le faire fructifier le plus possible pour son avenir. Il cogite beaucoup sur son nouveau boulot de rêve. Quand il nous a parlé de son envie d'être agent sportif, ça nous a semblé évident, et je crois que Maeve l'aide énormément dans ce projet. Ce gars a beau être un con, j'admire sa force de caractère malgré ce qu'il a subi récemment.

– Oui, et puis, on sait qu'il nous fera une ristourne même si on l'emmerde, je conclus.

Il ne me faut pas plus d'arguments pour les motiver. En une dizaine de minutes, nous sommes dans ma voiture en direction du *diner* où bosse notre pote.

Quand je me gare face à la devanture rétro éclairée, je sens déjà que la joie et la connerie bouillonnent en moi. Et au vu des sourires des autres, je ne suis pas le seul.

Pauvre Zeke.

Il ne doit clairement pas s'attendre à ce qu'on débarque, mais il ne nous en voudra pas longtemps. Il nous aime trop pour ça.

Je m'engouffre dans les lieux à la suite de Griffin, et on est directement assaillis par la musique des années soixante. Hunter a tout juste le temps de refermer la porte qu'une serveuse nous accoste en glissant brusquement jusqu'au pupitre d'accueil.

Je détaille ses patins à roulettes bleu ciel et son uniforme assorti, et je jubile déjà. Je crois que c'est ce que je trouve le plus savoureux, le fait que tous les employés ici semblent s'être accoutumés à porter cette tenue. Mais pas notre cher Hezekiah, qui a dû se retenir de la brûler plus d'une fois.

– Bienvenue au *Joanne's Diner*, où est-ce que vous désirez être installés ? Il nous reste quelques places en terrasse, si vous voulez.

– De quelle section s'occupe Zeke ce soir ? je la questionne, avec un sourire qui lui fait perdre le fil de ses pensées pendant une seconde.

– Euh… la troisième.

– Parfait, c'est là qu'on va, alors ! je réponds.

– OK.

Elle prend le temps de me dévisager quelques instants, avant de patiner dans la bonne direction. On se laisse tomber sur les banquettes roses usées par le temps, mais encore hyper-bien rembourrées.

– Si vous avez besoin de quelque chose que Zeke ne peut pas vous donner, n'hésitez pas.

Aucun de nous ne répond, on se contente de hocher la tête alors qu'elle s'éloigne.

– Est-ce que vous pensez qu'elle sait que Zeke serait parfaitement à même de nous donner tout ce qu'on veut, lui aussi ? nous questionne Griffin en attrapant le menu.

La bisexualité de notre pote n'est pas un secret pour nous, mais je ne sais pas ce qu'il en est auprès de ses collègues ici. Comme si le fait de parler de lui pouvait l'invoquer, tout à coup, une immense masse se tient à côté de nous.

– Vous me faites royalement chier, vous le savez, ça ? attaque Zeke.

– Mais non, tu nous aimes plus que ta propre vie et tu es super content qu'on soit là, réplique Hunter avec un immense rictus.

– On est débordés ce soir et je n'ai pas du tout envie de gérer vos conneries. Alors si vous n'êtes pas là pour bouffer, cassez-vous.

Oh, il a l'air en colère, le bougre, je me demande bien ce qui a pu le mettre dans cet état-là.

– Je vais prendre un cheeseburger avec double portion de frites et un milkshake à la vanille, je balance, pour couper court au débat.

Avec un geste rageur, Zeke sort de sa poche de polo un petit carnet. Il est tellement adorable dans ses fringues toutes moulantes que c'est vraiment très, *très* dur de ne pas se moquer. Entre le haut deux tailles trop petit, le bermuda toujours dans cette couleur bleu délavé qui lui moule le cul, et les patins à roulettes, le package est juste fantastique pour mes rétines ! J'entends vaguement mes potes passer à leur tour leur commande et, sans un mot, Zeke s'en va aussi dignement que possible.

– Vous pensez que son tee-shirt va survivre ? Il a l'air carrément au bout de sa vie.

La question de Hunter fait tellement écho à mes propres pensées que je rigole sans pouvoir m'en empêcher. On se lance dans un débat enflammé sur la durée de vie de ce pauvre uniforme. Le verdict est sans équivoque : très limitée.

– Salut, les gars !

On se tourne tous les trois vers le bout de notre table où se tient Connor Anderson, notre nouveau transfert pour cette année. Il a finalement choisi de rester auprès de nous, et j'en suis hyper-content. Pas seulement parce qu'il a des recruteurs dans son sillage, même si… c'est un peu vrai. Mais également parce qu'on s'entend bien et qu'il joue au hockey comme moi, avec sa passion et ses tripes.

– Mec ! je lance en me levant pour lui donner une accolade. Qu'est-ce que tu fais déjà là ?

– Je suis arrivé un peu plus tôt pour emménager tranquillement dans ma piaule étudiante, m'explique-t-il, en saluant les autres. La doyenne m'a foutu dans une chambre solo, en mode privilégié. Le contraste avec le dernier semestre chez vous est brutal !

Connor devait au départ vivre avec nous, dans notre ancienne baraque. Mais notre nouvelle situation l'a obligé à trouver d'autres plans, ce qu'il a parfaitement compris. On a pu faire sa connaissance sur une partie de l'année scolaire dernière, c'est vraiment un chic type, et d'après sa réputation, un tueur sur la glace. J'ai hâte de le voir en pleine action lors d'un match. On a pu constater à l'entraînement qu'il ne plaisante pas avec ce sport, comme le prouvent les nombreuses vidéos de lui que j'ai visionnées, mais je veux jouer à ses côtés lors d'une rencontre et sentir son aura.

– Tu veux t'asseoir avec nous ? lui propose Hunter.

– Avec plaisir, répond-il, en se posant à mes côtés.

On est encore en train de prendre des nouvelles de chacun quand Zeke revient avec nos trois assiettes. Lorsque son regard croise celui de Connor, je peux percevoir les étincelles entre eux.

Qu'est-ce que c'est que ce bordel ?

Je zieute en direction de Hunter et Griffin, qui haussent les épaules en réponse à ma question silencieuse. Plus personne n'ose parler autour de la table, ça devient limite gênant. Zeke est le premier à s'en rendre compte et claque nos plats devant nous plus violemment que prévu.

– Tu veux quelque chose ?

Il aboie presque, ce qui fait étrangement sourire Connor. C'est limite si son regard n'est pas une invitation sulfureuse… J'ai la FOMO qui me reprend et l'impression d'avoir raté des chapitres importants.

– Je vais prendre la même chose que Cade, répond Connor, sans réellement se préoccuper de ce que j'ai dans mon assiette.

Zeke se tire encore plus vite qu'il est arrivé, ce qui n'est pas peu dire. Connor le regarde partir, jusqu'à ce qu'il disparaisse dans la cuisine du *diner.*

– Euh… c'était quoi, ça ? craque Griffin au bout de deux secondes et demie.

On scrute Connor tous les trois.

– Le jour où Zeke a pété un câble quand on cherchait un job, il y avait les mêmes *vibes* meurtrières et…

– Sexuelles, pas meurtrières, me coupe Griffin.

Connor se passe la main dans les cheveux.

– C'est une longue histoire, souffle-t-il simplement.

– Ça tombe bien, on a toute notre soirée, je réponds en attrapant une frite, que je porte à ma bouche.

CHAPITRE 10

La vie, ce n'est pas seulement respirer.
C'est aussi avoir le souffle coupé.
(Alfred Hitchcock)

WINNIE

Troisième fois – ou peut-être sixième – que je me change sans jamais être satisfaite du reflet que me renvoie le miroir. Il y a des jours ou même ta tenue préférée te donne l'impression d'être difforme. J'exagère un peu, mais j'ai eu mes règles hier et je suis complètement ballonnée.

Je crie de frustration.

– Tout va bien, Winifred ? demande ma grand-mère depuis le rez-de-chaussée.

– Je n'ai rien à me mettre.

J'entends ses pas qui résonnent dans l'escalier, jusqu'à ce qu'elle apparaisse à la porte.

– L'autre jour, je suis montée au grenier, car j'avais besoin de quelque chose. J'ai retrouvé un carton que River avait caché, il y a plein d'affaires à elle dedans.

– Maman ?

– Oui, confirme Nana. Tu veux qu'on y jette un coup d'œil ensemble ? Tu as encore un peu de temps ?

Je hoche la tête, émue. À sa mort, ma mère nous a demandé de donner ses affaires à une œuvre de charité.

Comme c'était son souhait, nous l'avons respecté. Bien sûr, nous avons conservé les photos, les livres qu'elle écrivait… et nous avons donné tout ce qui était matériel. Enfin, presque, j'ai gardé quelques petites choses. Entendre que Nana a retrouvé des vêtements dont aucune de nous ne se souvenait, c'est presque magique. Et ça me rappelle combien elle me manque.

– Oui, il me semble que tu m'as enseigné qu'il faut toujours être en retard dans ce genre de soirée, pour se faire désirer.

– Ah, enfin tu te décides à être raisonnable ! s'exclame Nana, fière. Viens avec moi, mon colibri.

Elle descend l'échelle au milieu du couloir, et je me propose de grimper pour qu'elle ne se fasse pas mal. Je passe la tête à l'étage, puis plisse les yeux pour repérer l'interrupteur. Une fois en haut, je tourne sur moi-même. Ce grenier est sans doute le paradis des araignées, souris et autres bestioles de ce genre, car on y va quasiment jamais, sauf pour y fourrer des objets dont on ne se sert plus. Il y a tant de babioles, de cartons et de choses éparpillés partout que ça donne un peu le tournis. Je suis absolument certaine qu'on pourrait dénicher un trésor là-dedans ou réunir un petit pactole, si on se décidait à organiser un vide-grenier.

– C'est un gros carton, il est près de la harpe, m'informe ma grand-mère.

Je tourne la tête et le repère. Je l'attrape, puis le fais glisser près de l'ouverture, avant de le descendre. Nous allons dans ma chambre pour pouvoir nous poser tranquillement.

Mon cœur bat vigoureusement.

– Tu préfères être seule ? me demande Nana.

J'aime qu'elle pense à moi et qu'elle me demande cela. Elle a toujours fait passer mon chagrin avant le sien. Pourtant, elle a perdu sa fille. Je me souviens que j'étais inconsolable, alors qu'elle était solide comme un roc. Un soir, sa bande de copines était à la maison et je l'ai entendue craquer. Elle disait qu'un parent ne devrait jamais avoir à endurer la perte de son enfant. Ce jour-là, j'ai pris conscience que je n'étais pas la seule à avoir mal, et que ma mère avait laissé un vide incommensurable dans *nos* vies. Depuis, je fais en sorte de parler de maman aussi souvent que possible, autant pour moi que pour Nana. Sa fille, ma mère, ne sera jamais oubliée.

– Winifred ? Tu veux que je te laisse ? répète-t-elle en posant sa main sur mon bras.

Je me reconnecte à la réalité.

Oui.

Non.

Je ne sais pas.

Ce que je ressens est étrange, mais je finis par trancher :

– Non, reste.

Elle s'assied au bord du lit, alors que je découvre des vêtements de ma maman, que j'avais oubliés. Que des choses qu'elle adorait et que je lui enviais déjà, gamine.

– Oh, mais…

J'attrape une robe verte. Je me souviens parfaitement de celle-là, elle lui allait divinement. Elle en était vêtue quand elle a tenu sa première séance de dédicaces. Nous l'avions achetée ensemble pour l'occasion. Je la porte à mon nez, et soudain, j'ai les larmes aux yeux. C'est bête, mais l'odeur familière de la lessive qui est encore incrustée dans le tissu me fait fondre.

– Je suis certaine qu'elle t'ira comme un gant. Tu devrais la mettre ce soir, le vert te va toujours très bien.

– Tu crois ?

– Oui, elle est parfaite.

Je retire le vieux tee-shirt que je portais et l'enfile. Nana m'observe avec des yeux brillants. J'aimerais savoir ce qu'elle pense.

– Tu en dis quoi ? je la questionne, le cœur battant la chamade.

Je n'ose pas me regarder dans le miroir, j'ai peur de ne pas être à la hauteur.

– Tu ressembles à ta mère. River avait ce même port de tête, cette prestance. Tu es magnifique, Winifred. Si elle était encore avec nous, elle serait si fière de toi et de ce que tu deviens.

On dirait qu'elle a secrètement lu dans mes pensées. Je me sens galvanisée par ses mots.

Je souffle, j'ai l'impression que je vais me voir dans une robe de mariée, c'est terrible. Quand je rencontre mon propre regard, je souris.

– Je suis belle.

– Bien plus que ça.

– Je vais la mettre ce soir.

– Et tu vas faire tourner les têtes, assure Nana en se redressant.

Elle me caresse doucement l'épaule.

– Je te laisse terminer de te préparer.

Le regard de ma grand-mère est voilé, c'est toujours le cas lorsqu'elle pense à maman. Et je suppose qu'il en sera toujours ainsi. Je tourne sur moi-même lorsque je me retrouve seule, mais je repère un détail qui jure sur l'un des pans du vêtement. La déception que le tissu puisse être sale ou abîmé me tiraille quand je me penche et soudain, je comprends ce que je viens de trouver. Un petit mot. Je détache doucement le Post-it de la robe pour ne pas l'abîmer.

C'est inestimable.

Précieux.

Unique.

C'est un cadeau de maman.

Je ne sais pas ce qu'il contient, mais l'idée qu'il vienne de ma mère me procure une joie immense et puissante. J'ai l'impression de sentir un shoot d'amour dans mes veines. J'éprouve tant de choses positives que j'en tremble. Le dernier mot d'elle que j'ai déniché date d'il y a un an. Je croyais ne plus jamais en trouver, que c'était fini. Et pourtant…

Je m'assieds pour le lire.

Son écriture, sa façon d'écrire les « l ».

« Aie le souffle coupé, ma Libellule.
Toujours.
Ne te contente jamais de banalités.
Je t'aime jusqu'aux confins de l'univers,
Maman. »

Je souris ; je connais déjà ce nouveau mot par cœur. Comme les autres, à peine lu, il se grave dans mon esprit à jamais. C'est mon superpouvoir à moi, mémoriser chaque petit bout laissé par ma mère.

Après l'avoir regardé une dernière fois, je place le papier sur mon bureau. Je l'accrocherai avec les autres en rentrant ce soir. Je dépose également le carton au pied de mon armoire et me penche vers ma coiffeuse pour me maquiller. Un peu de mascara, un trait d'eye-liner et du rouge à lèvres. Voilà, je suis fin prête à aller m'amuser, malgré le tourbillon d'émotions qui vibre en moi.

J'arrive à la maison des garçons avec une vingtaine de minutes de retard. Je frappe et attends quelques longues secondes, avant que quelqu'un vienne m'ouvrir.

C'est Cade qui apparaît.

Jean, tee-shirt noir saillant et casquette à l'envers. Je ne sais pas pourquoi, mais ce look lui donne un côté sexy qui, visiblement, ne me laisse pas totalement indifférente.

– J'adore ta casquette. Alors, les Blackhawks de Chicago, hein ?

– Eh oui, dans ma famille, on est fan de génération en génération.

Et tandis que je l'observe, je remarque le bout d'un tatouage sur son biceps.

– Tu as un tatouage ?

Il sourit et se penche contre le chambranle de la porte. Je ne sais pas trop ce qui se passe, mais je le trouve irrésistible quand il est aussi détendu.

– C'est possible.

– Je veux voir ça.

– Tu me dis ta date d'anniversaire et je te montre mon tatouage.

– Ce n'est pas très gentleman, tout ça, *Cadounet.*

Je me sens d'humeur particulièrement joyeuse ce soir, et s'il veut s'amuser à me taquiner, j'ai des armes moi aussi. Je ne sais pas si c'est la robe de ma mère, le petit mot retrouvé ou un mixte des deux, mais je me sens forte et puissante.

– Si tu as *à ce point* envie de le voir, tu dois me révéler un détail que j'ignore sur toi. C'est donnant-donnant, Red.

Je souris face à son assurance, ce qui, je le vois, le perturbe. Le trouble persiste à peine quelques secondes dans son regard, mais j'ai aperçu quelque chose, alors quitte à jouer… autant y aller à fond.

– J'ai un piercing, j'avoue en plantant mon regard dans le sien.

Et comme je sais qu'aucun n'est visible sur mon visage, il pense tout de suite à un des endroits dissimulés sous mes vêtements. En réalité, j'en ai même deux, mais ça, il n'a pas besoin de le savoir, *pour le moment*.

Cade déglutit, son regard se voile un peu et je sais que j'ai réussi à le perturber. Et encore, il n'est pas au courant de leur localisation précise…

– Alors, ça vaut le coup ? je le taquine.

– Je regrette de ne pas avoir formulé ça autrement, soupire-t-il, avant de relever doucement la manche de son tee-shirt et de me dévoiler son tatouage.

Merde alors !

– Tu as…

Je m'approche et, du pouce, je suis les formes de l'encre tatouée sur son biceps.

– *Harry Potter* ?

– Tu sembles étonnée.

– Vu ton amour pour le hockey, je pensais à quelque chose en lien avec ça. C'est surprenant. T'es un *potterhead*[12], alors ?

– Je suis démasqué.

Le tatouage prend la forme du miroir de Riséd[13] et à l'intérieur, le château de Poudlard se dessine. Sa peau semble se contracter, il a même la chair de poule, ce qui me fait sourire.

– Tu me chatouilles, bougonne-t-il comme excuse.

Je savais que Cade était un vrai cinéphile, mais là, j'en ai la preuve sous les yeux.

12. *Potterhead* : désigne les fans de la saga *Harry Potter*.

13. Miroir magique dans *Harry Potter*.

– Il est magnifique, je dis.

– Mon frère a le même. On se fait un marathon tous les ans à Noël. Et toi, tu aimes cette saga ?

– J'adore. Nana les regarde avec moi à la même période.

Ses yeux pétillent, comme si ce point commun entre nous le rendait heureux.

– Alors, tu es de quelle maison ? me demande-t-il, très sérieux.

– Je vais répondre, mais avant, dis-moi : la soirée se passe sur le pas de la porte ? Car t'as l'air bien installé.

Cade éclate de rire, avant de se décaler pour me laisser entrer. La maison a été joliment aménagée depuis les rénovations peinture. Je reconnais le canapé d'angle qu'il y avait chez eux, le grand écran, visiblement, ils ont opté pour un salon spacieux plutôt que de diviser la pièce en salon et salle à manger. La table semble avoir été placée dans la cuisine, mais je ne sais pas pourquoi, je les imagine manger assis dans le canapé devant la télé en se plaignant du manque de place, avec Cade qui râle pour que personne ne tache le fauteuil ou le tapis.

– Les autres sont dehors. Alors, ta maison à Poudlard ?

– Serdaigle, je réponds. Sans aucun doute. Les tests sont unanimes à chaque fois. Et toi ?

– Un Gryffondor, répond-il fièrement.

Pourquoi je ne suis pas surprise ? C'est l'incarnation d'un Gryffondor.

Nous passons la porte de la baie vitrée qui mène au petit jardin. Tout le monde est dehors. Hunter est occupé au barbecue, Maeve est assise sur les genoux de Griffin pendant qu'ils regardent son téléphone, et Harper discute avec Zeke en sirotant une bière. Ils ont installé des guirlandes lumineuses sur la façade pour éclairer la terrasse. Sur la table, il y a déjà de la vaisselle empilée, des plats sous cellophane, ainsi qu'une lampe à huile et une petite enceinte connectée qui diffuse de la musique, tout en respectant un volume correct pour les voisins. Je reconnais l'air de *Lose Yourself*, du rappeur Eminem.

– Salut ! je m'exclame.

J'ai le droit à une effusion de « bonjour » de la part de mes amis. Cade me dit discrètement de m'asseoir où je veux. Je me glisse à côté de Harper, qui parle de ses vacances avec son interlocuteur. L'ambiance semble légère et conviviale. Ils ont un petit jardin, mais c'est déjà mieux que rien.

– Qu'est-ce qui vous a pris autant de temps ? demande Harper subitement.

Son regard en dit long et je rougis alors qu'on n'a absolument rien fait. Je me demande ce qu'elle insinue, et surtout *pourquoi*.

– On discutait de nos maisons respectives dans *Harry Potter*.

– Et le revoilà lancé là-dessus, soupire Zeke en s'affalant sur sa chaise.

Tout en ricanant, Cade se penche vers moi.

– Soda ou bière ? me demande-t-il, sans rebondir sur la critique.

– Soda.

– Moi, je suis sans conteste une Gryffondor, lance gaiement Harper. En plus, les couleurs de la maison me vont super bien au teint.

– Avec Prince, on a fait le test, on est des Serpentard jusqu'au plus profond de nos âmes.

Celui-ci sourit et embrasse Maeve sur la tempe. Je ne saurais dire pourquoi, mais ils semblent faits l'un pour l'autre. Leur posture, leurs gestes tendres, et surtout, leur manière de se montrer silencieusement qu'ils s'aiment.

Ils sont différents de Harper et Hunter, qui n'hésitent pas à être plus démonstratifs même quand il y a du monde.

– Fourbe comme il est, ça ne m'étonne pas que Griffin se retrouve chez les Serpentard, s'esclaffe Hunter.

– Ne confonds pas l'ambition et la ruse avec de la fourberie, Clark, répond Griffin en mimant la voix de Tom Felton, l'interprète de Drago Malefoy. Tu es jaloux, car tu es un Poufsouffle, et ce sont les moins aimés.

– Il n'a jamais digéré le résultat du test, ajoute Cade.

– Vous n'appréciez juste pas le fait que je sois proche des cuisines *et* que mon âme soit aussi brillante qu'un cristal, insiste Hunter sans se démonter.

Le rire est général.

– Et toi ? je demande à Zeke.

– Sans doute un Serdaigle, ce sont les moins psychopathes de tous.

– Je te rappelle que Gilderoy Lockhart était un Serdaigle, et Quirrell aussi. Dans le genre psychopathe, ils n'étaient pas mal.

– D'accord, il y a des défauts dans les rangs, mais les Gryffondor et les Serpentard sont les plus fêlés, c'est certain.

Après plusieurs bières – sodas pour moi – et un délicieux barbecue, je me retrouve à faire la vaisselle avec Zeke, car nous avons perdu à pierre-papier-ciseaux. De tous les gars, c'est le plus discret. Enfin, si sa personnalité est discrète, son physique, en revanche… Il doit avoisiner le mètre quatre-vingt-dix et flirter avec les cent kilos, tout en muscles. Avec sa peau sombre, sa coiffure *crew cut* et ses lèvres pleines, il est vraiment sexy. Je remarque une boucle d'oreille aux couleurs du drapeau LGBTQ+. Je ne sais pas s'il jugera ma question déplacée, mais il pourra toujours m'envoyer bouler si c'est le cas. Alors, en prenant mon courage à deux mains, je lance :

– Je ne t'ai jamais demandé, tu es homosexuel ? Tu n'es pas obligé de me répondre, je me reprends tout de suite. C'est sans doute…

– Ouvertement bisexuel, me coupe-t-il.

Je lève la tête – enfin, me tords le cou – pour le regarder, et il me sourit. Le soulagement détend le nœud dans mon ventre.

– J'ai aucun problème avec ce genre de question, ne t'inquiète pas. Je n'ai pas de préférence. Quand quelqu'un m'attire, c'est pour lui ou elle, le genre de la personne n'est que secondaire.

– Et pour tes coups d'un soir ? Je veux dire, comme tes potes, tu es plutôt célèbre pour ça, je lâche en pouffant.

Zeke me tend une assiette à essuyer en ricanant.

– Pareil, je ne vois pas un homme ou une femme, mais une personne avec qui je sais que je vais passer un bon moment. Je ne me prends pas vraiment la tête.

– Je comprends. Tu ne souffres pas trop de LGBTQ+-phobie ?

– Ces gars-là s'en branlent carrément, dit-il en fixant à travers la petite fenêtre au-dessus de l'évier les énergumènes qui chahutent dehors. Dans l'équipe, ça va, la plupart du temps. Mais tu ne peux malheureusement pas échapper à des gars qui sont anti-LGBT.

– Je ne peux qu'imaginer, mais tu as tout mon soutien.

Un silence agréable nous entoure alors que l'on avance dans notre tâche.

– Alors, tu reprends bientôt la radio ? demande-t-il.

– Oui, j'ai hâte, et en même temps non. J'oscille entre : « Putain c'est cool, j'en rêvais » et : « Putain, pourquoi je me suis lancée là-dedans. »

Zeke éclate de rire.

– Je vois très bien le genre, mais je suis certain que tu vas gérer.

– Seul l'avenir nous le dira… Mais je le ferai, parce que je sais que je vais m'en vouloir sinon.

Nous terminons la vaisselle et rejoignons tout le monde. Hunter masse les pieds de Harper, alors que Cade, Maeve et Griffin font une partie de cartes. En regardant l'heure sur mon téléphone, je me rends compte qu'il est minuit passé, et comme je suis venue en bus, il est sans doute temps que je rentre si je veux attraper le dernier.

– Je vais faire un tour, balance Zeke. Della m'attend.

– OK, à toute, répond Griffin.

Je me place à côté de Cade pour prévenir tout le monde que je vais y aller, mais je n'en ai pas le temps.

– Ta robe est trop belle, me jette Maeve en me détaillant de la tête aux pieds.

– Merci ! je m'exclame joyeusement.

Tous les regards se tournent vers moi.

– Elle était à ma mère, ma grand-mère a mis la main sur un vieux carton d'affaires qui lui appartenaient et je l'ai trouvée dedans, ça m'a rendue heureuse. Depuis son décès, je pensais que je ne verrais plus jamais aucun de ses vêtements…

– Elle te va très bien, confirme Cade, face au blanc que soulève ma révélation.

Je me rends compte qu'à part les filles, je crois que personne ne savait que j'avais perdu ma mère.

– Bon, je vais rentrer, moi. Merci pour la soirée, c'était vraiment extra.

Je salue tout le monde, et Cade me raccompagne à la porte.

– Je t'accompagne jusqu'à ta voiture, dit-il.

– Je suis venue en bus, alors ça risque d'être un peu loin, je le taquine.

Il ne réfléchit pas très longtemps avant d'attraper les clés de son véhicule.

– Je te ramène alors, il est tard et il fait noir.

– Ça va aller, Cade, il fait trop bon, le ciel est plein d'étoiles, et j'ai encore le temps d'attraper…

– Tu m'autorises à te conduire chez toi ? me coupe-t-il avec un sérieux qui me surprend.

J'ignore pourquoi il se montre toujours aussi galant, mais je sais que j'apprécie de plus en plus sa compagnie. Il est en tout point différent d'Adam, et aussi plus sexy.

– Avec plaisir. J'habite à une quinzaine de minutes de chez vous.

Nous montons tranquillement dans sa voiture et soudain, l'odeur que j'associe à Cade me saisit, un mélange de pin et d'agrumes. Elle est partout, et je dois avouer qu'elle ne me laisse pas indifférente. Il y a peu de circulation, la nuit est calme ; c'est apaisant.

– Tu as passé un bon moment ? me demande-t-il.

Je constate qu'il me regarde quand je lève les yeux vers lui. Il sourit et je hoche la tête.

– Oui, merci de m'avoir invitée. Ce genre de soirée fait tellement de bien, surtout avant le rythme infernal de la rentrée.

– On voulait faire un truc décontracté avant la reprise des cours, du régime alimentaire strict dû au sport, des entraînements…

– Tu as la pression d'être le capitaine des teneurs en titre du Frozen Four ?

– Ouais, mais c'est une bonne pression. Cette année, les recruteurs seront là et je veux montrer combien j'en veux.

– Tu as l'air serein, en tout cas. On en avait parlé lors de notre première rencontre, mais tu veux toujours jouer en pro ?

– Grave. Je vivrai pour ce sport jusqu'à ce que je n'en puisse plus. Je ne me vois pas faire autre chose, je sais que je suis taillé pour ça, et si j'ai l'opportunité d'en faire mon travail, je serais bête de la refuser.

– Je te souhaite d'y arriver.

Quand nous parvenons à mon quartier, je le guide jusqu'à ce qu'il se gare devant chez moi. Cade se penche pour avoir une vision plus large de la façade.

– Jolie maison.

– Nana adore les couleurs. Elle m'engueule presque quand je porte du noir, elle dit que c'est trop terne.

– Ta Nana a l'air d'être un sacré numéro.

– T'as pas idée.

Il rit.

Il n'y a pas de lumière à l'intérieur, ma grand-mère doit dormir, ou alors elle regarde la télé dans sa chambre. J'aime ce jardin de devant, ces rosiers de Chine dans l'allée et l'arbre avec la balançoire près de la maison. Ma mère y était assise quand elle a perdu les eaux.

– C'est mon endroit préféré, ici.

Je lui désigne l'arbre.

– La balançoire ? demande Cade en plissant les yeux.

– Oui, j'adorais jouer là parce que je voyais ma mère travailler à son bureau.

Je sursaute lorsque Cade sort de la voiture et me fait signe de le suivre. Amusée, je l'imite et quand j'arrive à ses côtés, il glisse sa main dans la mienne. Il m'entraîne sous l'arbre et mon cœur bat à cent kilomètres-heure.

– Assieds-toi.

– Pardon ?

Je dis ça et pourtant, je m'exécute, car je l'ai parfaitement entendu. Lentement, il me balance.

Les souvenirs de ma mère me reviennent, et ça me rend heureuse. L'air est doux, le moment, parfait. Je crois que ça faisait longtemps que je n'avais pas été en paix avec moi-même. Adam n'avait… jamais fait ça. Je ne sais pas pourquoi il se fraie un chemin dans mes pensées, mais c'est comme ça. Peut-être que j'envisage de…

– Tout va bien ? demande Cade.

– C'est parfait.

Il continue à me pousser et chaque fois, je monte un peu plus haut vers le ciel.

– C'était chouette de passer un peu de temps avec vous cet été.

– On dirait que tu dis ça comme si on n'allait plus se revoir.

– Oh, tu sais, à chacun ses cours, ses passe-temps. Et puis toi, tu as le hockey, les soirées, tout ça, tout ça… Il faut être honnête, difficile d'être le mois de septembre du calendrier des Grizzlys sans avoir une horde de filles à ta porte. Elles vont te reconnaître et te sauter dessus.

Il grogne et arrête la balançoire tout net. Lorsque je tourne la tête, je constate que son visage est vraiment proche du mien.

– Winnie, comment tu sais que je suis en septembre ?

Il est intense ; ses yeux, surtout. Et peut-être aussi ses bras qui tiennent les cordes.

– En bonne personne que je suis, j'ai acheté le calendrier pour vous aider à récolter des fonds, je réponds, captive de son regard.

– Merci pour ça. C'est lequel, ton mois préféré ?

– Avril, parce qu'il ne fait ni trop chaud ni trop froid, je confie dans un souffle.

Cade ricane, sans bouger d'un iota. Je commence à rougir. Je n'ai pas flirté depuis des années, mais il y a quelque chose… et ça me plaît beaucoup. Je sens que j'ai envie de succomber à ce petit jeu. Je suis prête à m'amuser comme Nana n'arrête pas de me le suggérer.

– Ah, tu parlais de ton calendrier ? je dis en battant des cils. Ce n'est pas bien, le favoritisme.

– Ça restera entre nous.

– Si je réponds toi, qu'est-ce que ça te fait ?

– Plaisir que l'attirance soit réciproque.

Putain.

Mon cœur bat soudain la chamade. Mais je repense aux mots de ma mère, à celui que j'ai trouvé ce soir, et ça me percute. Il veut m'embrasser, je le sais, je le sens. Je crois que j'ai envie de connaître le goût de ses lèvres, de le laisser faire, mais je veux jouer. Je veux être désirée, courtisée.

– Je peux t'embrasser, Winnie ?

– Non. Ne le fais pas, je l'arrête, lorsqu'il s'avance vers ma bouche.

Il ne cache pas sa déception et se redresse lentement. Je m'en veux, mais en même temps, j'ai perdu deux ans de ma vie avec un homme qui se fichait pas mal de moi, et je sais désormais que je mérite ce qu'il y a de mieux.

– Tu devrais y aller, demain, tu vas dormir debout à la piscine, je lui dis.

– D'accord, répond-il en m'aidant à descendre de la balançoire.

Nous rejoignons l'allée centrale. Son moral semble en berne, et ça me fait plaisir de me dire que s'il est aussi déçu, c'est qu'il me désire, au moins un peu. Les idées fourmillent dans mon esprit, mues par le petit mot de ma mère.

– Bonne nuit, Winnie, me murmure-t-il, avant un dernier sourire.

Il se détourne pour remonter le petit chemin. Il est presque arrivé au portail quand je retrouve ma voix.

– Coupe-moi le souffle, Cade. Je veux avoir le souffle coupé ! je lui lance.

Il se tourne vers moi, comme s'il avait attendu depuis le début que je l'arrête. *Décidément.*

– C'est un défi ?

– Prends-le comme tu veux, je réponds en lui envoyant un baiser dans le vent.

Puis, je disparais avant qu'il dise quoi que ce soit.

Bordel, qu'est-ce qui m'a pris ? Et pourquoi je me sens aussi vivante ?

CHAPITRE 11

I am 147 pounds of pale skin and fragile bone, okay ?
Sarcasm is my only defense[14].

(*Stiles* | Teen Wolf)

Cade

« Je veux avoir le souffle coupé. »

La demande de Winnie tourne en boucle dans mes pensées tandis que je rentre chez moi. Je n'en reviens pas qu'elle m'ait dit ça. Je suis passé de la déception de son rejet, alors que je sentais que c'était le bon moment, à une joie extrême, en l'espace de deux minutes. Maintenant, j'alterne entre un ahurissement total et une excitation pure face à ce nouveau défi, qu'il est hors de question que je ne relève pas. Depuis que j'ai rencontré cette fille aux cheveux flamboyants, je guette une putain d'ouverture, et ça y est… c'est le moment.

Elle m'a donné le feu vert, elle m'a donné son autorisation.

J'ai presque l'impression que c'est trop beau pour être vrai. Et pourtant, mon excitation me prouve bien le contraire. Un an que j'attends cet instant ! J'ai presque envie de m'arrêter pour hurler ma joie.

---

14. Je pèse 67 kilos tout mouillé et mes os sont fragiles, d'accord ? Le sarcasme, c'est ma seule défense.

Un sourire idiot me mange le visage, et je n'insulte même pas le chauffard qui grille un stop et me coupe la route tellement je suis sur un petit nuage. Rien ne va pouvoir gâcher ce moment. J'ai la sensation que je suis à l'aube d'un changement énorme dans ma vie, et je compte bien apprécier chaque seconde et chaque étape qui feront comprendre à Winnie que son défi n'est pas tombé dans l'oreille d'un sourd.

Je ne suis pas sûr qu'elle ait pris la mesure de celui à qui elle lançait ce défi, mais ça, elle s'en rendra compte seule, comme une grande. En tout cas, le roi des conneries est plus que prêt ! Il est hors de question que je me foire.

Lorsque je me gare devant la maison, les trois voitures de mes potes sont toujours là, mais celle de Maeve a disparu. Il faut croire que le départ de Winnie a signé celui des autres filles. Je saute de ma caisse en prenant tout juste le temps de la verrouiller, puis je déboule dans le salon comme une furie. Ils sont vautrés sur le canapé, Hunter avec la télécommande à la main, Griffin et Zeke en train de débattre sur la dernière course de formule 1. Mais ils s'arrêtent et me fixent soudain comme si je débarquais complètement nu au milieu du salon.

– Où est-ce que t'étais passé ? me questionne Hunter.

– J'ai ramené Winnie, je lâche du bout des lèvres, encore sous le coup de l'adrénaline. J'ai. Ramené. Winnie. Chez. Elle.

Je vois l'intérêt se renforcer sur le visage de Griffin, ce mec adore les ragots. Mais je ne peux pas lui jeter la pierre, c'est lui qui nous tient informés de ce qu'il se passe sur le campus, et certaines de ses anecdotes sont savoureuses, d'autant qu'il a l'art et la manière de les raconter. Donc je sais qu'il va me passer sur le gril.

– Est-ce que tu as enfin réussi à marquer, Captain ? attaque-t-il, en attrapant la télécommande dans les mains de Hunter pour couper le son de la télévision.

– Eh ! Je regardais, moi, se plaint ce dernier.

– Non, il n'a pas marqué, ricane Zeke, sans prêter attention à Hunter. Sinon, il aurait l'air encore plus flippant que maintenant. Ou il serait en PLS dans un caniveau.

Griffin éclate de rire en hochant la tête.

– Alors *non*, je n'ai pas « marqué »... Pas au sens où tu l'entends, du moins, je réponds, avant de venir m'asseoir sur un coin du fauteuil qui a connu des jours meilleurs.

– Quel suspense ! se moque Zeke, tandis que tout dans sa position transpire l'ennui.

– Alors, tu la craches, ta pastille ?! ajoute Hunter.

Mon majeur se dresse rien que pour eux et je me délecte de leur impatience. Enfin, surtout de celle de Griffin. Cependant, je sais aussi que pour émerveiller Red, je vais avoir besoin de leurs idées à la con, même si j'en ai déjà quelques-unes en tête. Je réfléchis à tout ça depuis bien trop longtemps pour ne pas avoir un plan en quinze actions concrètes.

– J'ai ramené Winnie chez sa grand-mère et j'ai bien cru qu'on allait s'embrasser. Mais au dernier moment, elle a fait demi-tour, puis elle m'a demandé de lui couper le souffle.

– Du coup, tu lui as roulé le patin de sa vie ? me demande sérieusement Hunter.

J'ouvre les yeux comme des soucoupes, en me disant que c'était effectivement une solution mécanique pour arriver au résultat attendu. Hunter est un mec très premier degré par moments, mais il arrive à me coller le doute.

Putain, j'espère que ce n'est pas ce qu'elle me demandait !

Non. Si elle avait voulu qu'on en arrive là, elle en aurait profité au moment de la balançoire. Tout était réuni pour un premier baiser mythique, digne d'un film, donc ce n'était pas ce qu'elle désirait.

– Hunthunt... Je me demande comment tu as pu te dégoter une nana comme Harper, se désole Griffin.

Heureusement que tu lui es rentré dedans, sinon, tu n'aurais eu aucune chance de l'approcher. Comment t'expliquer ça de façon simple pour que ton cerveau primitif comprenne la situation ? Winnie veut être courtisée. Je peux te donner la définition si tu en as besoin, ajoute-t-il après une pause.

– Mon poing primitif va finir dans ta gueule de princesse si tu pousses encore le bouchon, répond l'intéressé en se levant pour aller jusqu'à la cuisine ouverte.

Je pince les lèvres, et je vois que Zeke est tout à fait réveillé maintenant. *Bien.* Je vais avoir l'attention de mes meilleurs amis, ça ne peut donc que fonctionner.

– Du coup, tu vas sortir le grand jeu avec restaurant étoilé, virée en week-end dans un coin ultra-romantique, peut-être un champagne de qualité… liste Griffin, des étoiles plein les yeux.

– Euh… non. Je n'ai pas les finances pour tout ça, et puis entre nous, ça ne me ressemble pas du tout.

– Je suis curieux de voir ce qui *te* ressemble. Un concours de bière-pong ? Trouver le pari le plus fou à réaliser et le faire, peu importe l'issue ? Ouuuuh non, je sais ! Tu vas débarquer chez elle avec un manteau long et l'ouvrir devant elle comme on voit au cinéma. Sauf qu'au lieu de la nana sexy nue, ce sera toi, exhibant ton paquet à l'air libre.

La tirade de Hunter me fout plein d'images en tête, et les rires de mes potes ne m'aident pas le moins du monde à me concentrer alors que je joue gros. Je sais qu'avec eux, au milieu de dix idées moisies, il y a en aura trois de bonnes, alors je dois prendre des notes et faire le tri plus tard.

Des yeux, je cherche de quoi écrire. À côté de la télévision, je remarque un vieux carnet gribouillé jusque sur la couverture. Je me lève pour l'attraper et quand je comprends ce que j'ai devant les yeux, ma bouche s'ouvre, sous le choc. Je pensais que ce n'était que dans les films qu'on pouvait trouver ça.

Mais il faut croire que j'ai un cliché ambulant parmi mes potes. Et en même temps, je ne sais même pas pourquoi je m'étonne.

Je me tourne vers Griffin, qui est en train de se chamailler avec Zeke. Je me racle la gorge, attirant l'attention sur moi.

– Tu m'expliques ? je lui balance en me retenant difficilement de rire.

– Bah quoi ? Je m'entraîne, me dit-il simplement.

Ce type est tout bonnement hallucinant. Rien ne lui pose problème et il assumera ses actes jusqu'à la fin de sa vie. Le mot « gêne » ne fait pas partie de son ADN. Hunter se place à mes côtés pour regarder les différents « Prince King » écrits sur le carnet. Si un jour, tous deux se marient, il compte prendre le nom de Maeve. Il a des couilles, c'est certain, et il est complètement accro à sa nana. Et ça aussi, il l'assume à cent pour cent. Si son père n'a pas réussi à détruire ça, personne ne le pourra jamais.

– Il se passe quoi de si intéressant avec ce cahier ? intervient Zeke.

– Ils jalousent le fait que mon futur nom va tout déchirer, crâne Griffin.

– Futur nom ?

Comme Zeke ne percute pas, je lui explique :

– Griffin prendra le nom de Maeve si jamais il arrive à lui passer la bague au doigt.

Notre pote semble creuser loin dans sa mémoire pour faire le rapprochement.

– King… Prince. Putain ! Déjà que t'as un ego surdimensionné, on n'a pas fini d'en entendre parler si ça arrive !

– Que voulez-vous, on a le nom qu'on mérite.

Cette fois-ci, c'est tous ensemble qu'on rigole, et ça fait un bien fou. Je me rassieds dans mon fauteuil en choisissant une page vierge. Je note la phrase qui me fait le plus vibrer tout en haut :

Opération « Coupe-moi le souffle », ou comment faire craquer Winifred Wilson.

– Parlons peu, mais parlons bien. Lancez-moi vos idées pour qu'elle en prenne plein la vue.

– Même les plus dingues ?

– Ouais, je ferai le tri si jamais vous allez trop loin, je réponds à Hunter.

Et on peut dire qu'ils n'en manquent pas. C'est l'avantage d'avoir autant « vécu » que nous durant nos premières années de fac. On a testé pas mal de tactiques et la page se noircit devant mes yeux. Je sais que certaines sont irréalisables, mais ça fait du bien de déconner avec eux, on retrouve le temps d'un instant une normalité qui me rend heureux. Et puis, ils seront prêts à m'aider à concrétiser ces conneries sans rechigner. Je le sais. Comme on a accompagné Griffin sur la glace pour qu'il récupère Maeve. *Si ce ne sont pas de vrais potes, ça !*

– Non, mais je suis sérieux ! J'ai vu comment elle te regardait avec ta casquette, ce soir ! Tu dois en acheter une mini pour ta queue. Et tu lui balances : « Il paraît que ce n'est pas poli de porter un couvre-chef à l'intérieur, tu m'aides à l'enlever ? », et là, boum ! Vous êtes au pieu.

L'idée est d'une débilité abyssale, mais c'est vrai qu'elle a dit qu'elle aimait ma casquette.

– Déjà, si je décide de faire ça, ce ne sera pas une mini-casquette, je rétorque, alors que Griffin lève les yeux au ciel. Et ensuite, je suis pratiquement sûr que Winnie me couperait les couilles si je débarquais avec un truc pareil.

– Elle manque d'humour, ta meuf, se plaint-il.

Ma meuf…

La douce chaleur qui irradie dans ma poitrine à ces deux mots me comble de bonheur. Je n'ai jamais été aussi près de pouvoir le dire moi-même, mais la superstition me retient.

D'abord, je la fais tomber follement et irrémédiablement amoureuse de moi, et après, je pourrai l'appeler comme ça.

– N'écoute pas ce timbré, lance Hunter. Par contre, ce qui pourrait vraiment marcher, c'est que tu fasses imprimer des tee-shirts au nom de Rebel's Radio pour la rentrée. On s'arrangerait afin que tous les Grizzlys le portent pour promouvoir le lancement, Harper pourrait faire pareil et en parler sur ses réseaux, etc. Je pense que tu marquerais pas mal de points en donnant de la visibilité à son projet.

– Putain, Hunthunt qui a une bonne idée ! s'exclame Griffin, estomaqué.

Il esquive le coup de poing de l'intéressé en se redressant pour s'étirer.

– Mais on est populaires, alors ça touchera du monde. Tu gagnes un round avec cette idée, ajoute-t-il. Vous voulez boire quelque chose ?

Le « oui » est unanime tandis qu'il va à la cuisine.

Je note la remarque de Hunter, et je sais déjà que je vais tout faire pour qu'elle puisse voir le jour, même si je n'ai que très peu de temps pour y arriver. D'une, c'est une très bonne idée, et de deux, Winnie y sera forcément sensible. Je me sens presque minable de ne pas y avoir pensé moi-même.

On discute encore au moins une heure, jusqu'à ce qu'on tombe de fatigue et que, surtout, la réalité nous rattrape. On bosse tôt avec Hunter demain matin. J'emporte le carnet et le dépose sur mon bureau, dans ma chambre. Alors que je suis sous la douche, je me repasse l'intégralité de la soirée. C'était vraiment une bouffée d'oxygène, dont on avait tous besoin. Pour ce qui est de Winnie, je vais tout faire pour relever son défi. J'ai tellement attendu la moindre approbation de sa part que je ne peux ni ne veux échouer. Et si dans ma chance, elle craque pour moi, alors ce sera parfait. Parce qu'en un an, j'ai eu le temps de réaliser que ce n'est pas qu'un *crush* pour moi, mais un coup de foudre. Je suis amoureux de Red, et ce depuis le premier jour, je crois bien. Tout ce que j'ai appris sur elle durant cet été n'a fait que renforcer mes sentiments, mais ce soir, ils ont éclaté dans ma poitrine. Impossible de les nier ou de les enfouir. Ils me submergent.

– Mec, va falloir que tu accélères, j'ai envie de chier !

Et voilà comment ruiner en deux secondes un beau moment d'honnêteté et d'introspection. Je me dépêche de finir, puis déverrouille la porte. Hunter se tient derrière avec un rictus ravi.

– Toujours dans la finesse, à ce que je vois.

– C'est la triste réalité de la vie, et tu sais que j'étais contre le fait d'avoir un seul chiotte, qui plus est dans la salle de bains. Alors maintenant, subis-en les conséquences, me balance-t-il tout en baissant son jogging.

Je me carapate aussi vite que possible avant qu'il ne décide de faire son numéro deux devant moi. Quand je m'étends dans mon lit, un bras derrière la tête, un flash en particulier me percute violemment.

Winnie a au moins un piercing.

Mon cerveau s'emballe forcément et me bombarde d'images plus *hot* les unes que les autres. Au fur et à mesure, j'écarte les possibilités de certains endroits et j'arrête ma logique sur un en particulier.

– Ses tétons, je souffle, estomaqué.

Est-ce qu'il serait possible que la douce Winnie cache un tempérament de feu ? Je n'en serais pas étonné.

– J'ai pas envie de savoir de quels tétons tu parles, alors ferme ta gueule, je veux dormir, résonne la voix de Zeke dans la chambre.

Je ricane comme un abruti, avant de me tourner sur le côté et de fermer les yeux.

Ouais, cette nuit, je sais déjà de quoi je vais rêver !

CHAPITRE 12

Studies have shown that intelligent people swear more than stupid motherfuckers[15].

(Winkgo)

WINNIE

Je n'ai pas fermé l'œil. J'ai dû dormir deux heures à tout casser, entrecoupées de crises de panique en mode putain, je ne peux pas faire ça. Le stress m'a bouffée comme pas permis. À un moment, j'ai même cru que j'allais vomir rien qu'en regardant mon sac devant mon lit. On ne peut pas dire que ma nuit de veille de rentrée a été des plus reposantes. Je crois que je fais partie de ces gens qui ont le mauvais stress. Celui qui rend complètement dingue et qui file des insomnies.

Je ne sais pas bien si je suis prête, mais je suis à l'heure, enfin non, en avance. Je pose mon gobelet sur la table ainsi que la boîte de donuts que j'ai achetée pour tout le monde. Comme Harper m'a conseillé d'être active sur les réseaux sociaux, je prends une photo de mon « petit déjeuner » et je le poste dans la *story* de la radio, en rappelant que mon live commence dans quarante minutes. À 5 h 20, je ne sais pas qui la verra, mais bon…

15. Des études ont montré que les gens intelligents jurent plus que ces putains d'enfoirés.

– Salut, boss ! s'exclame joyeusement Pria.

Je la serre contre moi. Pria sent bon, un mélange fleuri de vanille et de violette. Pour la reprise, elle a tressé contre son crâne ses cheveux et elle est incroyablement belle. J'envie ses lèvres pulpeuses et ses yeux de biche.

– Ne m'appelle pas comme ça, par pitié, je me plains.

– T'es bien la boss, pourtant. Enfin, ouvre les yeux, c'est littéralement ton job.

Pria est la magicienne du son. C'est aussi ma meilleure amie. À la radio, on entend surtout les animateurs, mais derrière, il y a des gens dans l'ombre, grâce à qui la station tourne. Pria est la technicienne et son boulot est plus qu'important. Sans elle, la radio reste muette. C'est elle qui capte le son, celui de l'animateur et des invités, qui l'enregistre, le traite, le mixe, le rend agréable à écouter. En gros, elle est la première auditrice de l'antenne. J'ai eu à le faire durant l'été de mon premier stage et j'ai adoré, mais je sais aussi le travail que ça représente.

– J'ai encore du mal à le croire, je confesse.

– Pas moi. C'était obligé. Ça fait du bien de foutre un coup de pied au cul du patriarcat. Ce poste est occupé par des mecs depuis trop longtemps, c'est de la merde.

– Dit comme ça…

– C'est pour ça que c'est bien que ce soit toi ! En plus, tu es déjà en train de faire bouger les choses et ça va cartonner, j'en suis sûre. Imagine les nanas que tu vas inspirer.

– N'exagère pas.

– Franchement, pense aux première année qui vont arriver et qui verront une femme, et non un mec, à la présidence. Les filles qui seront aussi passionnées que toi pourront avoir de l'espoir, elles aussi.

En le présentant ainsi, elle me donne encore plus la sensation que ce que je fais a de l'importance. Mais j'aimerais avoir aussi confiance qu'elle, parce que je ne suis que doutes, ce matin. Les « Et si Adam avait raison » tournent en boucle dans ma tête. Je dois me faire violence pour passer outre.

– La *team* est géniale, et tu seras auprès de moi pour gérer tout ça, hein ?

– Je ne te lâche pas d'une semelle.

Pria est aux commandes depuis l'année dernière. Le précédent technicien était son frère, il n'a pas laissé le choix à Adam quant à sa succession. Et il a eu raison, car elle est vraiment bonne dans ce qu'elle entreprend. Elle est là le matin pour tout bien paramétrer et ensuite, elle sait qu'elle peut partir tranquille, même si elle revient pendant ses pauses et effectue des ajustements au besoin.

– On fait les tests micro ?

– Yep.

Je m'enferme dans la salle d'enregistrement, m'assieds à mon poste et mets le casque. La voix de Pria me parvient dans les oreilles.

– Tu chantes bien, je me moque.

Elle glousse.

– Bon, essaie ton micro au lieu de te moquer. Vas-y.

– Salut, Rebel University, ici Winnie, en direct et en stéréo pour la matinale.

– Attends, ça ne va pas…

Elle tripote ses boutons et m'indique de recommencer. Je répète ma phrase. Il lui faut quelques manipulations de plus pour régler correctement le son. Elle est très perfectionniste et j'aime la laisser s'organiser comme elle l'entend. Le résultat est toujours top. Je retourne la voir quand elle est satisfaite. Au studio, Pria est aux commandes de la console numérique, elle ouvre ou ferme les micros, lance les extraits musicaux, les spots publicitaires qui sponsorisent notre matériel. Et heureusement pour moi, elle adore passer son temps libre ici, à filer un coup de main. Elle est aussi passionnée que moi par la radio.

– Bon, quoi de neuf dans ta vie amoureuse ? me balance-t-elle, sans préambule.

Elle est comme ça, Pria, sans détour.

– Rien, je réponds par réflexe, avant de me reprendre. Enfin…

– Enfin ? Enfin quoi ?

Elle s'installe à table et prend un donut. Je bois une gorgée de mon chocolat chaud.

– Il se peut que j'aie failli embrasser un mec ce week-end.

– Quoi ? Mais qui ? Et pourquoi presque ? Attends, me dis rien, je suis sûre que c'est Reed, le capitaine des Grizzlys.

J'avais déjà dit à Pria que nous nous étions rapprochés cet été. Elle est partie deux mois à La Barbade dans sa famille, et elle était hyper-déçue de ne pas pouvoir m'aider avec la radio et les recrutements.

– C'est possible, je chuchote, comme si c'était un secret.

– Oh, Winnie Pooh[16], minaude-t-elle. Raconte-moi tout. Et dépêche-toi, il ne te reste que quinze minutes pour déballer ton sac.

– Il a voulu m'embrasser en me ramenant chez moi après une soirée barbecue. On parlait des calendriers que son équipe a faits et on flirtait un peu, je crois… Sauf que quand il a voulu m'embrasser, je lui ai dit non.

– Mais pourquoi ? Ne me dis pas que c'est à cause de cette grosse courge d'Adam, s'indigne Pria. Parce que sinon, je te frappe, et tu sais que je suis sérieuse.

Voilà pourquoi j'aime cette fille. Elle exprime toujours ce qu'elle pense, même si parfois, ce n'est pas évident d'être son interlocuteur et d'encaisser.

16. Référence à Winnie l'Ourson.

– Non, c'est à cause de ma mère, j'ai… j'ai retrouvé un mot d'elle.

Elle est au courant de tout à propos de maman. De ses petits mots, de ses lettres… et elle m'écoute souvent parler d'elle. Alors, elle comprend l'importance de cette information.

– Oh, c'est pas vrai !

Elle est contente pour moi, elle sait combien j'étais heureuse l'année dernière d'avoir eu la chance de tomber sur une note. Donc autant dire qu'une autre, c'était inespéré.

– Il racontait quoi ?

– Elle me recommandait d'avoir le souffle coupé. Et même si j'étais assez fébrile quand il a failli m'embrasser, j'y ai repensé et je lui ai demandé de ne pas le faire, mais…

– Mais ?

– Je lui ai dit de me couper le souffle, j'explique, avant de poser mes doigts sur mes lèvres comme si je n'y croyais toujours pas.

Elle couine exagérément.

– Putain, c'est génial ! Et il a réagi comment ?

– Il a pris ça pour un défi. Je ne sais pas ce qu'il va faire, mais je l'ai planté là en lui envoyant un baiser dans le vent. Comme si j'étais Scarlett O'Hara.

– S'il te veut vraiment, il fera ce que tu lui as demandé. Il serait idiot de ne pas le faire, entre nous…

J'ai peur et en même temps, je suis excitée. Avec Cade, je dois m'attendre à tout, si j'en crois sa réputation. D'un autre côté, je ne vois pas ce qu'il pourrait imaginer d'à ce point extravagant, mais j'ai hâte de le découvrir.

– Bon sang, qu'est-ce que j'ai fait ?

– T'as demandé ce que tout le monde devrait exiger : que la personne en face de nous nous montre qu'elle s'intéresse vraiment à notre poire ; qu'elle nous coupe le souffle.

Je pouffe comme une idiote et lorsque mon regard se pose sur la grande horloge, j'ai l'estomac en vrac.

– Dix minutes…

– Tout va bien se passer, lance Pria. Tu souffles et tu te lances. Tu sais ce que je pense d'Adam, combien de fois je t'ai dit de quitter ce mufle qui n'était pas à ta hauteur. Alors, ne le laisse pas tout foutre en l'air maintenant.

– Je sais…

– Il donnait des ordres, n'écoutait personne et dirigeait la radio comme un despote. Ne pense pas que ta place n'est pas légitime, ce n'est pas vrai, elle l'est. Tu gères ça différemment, et par différemment, je veux dire mieux, termine-t-elle avec un clin d'œil.

Je souris.

– Merci, ma belle.

– Je t'adore, Winnie Pooh, et j'ai assez de caractère pour te ramener à la raison quand il le faut.

– Heureusement que je t'ai.

– Tu m'étonnes ! Allez, maintenant, va t'installer, ça va être à toi !

Je l'embrasse sur la joue et suis ses ordres. Je suis stressée, mais en même temps, je me sens galvanisée. Je veux essayer. Tous mes amis me soutiennent, Nana et ses copines aussi, et si maman était encore là, elle serait déjà ma plus grande fan. Je peux réussir.

J'inspire doucement, puis j'expire.

Plusieurs fois.

– Boss, tu es à l'antenne dans dix secondes.

– OK, c'est parti.

J'entends le décompte de Pria dans mes oreilles et, à zéro, je me lance :

– Bonjour, Rebel University. Non, vous ne rêvez pas, vous êtes bien en direct avec la matinale de Winnie, jusqu'à

7 h 45. Je vous accompagnerai tous les matins de la semaine pour vous dévoiler les actus du jour, les bons plans et les offres d'emploi sur le campus. On discutera aussi horoscope, météo, bref, une vraie matinale. Vous aurez même, je pense, droit à quelques blagues douteuses de temps à autre. Les choses ont changé, et la grille des programmes fait peau neuve. Avant de commencer cette émission, je voulais vous présenter les anciens, mais aussi les nouveaux présentateurs qui feront vivre la radio avec moi cette année.

Je fais une pause pour respirer calmement, puis continue :

– Juste après la matinale, vous découvrirez Benji, qui parlera de musique et de culture. Ensuite, Malcolm, que vous connaissez déjà, sera en direct pour évoquer tout ce qui est cuisine, bons plans, petit budget. Cette année, les podcasts seront plus riches et variés, avec de nouveaux contenus. Mais ne vous inquiétez pas pour votre *Star Killer* adorée, elle sera toujours au rendez-vous deux fois par semaine pour continuer de nous parler de psychopathes en tout genre. Oui, deux fois, vous avez bien entendu, et il n'y aura pas qu'elle. Un programme humour inédit sera animé par Doyle.

Je reprends mon souffle.

– Et, très chers auditeurs, les grilles du soir vont vous ravir. Taylor et Juliet vous accueilleront dans un live qui s'annonce génial avec des questions et réponses. Je serai moi-même au standard pour vous faire passer en direct. Vous pourrez participer aux débats et même demander des conseils. Dans cette émission, deux sujets de discussion par jour. Un sérieux et un beaucoup plus cool, alors on vous attend en masse pour réagir avec nos présentateurs. Enfin, votre rubrique favorite, et toujours animée par Lemon, qui sera bien entendu de retour, mais dans une version 2.0. Lemon sera accompagnée de Joe, et d'autres intervenants spécialisés viendront parler sexe avec vous. J'espère que ça vous donne envie. En tout cas, j'ai hâte que vous découvriez nos contenus ! On a bossé dur pour que Rebel's Radio devienne votre référence !

Pria m'adresse des signes d'encouragement derrière la vitre et je sais que tout se passe bien. Je le ressens dans mon corps. Alors, après un sourire dans sa direction, j'attrape mes feuilles et me plonge dans ma première matinale en direct !

J'ai réussi.

J'ai réussi, putain.

Je me sens tellement bien que j'ai l'impression de flotter. Passé la première minute, mon stress s'est s'évaporé, comme si c'était là ma place, comme si j'étais faite pour ça. Et je compte bien profiter de ce regain de confiance tant qu'il dure.

Malheureusement, je ne peux pas rester avec Pria ni m'occuper de Benji, dont l'émission suit la mienne, car j'ai cours et je ne veux pas les manquer. Je lui promets qu'il va cartonner et embrasse Pria en lui disant que je viendrai déjeuner avec elle. Elle a la chance de ne commencer qu'à dix heures aujourd'hui.

Lorsque je sors en vitesse du local, je tombe nez à nez avec le capitaine des Grizzlys en personne, qui capte aussitôt mon regard.

– Salut, lance Cade.

– Oh… salut, je réponds, en clignant bêtement des yeux.

Il retire les écouteurs qu'il a dans les oreilles et je rougis à l'idée qu'il m'ait vraiment écoutée, comme il l'avait dit. Des papillons dansent dans mon ventre. Il porte sa veste noire et jaune avec le blason de son équipe et une casquette aux mêmes couleurs. On sent que pour lui aussi, c'est la rentrée, et qu'il est important de rappeler à quelle équipe il appartient. Secrètement, je me dis qu'avec son physique et sa réputation, il n'a même pas besoin de ça pour qu'on sache qui il est. Il y a beaucoup d'affluence dans le couloir ce matin, et je me fais bousculer, à rester plantée au milieu.

– Tu m'as écoutée ?

– Évidemment.

– Je… Tu en as pensé quoi, honnêtement ? je demande, même si la réponse me fait peur.

– Tu as été géniale. Le rythme était bon, même si tu as fait un ou deux petits monologues à la Winnie, mais à titre d'info, je trouve ça très mignon.

– Je…

Oh, merde… Pourquoi ses mots me touchent autant ?

– On sentait que tu étais heureuse et dans ton élément, ta bonne humeur était communicative, et je ne me suis pas ennuyé une seconde en t'écoutant. Tu m'as tenu compagnie ce matin, ça m'a motivé, ajoute-t-il avec un clin d'œil.

– Vraiment ?

– Vraiment. Tu as assuré, Red !

Je souris, heureuse.

– D'ailleurs, regarde.

Cade se penche vers moi et me montre son téléphone. Mes lèvres s'étirent encore plus, je vois que notre conversation groupée a repris du service.

Griffin : *Winnie, t'as été extra. Avec Maeve, on a kiffé t'écouter en déjeunant ! On n'a pas entendu la fin par contre, si tu vois ce que je veux dire…*

Hunter : *Je t'ai écoutée aussi au travail ! T'étais trop cool ! Mais ça manque de Backstreet Boys, cette playlist du matin.*

Harper : *Une vraie queen, notre Winnie ! Bravo !*

Maeve : *Prince, t'es pas sortable, sérieux… Winnie, chérie, c'était top, JUSQU'À LA FIN !*

– On a ajouté Zeke au groupe, parce qu'il faisait la gueule de pas y être, mais il dort encore. Il a fini son service tard et il ne commence les cours que cet après-midi.

– C'est rien. Tu n'as pas à te justifier une seconde. Rien que le fait d'avoir été à l'écoute… Je n'en attendais pas tant. Je suis reconnaissante de vous avoir tous dans ma vie. Oh, bon sang ! Je vais chialer.

Je n'ai pas encore vérifié mon téléphone, mais j'imagine que Nana ou ses amies m'ont déjà envoyé des petits messages d'encouragement.

– Alors, tu as aimé faire ça ? Tu es heureuse d'avoir essayé ? Tu vas continuer ?

Trop de questions et je ne réfléchis même pas. Ma réponse fuse.

– Et comment que je vais continuer !

Je m'étire et regarde le couloir ; c'est là que je remarque que Cade ne passe pas inaperçu. Entre ceux qui s'arrêtent pour le saluer et les filles qui le reluquent comme s'il était leur quatre-heures, il attire le monde à lui. Et je prends pleinement conscience qu'il est sacrément célèbre. Je n'avais jamais prêté attention à sa popularité. Bien sûr, je le *savais*, mais le voir comme ça de bon matin, plutôt que lors d'une soirée ou d'un match, c'est vraiment iconique. Les gens gravitent autour de lui, c'est comme si certains espéraient qu'il leur jette une miette d'attention. Le pire, c'est que deux de ses quatre acolytes sont en couple maintenant. J'imagine que toutes les filles s'imaginent être la prochaine à mettre le grappin sur l'un des gars les plus en vogue de l'université.

– T'es pas censé aller en cours, au fait ?

– Je t'accompagne d'abord, j'ai le temps.

J'ai l'impression que tous les regards sont braqués sur nous. Rien de tel que de traîner avec l'élite de Rebel pour gagner en popularité… ou se faire soudainement haïr.

– Je crois que si quelqu'un a besoin d'une escorte, c'est toi. Tout le monde te reluque comme si tu étais un chanteur hyper-connu et qu'ils allaient te sauter dessus d'un moment à l'autre.

– Je peux gérer une foule en délire, j'ai le physique de Hercule, tu te souviens ?

Il bande les muscles comme un idiot. *Mmh, pas faux.*

– Est-ce qu'il y aurait un nom assorti à ces impressionnants pectoraux ? je raille alors. T'as la ref, Captain ?

– Bien sûr, répond-il. Belle répartie, Red.

– *Hercule* est mon Disney préféré, j'avoue. Mais pour en revenir à notre discussion, moi, je n'ai certainement pas envie de détruire le cœur de ces personnes ni de me battre avec elles. Je devrais marcher deux pas devant toi, histoire qu'elles ne me détestent pas.

Cade ricane.

– Il fallait y réfléchir avant de me lancer un défi.

Mon cœur s'emballe, je ne saurais pas dire pourquoi, mais j'ai l'impression qu'il est sûr de lui, comme lorsqu'il est sur la glace. Il ne perd plus autant ses moyens qu'avant.

– Tu es si confiant, c'est presque trop mignon.

– Que veux-tu, c'est dans ma nature. D'ailleurs, si tu veux marcher devant, vas-y, je t'en prie.

Je suis à deux doigts de le faire, afin de le provoquer, avant de m'arrêter pour le regarder droit dans les yeux.

– Je rêve ou tu veux juste mater mon cul par la même occasion ?

– C'est toi qui t'es proposée.

Je lui lance un regard en biais, essayant d'être faussement en colère, mais il agite ses sourcils et je souris. J'avoue ne pas encore savoir comment interpréter ce jeu entre nous. Ce flirt qui s'est lentement installé et ce défi qui plane toujours au-dessus de nos têtes me laissent un peu fébrile. Ce frisson, il y avait longtemps que je ne le ressentais plus avec Adam, et il revient au contact de Cade.

– J'ai cours dans cette salle, je dis en m'arrêtant.

– Te voilà arrivée à bon port, alors. Tu veux manger avec nous ce midi ?

– Je suis désolée, je déjeune avec l'équipe de la radio, c'est la première fois qu'on sera réunis.

– Je comprends, on aura l'occasion de faire ça plus tard, lance-t-il en retirant sa veste.

Je le mate furtivement, mais soudain, je remarque les inscriptions sur le tee-shirt qu'il porte, et je ne suis plus discrète du tout. Je m'avance vers lui et sans lui demander son avis, je caresse d'un doigt les inscriptions en grosses lettres : « On Air – Rebel's Radio ». Mon pouls bat soudain plus vigoureusement. J'ignore son regard que je sens pourtant sur moi, émue par ce geste. Ce mec est vraiment en train d'essayer de me couper le souffle, je n'en reviens pas. Je mesure la chance que j'ai de fréquenter des personnes aussi adorables. Il va forcément nous apporter des auditeurs, et ça me rend tellement heureuse.

– Tu… T'as fait ça ?! je m'exclame.

– Quoi donc ? répond-il, en faisant semblant de ne pas comprendre.

– Ça ! je souffle, avant d'appuyer un peu plus ma paume sur son torse.

Son sourire est éclatant.

– Oh, ça ? C'est une vieille fripe que j'ai attrapée à la va-vite ce matin.

– Merci, Captain, je dis en me hissant sur la pointe des pieds pour l'embrasser sur la joue. C'est adorable.

Il ne se rend pas compte à quel point son geste compte pour moi, ni surtout du nombre d'auditeurs que cela peut nous apporter. Quand un mec aussi populaire que lui lance une mode, tout le monde suit. Mon cœur accélère rien qu'à l'idée des retombées positives pour l'équipe et moi. Quand je vais raconter ça ce midi, ils vont exploser de joie !

– Je te l'ai dit, je suis un mec génial. En fait, si je voulais être plus précis, je devrais dire que je suis le mec parfait.

– Et modeste, j'ajoute.

– Et sexy, renchérit-il.

– Tu cherches des qualités pour un futur CV, c'est ça ?

Il sourit encore.

– Les gars de l'équipe portent tous le même tee-shirt, pour ton information.

Merde, alors.

Putain. De. Bordel. De. Merde !

C'est encore mieux que ce que j'imaginais.

– Merci, Cade. Pour l'escorte et pour ça.

Il s'incline devant moi, tel un gentleman. Ce vieux geste démodé ne m'a jamais paru aussi séduisant que maintenant. En vérité, je crois que Cade, tout simplement, est séduisant.

– À la prochaine, Red.

CHAPITRE 13

Feet :
(n.) A device used for finding
Legos in the Dark[17]*.*
(Vu sur Boredpanda)

Cade

C'est vraiment bon d'être de retour dans ce vestiaire où on passe tellement d'heures durant l'année scolaire. La patinoire est mon havre de paix. Quand je suis ici, je me sens entier.

J'aime le hockey. Pire que ça, j'ai ce sport dans le sang. C'est comme une drogue pour moi, et je sais que beaucoup des mecs qui m'entourent comprennent ce que je ressens lorsque je franchis ces portes. Ça a beau sentir le mâle à l'intérieur, c'est comme rentrer à la maison, même si aujourd'hui, c'est un sentiment particulier qui m'anime. Je réalise que la fin est proche et le compte à rebours, lancé. Je suis dans ma dernière année à Rebel University, et tout a une saveur plus amère. Je ne l'avais pas mesuré avant que la rentrée n'ait lieu, et maintenant… je dois me rendre à l'évidence. Je n'ai plus que quelques malheureux mois pour profiter de cette patinoire avant de la quitter pour

17. Pied : (n.) Outil permettant de trouver des Lego dans le noir.

toujours, mais également pour faire mes preuves et éblouir les recruteurs.

Tu parles d'une pression, en plus du reste !

Le pire, c'est qu'elle me rend vivant, cette pression, elle me rend même meilleur sur la glace. C'est aussi la vie que j'ai choisi de mener, celle de hockeyeur professionnel. Il est hors de question que je perde cet objectif de vue, malgré tout ce qui occupe mon cerveau dernièrement. Red est omniprésente dans mes pensées depuis des jours. Il est temps que je me reprenne. Du moins quand je suis ici.

De toute façon, dès l'instant où on passe les portes du vestiaire, on laisse derrière nous nos tracas, on emporte juste notre rage de vaincre. Le coach Meyer ne nous pardonnerait pas de ne pas être mentalement à cent pour cent sur la glace. Et il aurait raison.

– T'es drôlement silencieux, me lance Zeke en s'asseyant à mes côtés sur le banc.

– Ouais, j'ai vingt milliards de trucs en tête…

– Dis plutôt que tes nuits sont courtes et tes journées, à rallonge.

Un point pour lui.

Je ne dors pas autant qu'il faudrait, surtout avec la saison qui commence. Mais je n'ai pas d'autre solution, il faut bien que j'arrive à tout faire entrer dans mon planning : hockey, cours, révisions, job, séduire la femme de ma vie.

Il y a de quoi être épuisé, et encore, j'ai terminé mon dernier service du matin mercredi à la piscine. Plus besoin de me lever aux aurores, même si j'avais pris l'habitude d'écouter la matinale de Winnie pour remplacer nos rendez-vous quotidiens au bord du bassin.

Mais il était temps que ça se termine, la saison du Frozen Four n'a pas commencé et je suis déjà sur les rotules. Il faut que je trouve de quoi me préserver jusque-là, pour ne puiser dans mes réserves qu'en dernier recours, en cas de baisse d'énergie. Et ce n'est pas tous les jours facile, avec le rythme de vie qu'on mène actuellement.

– T'as raison, mec, mais toi et moi, on sait pourquoi on le fait. Et on doit y arriver cette année.

– J'ai toujours eu foi en nous, c'est pas maintenant que je vais me mettre à douter.

Ce n'est un secret pour personne dans cette pièce, Zeke et moi voulons passer chez les pros. Pour certains, l'équipe des Grizzlys est un bon moment, ou ils sont là à cause de la bourse d'études qu'ils ont obtenue pour étudier dans cette université. Nous, on joue nos rêves à chaque match que l'on dispute, alors ouais… on n'aime pas trop perdre. Et on se fout une pression de malade.

Heureusement, grâce à notre victoire au précédent Frozen Four, nous nous sommes retrouvés sous le feu des projecteurs. On sait que les recruteurs vont se déplacer pour nos futurs matchs, et j'ai hâte de leur montrer tout ce que je sais faire. Je suis une machine et je mérite ma place en NHL[18]. Je le sais, c'est comme ça, je ne me contenterai pas de moins.

Je suis né pour patiner.

Je suis né pour être hockeyeur.

Rien d'autre.

Et mon pote voit les choses de la même manière que moi. C'est tellement cool que Zeke soit dans une dynamique similaire, ça me permet de garder le rythme et de partager cette passion dévorante avec quelqu'un. Surtout, j'ai un partenaire avec qui faire des heures supplémentaires

18. National Hockey League ou, en français, Ligue nationale de hockey (LNH).

sur la glace ou à la salle de muscu. Zeke est infatigable, et il prend encore plus soin de son corps que moi.

– NHL, *baby*, me balance-t-il en même temps que son poing, dans lequel je tape en retour.

– NHL, je répète.

Un coup d'œil autour de moi m'apprend que je suis sacrément à la bourre et que je dois finir de me préparer avant que le coach ne débarque. J'attrape mes chaussettes et passe d'abord la gauche, puis la droite. Je répète l'opération avec mes bas et mon short. Lorsque arrive le pantalon, je l'enfile de la même manière. Ça fait partie de mes rituels superstitieux, toujours enfiler l'équipement à gauche avant de le faire à droite. Je suis en train de lacer mon patin gauche quand le coach Meyer débarque en mode conquérant dans la pièce.

Cet homme dégage une aura qui force le respect, et je sais que je lui dois beaucoup. Il m'a tellement fait progresser depuis que je suis dans son équipe que si j'atteins mon but de ligue pro, il sera une des raisons de mon succès.

Ça, et les milliers d'heures passées sur la glace à me faire rétamer.

Et mon entêtement.

Et ma volonté de me prouver que j'ai l'étoffe d'être sélectionné.

N'empêche que mon estime pour lui a enflé quand il a aidé Griffin à y voir plus clair avec son père. Ça, c'était un côté de lui que je ne connaissais pas et qui m'a agréablement surpris. Finalement, je crois que le coach est notre père de substitution lorsqu'on est ici.

– Bonjour, messieurs ! Je ne vais pas y aller par quatre chemins, l'entraînement d'aujourd'hui va être dur ! Notre première rencontre a lieu dans trois semaines, alors on attaque directement. Pas question de perdre, on a une réputation de vainqueurs à défendre, maintenant. Donc on se sort les doigts du cul fissa et on se concentre sur la victoire.

Une entrée en matière tout en finesse, digne de lui.

– Je croyais que ce match était amical, intervient Hunter, en croisant les bras sur son large torse.

– Et ? le questionne notre boss.

– Ben… il est moins important que les autres. Non ?

Outch.

Pauvre Hunter.

Paix à son âme.

Je ricane dans un souffle avant de me concentrer sur les lacets de mon patin droit.

– Clark ?

– Oui, Coach ?

– Trente tours.

Ouaip. Il ne déconne jamais, Meyer.

La bouche de Hunter s'ouvre sous le coup de l'étonnement, mais il connaît trop bien l'homme qui se tient devant lui pour savoir qu'il ne vaut mieux pas en rajouter, au risque de voir les tours s'accumuler. Il attrape sa crosse et disparaît derrière les doubles portes sans un mot.

Brave garçon.

– Bien. Je sais que cette année est importante pour certains d'entre vous, donc on va tout faire pour être les meilleurs et gagner une fois de plus ce trophée. Mais il va falloir trouver notre nouveau rythme, on a perdu quelques membres qui ont terminé leurs études, des remplaçants deviennent titulaires, on a un transfert avec Anderson et des petits nouveaux à recruter. Ça fait beaucoup de mouvements pour l'équipe, alors autant dire que vos postérieurs ne vont pas souvent réchauffer les bancs, il va falloir vous donner à fond.

Je n'ai pas eu le temps d'anticiper comme je le voulais tous les changements auxquels je vais devoir m'ajuster, et pourtant, j'aurais dû le prendre. Mais passer mon été à travailler m'a enlevé le plaisir de programmer ce genre de choses. Connor, notre transfert, je ne le vois pas comme un problème. J'ai patiné et joué avec lui l'année dernière, je sais que c'est un putain de hockeyeur et un bel atout dans notre manche. Pour le reste, c'est sûr et certain que ça nous fragilise. Au moins pour un temps.

Le discours du coach semble ébranler plusieurs personnes, en plus de moi, alors je me dépêche d'enfiler mon armure de Captain. Je finis d'ajuster mes jambières, puis je me lève, attirant tous les regards sur moi.

– Vous avez entendu le coach, l'année va être chargée et on va devoir apprendre à danser ensemble. Mais j'ai confiance en nous, en cette nouvelle équipe, on est les Grizzlys, bordel ! Rien ne peut se mettre en travers de notre route, on est les meilleurs et désormais, tout le monde le sait, alors autant le rappeler aussi longtemps que nécessaire !

Les cris résonnent entre les casiers, une masse compacte de mecs s'approche de moi et on joint nos mains avant de hurler : « Un ! Deux ! Trois ! Grizzlys ! »

Quand je passe devant notre entraîneur, il m'adresse un clin d'œil si discret que je pourrais penser l'avoir rêvé, mais je sais bien que non. Il attend beaucoup de moi, ce qui est normal, je suis le chef de cette équipe, je prends les défaites pour moi seul et partage les victoires avec le groupe. C'est ingrat, mais ça fait partie du job.

Je ne sens plus mon corps, c'est aussi simple que ça. Le coach n'a pas fait semblant, et l'entraînement m'a laissé en sueur et les muscles fatigués. Maintenant que je suis dans mon lit, je peux sentir la moindre courbature et demain, je vais avoir l'air d'un bonhomme de quatre-vingt-dix ans. Je n'ai pas assez bossé niveau musculation cet été, je vais le payer les premiers jours. Pourtant, mon corps ne me fera pas défaut, surtout qu'étant en dernière année de kiné, tout comme Hunter, je vais pouvoir me faire masser plus que certains. Autant que mes études me permettent de récupérer plus vite.

Alors que Zeke ronfle déjà comme un bienheureux, je n'arrive pas à trouver le sommeil qui me manque cruellement. J'attrape mon portable et me mets à scroller sur les réseaux sociaux. Je tombe sur une photo de Harper en compagnie de Winnie. Toutes les deux sourient de toutes leurs dents devant un micro de la radio. Je zoome sur le visage de cette dernière et mon cœur rate un battement.

Qu'est-ce qu'elle est belle. Je m'en étonne à chaque fois.

Je ne sais même pas comment je n'ai pas pu la remarquer avant de foutre les pieds à la radio l'année dernière. *Et putain, dire que je le dois à Hunter !* J'imagine que c'est donnant-donnant, puisque c'est grâce à mon idée à la con qu'il a rencontré Harper.

Où est-ce que Winnie pouvait bien se cacher ?

C'est une beauté rousse, et il n'y en a pas des centaines sur le campus. Je ne sais pas si ce connard d'Adam a fait en sorte qu'elle soit effacée au possible, mais si son chemin avait croisé ma route, je l'aurais vue. Je l'aurais draguée, non, courtisée, parce que c'est ce qu'elle mérite. Puis je me serais employé à souffler sur ses braises. Parce que ma petite Red est une vraie flamme, elle a besoin de grandir, de montrer son potentiel et d'éclairer le monde.

Avant que mes pensées ne m'emportent trop loin, je fixe de nouveau le cliché, et je ne peux pas me retenir de liker la publication. Après une légère hésitation, j'ajoute même un commentaire, trois simples émojis qui, je le sais, feront sens pour Winnie, mais pas pour les autres.

« ❄️🔥🥵 »

Fier de mon petit effet, je m'imagine déjà quelle sera sa réaction. Elle va rougir, puis hésitera à me répondre directement. C'est si simple ! J'aime ce jeu du « attrape-moi si tu peux », parce que je ne suis pas sûr de savoir qui est le chasseur et qui est le chassé dans l'histoire. C'est aussi bien comme ça, on se poursuit mutuellement tout en testant ce que l'autre aime. Mais c'est à moi qu'elle a demandé de lui ôter le souffle, et je compte bien m'y employer.

Soudain, je reçois un SMS de Griffin, alors que le mec est littéralement de l'autre côté du mur.

Griffin : *Comment tu chauffes Winnie… T'as pas honte ?*

Merde. Manquait plus que ça.

Cade : *Je ne vois pas de quoi tu parles.*

Ouais, tentons l'innocence, sur un malentendu, ça peut marcher.

Griffin : *À d'autres ! La glace, le feu… N'insulte pas mon intelligence comme ça. Tu es un petit coquin de la teaser comme ça sur un post public ! Je ne savais pas que tu avais ça en toi, Captain.*

Cade : *On ne se refait pas, que veux-tu. Si Maeve avait été sur cette photo, tu aurais mis des 🍆 partout, alors bon…*

J'entends son rire à travers la cloison, et ça me fait ricaner doucement de mon côté. Hunter va le flinguer s'il le réveille.

Griffin : *Bien sûr que je l'aurais fait, et j'aurais ajouté celui-là : 💦. Mais on parle de toi, tu es plus subtil que ça, d'habitude.*

Il n'a pas tort, et en même temps, je sais que Winnie va aimer mon petit message codé – pas si codé, en fin de compte. Alors ça vaut le coup. Comme je ne lui réponds pas et qu'il ne supporte pas de rester dans le vent, mon colocataire me renvoie un message.

Griffin : *Tu considères vraiment que Winnie est ta Maeve ?*

Oui.

La réponse est évidente à mes yeux, ça fait longtemps que je sais être amoureux d'elle. Si je pouvais vivre quelque chose de similaire à ce qu'il vit avec Maeve, je serais le plus heureux des hommes. J'aimerais avoir cette chance avec Winnie. Cependant, je n'ai pas envie de partager ça avec mes colocs. Du moins, pas maintenant. Je peux concevoir qu'ils sachent que j'ai un *crush*, mais mes sentiments, je veux les garder pour moi encore un peu. La peur de me réjouir trop tôt me serre encore le ventre.

Cade : *Bonne nuit, Princesse.*

J'éteins mon téléphone avant qu'il ne tente de me balancer quinze textos de plus. Mais je connais assez son caractère de merde pour savoir qu'il ne va pas en rester là.

J'avais raison, puisqu'il débarque carrément dans ma chambre pour chuchoter, afin de ne pas réveiller Zeke :

– T'inquiète, Captain, je garderai ton secret.

Et il repart comme si de rien n'était.

Putain de merde.

Je ricane comme un abruti, parce que je me sens chanceux d'être entouré comme je le suis, et surtout, j'ai hâte d'être demain.

La première étape de mon plan est en marche, et je sais pertinemment que Winnie ne s'y attend pas. Pire, elle n'est carrément pas prête pour ça. J'ai mis la barre très haut pour commencer, mais en même temps, elle ne mérite pas moins. On parle de Winnie, si je pouvais physiquement lui offrir la lune, je serais déjà en route pour la lui apporter.

Cela dit, il faut être réaliste et faire avec les moyens du bord. Cependant, avec des potes aussi barges que les miens, on peut aller très loin, personne ne devrait nous sous-estimer.

Et ça, elle est sur le point de le découvrir.

À ses dépens.

CHAPITRE 14

You are the best thing
I never planned[19].

(Vu sur Twitter)

Winnie

– Bon sang, cette nana est tellement belle, se réjouit Pria.

– Qui ?

Elle me montre l'écran de son téléphone portable, qui affiche le compte Instagram de Dua Lipa. Sur la photo qu'elle regarde, la chanteuse est une vraie bombe.

– Si la perfection féminine a un nom, elle porte le sien. Cette femme est ma déesse.

– Elle n'est pas mal, c'est vrai, j'acquiesce.

– Pas mal ?

Elle dit ça d'un air tellement désabusé, on croirait que je viens d'insulter sa mère. Je ris, puis j'avale une gorgée de mon *latte*, le seul café que j'arrive à boire, car il est noyé dans une montagne de lait. J'ai cours dans une heure, alors je suis restée un peu ici pour profiter de mon amie et de l'ambiance de la radio, tandis que Benji anime son émission. Elle m'a manqué pendant ses vacances. Deux mois sans la voir, c'était trop long.

---

19. Tu es mon plus bel imprévu.

– Anne Hathaway est une reine, elle est magnifique, je dis. Si je pouvais avoir un quart de son charisme, je le prendrais volontiers. Ou celui de Zoë Kravitz, d'ailleurs.

Pria semble réfléchir sérieusement.

– Il existe trop de déesses en ce bas monde… trop de femmes inaccessibles pour nous, pauvres mortelles.

Elle surjoue sa tristesse, ça en devient comique.

– Je devine qu'il n'y a rien de sérieux de ton côté depuis la rentrée, alors ?

Elle pousse un soupir qui ressemble davantage à une lamentation.

– Nooon… Ma dernière histoire date des vacances et c'était bien trop bizarre, je te jure.

– Je suis tout ouïe, je lance, ma curiosité piquée.

J'enclenche mes modes « écoute » et « potin » en battant exagérément des cils.

– OK, mais tu l'auras voulu ! Je te plante le décor, c'est important : soirée entre potes dans un resto en bord de plage. Il fait chaud, musique langoureuse, bref, un moment vraiment cool. Je rencontre une nana, elle est hyper-jolie, on s'entend bien et on finit par s'embrasser. Elle est plus que partante pour qu'on monte d'un cran, alors on va jusque chez elle. C'est sa première fois, elle a déjà embrassé des filles et s'est masturbée avec une, mais elle n'est pas allée plus loin. Du coup, je me donne pour mission de rendre cette nuit-là inoubliable pour elle. J'adore faire des cunnis, alors je prends les devants pour la préparer.

Je hoche la tête. Pria a zéro complexe avec sa féminité et sa sexualité. Elle est lesbienne et ne s'en cache pas. Avec une mère sexologue et un père gynécologue, elle n'a jamais eu la moindre honte de son corps ou de son épanouissement, et quand elle leur a annoncé qu'elle était homosexuelle, ils n'en ont rien eu à faire. C'était du pareil au même. Tout le monde n'a pas le droit à un *coming out* aussi paisible, j'ai été heureuse pour elle que ça se passe ainsi.

– Bref, je finis entre ses jambes, je l'embrasse, mais il s'avère qu'elle est méga-chatouilleuse, alors je me retrouve coincée entre ses cuisses. Limite une prise de catch, elle m'a fait tomber du lit en se retournant… et je me suis cogné la tête sur sa table de chevet.

J'éclate de rire en visualisant très bien la scène.

– Dis-moi que tu exagères ! je glousse.

– Pas du tout. J'avais une bosse sur le front le lendemain, je te jure… Il a fallu trois jours au machin pour dégonfler !

– Ça a mis fin à la soirée ?

– Même pas, dit-elle en souriant. Une fois la « surprise » passée, elle s'est détendue et c'était mieux. Je l'ai dévorée et elle a joui en une minute. Puis j'ai recommencé ; trois orgasmes pour elle, en fin de compte.

Joli record, auquel je n'ai jamais eu le droit de goûter avec un mec, en tout cas.

– T'en as eu un, au moins, de ton côté ? je demande.

– Aussi. Oui. Elle voulait pratiquer et savoir ce que j'aimais.

J'hésite à poser la question, et puis la curiosité l'emporte sur ma pudeur.

– Et tu aimes quoi ?

– Le *facesitting*, répond-elle de but en blanc. C'est clairement ma position préférée. Alors je lui ai montré comment s'y prendre.

Je ne dis rien, mais j'ai un peu chaud.

Même si je ne connais pas cette pratique, son nom indique *parfaitement* de quoi il s'agit.

J'avoue que ça fait longtemps que je n'ai pas eu de rapports, et je crois que ceux que j'ai avec moi-même ne sont plus vraiment suffisants. J'ai le feu au corps et j'ai envie de sentir le contact d'une autre peau contre la mienne.

– Je n'avais jamais servi de mentor, alors c'était un peu particulier comme fin de soirée, mais c'était une chouette expérience.

– Surtout si on y ajoute la prise de catch et une bosse sur la tête.

– Tu m'étonnes, c'est pas courant !

– Au moins, tu t'en souviendras.

Pria ricane.

– Bon, sur cette information croustillante, je m'en vais retrouver mon prof ultra-barbant.

– Monsieur Barnes ?

– Le seul et l'unique, je soupire. J'espérais vraiment qu'il prendrait sa retraite, mais non, il est encore là. Fidèle au poste…

– Bon courage, mon commandant, dit-elle en faisant un salut militaire de la main.

Dans les couloirs que je traverse à la hâte, des gens que je ne connais pas me saluent. J'ai remarqué cela depuis plusieurs jours et je sais que c'est grâce au coup de pub de Cade. Nos statistiques se défendent vraiment bien, pour des programmes en live d'une radio universitaire. On a encore une marge de progression, mais on commence tout juste, alors je savoure déjà cette petite victoire.

Je m'installe dans l'amphithéâtre. Il y a du monde, et à voir la tête des gens, ils sont aussi déprimés que moi. Je ne doute pas le moins du monde que dans sa jeunesse, monsieur Barnes était un éminent professeur, mais maintenant, il faut s'accrocher pour suivre la lenteur de ses explications. Une fois, durant un examen, il s'est même endormi derrière son bureau, je me souviens qu'un des étudiants a mis son téléphone devant son nez pour voir s'il y avait de la buée sur l'écran… Nos rires de soulagement l'ont réveillé. J'aurais aimé quelqu'un de plus jeune et de plus dynamique, pour le coup, surtout en cursus de communication. Ça me serait utile pour piocher des idées ou des améliorations concernant la radio.

– J'en ai marre de ce vieux fossile, chuchote Pamela en arrivant à côté de moi.

Pamela est en deuxième année, mais on a deux cours en commun. C'est sympa qu'ils mélangent les promotions sur quelques thématiques, ça permet d'avoir des échanges et des visions différentes.

– Il nous survivra, j'en suis sûre, je plaisante en sortant un cahier de notes et un stylo.

Elle siffle et s'affale sur sa chaise, aussi désespérée que moi. Lorsque la porte s'ouvre, je m'attends à la démarche lente et peu assurée de Barnes, sauf que c'est une autre personne qui se présente devant nous. Le brouhaha augmente dans la salle avant de s'éteindre ; on veut tous savoir qui est cet inconnu.

– Bonjour à tous, je suis monsieur Hampton et je vais remplacer le professeur Barnes…

Nouvelle salve de questions dans la salle, puis les mots « clamsé » et « décédé » surgissent plusieurs fois. De mon côté, je suis trop secouée pour dire quoi que ce soit.

– Je vois que le cas de votre enseignant vous inquiète. Sachez qu'il n'est pas mort, il a eu un souci médical et est soigné à l'hôpital en ce moment même.

– Oh, putain, murmure Pam. On lui a porté la poisse.

– Il est âgé, je réponds, pour me rassurer autant qu'elle. Si tu veux mon avis, si on doit blâmer quelqu'un, c'est le temps qui passe.

– Je viens de le traiter de vieux fossile. Je suis une…

Mais le regard de ma camarade, comme celui de pas mal d'étudiantes, dont le mien, est happé par le professeur qui retire sa veste, et la fin de sa phrase tombe dans l'oubli le plus total. Il est habillé d'une chemise blanche, d'un gilet de costume bleu marine et d'une cravate.

– Oh, *my*... soupire Pam.

God, je termine en pensée.

– C'est quoi son nom, déjà ? me demande-t-elle, en se penchant un peu plus sur sa chaise pour avoir une meilleure vue.

Honte sur nous, de passer de la compassion au frétillement en deux secondes chrono. Le remplaçant de monsieur Barnes est à tomber ! Le nouveau venu nous explique qu'il va changer l'ordre du programme en cours, le rythme sera différent. Beaucoup mieux, et pas seulement parce que le mec est sexy. C'est exactement ce que j'espérais de cette thématique ! Et alors que tout le monde est concentré, on entend un instrument de musique. L'ensemble des étudiants tourne la tête vers la porte du haut de l'amphithéâtre. On découvre alors Griffin, tout sourire et vêtu d'un habit... de ménestrel ? Il tient un tambourin qu'il agite joyeusement.

– Oyez, oyez, braves gens ! scande-t-il. Je réclame toute votre attention.

Il secoue une fois encore son instrument.

– Notre bien-aimé chevalier en armure rutilante souhaite passer un message à une damoiselle présente dans cette salle.

Impossible que ce soit moi. Je refuse de le croire.

Ce con s'avance dans l'escalier pour descendre dans l'amphi. Il est suivi par Hunter, qui tient un oud, Zeke, qui a un luth, et un autre gars que je ne connais pas, mais qui agite également un tambourin. Ils portent tous un costume de troubadour aux couleurs chatoyantes. Ils se foutent complètement des rires des gens dans la salle. Je ne sais pas ce qu'il se passe, mais j'ai peur. Mon traître de cœur bat plus vite, comme s'il comprenait avant moi une information capitale et qu'il s'en réjouissait.

– C'est quoi ce délire ? roucoule Pam. Putain, je pensais crever d'ennui et...

Apparaît alors Cade, vêtu d'une armure de chevalier. Même dans cet accoutrement ridicule, le gars dégage du charisme alors qu'il galère légèrement à descendre l'escalier. Mais ce n'est pas possible, qu'est-ce qu'ils foutent ?

– Messieurs, je peux savoir ce qu'il se passe ici ? demande le professeur Hampton. Vous avez une bonne raison d'interrompre mon cours, j'imagine.

– Oh oui, Messire. Voyez-vous, ma damoiselle m'a demandé de lui couper le souffle.

Je dois mal entendre.

J'ai forcément mal entendu.

Je vais faire un AVC.

Sortez-moi de là.

Je dois pouvoir m'éclipser gentiment, sans être vue, si je pars en rampant.

– Je ne vous demande que cinq minutes de votre temps, Messire, ajoute Cade en s'inclinant. Par pitié.

D'un simple signe de la main, Hampton présente son auditoire afin de lui donner sa bénédiction. Si tout le monde le laisse mettre ses conneries à exécution, aussi, on n'a pas le cul sorti des ronces. Cade me cherche un instant, puis il me trouve et son regard ne dévie plus de moi. Ce n'est pas vrai, il va vraiment se lancer dans un truc absurde qui va me faire tomber dans les pommes.

– C'est toi qu'il mate comme ça ? chuchote Pam dans mon oreille.

– Hum… Ouais… On dirait bien.

– La petite cachottière…

Cade me pointe alors avec sa fausse épée, et Griffin s'empresse de remonter l'escalier jusqu'à ma rangée.

– Veuillez accepter ce présent de notre valeureux seigneur, gente dame.

Griffin me donne une couronne de fleurs rouges et orange. Des œillets et des roses. Ensuite, il retourne vers ses comparses. Sur une impulsion, je la pose sur ma tête. Au point où j'en suis… Entre peur et joie, j'ai le cœur qui bat à cent à l'heure, mais je joue le jeu moi aussi. Les gens chuchotent, les filles me regardent. Moi, je ne comprends absolument rien à ce qu'il se passe, je suis juste happée par le spectacle.

Et flattée de l'attention, pour être honnête.

C'est alors que, dans une parfaite synchronisation, ils se mettent à jouer de leurs instruments. On dirait qu'aucun n'est accordé, ce qui est probablement le cas, et le rythme est chaotique, mais la façon de se dandiner des garçons fait rire tout le monde. C'est magistral ! Je vis un putain de truc unique. Les Grizzlys font même le show en dehors de la glace.

[Cade]
Tu m'as d'mandé, sans même ciller
De t'faire craquer, de t'époustoufler
T'as pas idée, de c'que t'as enclenché
J'suis le roi des conneries
Et j'vais remporter c'putain de défi

Je me mords les lèvres, alors que Pam me secoue le bras comme si j'étais un *shaker*. Cade ne me quitte pas du regard malgré les rangées qui nous séparent. C'est comme s'il n'y avait que nous dans cet amphithéâtre pourtant rempli.

[Cade]
Tu m'as d'mandé, sans même ciller
De t'faire craquer, de t'époustoufler
T'sais pas comme j'me suis entraîné

Cette chanson, c'est qu'le début
J'vais t'en mettre plein la vue

La mélodie que jouent les garçons est loin d'être harmonieuse ou en rythme, mais ils s'en donnent à cœur joie, ce qui est franchement mignon. Et tellement eux.

[Cade]
Tu m'as d'mandé, sans même ciller
De t'faire craquer, de t'époustoufler
Alors j'suis là, dans ma plus belle armure
Et j't'en conjure

[Chœur]
Oh oui, il t'en conjure
Il t'en conjure
Il t'en conjure
Sors avec lui, samedi

Les gens éclatent de rire, et pour cause, les garçons ont posé leurs instruments à terre pour un *a cappella* et une chorégraphie sur des claquements de doigts.

[Cade + chœur]
Oooh Winnie, t'es le feu, j'suis la glace
Oooh Winnie, t'es Calcifer[20] *et j'suis Olaf*[21]
J'fonds pour toi
J'suis Red de toi
Alors, viens dîner avec moi
Oooh oui, Winnie, viens dîner avec moi

20. Personnage du film *Le Château ambulant.*
21. Personnage du film *La Reine des neiges.*

Quand ils s'arrêtent, il n'y a plus que des effusions de joie et des cris. Les étudiants de mon cours les encouragent même à recommencer.

– Pitié, non, dit monsieur Hampton. Pour mes oreilles, non, ne reprenez pas cette atrocité.

Les rires éclatent et les cinq clowns s'inclinent devant leur public. Lorsqu'il se redresse, Cade plonge son regard dans le mien. Difficile de ne pas se sentir fondre sous une telle intensité.

Je suis sans voix.

Estomaquée.

Je n'ai même pas les mots pour dire ce que je pense de cette prestation. La musique, les paroles, leur chorégraphie. Il est incroyable, probablement hors de contrôle, et c'est ce qui est génial. Il a fait ça pour moi. Les costumes, chanter et se donner en spectacle devant tout le monde… à cause de ce petit défi de rien du tout. J'ai le cœur qui flanche carrément. Aucun garçon n'a jamais fait ce genre de choses pour moi, Adam n'a jamais eu le cran ni l'envie de me couper le souffle de la sorte. C'est grisant, un peu étourdissant et légèrement gênant, aussi, mais je me sens tellement heureuse et légère. Je n'ai jamais ressenti un tel bien-être.

– Malgré l'anachronisme des paroles par rapport aux costumes, je dois avouer qu'il y a de l'effort, lance le professeur en applaudissant à son tour. Jeune fille, vous avez quelque chose à répondre avant que je ne renvoie le roi et ses acolytes de mon cours ?

– Chevalier, pas roi, le corrige Hunter.

– Vous avez raison, laissez-moi me corriger. Jeune fille, avez-vous un mot à dire avant que je ne colle votre prétendant et ses gueux ?

Même moi, je ne peux me retenir de rire. Je sais que les cours avec monsieur Hampton vont être intéressants. Mes camarades de classe nous regardent à tour de rôle. Tantôt moi, tantôt Cade. C'est ultra-flippant. Je n'ai jamais été au centre de l'attention de la sorte. Tout le monde semble attendre ma réponse, même mon prof. C'est dire…

– Oui, je souffle.

Les étudiants exultent, et les mecs aussi.

On est dans un putain d'autre monde. Sans un mot de plus, les Grizzlys repartent, mais lorsque Cade passe devant ma rangée, il m'envoie un baiser suivi d'un clin d'œil. Le cours reprend quelques instants plus tard, mais impossible de me concentrer, le Captain a subtilisé mes pensées en quittant la salle avec son *boys band.*

CHAPITRE 15

I'm shy at first, but I do the stupidest random things when I get comfortable with someone[22].

(Vu sur Pinterest)

CADE

Je ne suis jamais en avance pour un rencard.

C'est comme ça, j'ai une espèce de code d'honneur, j'aime bien arriver soit pile à l'heure, soit légèrement en retard afin de ménager le suspense. Mais ce soir, je ne fais rien comme d'habitude.

Oh non.

Je suis garé à vingt mètres de la maison de la grand-mère de Winnie depuis un quart d'heure et j'attends comme un con. Je vais être pile-poil à l'heure pour notre premier tête-à-tête.

Je n'en reviens pas que ce jour soit enfin arrivé.

Je l'ai tellement idéalisé que mon plan est comme incrusté au fer rouge dans mon ADN. Je connais chaque étape sur le bout des doigts, et j'espère que tout se déroulera sans accroc.

J'essuie mes paumes moites sur mon jean.

Bordel, je suis stressé.

---

22. Je suis timide, au premier abord, mais je fais les trucs les plus débiles quand je suis à l'aise avec quelqu'un.

Moi, Cade Reed, proclamé roi des conneries, j'ai le trouillomètre tourné au max à cause d'un petit bout de femme. Pas n'importe laquelle, on est d'accord, et je crois que tout se joue là-dessus. Sur cette « minuscule » notion.

Minuscule, mon cul, ouais !

J'ai limite l'impression de jouer mon futur sur cette soirée. Les battements de mon cœur reprennent de plus belle et j'ai de plus en plus de mal à rester assis dans ma voiture. La sensation de cuire sous ma chemise en flanelle bleue s'intensifie, alors j'ouvre la fenêtre pour faire entrer un peu d'air. Les températures sont encore très clémentes, on n'est que tout début septembre, l'automne n'est pas encore installé. Certes, il ne fait pas aussi chaud que dans certains coins, mais je préfère ça. Je ne suis pas un grand fan des pics de chaleur, je suis un mec du froid, de Chicago.

Hunter : *Tu vas tout déchirer ce soir !*

Le SMS de Hunter me surprend. On n'est pas du genre à s'envoyer des messages d'encouragement en ce qui concerne les nanas. J'ai la sensation que tout comme Griffin, il sait que Winnie n'est pas une simple fille pour moi, et que ce rendez-vous est le plus important que j'aie jamais eu. Le carnet leur a mis la puce à l'oreille, c'est certain, mais au-delà du défi qu'elle m'a lancé et de mon amour pour les conneries, ils savent. Ils sont amoureux, eux aussi, ils reconnaissent les signes. Déjà, l'année dernière, Hunter a perçu que quelque chose me tiraillait. Griffin, en fin psychologue qu'il est, a tilté tout de suite lui aussi que ce que je ressens est plus qu'une simple passade. Quand j'y pense, c'est un peu flippant d'avoir des amis qui vous connaissent aussi profondément. Mais je suis heureux qu'ils me soutiennent, ça me fait du bien.

Je n'ai pas le temps de répondre qu'un nouveau message arrive.

Hunter : *Enfin… Vas-y mollo avec Winnie, niveau déchirure, tout ça, tout ça…*

Je ris si fort que les propriétaires de la maison devant laquelle je suis garé doivent m'entendre. Mais quel naze, ce Hunter ! Et pourtant, qu'est-ce que je suis content de le compter parmi mes meilleurs potes.

Cade : *Ta gueule ! Et retourne à ton propre rencard !*

Hunter : 🤘

J'avais besoin de ça, de relâcher la pression, du moins juste un peu. Car il va bientôt être l'heure de faire mon entrée en scène. Je démarre ma voiture pour la garer un peu plus loin, devant cette si jolie petite maison aux volets violets. J'attrape les deux bouquets de fleurs qui sont sur mon siège passager, car je n'ai pas qu'une femme à séduire ce soir. Ça ajoute encore une pression, ou « un peu de piquant », comme l'a souligné Zeke avant que je ne parte.

Je prends mon temps pour sortir de ma caisse et remonter l'allée jusqu'à la porte d'entrée. Bon sang, j'ai l'impression que c'est la première fois que je sors avec une fille. Visiblement, il est plus compliqué d'être avec une nana qu'on aime que de coucher sans attaches.

Je sonne en prenant une grande inspiration, puis recule d'un pas et redresse les épaules. Ma mère m'a toujours dit que la première impression est importante. J'ai donc enfilé mon meilleur jean et une chemise qui, je le sais, met mes larges épaules en valeur. Je n'en porte pratiquement jamais, alors j'ai l'impression d'être à l'étroit. J'ai lâché l'affaire avec ma tignasse châtain, il n'y a rien à en tirer, mais je suis rasé de près et j'ai piqué du parfum à Griffin. Je coche toutes les cases du gendre parfait qu'on voit dans les films pour adolescents.

La porte s'ouvre vivement, me sortant de mes pensées, et mes yeux tombent sur une version de Winnie plus âgée. Enfin… il y a quelques différences entre elles, mais on ne peut pas ignorer qu'elles font partie de la même famille.

Alors que je m'apprête à la saluer, elle me coupe l'herbe sous le pied.

– Tiens, tiens, tiens ! Est-ce que ce ne serait pas monsieur Septembre en personne ?

– Euh…

Je ne sais pas quoi dire. Qui est ce Septembre ? Winnie ne m'a jamais dit que sa grand-mère avait des soucis de…

– Monsieur… Septembre ? je bafouille, comme un con.

– Me serais-je trompée de mois ? fait semblant de réfléchir la femme en face de moi.

Elle me regarde de plus près et sourit.

– Mmh, non, je n'oublie jamais un beau visage.

Et soudain, ça me frappe. Je suis le modèle pour le mois de septembre du calendrier des Grizzlys !

– Le calendrier, je lâche dans un souffle.

– Bingo ! s'écrie-t-elle en riant.

Comment elle est au courant, en revanche, ça reste une tout autre histoire.

– Je pensais que tu serais plus loquace, Septembre. Winifred m'a dit que tu adorais t'écouter parler.

Oh boy.

Quel portrait Winnie a-t-elle dressé de moi à sa grand-mère ? Je vais peut-être devoir sortir des rames de vingt kilomètres pour arriver à remonter dans son estime.

– Cade ! je lance rapidement, avant de me racler la gorge et d'inspirer un bon coup. Je m'appelle Cade, madame.

– Eh bien, Cade-*Septembre*, comptes-tu m'offrir ce bouquet de fleurs ou dois-je supplier pour les avoir ?

Je vois d'où Winnie tient son franc-parler. Zéro détour avec l'une comme avec l'autre. Mais ça me fait sourire, j'ai l'habitude de ce genre de répartie avec mes meilleurs potes, et il est plus que temps que mon cerveau se remette en route.

– Généralement, j'échange des fleurs contre un baiser sur la joue, à vous de voir. C'est quelque chose que ma grand-mère française m'a appris quand j'étais gamin.

Ses yeux s'écarquillent juste un instant avant qu'elle ne se reprenne, puis ils se mettent à briller d'intérêt.

– Mon grand… si j'avais vingt ans de moins, crois-moi que ce ne serait pas sur la joue que je t'embrasserais !

J'explose de rire tout en lui tendant ses fleurs. Elle les regarde, les yeux plissés, puis me fait un grand sourire.

– Très bon choix de fleuriste.

– Euh… merci.

Elle ricane.

– Allez, entre. Winifred finit de se préparer, elle ne devrait plus tarder.

La curiosité prenant le pas sur mon trac, je laisse mon regard errer sur tout ce qui est à ma portée. Les cadres photos sont ce qui m'intrigue forcément le plus, mais la grand-mère continue son chemin jusque dans la cuisine. Elle est petite et cosy, cependant, je m'y sens tout de suite à mon aise. Je repère une multitude de photos aimantées sur le réfrigérateur et je m'en approche pour les détailler, le temps que mon hôtesse mette son bouquet dans l'eau.

Je remarque la crinière rousse de Winnie sur plusieurs clichés, et je peux officiellement dire qu'elle a toujours eu le même sourire. Sincère, lumineux et communicatif.

Je distingue également une femme que je devine être sa mère, et mon ventre se noue en imaginant ce que cela doit faire de perdre un tel repère si jeune.

Égoïstement, ça me donne envie d'envoyer un message à la mienne pour prendre de ses nouvelles. Même si on s'appelle une fois par semaine, parfois, je me dis que ce n'est clairement pas assez. On ne sait pas de quoi demain sera fait et je détesterais vivre avec des regrets.

– Tu as fini de te rincer l'œil ? balance la grand-mère de Winnie.

Je me retourne, comme si j'étais coupable de quelque chose.

– Désolé, m'dame, c'est plus fort que moi, je lui avoue, tout en posant le second bouquet sur l'îlot en bois.

– Je plaisante, Septembre. Plus curieuse que moi, je ne suis pas sûre qu'il y ait sur cette fichue planète ! S'il existait une discipline de sport en potins, je serais championne multi-récompensée. Et appelle-moi Nana, comme tout le monde.

– Avec plaisir, Nana. Et pour ce qui est de la curiosité, il faudrait que je vous présente Griffin, il est plutôt pas mal dans son genre.

– Si c'est un ami à toi et qu'il est dans le calendrier, je t'en prie, n'hésitez pas à passer, *quand vous voulez* !

Je ricane en imaginant l'ego de Griffin exploser tous les scores en repartant d'ici. Il serait insupportable, comme le jour de son anniversaire, quand il exige qu'on cède à tous ses caprices !

Je prends une brusque inspiration lorsqu'une idée me frappe.

Oh. Putain. Oui !

– Dites-moi, Nana, je sais que l'anniversaire de Winnie est passé, mais j'aimerais le noter pour l'année prochaine.

Est-ce que vous pourriez me redonner la date ? Je n'avais pas mon portable la dernière fois qu'elle me l'a dit, je mens.

Mon excuse est plus que bancale, et je vois bien à son air dubitatif qu'elle me trouve étrange de lui demander ça alors que sa petite-fille devrait pouvoir me communiquer cette information n'importe quand.

– Je ne sais pas ce que tu mijotes, Septembre… mais ça me plaît ! Ma Winifred a besoin de changements, de s'éclater, et je sens que tu peux lui apporter tout ça. Elle est née le vingt-neuf juillet.

Une lion.

Pourquoi est-ce que cela ne m'étonne pas ?

Winnie a un feu puissant qui couve en elle et ma mère, en grande adepte qu'elle est d'astrologie, m'a suffisamment bercé avec tous les clichés sur les signes du zodiaque pour qu'ils restent dans ma mémoire. Alors le fait qu'elle soit lion lui colle très bien à la peau.

– Merci, Nana. Je vous revaudrai ça, promis.

– Si tu manques d'idées, n'hésite pas à m'en demander. Je saurai parfaitement t'aiguiller…

– Des idées pour quoi ?

La voix de Winnie nous surprend tous les deux et on se retourne vers elle. L'inspiration que je dois prendre reste bloquée à mi-chemin de mes poumons.

Putain, qu'elle est belle.

Non.

Ravissante.

Non, mieux encore.

Sublime.

Elle porte une robe noire près du corps, avec de fines bretelles et des talons lacés sur les chevilles. Son maquillage est très léger, mais son rouge à lèvres rouge me met à terre. Il souligne la courbe pleine de sa bouche et si elle savait ce que ça me donne envie de lui faire… à commencer par le lui ruiner en l'embrassant comme un dément. Le petit sourire en coin qu'elle me lance me dit qu'elle en a une petite idée et qu'elle l'a peut-être fait exprès.

J'aime ça.

– Tu es ravissante, je dis en m'approchant d'elle avec le bouquet. Tiens, c'est pour toi.

– C'est gentil. Je vois que Nana en a reçu un également, mais c'est… ces fleurs viennent de ta boutique.

Ah, bah bravo ! Je me sens légèrement idiot, pour le coup.

– Je l'ignorais…

Je comprends mieux son sourire et pourquoi elle m'a dit que j'avais fait un *très bon choix*. Sans le savoir, je suis entré dans la boutique tenue par la grand-mère de Winnie.

– Très bon choix, sourit cette dernière, sans savoir qu'elle reprend les mêmes mots que Nana.

– Oui, Septembre est prévenant, même s'il monnaye les bouquets qu'il offre contre un baiser, souligne-t-elle en me faisant un clin d'œil.

– Tiens donc ! raille Winnie.

Elle m'embrasse alors sur la joue, et je remercie intérieurement Nana pour ça. Winnie dépose son bouquet dans un second vase, alors que sa grand-mère ouvre le frigo et sort de quoi se préparer un repas.

– Quoi de prévu au menu ? demande Winnie en s'approchant d'elle pour l'aider.

Il faudrait être aveugle pour ne pas voir leur complicité. Tout semble naturel et non forcé entre elles. Il faut dire que Nana n'accepterait pas que sa petite-fille reste par obligation, elle m'a l'air d'avoir beaucoup trop de caractère pour ça.

– *Mac and cheese* !

– Quoi ?! s'écrie Winnie en lui jetant un regard furieux. On a une politique dans cette maison et tu le sais…

Qu'est-ce qu'il se passe ? Perturbé par son changement d'attitude soudain, je recule d'un pas et plante les mains dans les poches arrière de mon jean tout en observant la scène.

– J'avais prévu de les cuisiner ce soir quand j'ai fait les courses en début de semaine, je ne savais pas que tu ne serais pas là…

– Mais Nana ! Tu sais que c'est mon plat préféré, tu n'as pas le droit de le préparer alors que je ne suis pas là ! C'est de la haute trahison ! Une infamie ! C'est honteux ! Scandaleux ! On se lève un matin et on apprend qu'on concocte des *mac and cheese* sans moi. Si je n'avais pas posé la question, tu les aurais mangés sans le moindre scrupule. Mais qui es-tu ? Je suis sûre qu'il y a une règle contre ça dans la Constitution !

– Carrément ? je la questionne après cet impressionnant plaidoyer.

Elle semble se rappeler que je suis là et replace une mèche de cheveux derrière son oreille.

– Nana fait les meilleurs *mac and cheese* de l'univers, et encore, je suis modérée en disant ça, même si elle ne mérite pas que je la complimente, car elle ose en faire ce soir alors que je ne vais pas pouvoir les savourer ! C'est une honte ! *Une honte*, je te dis !

Le rouge aux joues, elle lève les bras au ciel, me laissant mort de rire. Nana, elle, ne semble pas s'émouvoir de la scène de sa petite-fille, et elle commence même à cuisiner gentiment. Obligé qu'Adam ait cachée Winnie pendant deux ans, avec une énergie pareille, je l'aurais vue. Aussi étrange que soit ce moment, il est également criant de normalité et me fait me sentir bien. Vraiment bien. Je m'avance pour poser mes coudes sur l'îlot, et je sais déjà que tous mes plans tombent à l'eau, mais je m'en moque. Ce ne sera que partie remise. Ce qui compte, c'est de passer du temps avec elle.

– Maintenant, tu m'intrigues. Moi aussi, j'ai envie de manger ces célèbres *mac and cheese*, je déclare.

Du coin de l'œil, je vois Nana m'observer, mais elle reste muette, tandis que Winnie met plus de temps à comprendre le sens caché de ma phrase. Quand elle saisit où je veux en venir, je la sens partagée entre la joie et l'inquiétude.

– Mais… et notre rendez-vous ?

– Pour moi, il est où tu es. Si ça doit être dans cette cuisine, ça me va très bien.

Et je suis sincère, à cent pour cent.

Je ne dis pas ça pour lui faire plaisir, cette soirée est déjà bien plus intéressante que ce que je pouvais imaginer. De plus, avec sa grand-mère dans les parages, je suis persuadé que je ne suis pas au bout de mes surprises.

– Tu es sûr ? insiste Winnie. Je peux me passer de ce plat et on pourrait…

– Après ce spectacle ? Tu es certaine ?

Nana ricane.

– Red, ce que tu ne comprends pas, c'est que je suis un ventre sur pattes, j'ajoute en souriant. Donc maintenant, je ne vais faire que penser à ça. Autant qu'on en profite, qu'est-ce que tu en dis ? Et vous, Nana, il y en a suffisamment pour tout le monde ?

– Hormis si tu manges pour douze, me répond-elle du tac au tac.

– Je pourrais bien vous surprendre, je rétorque avec un clin d'œil qui lui tire un gloussement. Il faut que je me nourrisse pour bien grandir.

Un autre gloussement.

J'aime beaucoup cette femme, je crois.

Elle est très loin de l'image que j'ai d'une grand-mère, qui est calquée sur les miennes et celles que l'on voit dans les films. C'est vivifiant.

– Alors, Red, qu'est-ce que tu en dis ? Ça reste à couper le souffle quand même ?

Le regard qu'elle me jette est si chaud que je pourrais presque en éprouver la sensation sur ma peau.

– Plus que tu ne peux l'imaginer, murmure-t-elle, avant de me balancer un tablier. Aux fourneaux, beau gosse !

Mon ventre est si rempli qu'il pourrait éclater, mais je dois reconnaître que c'était succulent. Nana sait ce qu'elle fait quand il est question de bouffe. Pour tout le reste, elle m'a plutôt l'air de tester le « Sur un malentendu, ça passe ! ».

La soirée s'est déroulée entre échanges d'anecdotes et rires. C'était vraiment très sympa, et même si ce n'est pas ce que j'avais en tête, je ne changerais ça pour rien. Voir Winnie évoluer dans son univers a quelque chose d'envoûtant, et là, elle était plus détendue que jamais. Un délice pour mes rétines !

– Encore merci, Nana. C'était divinement bon ! Et bon séjour à Las Vegas avec vos amies !

J'ai tellement adoré l'idée qu'elle parte en voyage avec ses potes pour s'éclater ! J'espère qu'on fera encore ça avec les mecs quand on aura son âge.

– Avec plaisir, Septembre, et n'oublie pas d'amener tes petits copains la prochaine fois, me salue-t-elle, alors que Winnie me guide hors de la maison.

– Sans faute, je lâche, avant de refermer la porte d'entrée derrière moi.

Winnie me fait signe de la suivre, et si je suis étonné dans un premier temps de ne pas la voir aller vers ma voiture, mon cœur accélère subitement lorsque je vois la balançoire se rapprocher.

Ne te fais pas de films, mec, tu ne sais rien du tout.

– Tu me ferais l'honneur de t'y asseoir, Captain ?

– Tout ce que tu veux, je lui dis en la frôlant pour m'installer. J'espère juste qu'elle supportera mon poids.

– Oh, elle tiendra, crois-moi. Mon papi était le meilleur bricoleur, d'après Nana. Il a installé ce truc pour ma mère, la prunelle de ses yeux. Si elle avait dû casser, ce serait déjà fait.

Par réflexe, je commence à pousser doucement sur mes jambes pour créer un balancier. Winnie reste face à moi, à m'observer, et je la laisse faire. Après tout, c'est elle qui m'a emmené ici, donc je lui laisse le temps de décider ce qu'elle veut entreprendre.

– Merci pour ce soir, c'était adorable de ta part de proposer de manger avec Nana. Elle compte beaucoup pour moi et…

– Red, je la coupe. Quand je t'ai dit que j'avais envie de rester, c'était vrai, j'ai passé une excellente soirée et ce que j'avais prévu sera juste décalé à notre prochain rencard.

– Parce qu'il y en aura un autre ?

Je me contente de lui lancer un sourire séducteur. On sait tous les deux que l'on va se revoir et que je lui ferai la cour pour un deuxième rencard, s'il faut en passer par là.

Sans que je m'y attende, Winnie saisit les deux cordes et m'arrête, se positionnant entre mes jambes. On n'a jamais été aussi près l'un de l'autre, surtout que vu ma position, mon regard est au niveau de son décolleté. Autant dire que je me fais violence pour ne pas loucher dessus… Mais cela aurait été dommage, parce que j'aurais raté les flammes dans son regard alors qu'elle se penche vers mon visage.

– Est-ce que je peux t'embrasser, Captain ?

– Tout ce que tu veux, Red.

Bordel, ça y est. On y est enfin.

Cette pensée a tout juste le temps de se frayer un chemin dans mes pensées que ses lèvres se referment sur les miennes. Il me faut une seconde avant de céder et glisser ma main dans ses cheveux pour la rapprocher un peu plus alors qu'elle effleure ma nuque. Sa caresse sur ma peau manque de me faire disjoncter.

Notre baiser est doux, et il s'installe au plus profond de mon cœur comme un précieux cadeau. Elle s'écarte de moi, juste ce qu'il faut pour poser son front contre le mien, et on reste là, dans la nuit étoilée, les yeux fermés, à écouter la respiration de l'autre.

– J'ai hâte de voir ce que tu me réserves pour notre prochain rendez-vous, chuchote-t-elle, comme si c'était un secret.

– Miss vingt-neuf juillet, crois-moi, tu n'es pas prête pour moi, je lui lance dans un rire.

Elle recule, la bouche ouverte, choquée, puis semble comprendre comment j'ai eu l'information.

Son rire éclate dans le calme de la nuit et je tombe un peu plus amoureux. Je suis tout simplement foutu, et elle ne le sait pas encore, mais elle a mon cœur au creux de ses mains. Je n'ai plus qu'à prier pour qu'elle en prenne soin.

CHAPITRE 16

Situation amoureuse (partie 2) :
✓ Célibataire
✓ Engagée dans un défi
✓ Actuellement dans une ruelle sombre…
(Alfreda Enwy & Alicia Garnier)

WINNIE

J'ai l'impression que tous les étudiants de Rebel University se sont donné rendez-vous à la Taverne, un pub qui sert de la malbouffe à se damner et dont l'ambiance est toujours festive. Tous les vendredis soir, un groupe de musique se produit sur la petite scène. Heureusement que j'ai privatisé une table pour l'équipe.

– Bon alors, qui est le pire entre Scar et Jafar ? demande Taylor.

Pour fêter notre première semaine à la radio et le succès de nos nouveaux programmes, nous avons décidé de passer une soirée tous ensemble, histoire de décompresser et d'apprendre à nous connaître. Nous n'avons pas encore eu la possibilité de nous retrouver sans la pression d'un cours à attraper. La nouvelle *team* de la radio est vraiment incroyable, je ne comprends pas pourquoi Adam a toujours refusé d'agrandir nos rangs. Bosser avec autant de monde, partager des points de vue et se réunir autour d'une passion, c'est grisant. On s'apprécie, il n'y a personne à l'écart et tout le monde semble heureux. Lemon, Joe et Benji parlent de séries télé en bout de table, Malcolm et Juliet ont l'air de très bien s'entendre. Taylor, Pria et moi discutons de notre côté.

– Scar, sans hésiter la moindre seconde, je réponds. Il a tué son frère et a torturé psychologiquement son neveu en lui faisant croire que c'était sa faute. Tout ça sans éprouver aucun remords, donc il n'y a pas de débat. Limite, il faudrait demander à Harper de faire une chronique sur lui !

Pria éclate de rire.

– Dit comme ça… Et ça se prétend un film pour enfants.

Nous rions de bon cœur avec elle.

Bon sang, dire que j'avais peur de couler, cette année, après ma rupture avec Adam. Mais en fait, c'est tout le contraire, je revis. Je me sens libre et légère, c'est incroyable comme sensation. Le feu qu'il n'a cessé d'étouffer en moi est en train de me consumer. Je bois une gorgée de mon mocktail[23]. Du jus de citron vert, du cordial, de la rhubarbe, de la purée de fraises et du Schweppes. C'est acidulé, fruité, délicieux.

– Alors moi, je te propose un *Kiss, Marry or Kill*[24] avec Hermione Granger, Bella Swan et Katniss Everdeen, je lance à Taylor.

Il fait mine de réfléchir quelques secondes en tapotant son menton.

– OK, j'embrasse Katniss, je me marie avec Hermione et je tue Bella.

– Oh non, la pauvre Bella, se lamente Pria. Mais pourquoi personne ne l'aime ?

---

23. Cocktail sans alcool.

24. Jeu où on désigne trois personnages et où on doit choisir lequel on embrasse, avec lequel on se marie et qui on tue.

– Des trois, c'est la moins *badass*, de mon point de vue. Les deux autres se battent, elles affrontent des épreuves. Bella est juste en kiff sur une boule à facettes et un chihuahua qui grogne plus qu'il ne mord. Et surtout, elle passe son temps à avoir peur de vieillir ! Je me suis toujours demandé si son amour pour son vampire n'était pas intéressé, au fond…

Comment tuer une de mes sagas d'adolescence en deux secondes chrono, mais ce n'est pas complètement faux, en même temps.

– Même si ça me crève le cœur de l'admettre, je suis d'accord, je confirme. Un autre !

Il me tend son poing que je checke. J'avoue que c'est avec Taylor que je m'entends le mieux, après Pria et Harper, bien entendu. Mais des petits nouveaux, il est sans aucun doute mon préféré. Il est pétillant, direct et toujours joyeux. D'ailleurs, son émission est un véritable succès. Avec Juliet, il forme un beau duo et leur complicité s'entend à l'antenne. Grâce à la doyenne, je viens de rencontrer des gens formidables.

– *Kiss, Marry or Kill* avec Scott, Stiles et Derek, me demande alors Pria.

Elle n'a pas besoin de préciser le nom de la série, elle connaît mon amour inconditionnel pour *Teen Wolf*.

– J'embrasse Derek, je me marie avec Stiles et je tue Scott. Mieczyslaw Stilinski, a.k.a. Stiles, est tellement merveilleux. C'est genre mon *crush* absolu, il a tout : l'humour, l'intelligence…

Tandis que j'aimerais continuer à énumérer les longs atouts que possède ce personnage, la porte du pub s'ouvre et une chanson assourdissante me coupe.

– Joyeux anniversaire, Captain ! Un an de plus dans tes dents !

Je reconnais Cade, qui porte une couronne sur la tête, et ses potes qui débarquent bruyamment. La foule semble s'ouvrir devant eux pour leur laisser la voie libre. Il y a également Maeve, juchée sur les épaules de Griffin, et Harper. Voilà pourquoi elle ne pouvait pas venir ce soir. J'ignorais d'ailleurs que c'était l'anniversaire de Cade, et une petite pointe de culpabilité se loge dans mon ventre, mais je la chasse bien vite. Lui qui a tant cherché à connaître ma date de naissance, il s'est bien gardé de me donner la sienne. Les mecs sont décidément des spécimens bien étranges.

– Dis donc, ce ne serait pas le chevalier en armure ? roucoule Pria.

Je rougis comme une idiote.

Pria – comme l'intégralité de l'université, d'ailleurs – est bien sûr au courant du spectacle auquel j'ai eu le droit dans un amphi bondé. C'est le sujet brûlant dans les couloirs de l'université. Tout le monde parle du show présenté par les Grizzlys pour une rousse nommée Winnie.

Mais si je rougis, ce n'est pas tellement pour ça, c'est plutôt pour le baiser que nous avons échangé. C'était intense, agréable. Ça n'a fait qu'attiser la flamme en moi et raviver mon envie de plus. Avec lui principalement. Parce que oui, le sexe me manque, je suis humaine après tout.

– Quand je pense que j'ai raté ça, soupire Taylor.

– Mais heureusement, on a l'intégralité de ce petit show sur TikTok ! s'écrie ma pote, qui attire l'attention sur nous.

Pria et Taylor se tapent dans la main en ricanant comme des hyènes. Je me pince l'arête du nez et finis par glousser à mon tour. Quand j'y pense, cette histoire est hallucinante. La vidéo la plus populaire de Cade et ses acolytes a déjà plus d'un million de vues. On le sait, ce réseau social est viral, mais là, c'est démesuré.

La star du jour et ses amis s'installent à une table non loin de nous, mais il ne semble pas m'avoir encore vue.

– Tu ne vas pas voir ton mec ?

– Ce n'est pas *mon* mec.

– Mais vous avez bien eu rencard, insiste Pria.

– Ça ne change rien !

– Winnie Pooh ! s'offusque ma meilleure amie. Est-ce que tu aurais juste envie d'un plan cul ?

Elle a sorti ça avec tellement d'entrain et de naturel, et le pire, c'est qu'elle a clairement lu en moi sans que je lui dise rien du tout.

Je manque de m'étouffer en prenant une nouvelle gorgée de ma boisson. Taylor, lui, éclate de rire. On n'est clairement pas discrets, et je capte les regards de Maeve, Griffin et Cade. Je les salue d'un signe de la main ; maintenant qu'ils m'ont repérée, autant me montrer polie.

– Je ne dirai rien.

– Je vois en toi comme dans ma boule de cristal, ma biche.

– Et on lit en lui comme dans un livre ouvert, ajoute Taylor. Il était complètement froid et fermé pendant mon audition, parce qu'il te kiffe et qu'il n'aimait pas qu'on s'entende bien. Je comprends enfin tout !

– Oooh, souffle Pria. Voilà un détail que je n'avais pas. Mais c'est certain que ce gars est « Red » de toi.

Je grogne.

– Peut-on parler d'autre chose ? je demande en me redressant, avant de passer une main dans mes cheveux.

– Ah non ! se moque Pria.

Taylor ne m'est d'aucun soutien et au contraire, il sort son portable pour relancer la vidéo. N'ayant pas envie de la revoir, je vais jusqu'au bar afin de me commander une autre boisson.

– Salut, toi ! balance Harper.

– Salut, ma belle.

Comme toujours, elle est sapée comme une reine. Elle porte une robe noire courte avec une paire de cuissardes.

– Meuf, t'es trop belle dans cette tenue, je lâche en la détaillant.

– Et de trois ! s'écrie-t-elle. C'est le troisième compliment de la soirée. Hunter évidemment, Griffin et toi. Ma mère avait une politique quand elle achetait une robe. Elle la mettait et si elle obtenait trois compliments dessus, elle retirait l'étiquette, sinon, elle la rapportait.

– Vachement malin.

Harper hoche la tête.

– Désolée de ne pas être avec vous, l'anniversaire de Cade était important pour Hunter. Et tu sais comme il est persuasif quand il veut…

– Ne te justifie pas, voyons. Vous êtes proches de Cade, alors je comprends.

– C'est cool que l'équipe de la radio soit ici en même temps que nous. On pourrait réunir les tables, t'en dis quoi ?

– Ça peut être une bonne idée. Tu penses que les mecs seraient d'accord ?

– Bien sûr ! J'en connais un qui va adorer ! se moque-t-elle.

– Bonsoir, les filles, vous voulez quoi ?

– Une montagne de nachos, s'il te plaît, lance Harper. Assez pour, disons, vingt personnes. Et des pichets de soda. Pas d'alcool pour les sportifs.

J'attrape mon mocktail et vais prévenir les autres que les Grizzlys et leurs nanas vont se joindre à nous. Jeff, au bar, nous laisse faire. Il a plus ou moins l'habitude de tous nous voir. Chacun se salue et se mélange rapidement. On en profite pour souhaiter à Cade un joyeux anniversaire.

L'ambiance est vraiment bon enfant. Nous nous régalons avec les nachos commandés par Harper. Les conversations fusent. Ça parle de sexe, de sport, de séries, de la vie et de hockey. Forcément. Je vois les regards de Cade, mais on est à l'opposé l'un de l'autre et surtout, il est la vedette de la soirée, il est très sollicité.

Je me rends compte que je me suis coupée de tout, absolument tout, pendant deux ans. J'étais à fond sur Adam, je sortais juste de temps en temps, mais j'étais vraiment focalisée sur lui. J'ai raté des soirées, des sorties, des amis… tout ça pour un gros con. Ça pique toujours un peu quand j'ai ce genre de révélation.

La soirée se prolonge, certains sont partis, comme Pria, d'autres discutent encore et beaucoup dansent, dont Harper, Maeve et Griffin. Hunter, Zeke et Taylor parlent de sport. Ils semblent bien s'entendre, tous les trois, et je ne sais pas pourquoi, ça me plaît.

– J'ignorais que c'était ton anniversaire, je dis à Cade quand, enfin, je peux m'approcher de lui. Alors joyeux anniversaire, Captain.

– Merci, Red.

– Tu passes une bonne soirée ?

– Oui, je suis avec mes potes et je m'en fais de nouveaux. Et toi aussi, tu es là, répond-il joyeusement. Que demander de plus ?

– Des victoires illimitées pour les Grizzlys ?

– Je n'ai pas besoin d'un vœu pour ça, je sais qu'on va gagner.

Son assurance est assez impressionnante, j'aimerais en posséder seulement le quart.

– Alors, ça se passe bien avec Taylor ?

Je ne peux pas m'empêcher de repenser à notre conversation, plus tôt dans la soirée.

– Oui, rencontrer des gens qui partagent la même passion que soi, c'est grisant, on a des points communs. Je sais que tu peux comprendre ça, avec tes potes de hockey.

Il hoche la tête.

– Captain, est-ce que ta crise de jalousie serait passée ?

– J'aime savoir si j'ai des adversaires. Pour mieux les écraser par la suite.

Je ris en terminant un énième verre. Heureusement qu'il n'y a pas d'alcool, quoique vu la dose de sucre, je dois frôler dangereusement les limites du diabète.

– Il n'y a pas d'adversaires. Pas de concurrents non plus, crois-moi…

– Comment ça ? me questionne-t-il, soudain très attentif.

– Je me suis perdue dans une relation platonique pendant deux ans, alors tout ce que je veux maintenant, c'est m'éclater. Je l'ai mérité, je crois. Non, je rectifie, j'en suis sûre.

L'attention du capitaine des Grizzlys m'est entièrement réservée.

– T'éclater ? répète-t-il.

– Tu vois, je dis en me penchant vers lui, tu as dit dans ta chanson que j'étais le feu, et c'est vrai. Je ne veux plus me prendre la tête ni me ternir sous le joug d'un mec. Alors je veux m'éclater sans me prendre la tête, sans attaches, sans étiquette.

La façon dont il me regarde est troublante. Ses yeux sont voilés par un profond désir qui attise celui logé dans mon bas-ventre. Il me veut, je le sais. Il veut être « mon amusement », il veut que je joue avec lui.

– C'est tout à ton honneur. Consume-toi, Red. Carbonise tout sur ton passage. Tu peux même m'enflammer à l'occasion, si tu veux.

– Tu risquerais de te liquéfier. Ta glace n'est pas assez puissante pour moi, tu sais.

– Tous les défis que tu lances, je les accepte, Red. Je n'ai pas vraiment peur.

Ses mots me rendent un peu fébrile, je l'avoue. Et quelque chose me dit qu'il serait plus que prêt à m'aider à lancer la partie fun et sans prise de tête.

– Tu ne veux pas qu'on aille faire un tour ? J'ai envie de prendre l'air, il fait un peu chaud.

Je me redresse sans attendre sa réponse. Par fierté, je ne regarde pas derrière moi, j'espère juste qu'il me suit. Il le confirme en passant son bras devant moi pour atteindre la porte de la sortie de secours et me l'ouvrir. Je prends une bouffée d'air frais. Ça fait du bien.

– Winnie ?

J'avance dans la ruelle un peu sombre à l'arrière de la Taverne. Cade m'attrape par le poignet et m'attire à lui.

– Qu'est-ce que tu fais ?

– Et toi ? je demande en retour.

Il relâche sa prise, mais je me love contre lui. Il est grand, musclé, sexy à tomber. Des images de moi le chevauchant s'insinuent dans mon esprit…

Je me hisse sur la pointe des pieds et nos lèvres se trouvent de manière naturelle. La façon dont il m'attrape brusquement et me colle au mur pour m'embrasser avec une force inattendue me fait gémir de plaisir. Je réponds à son baiser avec ardeur et passion. J'avais oublié comme c'était bon de se sentir désirée, j'avais oublié comme on peut avoir envie de quelqu'un à ce point.

Tandis qu'on se dévore plus langoureusement, je touche son torse à travers ses habits, puis je descends. Il grogne en s'arrachant à mes lèvres. Avec un sourire, j'incline la tête sur le côté et il n'y résiste pas, Cade m'embrasse le cou, me lèche la gorge. L'idée qu'il me prenne contre ce mur dégoûtant est plus attrayante que jamais. Mais je veux jouer. Lentement, je caresse son sexe à travers son pantalon. Il est dur et épais.

– Effectivement, la glace est plus dure qu'il n'y paraît, je souffle.

L'envie et le défi rendent ses yeux encore plus sombres et voilés quand il relève la tête vers moi. Il n'est pas prêt pour mes flammes, et je ne suis pas sûre qu'il s'en rende compte.

– Red…

Je n'ai pas envie de parler ou de l'écouter, j'ai d'autres plans beaucoup plus précis en tête. Je lui échappe en m'agenouillant, puis crochète le bouton de son jean et, d'un mouvement souple, j'attrape son sexe pour le sortir de son boxer.

– Putain, t'es…

– Le feu, je le coupe.

Sans un mot, je fais glisser ma langue sur son gland, puis le long de son sexe. Je recommence une deuxième fois. Puis une troisième, toujours plus lentement, histoire de le rendre complètement fou. Les grognements qui lui échappent sont une ode à ma petite surprise.

Et alors qu'il murmure une autre insulte, je le prends dans ma bouche. Je taquine d'abord son gland, j'y enroule ma langue, je l'embrasse. Puis, vigoureusement, langoureusement, je le suce sur toute sa longueur et son épaisseur. De plus en plus profondément.

– Red… Putain ! Tu vas me calciner jusqu'à l'os.

Quand Cade pose ses avant-bras contre le mur, comme pour maintenir son équilibre, je sens mon sexe qui se contracte sous le plaisir de cette vision. Je suis complètement désinhibée, et lui est perdu dans son désir. On pourrait nous surprendre, mais je m'en fiche. Tout en imaginant qu'il me prend dans cette ruelle mal éclairée, avec ces mêmes bras qui me maintiendraient contre lui, je poursuis ma fellation. J'adore autant donner du plaisir qu'en recevoir.

– Winnie, je…

Je m'écarte un peu de lui pour le regarder. Les traits crispés de son visage trahissent le désir qui le consume. Attendant qu'il finisse de parler, je le masturbe, glissant sur sa peau jusqu'à la base. Je n'ai pas envie de lui faciliter la tâche.

– Tu ?

– Je vais éjaculer si tu continues…

– Tu as trouvé ça tout seul, Captain ?

Avec un gloussement, je le reprends dans ma bouche, le lèche, le mordille, le suce, jusqu'à ce qu'il se laisse aller, que son orgasme se répande au fond de ma gorge.

Alors qu'il peine à reprendre son souffle, je me redresse et me hisse sur la pointe des pieds pour l'embrasser chastement.

– Voilà comment je veux m'amuser. Et encore joyeux anniversaire, Cade.

Sur ces mots, je retourne à la soirée comme si de rien n'était. Pourtant, en réalité, je suis excitée au plus haut point.

Le feu : 1 – La glace : 0.

CHAPITRE 17

Error 404
This brain is taking a nap[25].
(Vu sur Pinterest)

Cade

Mon cerveau a grillé depuis le soir de mon anniversaire.

Je ne vois pas d'autre explication au fait que je sois obligé de relire plusieurs fois la même phrase pour me rendre compte que je n'y comprends rien. *Idem* durant l'entraînement de hockey d'hier, j'étais totalement absent et le coach m'a botté le cul bien comme il faut… J'ai brisé sa première règle : cent pour cent du mental sur la glace. Ça ne m'était jamais arrivé.

Mais là, qui pourrait me jeter la pierre ?

Bien entendu, je ne pouvais pas lui révéler la vraie raison. Que je suis encore en boucle sur le « cadeau » de Winnie. J'ai déjà été sucé, mais là, c'était à un autre niveau, parce que c'était *elle* à genoux devant moi. *Ses* lèvres autour de ma queue, *ses* doigts agrippés à mes cuisses…

Merde.

Me voilà reparti.

Le début d'érection qui se joue dans mon boxer m'agace plus qu'autre chose, parce que je me suis déjà branlé plusieurs

25. Error 404 : Ce cerveau est en train de faire une sieste.

fois pour essayer d'apaiser la tension, mais rien n'y fait. Il me suffit de cligner des yeux pour revoir ce souvenir… Je ne savais pas que mon cerveau avait cette capacité d'enregistrer une scène dans les moindres détails, sons inclus.

Une vraie torture.

Je suis foutu, j'ai cette fille dans la peau. Et elle n'est pas près d'en sortir. Du moins, pas si j'ai mon mot à dire.

Pour me changer les idées, je quitte mon bureau et mes révisions, qui ne servent tout simplement à rien. Je me dirige vers la cuisine pour me servir un verre d'eau. Sur la petite table est ouvert l'ordinateur de Griffin, et d'un coup d'œil, je remarque que son navigateur est ouvert sur la page de Rebel's Radio. Ça me fait plaisir qu'il soutienne la radio à sa façon, et je ricane à l'idée que le mec soit tellement désinhibé qu'il ne cherche même pas à cacher ou à verrouiller son ordi.

Curieux, j'augmente le son et une voix féminine, suave et légèrement rauque emplit le salon.

– … sodomie peut être vraiment agréable si elle est bien pratiquée.

Je manque de m'étouffer avec la gorgée que je suis en train de boire. Je savais que la rubrique *sexo* pouvait être corsée, mais je ne pensais pas que Wells laisserait le feu vert à Winnie *à ce point*. On a cru comprendre que le bureau d'administration était composé de vieux coincés, alors s'ils écoutent ça, ils doivent être en train de faire des infarctus à répétition.

Je m'assieds sur le canapé, étrangement subjugué par l'échange entre les deux chroniqueurs. Non pas que le thème de la sodomie me passionne, mais je trouve libérateur de les entendre parler d'un sujet encore si tabou, et surtout, d'échanger aussi facilement dessus. Je suis persuadé que pour ceux qui se posent des questions, cela peut vraiment aider.

Et je sais que c'est tout l'intérêt de cette nouvelle version de la radio qu'a mise en place Winnie.

Une bouffée de fierté s'empare de moi.

Le virage qu'elle a pris était risqué et pourtant, elle n'a pas beaucoup hésité. Elle s'est imposée, a défendu ses choix comme la lionne qu'elle est, et finalement, ça paye. Harper parlait hier soir lors du repas des audiences qui grimpaient de façon exponentielle, et les rediffusions sont aussi écoutées, ce qui n'était pas gagné au départ.

Le dur travail qu'a mis en place la *team* de la radio semble déjà porter ses fruits. Et ça ne fait que commencer : on a repris depuis seulement quinze jours, et le bouche-à-oreille sur le campus peut devenir encore plus viral.

Sans trop réfléchir, j'attrape mon téléphone, prends en photo l'écran d'ordinateur de Griffin et poste une *story*, dans laquelle j'ajoute même le lien pour écouter l'émission en direct *via* le site de la fac. J'insère une petite légende comportant un simple : « Intéressant… »

C'est facile de me glisser dans la peau de ce personnage. Les gens ont cette vision de moi, qui n'était pas si erronée jusqu'à l'année dernière. Un queutard qui ne pense qu'au hockey et à ses potes. Mais si cette réputation peut servir à faire de la pub aux bonnes personnes, je ne vais pas m'en priver. On a tous usé de ce stratagème chez les Grizzlys pour la sortie du calendrier.

– Ah, un nouvel auditeur a une question. C'est parti, l'antenne est à toi, l'ami ! lance Joe, un des animateurs.

– Euh… Salut…

On sent le stress dans la voix de ce mec. Et malgré moi, je me penche un peu plus vers l'ordinateur pour l'écouter poser sa question. C'est captivant.

– Je sais que ça peut impressionner de nous parler, mais crois-moi, tu resteras anonyme si tu le désires, l'encourage Lemon.

– OK. En fait, je ne suis sorti qu'avec des meufs jusqu'à présent… et… hum… depuis quelques semaines… il y a ce mec.

Oh. Waouh.

Je ne m'attendais pas à ça. Je suis suspendu aux mots qui se diffusent dans le salon. La chronique de Lemon était souvent attaquée par des trolls en rut, mais là, on touche à un autre domaine. Il est vraiment là pour vider son sac et obtenir de l'aide, car il est paumé.

Et soudain, ça me frappe.

Winnie s'occupe du standard ce soir, c'est elle qui filtre les coups de fil, elle me l'a dit hier.

Je ricane comme un débile alors que je cherche les informations pour téléphoner à la radio. Je n'hésite qu'une nanoseconde avant d'appuyer sur le bouton d'appel. Les sonneries s'enchaînent et je baisse le son de l'ordinateur pour ne pas être perturbé dans ma connerie.

– Rebel's Radio, en quoi puis-je t'aider ?

Cette voix.

Elle n'est pas aussi chaude que celle de Lemon, mais elle me fait bien plus d'effet. Parce que c'est la sienne et qu'elle vibrait autour de ma queue il y a deux jours.

Focus, Cade !

Je me racle la gorge pour pouvoir jouer avec la tessiture de ma voix.

– Salut, je voudrais pouvoir poser une question à Lemon et Joe, si c'est possible, je déclare.

– Comme beaucoup de monde, rigole-t-elle, gentiment. Mais tu as de la chance, il nous reste suffisamment de temps pour une question avant la fin de l'émission. Est-ce que c'est en lien avec le sujet du soir ou ce sera plus général ?

– Général, je réponds rapidement, pour ne pas me faire griller.

– OK. Tu as un prénom ou tu préfères que ça reste anonyme ?

– George.

Je grimace, car dans la précipitation, j'ai donné le premier qui m'est passé par la tête, et c'est celui de mon paternel. J'ai l'impression d'être sale, tout d'un coup, de me servir de son nom pour parler cul à l'antenne.

– D'accord, *George*. Surtout, ne raccroche pas, me prévient Winnie, avec un sourire dans la voix. Je te fais patienter et je te préviendrai quelques secondes avant que tu ne passes en live, OK ?

– Ouais.

Une musique d'attente me vrille l'oreille et je m'affale dans le canapé, bizarrement essoufflé. Un plan diabolique s'échafaude dans mon cerveau, et il est plus que prêt lorsque Winnie me reprend.

– George ? Tu es toujours là ?

– Oui.

– Parfait, alors ne bouge pas. Tu seras en direct dans moins de dix secondes. Merci de nous avoir appelés !

Je prends une grande inspiration tandis qu'un clic se fait entendre, et soudain, c'est la voix de Lemon qui emplit mon oreille.

– Salut, mon chou. Tu es notre dernier auditeur de la soirée et je crois que tu as une question plus générale pour terminer en beauté.

Oh que oui.

Je laisse tomber la fausse voix et reprends la mienne.

– Ouais, c'est tout à fait ça.

– On t'écoute, mec, ajoute Joe.

– Alors voilà, c'est assez simple. Il y a cette fille qui me plaît *beaucoup*. Entre nous, c'est électrique, même si très récent. Et l'autre soir, elle m'a offert le genre de cadeau qui ne peut pas rester à sens unique, j'explique.

– D'accord, tu peux être plus précis ? demande Lemon.

Le sérieux de la présentatrice est plaisant. Si je n'étais pas là pour *teaser* Winnie, j'apprécierais vraiment.

– Elle m'a offert la pipe de ma vie dans une ruelle sombre, j'avoue en souriant de toutes mes dents, tout en imaginant la réaction de Red.

– Petit veinard, intervient Joe. Et tu aimerais savoir comment lui rendre la pareille ?

– Oh, j'ai déjà beaucoup d'idées sur ce que j'aimerais lui faire, mais je me suis dit que ça pouvait être cool d'élargir mes horizons avec vos conseils.

Je mords mon poing pour me retenir de rire. J'aimerais tellement être une petite souris dans la régie de la radio pour voir et entendre Winnie.

Est-ce qu'elle est en train de se liquéfier derrière la vitre ? De m'insulter ? De *rougir* ?

– J'ai toujours adoré jouer avec la nourriture, personnellement. Tu pourrais la recouvrir de chocolat à des endroits stratégiques et la léch… commence Lemon. Ah ! Il semblerait qu'on ait un problème technique et qu'on va devoir rendre l'antenne un peu plus tôt que prévu.

Winnie, espèce de petite joueuse.

– Envoie-nous un message privé sur la section du programme et on te répondra, mec ! Désolé pour cette coupure abrupte, termine Joe.

Je n'ai pas le temps de répondre que la ligne est interrompue. Mort de rire, je remonte le volume et je les écoute clôturer la soirée, puis la première musique de la *playlist* de la nuit est rapidement lancée.

Je n'ai pas le temps de savourer ma victoire du jour que la porte d'entrée s'ouvre, dévoilant Zeke, accompagné de

Della. Je suis dans un premier temps étonné, mais je me reprends vite. C'est rare qu'il amène quelqu'un à la maison, il semblerait qu'il se soit trouvé un plan cul sérieux.

Mais si ça lui convient, ça me va aussi.

– Salut ! je leur lance.

– Yo, me répond mon pote.

– Eh, Cade ! Comment vas-tu ? dit au même moment sa copine.

Avec ses cheveux mi-longs roses, son corps tout en courbes et ses tatouages, on peut dire que Della ne passe pas inaperçue. Elle a un style bien à elle, mais ça lui va bien. Elle porte encore l'uniforme du *diner* où ils bossent tous les deux.

– Ça va, je faisais une petite pause dans mes révisions. Et vous ?

– Le service a été compliqué ce soir, m'explique mon coloc. On va aller se pieuter.

Mon cerveau marque un temps d'arrêt. Qu'est-ce qu'il veut dire par « on » ? Lui et moi ou lui et Della ? Parce qu'il y a forcément une personne de trop dans cette équation pour une chambre partagée. Zeke ne me laisse pas me questionner trop longtemps, puisqu'il passe un énorme bras autour des épaules de sa conquête et l'entraîne vers notre piaule.

Putain, quel connard !

– Bonne nuit, Cade, me lance-t-elle par-dessus son épaule, avant de fermer la porte.

Je viens de me faire virer comme un malpropre, sans sommation ni rien. J'ai beau adorer notre colocation, il faudra qu'on en parle demain. Il ne peut pas me faire ça, surtout en semaine. Dans notre ancienne baraque, je n'aurais rien dit, on avait chacun notre chambre et on faisait ce qu'on voulait. Mais là, il va falloir mettre en place un calendrier ou une connerie du genre. J'ai besoin de me reposer un minimum pour assurer en journée. Pour ça, j'avoue que Hunter et Griffin ont du bol. Ils vont souvent à l'appartement des filles. Zeke pourrait faire la même chose avec Della au lieu de m'imposer ça. Toute la joie de ma victoire sur Winnie s'évapore alors que je réalise que je vais devoir me péter le dos sur notre canapé toute la nuit. Je ne sais pas si c'est le karma qui me rattrape, mais il n'a pas un humour aussi pointu que le mien…

J'espère surtout que Zeke sait ce qu'il fait, parce qu'avec ce que nous a raconté Connor l'autre soir, j'ai des doutes… Même s'il est resté assez vague, on a compris l'essentiel : Zeke voulait juste tirer son coup là où Connor aurait aimé plus. Maintenant, j'espère que la présence du Canadien ne jettera pas un froid dans l'équipe, et que cette histoire n'empiétera pas sur nos matchs et nos entraînements. Il va falloir que je surveille ça pour éviter les tensions.

Je suis soudain sorti de mes inquiétudes par un SMS.

Winnie : *La vengeance est un plat qui se mange froid, Cade…*

Oh, oh.

Cade : *Tu oublies que de nous deux, c'est moi la glace, Red.*

Je suis plutôt fier de ma répartie et sa réponse ne se fait pas attendre.

Winnie : *Tu as pu voir que j'étais pleine de surprises, mais ce n'était qu'un aperçu. Prépare-toi, Captain, je vais te manger tout entier.*

Cade : *J'attends de voir, parce que des promesses en l'air, j'en ai connu…*

Winnie : *Chez les Wilson, on ne rigole jamais quand notre parole est en jeu. Alors, prends-moi très au sérieux quand je te dis que je vais te faire perdre la tête, mon beau.*

Putain, qu'il fait chaud, d'un coup. Cette nana sait exactement quoi dire pour m'allumer et je démarre au quart de tour. Je n'ai plus de mots, mon sang quitte mon cerveau pour migrer vers le sud. Si elle savait l'effet qu'elle me fait avec un simple texto…

Sérieusement, je serai prêt pour elle, peu importe ce qu'elle dira. Mais il ne faut pas que je dévoile mon jeu trop tôt, sinon, ça enlève le plaisir de la drague puissante qui court entre nous.

Ah la la la, qu'est-ce que je ne ferais pas pour elle ?

Je lâche mon portable et file à la salle de bains pour une douche bien méritée en compagnie de la veuve poignet.

CHAPITRE 18

Crush: Hi!
*Me: *Google search* suit for wedding*[26].
(Vu sur Internet)

Winnie

Je suis en pleine partie de *The Legend of Zelda: Breath to the Wild* quand j'entends des coups contre la porte d'entrée. Je suis un peu perplexe, sachant que Nana est partie en week-end à Las Vegas avec sa clique de copines et que je n'attends personne. Au moment où je regarde l'horloge, je me rends compte que j'ai joué quelques heures sans y faire attention.

Je délaisse ma Switch et vais ouvrir. Nana est très amie avec la voisine Babette, qui vient souvent à la maison s'il lui manque quelque chose. Mais lorsque j'ouvre, le physique qui se dessine devant moi n'est clairement pas celui d'une sexagénaire.

– Captain ?

– Salut, Red, dit-il.

Il porte un jean et un pull fin, qui met délicieusement en valeur son torse musclé. Le fait est que je le trouve de plus en plus craquant.

26. Crush : Salut !
Moi : Recherche Google : costume pour mariage.

– Salut, je répète avec un sourire.

Peut-être même que je rougis un peu, car la dernière fois que je l'ai vu, je lui ai fait une gâterie dans une ruelle, et d'après mes souvenirs, je n'ai pas fait semblant. Mais je n'ai absolument pas honte de ce qu'il s'est passé. C'était sexy, et je l'assume parfaitement. Cela dit, je ne m'attendais pas à ce qu'il se venge en appelant à la radio pour raconter nos exploits à l'antenne. Lui et moi étions les seuls à savoir qu'il parlait de nous… mais, ça a été déstabilisant, sur le coup.

– Que me vaut l'honneur de cette visite, Cade ?

– J'ai apporté une pizza. Je me suis dit que tu voudrais peut-être la partager avec moi au lieu de passer la soirée toute seule, déclare-t-il, en me présentant un carton à l'odeur alléchante.

Qui serais-je pour refuser de la bouffe ?

– Ou alors, je peux aussi la laisser là et m'en aller, propose-t-il, sincèrement.

– C'est une possibilité, je réponds, en faisant mine de réfléchir. Comment tu savais que j'étais seule ce soir ?

Il détourne rapidement le regard, gêné, et passe la main sur sa nuque.

– Il est possible que Nana m'ait dit qu'elle partait à Las Vegas et que j'aie noté la date dans un coin de mon esprit. Et dans mon agenda, sur mon portable. Avec un rappel.

Ah, Nana…

Je me décale pour le laisser entrer.

– Toujours sur le coup, à ce que je vois, je raille.

– T'as pas idée.

Je pouffe et l'entends qui me suit. Il semble à l'aise dans cette maison, et je ne sais pas expliquer pourquoi ça me touche à ce point.

– Installe-toi dans le salon, je vais chercher des serviettes et à boire.

Je reviens vers lui, les bras chargés, puis nous nous installons sur le canapé.

– J'ai interrompu quelque chose ? demande-t-il en pointant ma console.

– Je jouais juste à *Zelda*, j'ai complètement zappé l'heure. Nana et ses amies partent deux fois par an à Las Vegas pour s'éclater. Elles font la fête, assistent à des concerts et jouent, alors j'en profite pour hiberner pendant ce temps-là.

– Tu ne les accompagnes pas ?

Cade est très curieux, du moins dès que ça me concerne. Je ne sais pas s'il se comporte ainsi avec tout le monde. Quoi qu'il en soit, il s'est tourné vers moi et attend ma réponse.

– Non, c'est leur week-end. Et moi, ça me laisse deux jours de tranquillité à la maison. C'est donnant-donnant.

– Je te dérange alors ?

– Pas du tout, je réplique du tac au tac.

Heureusement que je me suis motivée à prendre une douche tout à l'heure, sinon, je lui aurais ouvert la porte avec les cheveux gras et une dégaine à faire peur.

– Tu veux regarder un truc en particulier à la télé en mangeant ?

– Pas besoin de mettre la télé…

– Ah ah ah… je commence, légèrement gênée. *Fun fact* : je ne supporte pas les bruits de bouche, ça me rend anxieuse. Je pourrais buter la première personne qui mastiquerait trop fort à côté de moi.

– Tu n'en as jamais parlé, lance-t-il, étonné.

– Non, effectivement. Je travaille sur moi-même pour faire abstraction quand il y a du monde. Mais lorsque je suis seule dans une pièce avec quelqu'un, j'essaye toujours de mettre un fond sonore. Musique ou télé, peu importe, du moment que ça couvre les éventuels bruits. Et préserve une vie innocente, au passage.

Il me fixe intensément, avant de conclure :

– Mets ce que tu veux, je m'en fiche.

– C'est bizarre, je sais.

Il me lance alors un regard amusé.

– Winnie, je vis avec une diva dépourvue du moindre tabou, un bordélique sans nom et un gars absolument *control freak*. Alors si tu crois que ta manie me paraît bizarre, t'es loin du compte.

En effet, dit comme ça.

– Et toi dans l'histoire, tu es quoi ?

– Le roi des conneries, avoue-t-il, comme si c'était d'une logique infaillible.

– Et ça sort d'où ce titre honorifique, Votre Majesté ?

– De Hunter, c'est comme ça qu'il m'a surnommé lors de notre première cuite ensemble suite à un pari débile, explique Cade en souriant. Une histoire incluant des citrons et un Griffin en train de dormir…

J'éclate de rire.

– Je vais te confier un truc, mais surtout, ne leur répète jamais ça… Si par le plus grand des hasards, j'étais kidnappé par un génie maléfique, je ne verrais personne d'autre que ces trois abrutis pour venir me libérer. Eux et John McClane[27], éventuellement.

Le pire, c'est que je les imagine en mode commando. Griffin, sapé comme un prince qui refuse de se salir, Hunter, qui fait gaffe sur gaffe, et Zeke, qui tire toujours la tronche, mais se servira de ses gros bras pour délivrer son capitaine.

---

27. Personnage principal interprété par Bruce Willis dans la série de films *Die Hard*.

– Ils auraient l'allure des Casseurs Flotteurs[28] plutôt que celle des mecs de *L'Agence tous risques*, t'en as conscience ?

– Ouais. Mais on a les potes qu'on mérite.

On rit comme des gosses. Je mets la série *The Office* en fond sonore, puis nous mangeons tout en discutant de la rentrée et des cours. Je parle de la radio, lui, de ses entraînements. C'est plus qu'une passion quand on l'écoute, c'est un style de vie. Le hockey semble couler dans ses veines, il ne se voit pas faire autre chose. Mais vu sa détermination et l'assurance dans sa voix, je ne doute pas le moins du monde qu'il va y arriver.

– C'était vraiment délicieux, je soupire à la fin du repas. La pizza est sans conteste l'un des meilleurs plats au monde. Avec les pâtes. Peu importe comment elles sont cuisinées, les pâtes, c'est toujours délicieux.

– C'est vrai, mais le meilleur plat, c'est le poulet au curry. Celui de ma mère est une tuerie.

– La mienne ne savait cuisiner que les toasts au fromage, mais les *mac and cheese* de Nana m'ont fait tomber amoureuse des pâtes.

– Elle…

Cade ne termine pas sa phrase, mais je peux facilement la deviner.

– Est-ce qu'elle me manque ?

Il hoche alors la tête d'un air compatissant ou désolé, je ne saurais le dire.

– Oui, tous les jours, mais c'est la vie et je n'ai pas le choix. Je ne veux pas me morfondre, elle aurait détesté ça.

– Est-ce que je peux te demander comment elle est décédée ? Si c'est déplacé, tu peux ne pas me répondre.

Le fait qu'il me laisse le choix d'évoquer tout ça est important. Peu de personnes se demandent si oui ou non,

---

28. Nom des célèbres cambrioleurs du film *Maman, j'ai raté l'avion.*

on a envie de se remémorer nos proches disparus. Il y a des jours où je parlerais de ma mère à longueur de temps, et d'autres où j'aime juste la garder dans mon cœur, rien que pour moi.

– Elle est tombée malade, un cancer du pancréas, ça a été très rapide, je finis par lui confier. Mais ma mère ne faisait pas les choses comme tout le monde, et elle m'a laissé des mots dissimulés partout dans la maison. Elle était persuadée que ça m'aiderait à surmonter son absence.

– Comment ça ?

– Elle a écrit plein de choses sur des Post-it, des tickets de caisse, des bouts de tissu ou même de vraies lettres. Ce qui lui tombait sous la main quand l'inspiration frappait, en somme. Elle y a griffonné tout et n'importe quoi : des conseils, parfois des mots d'amour. Je n'en avais plus trouvé depuis un an, je pensais que c'était le dernier, jusqu'à il y a quelques semaines…

Cade semble suspendu à mes lèvres.

– Ça t'a rendue heureuse ? Est-ce que ça t'a aidée comme elle l'imaginait ?

– Plus que ça. J'en ai fait un tableau, tu veux le voir ?

– Avec plaisir.

Je me redresse et l'emmène dans ma chambre. Cade retire ses chaussures avant de prendre l'escalier, puis il me suit. Cette manie est très mignonne, Nana apprécierait fortement l'attention. C'est assez bizarre qu'il soit là, avec moi. Aucun mec n'a franchi cette porte, et ça me semble être une étape importante, aussi futile soit-elle.

– C'est ici, je lui montre.

Il se place à mes côtés et admire mon tableau en liège, sur lequel j'ai installé un pêle-mêle des mots de maman.

– Si la maison devait prendre feu et que je ne pouvais sauver qu'une seule chose, ce serait ça. Il est inestimable.

– Je comprends... Ce qu'a fait ta mère est absolument magnifique. Une partie d'elle est avec toi, comme ça, et continue de te surprendre. C'est une belle preuve d'amour.

– Je sais. Elle était géniale.

Je m'éloigne, de peur de devenir trop émotive.

– Elle m'a aussi laissé des lettres pour mes anniversaires ou des événements de ce genre. Elle les a confiées à Nana, qui me les donnait au moment opportun. Aujourd'hui, il ne m'en reste plus qu'une à ouvrir.

– Elle doit être lue pour une occasion particulière, ou tu n'as juste pas envie de le faire pour le moment ? demande Cade en se tournant vers moi.

Je m'assieds sur le bord de mon lit.

– Je devais la découvrir pour mes dix-huit ans, mais je n'ai pas pu m'y résoudre. Alors je la garde encore un peu, ça me rassure qu'elle soit là. Et puis, elle est différente des autres, plus grande, on dirait qu'il y a des choses en plus dedans...

– Un jour, quand tu seras prête, tu la liras. Et l'avantage des écrits, c'est qu'ils restent aussi longtemps qu'on en a besoin, on peut toujours les relire encore et encore.

C'est étonnant ce qu'il paraît sensé quand il ne joue pas son rôle de roi des conneries. Je n'ai jamais eu de conversation aussi profonde avec Adam, mais je me demande ce que j'ai réellement partagé avec lui, au final.

– Alors dis-moi, t'avais rien de mieux à faire un samedi que de venir me voir ? je demande en remuant exagérément les sourcils pour changer de sujet.

– Absolument rien, répond-il en se tournant de nouveau vers moi.

Je plisse les yeux pour l'étudier.

– Aucune fête, aucune fille, aucun entraînement ? Mais qu'est-ce qui t'arrive, Captain ?

– Tu m'as embrasé, Red, voilà ce qui m'arrive, rétorque-t-il en passant une main dans ses cheveux, ce qui les ébouriffe un peu plus. Le reste a l'air fade à côté.

Je pince les lèvres pour retenir le gloussement qui manque de les franchir.

– Tout ça pour une pipe ?

– Merde, Red… Tu m'as sucé dans une putain de ruelle en pleine nuit, comment tu veux que j'oublie ça ? Tu m'as foutu K.O.

Je ris. Si j'ai réussi à ébranler le monde de Cade, alors j'en suis profondément enchantée. Honorée, même, parce que sa liste de conquêtes doit être sacrément impressionnante.

– Tu vas me faire croire que de toutes tes aventures, je suis la plus exceptionnelle ?

– J'ai vécu des trucs assez surprenants, c'est vrai, mais ce moment entre nous… c'était incroyable.

– C'était excitant, oui. Quel honneur de faire fondre le capitaine des Grizzlys.

– Ça me plaît bien, ce petit jeu entre nous.

– À moi aussi, je dis doucement. Mais je suis curieuse, explique-moi un peu ces « trucs surprenants » que tu as faits.

Il déplace son poids d'un pied à l'autre, comme s'il soupesait l'idée de me raconter tout ça.

– T'es certaine de vouloir entendre ça ?

– Cade, je ne vais pas être choquée par tes anecdotes de cul. Pas de tabou ni de jugement entre nous.

Il s'assied à terre et s'adosse au mur face à mon lit.

– OK. J'étais avec une nana, jusque-là, rien d'inhabituel. On s'entendait bien, elle était sur la même longueur d'onde que moi et je savais qu'on allait passer un bon moment. On a finit par monter dans ma chambre, je lui ai fait du bien, elle m'a rendu la pareille. Bon, j'étais peut-être un peu bourré, mais pendant que je l'embrassais, j'ai eu l'impression qu'elle répétait un sortilège ou une incantation…

Il fronce les sourcils et lève les yeux au ciel, comme s'il essayait de chercher dans sa mémoire un souvenir brumeux.

– Pardon ?

– T'as bien entendu. Un sort, comme dans *Harry Potter*. Et en fait, j'hallucinais pas du tout. Au moment où on est passés à l'acte, elle a à tout prix voulu me chevaucher. On a commencé à baiser et d'un seul coup, alors qu'on était bien, elle m'a soufflé une poudre au visage.

J'éclate de rire, même si je suis abasourdie par ce qu'il raconte. Comment la fille a pu penser que c'était une bonne idée ?

– Je me suis levé d'un bond, j'avais peur que ce soit de la drogue ou un truc du genre. J'avais le nez et les yeux qui me piquaient. Et là, elle m'a balancé comme si tout était normal que c'était une poudre d'amour et que pour que ça fonctionne, il fallait que je jouisse…

Mon rire est tellement fort qu'il résonne dans la pièce et que j'en ai des crampes aux abdos.

– J'avais la gueule orange, Winnie. Je l'ai foutue à la porte, et les gars s'en sont donné à cœur joie. J'ai eu les yeux bouffis pendant deux jours à cause de cette nana. Je ne sais toujours pas ce qu'elle m'a jeté à la tronche, mais je n'étais pas prêt pour ça.

Qui pourrait l'être ? À moins de donner son consentement et que ce soit un délire mutuel, on ne s'attend pas à vivre ce genre de trucs au milieu d'une partie de jambes en l'air.

– C'est flippant et en même temps, tellement drôle. T'en as une autre ? je lance en tapant dans mes mains.

– Ravi de voir que tu aimes te payer ma poire, Red. Bon, la suivante est encore pire, je te préviens. Une fois, j'étais en train de baiser avec une meuf pendant une fête et on entendait un type gueuler comme un putois dans les couloirs. À un moment donné, la nana me dit : « Tu peux terminer ? C'est mon mec qui me cherche ! »

J'écarquille tellement les yeux que je me demande s'ils ne vont pas sortir de leurs orbites. Il ne peut pas être sérieux, si ?

– Donc, son *mec* était en train de la chercher, et elle voulait que tu termines ta petite affaire ? je demande en riant nerveusement.

– C'est ça. Ça m'a coupé net, tu penses bien. Niveau excitation, j'étais en berne. La tromperie, c'est impossible pour moi.

– C'est quand même hallucinant qu'elle t'ait avoué la vérité. Comme si tu étais un sex-toy ambulant pour elle…

Il me fait un clin d'œil, mais ne dit rien de plus. Combien de fois est-ce qu'il a eu l'impression de servir juste à ça ?

– Et toi ? Tu n'as rien de croustillant à raconter ?

Je glousse en me redressant. Je n'ai pas d'anecdotes aussi graveleuses que les siennes, c'est certain. On s'amusait bien avec Adam, mais jamais rien de bien extravagant. Je me souviens qu'une fois, j'ai eu envie de lui à la radio, et il m'a gentiment expliqué que ce n'était pas du tout l'endroit. C'était vrai, mais… je me suis sentie hyper-mal.

– Pas vraiment, non. Quoiqu'une fois, chez Adam, on était en plein coït et sa mère est entrée dans sa piaule en nous demandant si on voulait des cookies. Il lui a réclamé un lait chaud, elle est repartie et il a voulu finir son affaire. Je l'ai envoyé chier. Quand on est descendus, c'était le moment le plus gênant de ma vie. Le pire dans tout ça, c'est qu'aucun des deux n'a semblé s'en rendre compte.

Je ris en y repensant. Mais franchement, aujourd'hui, je ne sais pas pourquoi j'ai autant déprimé pour ce mec alors que maintenant, je le trouve d'un fade abyssal.

– Bon, j'ai encore faim, je déclare en me levant d'un bond. Et Nana a laissé une tarte aux pommes à se damner. Tu en es ?

– Évidemment ! s'exclame-t-il en se redressant à ton tour. Mais avant ça, dis-moi si c'est celui-ci.

Du bout du doigt, il désigne un tiroir.

– Celui-ci de quoi ? je lance, perdue.

– Ton tiroir à petites culottes ! balance-t-il comme un imbécile heureux.

Je ris en quittant la pièce pour rejoindre la cuisine, sans lui avouer qu'il a visé juste, le bougre. Il grogne mon prénom de façon plaintive et je rigole de plus belle.

Ce mec est vraiment cinglé, et j'aime ça.

CHAPITRE 19

We don't lick people
– Lies adults tell kids[29].
(Vu sur Ebaumsworld.com)

CADE

– Et donc, tu penses qu'elle va kiffer de passer la soirée là-bas ?

Hunter me regarde comme si j'étais débile et ça me donne encore plus envie de rire.

– Ouaip ! je réponds simplement, en enfilant mon blouson des Grizzlys par-dessus mon tee-shirt.

– C'est toi le Captain, hein, mais Harper refuserait d'y foutre un pied.

Je réfléchis deux secondes à ce qu'il me dit. Bien qu'elles soient amies, Harper et Winnie sont différentes, ça ne fait aucun doute. Tout le monde a ses passions ou ses centres d'intérêt.

J'aime beaucoup Red comme elle est, et le fait qu'elle soit prête à me suivre dans mes délires me remplit de joie.

Et d'excitation.

Et d'une pointe de nervosité.

---

29. On ne lèche pas les gens.
(Mensonges que les adultes racontent aux enfants.)

Mais c'est surtout l'excitation qui pulse dans mes veines. J'ai hâte de voir sa réaction lorsqu'elle va découvrir où nous allons ce soir. J'aime ce moment où la surprise passe sur son visage, faisant apparaître ce sourire qui ravage mon cœur.

Je tape sur l'épaule de Hunter en attrapant mes clés de voiture.

– C'est bien pour ça que Harper est ta meuf et Winnie, la mienne, je réplique enfin. Parce qu'elles sont différentes.

– Ouais, Baby H est à moi et rien qu'à moi, lance-t-il avec un sourire complètement niais sur le visage.

– Ne la laisse jamais t'entendre dire ça, elle serait capable de te couper les couilles juste pour avoir osé formuler un truc aussi macho.

– Pourquoi tu crois que j'en profite quand il n'y a aucune oreille indiscrète ? confesse-t-il doucement avec un clin d'œil.

Je rigole, avant de foncer vers mon véhicule. Je vérifie que tout est là et que je vais pouvoir la surprendre comme il faut. Après mon *check-up*, je fonce sur le lieu de notre rencard pour tout préparer. Ça me prend plus de temps que prévu, mais il est hors de question que je laisse place à l'improvisation.

Mon scénario est bien trop précis, et je veux le réaliser pour la rendre aussi heureuse que possible. Ce qu'elle m'a confessé sur sa mère et son vécu m'a donné encore plus envie de prendre soin d'elle. Je sais qu'elle n'en a pas besoin, mais je ressens comme une urgence vitale de lui montrer qu'elle compte pour moi et que tout ce qu'elle fait, dit ou vit m'importe. J'ai l'impression que Winnie ne s'est pas laissée beaucoup approcher depuis le décès de sa maman, et je suis honoré qu'elle me laisse le faire.

Je recule un peu et admire mon travail.

Elle va adorer. Je n'ai aucun doute, peu importe ce que dit Hunter. Je connais Winnie, elle sera surprise, ça, c'est sûr, mais en bien. Elle sera dans son élément et pourra profiter de ce moment en ma compagnie. C'est le principal.

Fier d'avoir réussi à mettre tout ça en place, je file. Je vais être en retard si je continue à m'extasier devant mon travail. L'avantage, c'est qu'aujourd'hui, Red est à sa résidence universitaire, dans le bâtiment Jenkins, à deux minutes d'ici. En bon chevalier en armure que je suis, je ne me contente pas de klaxonner ou lui envoyer un SMS.

Oh que non, ce serait baisser en standing.

Winnie mérite d'être courtisée, alors j'attrape le bouquet de fleurs et je me dirige vers la résidence. Je croise une fille qui en sort, et elle reste interloquée un instant quand je lui souris pour m'engouffrer à l'intérieur avant que la porte ne se referme. Je sais que l'information que je suis là va vite circuler dans certains cercles de *puck bunnies*[30]. Mais heureusement, je serai vite reparti et personne ne viendra foutre en l'air cette soirée. Parce que là où on va, on sera seuls et tranquilles. Même si nous ne sommes pas censés y être, mais ça, c'est une autre histoire.

Je regarde les étiquettes dans le hall et trouve enfin ce que je cherche : Winifred Wilson, 4F. Je grimpe les quatre étages comme si j'avais le feu au cul, ce qui n'est pas tout à fait faux. Une fois arrivé à destination, je ne perds pas de temps et frappe sur le battant en bois.

La vision qui s'offre à moi quand elle ouvre est tout simplement parfaite. Elle est vêtue d'un tee-shirt noir à manches longues, légèrement décolleté, et rentré dans une

30. *Puck bunny* : terme utilisé pour décrire une fan de hockey sur glace dont l'intérêt pour le sport est principalement motivé par l'attirance sexuelle pour les joueurs plutôt que par le plaisir du jeu lui-même.

petite jupe verte volante. Ses boots foncées viennent casser un peu le côté « sage » de sa tenue. Elle est divine.

– Salut, toi, lance-t-elle gaiement.

– Salut, Red. Tu es prête ?

– Oui, donne-moi une seconde, j'attrape un gilet. Tu veux entrer ?

Je ne vais pas refuser l'opportunité de visiter l'endroit où Winnie passe son temps libre en semaine. La pièce est relativement petite, mais elle a tout le confort nécessaire pour être à l'aise. Elle est aménagée en miroir avec, de chaque côté, un lit, un bureau et une armoire. Dans un coin, il y a une kitchenette et une porte que je suppose être la salle de bains. Simple et efficace.

– Ta colocataire n'est pas là ? je demande.

– Non, elle avait un entraînement avec son équipe de débat. Cara va les écraser, comme d'habitude, rigole-t-elle. Elle est franchement douée pour rebondir sur chaque argument. Quand c'est moi qui suis en face, c'est moins agréable, mais la regarder se préparer a quelque chose de fascinant.

Elle a l'air d'apprécier sa coloc, et cela soulève des dizaines de questions chez moi.

– Pourquoi est-ce qu'on ne l'a jamais rencontrée ?

Et par « on », je veux dire « je ».

– Cara a un planning de sénatrice, et sortir n'y figure pas. Elle pense que les fêtes sont une distraction et une perte d'un temps qu'elle pourrait mettre à profit en révisant. Elle espère être major de promo, donc elle prend ça très au sérieux.

Un peu comme moi avec le hockey. J'admire ce genre de persévérance.

– Dis-lui quand même que ça me ferait plaisir de la croiser un jour.

Winnie se tourne vers moi, les yeux pétillants.

– Je lui transmettrai le message. Est-ce qu'elles sont pour moi ? enchaîne-t-elle, en désignant d'un geste les fleurs.

– J'hésitais à les offrir à une fille au passage, mais puisque tu les demandes, je n'ai plus trop le choix, je la nargue, en les lui tendant.

Elle croise les bras sous sa poitrine, mettant celle-ci un peu plus en valeur au passage. Je déglutis lourdement en essayant de ne pas loucher dessus.

– Tu es retourné à la boutique de Nana !

– Les meilleures fleurs de la ville, je n'ai pas oublié.

– Tu essayes de te faire bien voir par ma grand-mère, surtout !

– Ouais, mais elle n'était pas là ! C'était la même dame que la dernière fois.

Red glousse.

– Est-ce qu'aujourd'hui aussi, tu veux ton bisou en échange ?

Voilà un retournement de situation que je n'avais pas prévu. Mais il faut croire qu'elle n'a pas oublié la blague que j'ai faite à Nana. Je gagne des points avec mes conneries sans le vouloir.

– À ton avis ? je réponds, pour la laisser choisir ce qu'elle fera.

Mais elle ne se démonte pas, au contraire, elle se lèche les lèvres, avant de s'avancer vers moi. Nos regards se croisent, et j'y lis le même désir qui me tiraille. Elle se dresse sur la pointe de ses pieds et pose sa bouche contre la mienne.

Je suis au paradis.

Jusqu'à ce qu'elle me mordille la lèvre inférieure ; là, j'atteins directement le nirvana.

Cette fille est un véritable brasier, et je suis plus que ravi de m'y frotter. Je la laisse volontiers me consumer tout entier.

Quand elle recule, mes sens sont complètement chamboulés et je n'ai qu'un désir : oublier mes plans pour la soirée et profiter de ce lit, de cette chambre vide pour la faire mienne. Je me gifle mentalement, car même si on en crève d'envie tous les deux, je ne peux pas reporter mes plans. Tout est en place, et j'ai déjà trop traîné ici. Et puis, surtout, je veux voir son beau visage s'illuminer quand elle comprendra ce que j'ai prévu pour elle.

– Même si j'adorerais poursuivre ce petit jeu, il faut qu'on y aille. On a un timing serré.

– Je te suis, Captain, me dit-elle d'une voix légèrement rauque, qui me rend plus dur que je ne le suis déjà.

Sois fort, Cade. Tu peux le faire.

La route jusqu'à notre lieu de rendez-vous est encore plus rapide qu'à l'aller, et lorsque j'éteins le moteur, je peux lire la surprise sur les traits de Winnie.

– Euh... Qu'est-ce qu'on fait là ? Tu es au courant qu'après dix-neuf heures, c'est fermé, pas vrai ?

– Oui, je sais, je dis mystérieusement, tout en ouvrant ma portière.

Je fais le tour du véhicule pour ouvrir la sienne, et elle hésite une dernière fois, avant de descendre à son tour. On s'approche du grand bâtiment, mais on se dirige vers la porte des employés où je scanne ma carte.

– Sérieusement, on ne risque rien à être ici ?

Son chuchotement manque de me faire rire, mais je me retiens de justesse.

– Techniquement, je n'ai pas le droit d'être là, et toi non plus. Mais on n'aura des problèmes que si on se fait prendre.

– Me voilà vachement rassurée, raille-t-elle, tout en continuant à me suivre.

Quand on arrive à l'endroit où j'ai tout prévu, je me décale au dernier moment pour qu'elle puisse voir ce que je lui réserve. Je ne m'attendais pas à ce qu'elle marque un temps d'arrêt, pourtant, elle se plante là, la bouche légèrement entrouverte.

Bingpot !

Je ne suis pas peu fier de réussir à lui « couper le souffle » une nouvelle fois. En même temps, c'est le défi qu'elle m'a lancé et que j'ai accepté de relever.

– Bienvenue à ce qui aurait dû être notre premier rendez-vous, Red.

– Je ne sais même pas quoi dire.

– Alors, ne dis rien et suis-moi.

Je la guide jusqu'aux couvertures que j'ai disposées près du bassin dans lequel elle a l'habitude de nager le matin. Tout est déjà installé : les fausses bougies, les boissons, des coussins et un panier avec notre repas. J'ai ouvert une baie vitrée pour qu'un agréable courant d'air atténue l'odeur de chlore.

Je me suis surpassé.

Alors qu'elle s'assied, je lance une *playlist* douce sur mon téléphone, et la musique sort de la petite enceinte que j'ai apportée.

– OK. Tu as gagné haut la main, c'est définitivement un rencard dont je vais me souvenir.

– Je rentre dans ton top dix ?

– Oh, Captain, tu arrives directement dans le top trois.

Je lève un poing victorieux qui la fait rire, et les papillons que j'ai dans le ventre semblent tous s'envoler d'un coup.

L'ambiance est parfaite entre nous. Il n'y a aucun blanc, au contraire, on passe notre temps à se chercher, à parler de tout et de rien. J'aime apprendre à la découvrir un peu plus à chaque fois, et j'espère qu'il en va de même de son côté.

– J'ai beaucoup trop mangé ! C'est toi qui as fait ce chili ?

– Oh non, c'est Hunter. C'est lui, le spécialiste de la bouffe à la coloc, et il a cuisiné pour nous.

– Il faudra que je pense à le remercier, parce que c'était vraiment délicieux, dit-elle en prenant appui sur ses mains pour étendre ses jambes. Merci, Cade, c'était une idée géniale de venir ici. Même si jamais je n'aurais imaginé dîner à la piscine !

– Je savais que tu kifferais, malgré les doutes de mes potes. C'est un lieu où tu te sens bien.

Le doux sourire qu'elle me renvoie vaut mille mots. Et pour la première fois de la soirée, je n'éprouve pas le besoin de parler, juste de *ressentir* ce que l'on est en train de partager. Mais forcément, je ne peux pas m'empêcher de proposer l'idée à la con qui me traverse l'esprit.

– Tu veux te baigner ?

– Je n'ai pas de maillot, gros malin, riposte-t-elle. Si tu m'avais prévenue…

– Qui a dit qu'on en avait besoin ? Il n'y a personne d'autre que nous ici…

– Cade Reed, si tu penses que je vais me désaper dans un lieu où je n'ai pas le droit d'être, tu te fourres le doigt dans l'œil !

– Comme tu veux, je lui réponds en enlevant mes baskets et mes chaussettes.

Et puis, je plonge tout habillé. Lorsque je sors la tête de l'eau pour la regarder, elle semble prête à me gueuler dessus.

– Tu comptes faire comment pour t'enfuir si quelqu'un débarque, au juste ?

– Je ne fuis jamais, Red, j'assume toujours mes actes. Même si parfois, ce serait plus simple de me carapater.

Elle semble méditer mes paroles pendant de longues minutes alors que je fais du surplace, sans jamais rompre notre contact. Puis, après un soupir à fendre l'âme, elle quitte ses boots et ses chaussettes pour simplement mettre ses mollets dans l'eau.

– C'est le max que je puisse faire.

– Et c'est très bien comme ça.

Doucement, je nage vers elle, et je vois à son regard qu'elle repère mon changement d'humeur. Je dois bien avouer que plus d'une fois, j'ai eu des images de nous deux seuls ici. J'ai envie d'elle depuis très longtemps, et j'ai la sensation que ce soir peut être le bon moment.

Quand j'atteins le bord de la piscine, elle écarte les cuisses pour que je m'installe contre elle, et la confiance qu'elle me témoigne m'excite un peu plus. Doucement, je caresse d'une main sa peau sous l'eau, je dessine des cercles, puis des lignes de plus en plus grandes. Je la teste.

– Prête à jouer un peu, Red ?

– Toujours.

Sa réponse est si spontanée que j'en suis moi-même surpris. Décidément, Winifred Wilson est faite pour moi, et j'ai hâte qu'elle s'en rende compte elle aussi. Le feu et la glace réunis pour une explosion spectaculaire.

– Approche-toi un peu plus.

Sans discuter, elle avance les hanches vers moi, et mon érection bute douloureusement contre les boutons de mon jean.

D'une main, j'attrape sa première cheville, que je dépose sur mon épaule avant de renouveler l'opération avec l'autre.

– Tu sais ce que je vais faire, pas vrai, Red ?

Elle hoche la tête.

– Et tu en as autant envie que moi ?

– Oui, souffle-t-elle.

C'est tout ce dont j'ai besoin pour embrasser l'intérieur de sa cuisse. Je remonte doucement sa jupe, et il ne reste plus que sa petite culotte en dentelle noire entre ma destination et moi. D'un geste assuré, je décale le bout de tissu sur un côté et enfin, l'accès est libre.

Une part de moi aimerait prendre mon temps, mais j'ai trop attendu ce moment. Maintenant que je me retrouve face à son sexe offert, je perds ma retenue. Je fonds sur elle, ma bouche et ma langue travaillant en binôme pour lui procurer le plus de plaisir possible.

– Oh, putain ! lâche-t-elle dans un souffle, avant de s'effondrer sur le dos.

J'agrippe ses hanches pour la maintenir en place et m'éviter de dériver pendant que je m'occupe d'elle. Je m'abreuve d'elle comme un assoiffé. Ma langue la fouille, ma bouche l'aspire et mes dents titillent sa zone la plus sensible. Je me nourris des cris qu'elle pousse, et j'insère alors un, puis deux doigts en elle pour parfaire cet instant. Je la sens se contracter autour de mes phalanges quand je me concentre sur son clitoris, alors je décide de la torturer un peu plus.

– Bordel… Oui !

D'un mouvement instinctif, elle bouge son bassin contre mon visage ; j'aime la voir rechercher son plaisir. Elle ne se contente pas de recevoir, elle est active dans sa course à l'orgasme. Je remplace mes doigts par ma langue, tout en appuyant de mon pouce sur ton clitoris. Je crois que c'est ce qui lance le compte à rebours. Ses gémissements se font de plus en plus forts, et elle se redresse sur ses coudes pour me regarder.

Ses joues sont rouges, ses yeux, luisants, et sa poitrine se soulève à un rythme effréné. Le fait qu'elle observe ce que je suis en train de lui faire pourrait bien causer ma perte.

– Fais-moi jouir, Captain.

Au temps pour moi, ses mots m'achèveront avant.

Je raffermis ma prise sur elle pour lui donner ce qu'elle veut, et le cri qui résonne dans la piscine quand, enfin, l'orgasme l'emporte, restera gravé dans ma mémoire jusqu'à ma mort.

CHAPITRE 20

I want to be a Renaissance Woman.
I want to paint, and I want to write,
and I want to act,
and I just want to do everything[31].

(Emma Watson)

Winnie

– *Oh, my… !* s'écrie Harper en se redressant. Monte le son, *baby* ! J'ai tellement saigné cette chanson quand j'étais plus jeune !

Maeve lui obéit et s'enjaille à son tour. Harper, dans toute sa splendeur, se met à chanter en même temps que Demi Lovato et à danser en rythme sur la musique. Elle est tellement décomplexée, à l'aise avec elle-même, malgré ce qu'elle a subi au lycée. Je la trouve magnifique et, franchement, elle m'hypnotise pendant quelques instants.

« I've always been the kind of girl
That hid my face

31. Je veux être une femme de la Renaissance.
Je veux peindre, je veux écrire, je veux faire du théâtre, je veux juste tout faire.

So afraid to tell the world
What I've got to say[32] »

Pria lève son verre et se met à scander son prénom pour l'encourager. Harper s'en donne à cœur joie. Elle ne fait jamais les choses à moitié, de toute façon, alors si en plus, elle a une audience, c'est le grand show. J'aimerais avoir son aisance pour bouger comme elle.

« *But I have this dream right inside of me*
I'm gonna let it show, it's time
To let you know, to let you know »

– J'ai tellement maté ce film. Et *High School Musical*, aussi. Enfin, ça, c'était surtout pour Zac Efron, avoue Maeve en rigolant.

« *This is real, this is me*
I'm exactly where I'm supposed to be, now
Gonna let the light shine on me
Now I've found who I am
There's no way to hold it in
No more hiding who I want to be
This is me »

Nous chantons le refrain toutes ensemble, puis le reste de la chanson se déroule de la même manière. Ça faisait longtemps qu'on n'avait pas passé une soirée entre filles, mais je suis encore plus heureuse que Pria soit des nôtres, cette fois-ci. Depuis le temps que je veux réunir ces meufs

---

32. Chanson *This Is Me* interprétée par Demi Lovato dans le film *Camp Rock*.

que j'adore, je suis contente que ça se fasse enfin. Parfois, la magie n'opère pas quand on regroupe des bandes de potes. Là, ça s'est fait si simplement que je me demande pourquoi je n'ai pas tenté l'expérience plus tôt.

Pour une fois, Harper a enfilé un jean avec un tee-shirt assez basique, surtout quand on la connaît. Maeve porte un legging avec un pull qui appartient probablement à Griffin, et Pria porte un crop-top rose et un pantalon cargo noir. Quant à moi, j'ai décidé qu'un bon jogging avec un débardeur noir ferait l'affaire. On a chacune un style qui nous correspond bien.

Harper a déjà pris plein de photos de nous pour bombarder ses réseaux sociaux. Les réactions ne se sont pas fait attendre, et certaines m'ont mis le feu aux joues. Depuis le début de la soirée, j'ai envie de leur parler de ce qu'il se passe entre Cade et moi, mais je n'ai pas encore trouvé le bon timing. Je ne voulais pas balancer au moment de l'apéro une histoire de pipe ou de cunni… Même si le fait que Harper se rasseye avec nous pour boire un nouveau *shot* me permet de trouver le courage qui me faisait défaut.

– Bon, les filles, il faut que je vous avoue quelque chose, je déclare. J'ai bu assez de tequila pour m'y coller. Enfin, je crois…

– Mon Dieu, ça sent l'aveu salace, soupire Maeve. Harper commence souvent ses confessions de cul comme ça. C'est trop mignon que vous soyez gênées.

– On n'est pas toutes comme toi ou Griffin, à pouvoir lâcher ça au milieu du petit déj' alors que la personne en face n'a pas encore bu son premier café de la journée, rétorque sa meilleure amie.

– Ça sent le vécu, se moque Pria.

– Tellement, je rajoute.

Maeve, pas le moins du monde embarrassée, hausse une épaule et se reconcentre sur moi.

– Dis-nous tout, Winnie, on t'écoute.

– Oh oui, couine Harper en se rapprochant de moi.

Elle a l'air aussi excitée que si je détenais le scoop de l'année. Elle en profite pour remplir les *shots* de tout le monde.

– Alors, je peux *enfin* vous annoncer que depuis ma rupture avec Adam, j'ai fait des trucs avec un mec.

– Amen ! s'exclame Pria en frappant son verre sur la table, avant de le vider cul sec.

J'apprécie grandement cette sollicitude, même si elle me fait pouffer comme une gamine.

– Bon, on n'a pas couché ensemble ou quoi, mais on a… joué ensemble, et bon sang, après des mois de plaisirs en solo, ça fait tellement, *tellement* de bien.

– Plus ! se lamente Maeve. On veut en savoir plus. Tu as fait quoi *exactement* avec Cade ?

Les filles me regardent avec intérêt, et je me demande si je suis si transparente.

– Comment vous savez que c'est lui ?

Elles éclatent de rire toutes les trois et je fais la moue.

– Ce mec te regarde à longueur de temps comme s'il avait envie de te bouffer, lance Harper. Depuis des mois.

– Il est en *crush* sur toi, c'est certain, ajoute Pria.

– Alors, c'est évident que Cade est l'élu, termine Maeve. Même si Hunter et Griffin aident pas mal. Ces mecs sont de vraies pipelettes, ils ne savent pas la fermer.

– Et la sérénade dans l'amphi, tout le monde n'a pas droit à ça, crois-moi ! Donc élémentaire, ma chère Wilson !

Je souris devant son clin d'œil à mon nom de famille. Je ne sais pas si tout ce qu'elles déballent est logique ou pas, en tout cas, j'avoue que je m'amuse beaucoup et que Cade est vraiment, réellement, indubitablement craquant. S'amuser sans se prendre la tête, c'est vraiment cool. Et surtout, ça me change à tout point de vue. Ça m'offre une liberté et une force que je ne pensais pas connaître un jour.

– Bref, les filles, j'étais excitée comme jamais, presque en feu, alors...

Je n'arrive pas à croire que je vais leur avouer ça. Mais si je ne le leur raconte pas à elles, je ne le ferai jamais. Merci, la tequila, de me délier la langue.

– ... je l'ai sucé dans une ruelle à son anniversaire, juste derrière la Taverne, et je suis partie comme ça, en le laissant pantelant.

– Winnie Pooh ! s'écrie Pria en me secouant. Je suis si fière de toi !

– Parce que j'ai sucé un mec ?

Maeve, Harper et moi-même éclatons de rire, mais Pria reste sérieuse.

– Parce que tu vis, tu te fais enfin plaisir et tu n'as honte de rien. Alors oui, je suis contente, car je t'ai vue quand tu étais au plus mal alors que tu aurais dû te sentir soulagée que l'autre naze soit parti.

Elle me serre dans ses bras et je souris comme une idiote. J'aurais presque la larme à l'œil. Pria compte beaucoup pour moi et son avis est important. Alors, qu'elle me dise que je revis me fait du bien. Ça me soulage que les gens puissent voir ce changement aussi.

– Vas-y, raconte la suite, on veut des détails croustillants ! s'exclame Harper.

Il semblerait que l'alcool ne frappe pas que chez moi...

– C'était excitant, j'avoue. Je suis restée sous le joug d'Adam tellement longtemps que j'avais l'impression qu'il étouffait celle que je suis vraiment. Et franchement, je voulais réellement faire du bien à Cade, j'étais excitée à l'idée qu'il bande pour moi. Quand je suis rentrée chez moi, je me suis caressée en y pensant… Et puisqu'on en est aux confessions, il m'a rendu la pareille, et c'était génial.

Harper couine.

– Du genre ? questionne Maeve en attrapant une chips.

– Du genre le meilleur cunni de ma vie, au bord d'une piscine, je lance, rêveuse.

Rien que d'y repenser, des frissons me parcourent encore le dos. Ce moment était unique, magique, et franchement jouissif !

– Et donc, tu vas coucher avec lui ?

– Je veux m'amuser, je n'ai pas envie de me prendre la tête. J'ai assez donné dans les histoires sans avenir. Mais si l'occasion se présente, je ne serais pas contre l'idée de rendre fou le capitaine des Grizzlys. Et de savourer toutes les techniques qu'il a si *durement* acquises, je rigole.

– J'adore cette nouvelle Winnie ! s'exclame Maeve.

Nous buvons un nouveau *shot* de tequila chacune.

– La première fois que j'ai fait des trucs avec Hunter, on était à la patinoire. J'aime les mecs qui savent que le sexe, ce n'est pas juste l'acte de la pénétration, et que ça passe aussi par des préliminaires chauds bouillants.

– Ça, c'est bien vrai, approuve Pria.

– Mais si vous voulez tout savoir, Hunter a une préférence pour la levrette, c'est terrible. Ça le rend complètement dingue. Il me suffit de me foutre de dos pour qu'il perde pied. Et je profite de ce pouvoir, vous pouvez me croire !

Je glousse. J'adore les petits secrets sur les préférences sexuelles des hommes. Les pauvres, ils ne doivent même pas s'imaginer qu'on discute de ça entre nous. La légende veut que ce soient les mecs qui parlent de ces sujets-là. Mais dans la vraie vie, je crois qu'on est pires qu'eux. Bien, bien pires.

– Nous, on a essayé le tantrisme avec Prince.

– Et ? C'est concluant ? je demande, curieuse.

À voir la moue qu'elle fait, j'en déduis que non, et je ne peux m'empêcher de sourire devant autant de déception.

– Non, déjà parce qu'il n'arrêtait pas de me chauffer et de m'envoyer des photos de son torse nu et de ses fesses… Qu'est-ce qu'il est beau, ce connard, ça me sidère.

Ce dernier constat nous fait éclater de rire, avant que je ne vide mon verre. Ça faisait longtemps que je n'avais pas bu autant, je commence à avoir légèrement chaud.

– Tu sais ce qu'on dit, les mecs les plus beaux vieillissent mal, alors que les mecs pas top se bonifient avec l'âge, se moque Harper.

– Il arrivera toujours à me faire craquer quand même, c'est comme ça. C'est mon Prince.

– C'est si beau, l'amour, je roucoule.

Maeve sourit, apaisée.

– Et donc, le tantrisme ?

Maeve tourne la tête vers Pria.

– Quand on s'est vus pour baiser, on a joui en deux minutes chrono. On s'est à peine caressés à travers nos fringues que c'était fini. Un vrai remake d'*American Pie*. Une déception à tous les niveaux.

– Mais ce n'est pas censé décupler le plaisir ou un truc dans le genre ?

– Si, mais la privation n'a clairement pas marché pour nous. On avait tellement faim l'un de l'autre qu'en à peine deux frotti-frotta, on avait un orgasme. Remarque, on a recommencé après, et il m'a fait regretter mes « idées à la con », selon ses mots.

– Et t'as regretté ? pouffe Harper.

– Pas du tout, ce prince est particulièrement dévoué à son roi, si tu vois ce que je veux dire. Et toi, Pria, t'as un mec en ce moment ?

L'intéressée sourit en secouant la tête.

– Je suis lesbienne, et non, personne en ce moment.

– Désolée, je ne savais pas, s'excuse Maeve, mal à l'aise. Je sais même pas pourquoi j'ai pas dit « quelqu'un ».

– Pas de souci.

– Si ma question est trop directe, n'hésite pas à me le dire, mais t'as toujours su que tu aimais les filles ? demande Harper.

– Je suis sortie avec un mec au lycée. J'ai même couché avec lui, et honnêtement, ça n'a pas été mémorable... Mais peut-être qu'on se connaissait depuis trop longtemps. Ce type avait une sœur que je trouvais belle. En fait, j'étais plus fascinée par ses formes féminines que par son physique à lui. Ironiquement, j'ai couché avec elle aussi. C'est drôle, parce que lui m'a prouvé que coucher avec des hommes n'était pas pour moi, et elle m'a confirmé que j'avais trouvé ma sexualité.

– C'était si bien que ça ?

Maeve semble fascinée. Harper aussi.

– Je n'avais jamais joui comme ça, c'était incroyable. Quand l'autre sait exactement ce que tu ressens, où te toucher, te caresser, c'est... l'extase.

– Dit comme ça, ça me donne envie d'essayer. J'ai lu dans un article que les lesbiennes jouissent plus que les femmes hétéros. Tu penses que c'est vrai ?

– Les femmes savent ce qu'elles aiment, alors elles reproduisent ce qui les fait vibrer. Je ne sais pas si je suis très claire, pouffe Pria. J'ai bu trop de tequila pour un exposé sur le sexe lesbien, je crois.

Sa remarque nous fait rire, parce qu'on est toutes dans le même état qu'elle.

– J'ai pas mal d'amies hétéros. Les types avec qui elles sortent savent à peine ce qu'est un clitoris, et encore moins où il est situé ou comment on s'en sert. Les mecs pensent qu'on ne jouit qu'avec notre vagin, mais c'est faux.

– J'ai la chance d'être gâtée avec Big H, soupire amoureusement Harper.

– Pareil, mais je serais curieuse d'avoir tes conseils, Pria, lance Maeve.

– Pour ?

– Si ça se trouve, quand Prince me fait des cunnis ou autre, il le fait mal. Comment je sais ?

– Tu veux vraiment des tuyaux ?

Pria semble perplexe, mais Maeve ne rigole pas. Au contraire, elle la regarde avec un profond intérêt.

– Carrément. Aboule les infos, meuf !

– D'accord ! C'est bien la première fois qu'on me demande ça, mais déjà, en termes de position, je trouve que le *facesitting* est la meilleure pour jouir. Moi, c'est celle qui m'envoie direct au dix-septième ciel.

– Dix-sept, hein ? Rien que ça ?

– Mais ce n'est pas du BDSM ? demande Harper.

Moi, je ne dis rien, j'écoute juste avec un grand intérêt, surtout que Pria m'a déjà confié quelques petits trucs avec le temps.

– Dans certains cas, je pense que c'est possible, mais oublie. Je te parle de pur plaisir clitoridien. La position par défaut de nombreuses femmes est de se mettre sur le dos. Je la pratique souvent aussi, mais vraiment, le *facesitting*, c'est incroyable. Ça vous donne un contrôle total, et je pense que ça offre un meilleur angle pour prendre son pied.

Le calme règne dans la pièce quand elle reprend son souffle. Personne ne parle, je crois qu'on est toutes happées par ses explications.

– Il donne à votre partenaire un accès complet à ce qui est la zone la plus érogène et la plus intéressante à stimuler pour que l'orgasme ait lieu : votre vulve externe, y compris votre clitoris. L'accent est mis à cent pour cent sur votre plaisir. Et vous avez le contrôle : plus ou moins vite, plus ou moins fort… Le pouvoir est entre vos mains. Ou du moins, entre vos cuisses, finit-elle en ricanant.

– J'ai envie d'essayer, maintenant, se lamente Maeve. Faut que j'envoie un message à Prince, tout de suite.

– Tu vas lui dire quoi ? je demande, surprise de sa spontanéité.

Elle prend son téléphone et pianote sur l'écran en dictant :

– « La prochaine fois, je m'assieds sur ton visage et tu vas me dévorer toute crue. » Voilà, c'est envoyé.

Son téléphone vibre dans la seconde.

– Qu'est-ce qu'il a écrit ? la questionne Harper, aussi excitée que nous toutes à l'idée de lire la réponse.

– « Tes désirs sont mes ordres. »

Son téléphone vibre deux autres fois.

– Il bande maintenant. Et je lui manque. J'aime tellement ce mec, les filles. Je l'ai grave dans la peau.

– Après, chacun expérimente l'exercice comme il veut… essaye de temporiser Pria. Ce n'est pas pour tout le monde et c'est OK…

– Je crois que je vais essayer aussi, la coupe Harper, les joues rouges.

C'est amusant. Autant elle est décomplexée au possible quand il s'agit de danser et d'être exubérante, autant quand on parle de cul, elle peut être beaucoup plus réservée. Maeve est tout l'inverse. L'écart entre elles deux est saisissant. En tout cas, ces histoires me donnent envie de savoir comment Cade réagirait si je lui demandais moi aussi de m'asseoir sur son visage.

J'ai ma petite idée, mais j'espère un jour en avoir la confirmation. Je bois un nouveau *shot* avant de laisser mon trouble transparaître, elles n'auraient pas fini de me chambrer.

CHAPITRE 21

A good hockey player plays where the puck is.
A great hockey player plays where the puck is going to be[33].

(*Wayne Gretzky*)

Cade

Ce soir, on est chauds comme jamais. Le premier match de la saison est là, et bien qu'il soit amical, plus rien d'autre ne compte que ma préparation mentale. L'avant-match est toujours un moment étrange : un mélange d'excitation, d'appréhension et d'adrénaline. Traditionnellement, je m'enferme dans ma bulle, avec ma musique dans les oreilles, et je m'habille dans un ordre strict. La dernière chose que je passe est mon maillot, avec mon numéro porte-bonheur, le 99, en hommage à l'exceptionnel Wayne Gretzky. Il a arrêté sa carrière à peu près au moment de ma naissance, mais ça ne m'a pas empêché de regarder tous ses anciens matchs avec mon père. Il me disait de lui : « The Great One[34] a dominé le monde du hockey par son agilité et ses tirs précis. Il est sans aucun doute le meilleur passeur de l'histoire de ce sport. C'est son flair sur la glace, sa capacité

33. Un bon joueur de hockey joue où est le palet. Un excellent joueur de hockey joue où sera le palet.

34. La Merveille, surnom donné à Wayne Gretzky.

à prévoir d'instinct la réaction de ses adversaires et de ses coéquipiers dans diverses situations qui ont fait de lui un joueur très créatif. » Je voudrais qu'un jour mon père parle de moi en ces termes, lui qui aime tant le sport que je pratique, je veux qu'il soit fier de moi. Si je passe pro – ou plutôt quand je passerai pro –, je demanderai à porter le numéro 9, en hommage à ce grand monsieur.

Mes gants, ma crosse et mon casque sont posés sur le banc à côté de moi. Je vois certains de mes coéquipiers parler entre eux, d'autres ont le visage aussi fermé que le mien. On a tous nos propres rituels et chacun les respecte. Je n'ai pas besoin de regarder Zeke pour savoir qu'il est en train de mettre de l'adhésif noir sur sa crosse. Avant chaque match, il le retire religieusement afin de le repositionner. C'est un mécanisme. Il fut un temps où il faisait de même avec le bout de ses patins, mais pour je ne sais quelles raisons obscures, il a arrêté. Après tout, ce mec est aussi superstitieux que moi. Je n'ai jamais osé lui demander, histoire de ne pas « attirer son attention inutilement sur ce détail », comme le répète souvent Griffin. On a déjà tous suffisamment de choses en tête pour ne pas s'encombrer du superflu. Mais je reconnais que je suis incapable de changer l'ordre de mes propres rituels.

Hunter et Griffin discutent ensemble, plus détendus que nous. Même s'ils prennent chaque match avec sérieux, ils ne se mettent pas autant de pression que Zeke ou moi. Ils ne veulent pas devenir professionnels, alors ils n'ont que le bon côté du jeu. Parfois, je les envie, puis je me rappelle à quel point j'ai besoin du hockey, que ce sport m'est aussi indispensable que respirer. Et si pour atteindre mes rêves, je dois être plus sérieux que le reste de mon équipe, ainsi soit-il. Mon rêve passe avant tout.

Le coach arrive dans le vestiaire, et je me redresse tout en éteignant ma musique. Il me fait signe de venir à ses côtés, comme avant chaque match. Ça aussi, c'est un rituel ; le coach et le capitaine font front commun.

– Bon, les gars, la patinoire est pleine et le public bouillonne d'impatience pour ce premier match. Ils veulent un show, et on va le leur donner !

Les acclamations jaillissent de tous les côtés, et je me surprends à sourire. Ça fait plaisir de les voir aussi motivés. Ce n'est que le début de la saison, on a tous beaucoup d'énergie à dépenser. Un peu trop, peut-être, mais ça, ce n'est pas grave.

– Vous savez ce que vous avez à faire, vous connaissez tous la feuille de match. Anderson, je veux que tu les écrases, que tu leur fasses entrer dans le crâne pourquoi on te surnomme Hadès. Pas de quartiers. Il faut qu'on parle de toi avant même qu'on arrive aux sélections des *playoffs*, compris ?

Connor se contente de hocher la tête. Dans son équipement complet, il est aussi massif que Zeke. Ce dernier l'observe d'ailleurs du coin de l'œil, avant de détourner rapidement le regard.

Il va falloir qu'ils parlent rapidement, tous les deux, car sur la glace, je me fous de savoir s'ils couchent ou non ensemble. Ils doivent être comme les doigts de la main, point barre. Il n'y a pas de place pour autre chose que la victoire.

Je me note mentalement de mettre le sujet sur le tapis, et vite. Je ne pense pas que le coach Meyer soit au courant de ce genre d'affinités entre certains de ses joueurs. Donc, c'est à moi de régler ce problème.

– Reed, tu veux ajouter un mot ? me propose notre entraîneur.

Ça aussi, c'est ritualisé. Parfois, quand je n'en ai vraiment pas envie, j'esquive, mais le fait qu'il me le demande systématiquement me rassure.

– On est la meilleure équipe de hockey de notre génération. On a tout pour réussir à chaque étape, match ou championnat. Je veux de l'excellence sur cette glace ce soir, défoncez-les s'il le faut, mais le jeu doit être clean. Personne sur les bancs de touche, c'est compris ?

Des hochements de tête beaucoup plus sérieux qu'il y a quelques instants me répondent.

– Profitez de cette première rencontre pour aiguiser les lames de vos patins, parce qu'après, la guerre commence, et la seule équipe qui remportera de nouveau le Frozen Four, ce sera la nôtre, et aucune autre. C'est clair ?

– Putain, ouais ! lance Hunter en tapant dans le poing que lui tend Griffin.

Les autres se joignent à eux, et certains commencent même à scander « Grizzlys » pour se chauffer. Le coach Meyer me tape sur l'épaule, avant de s'en aller. On sait que son assistant, Pierce, est celui qui nous donne le top départ pour quitter le vestiaire. À Rebel, on laisse l'équipe invitée sortir la première, pour ne pas la croiser dans les couloirs et commencer à s'affronter ailleurs que sur la glace.

L'histoire de Hunter nous aura bien servi de leçon, il est hors de question qu'elle se reproduise.

Alors que les autres continuent leurs discussions, j'appelle Zeke et Hunter en aparté. Ce sont mes deux adjoints, et j'aime pouvoir leur glisser un mot avant qu'on ne se lance dans l'arène. Tous deux me retrouvent près des douches. Leurs expressions sont calmes, mais concentrées.

– Je sais que cette nouvelle composition de l'équipe est perturbante…

– Ouais, on perd nos repères, marmonne Zeke.

– Mais, je le coupe, comme si de rien n'était, on sera toujours sur la glace en même temps que quelqu'un avec qui on a l'habitude de jouer. Et surtout, notre Princesse gardera ses cages avec la dévotion d'une maman louve. On peut compter sur Griffin pour compenser notre défense encore un peu fragile.

– Il faut juste leur laisser le temps de s'habituer, mais on y travaille, les gars et moi, assure Hunter.

Ce dernier joue comme défenseur, et c'est lui qui a le plus de travail pour mettre en place une routine avec les nouvelles recrues. Il s'est beaucoup investi pendant les recrutements et son avis a compté lors des décisions finales.

– J'ai toute confiance en vous. Et Zeke, il va forcément y avoir des tours où tu vas te retrouver en même temps que Connor sur la glace. Ça ira ?

Je sais que ma question est un peu sortie de nulle part, mais je n'ai pas envie de prendre de gants.

– Va chier, Cade, grogne-t-il pour toute réponse.

– Non, mec. C'est là que tu te goures. À la maison, je me fous de tes histoires de cul, mais dans cette patinoire, je suis ton boss. Donc si je te dis que ces problèmes restent dehors, tu t'exécutes.

Les mâchoires de Zeke sont si crispées que je me demande comment ses dents supportent la pression. Il hoche la tête, avant de nous tourner le dos et de se barrer.

– Eh beh, si avec ça, il ne dévore pas la défense adverse, je n'y comprends plus rien, murmure Hunter.

– Je ne pouvais pas ne pas lui dire. Y a trop d'enjeux.

– Je sais, mec, mais essaye aussi de souffler et de savourer ce premier match *amical*. Les tensions lors des sélections pour les *playoffs* se feront sentir suffisamment vite.

– Toi comme moi, on sait que la pression quittera mes épaules quand je serai recruté par une équipe de la NHL.

Et encore, elle sera seulement remplacée par un nouveau stress.

– Ouais, mais t'as que vingt-deux ans, mec, tu devrais aussi pouvoir t'éclater en même temps que nous sur la glace. Parce que je te promets qu'un peu de fun de temps en temps te fera savourer encore plus la prochaine victoire.

Sur ce conseil, mon adjoint se retire, me laissant seul avec mes pensées. Je relance la musique dans mes oreilles, mais ce petit accrochage avec Zeke me reste en tête malgré tout. Il ne se passe que cinq minutes avant que Pierce arrive. J'attrape le matos qui me manque, puis je sors au milieu des autres membres des Grizzlys, à la file indienne.

La tension est à son comble, alors je ne quitte pas ma *playlist* pour préserver au maximum ma concentration. Parce que si je devais écouter les mecs de mon équipe, il y a des chances pour que je m'énerve face à leur désinvolture. Je ne sais pas pourquoi je relève la tête, mais je me fige tout d'un coup, persuadé d'avoir une hallucination. J'enlève un écouteur tandis que mes derniers coéquipiers me doublent.

– Winnie ?

– Salut, Captain, dit-elle, en repoussant le mur sur lequel elle prenait appui. Je suis venue t'apporter une dose de chance supplémentaire.

Tout mon travail de préparation fout le camp quand elle s'approche de moi avec un petit sourire en coin. Déjà que je suis beaucoup plus grand qu'elle en temps normal, mais avec mon équipement, c'est limite ridicule. Cependant, elle ne se démonte pas et grimpe sur mes patins pour passer ses mains autour de mon cou, alors que je l'entoure d'un bras.

– Mets-leur la raclée de leur vie. Rends-moi fière, Cade.

Son souffle contre mes lèvres m'électrise, mais ça n'est rien comparé au baiser qu'elle me donne. Lorsque sa langue se fraie un chemin contre la mienne, mes neurones se déconnectent les uns des autres. Quand elle s'écarte légèrement, je ne sais plus où je suis ni ce qu'on attend de moi.

– Tu seras dans les gradins ? je lui demande.

– Je dois aller à la radio pour y filer un coup de main, mais je suivrai ça sur les réseaux.

La déception m'envahit, je sais que Harper et Maeve sont là, alors j'avais secrètement espéré qu'elle y serait aussi.

– C'est pour ça que je voulais te voir *avant*. Pour que tu saches que je pense quand même à toi.

Ses mots me touchent malgré tout, jusqu'à ce que la porte au bout du couloir se rouvre.

– Captain, on a besoin de toi. Le coach va se rendre compte que t'es pas là, balance Hunter.

– J'arrive ! je claque, plus sèchement que voulu.

Winnie descend de mes patins et recule d'un pas. Je l'admire une dernière fois, et tant que j'en ai la force, je remonte le couloir en direction de la patinoire. Je suis presque arrivé lorsque mon prénom résonne dans l'espace. Je me retourne vers Red, qui est à l'endroit exact où je l'ai laissée.

– Si jamais tu as besoin d'un boost d'énergie sur la glace, pense à ça.

Alors que je fronce les sourcils, perplexe, elle soulève son gilet et son débardeur, sous lequel elle ne porte rien. Ses seins me disent bonjour. Il me semble même apercevoir quelque chose de brillant, mais elle baisse déjà son haut et disparaît après un clin d'œil.

Autant dire que lorsque je rejoins les autres, je suis survolté, et il me tarde déjà d'arriver à la fin de ce match. Parce que Winnie vient d'allumer un incendie en moi, et je suis prêt à exploser.

La joie présente dans le vestiaire fait plaisir à voir. On a gagné 4 à 2. Griffin a été extraordinaire, malgré les deux points encaissés et notre défense, qu'on doit encore améliorer. Il était déjà bon, mais j'ai la sensation que depuis que Maeve est dans sa vie, il joue encore mieux. Il se vante à qui veut bien l'entendre qu'il est le meilleur et qu'on devrait lui baiser les pieds. En vrai, il pourrait largement jouer en pro. Il ferait fureur, mais ça ne fait tout bonnement pas partie de ses projets.

Comme prévu, notre défense n'a pas été celle des grands jours, mais pour autant, ils n'ont pas démérité. On va devoir continuer à bosser et à s'ajuster. Cela dit, on a travaillé comme les membres d'une équipe soudée et on a gagné en tant que tels. Pour moi, c'est tout ce qui compte.

Le coach et Pierce voient ça d'un autre œil, mais pour ce soir, ce n'est plus mon problème. Ça devra attendre le débriefing de demain. De mon côté, j'ai beaucoup trop de choses en tête maintenant que ma cape de Captain n'est plus sur mes épaules. Je me dépêche de me sécher après une douche plus que nécessaire et de passer mes fringues pour me tirer d'ici le plus vite possible.

– On rentre fêter ça avec du jus de pomme à la maison ? me demande Zeke.

Je jette un coup d'œil par-dessus mon épaule, et mes trois colocataires sont déjà prêts à partir. Zeke ne semble pas me tenir rigueur de ce que je lui ai dit avant le match. Rien de tel qu'une victoire pour faire table rase. Je passe mon tee-shirt, avant de répondre :

– Allez-y, je dois faire quelque chose avant.

– Qu'est-ce qui peut être plus important que de savourer notre exploit ? lâche Zeke.

– Sa meuf, répondent Griffin et Hunter en chœur.

Et ils ont raison.

Je ne pensais pas que ce serait possible, mais c'est le cas, je préfère célébrer ça avec Winnie, plutôt qu'avec mes coéquipiers. Enfin, ce n'est pas tout à fait correct. Ce soir, j'ai envie de laisser enfin libre cours à mon désir pour Winnie, et ça, personne d'autre qu'elle ne peut me le donner. Je veux la « vivre » ce soir, la vivre comme je vis le hockey. *Intensément.*

Je ne prends pas la peine de leur répondre ; je fourre mon matériel dans mon casier et claque la porte, avant de passer mon blouson. Après une tape dans le dos de Zeke, toujours perplexe, je file jusqu'à ma voiture. Sur le chemin qui me sépare du studio, je suis déjà en train de bouillir. Je pense à tout ce que je veux lui faire, même si je sais que je ne pourrai pas tout réaliser. Il va falloir faire des choix. Winnie n'a aucune idée de ce qu'elle vient de déclencher. Ou peut-être que si, et dans ce cas, ça m'excite encore plus.

Bien décidé à avoir ma réponse, j'accélère un peu plus le pas.

Winifred Wilson, me voilà, et je viens *juste* pour toi.

CHAPITRE 22

Situation amoureuse (partie 3) :
? Célibataire
✓ Engagée dans un défi
✓ Actuellement en direct sur Rebel's Radio
(Alfreda Enwy & Alicia Garnier)

WINNIE

Il est tard, mais je n'ai pas envie de quitter la radio. J'adore cet endroit, et j'aime bien rester un peu le soir pour filer un coup de main ou m'avancer dans mes révisions. Parfois, il m'arrive même de préparer mes fiches pour les prochains lives. Nous sommes vendredi, et la soirée était chargée, alors on n'était pas trop de deux, Pria et moi. Heureusement que c'est fini et que je vais bientôt pouvoir rentrer.

Cade : *T'es encore à la radio ?*

Voilà un message plutôt direct pour le chevalier en armure. Je me prends au jeu quand même.

Winnie : *Pourquoi ?*

Les points de suspension m'indiquant qu'il tape sa réponse apparaissent tout de suite sur mon écran. Alors, je reste les yeux rivés dessus.

Cade : *Ça m'éviterait de défoncer la porte pour rien. Voilà pourquoi.*

Winnie : *???*

Je ne m'attendais pas à le revoir ce soir. Après leur victoire, je pensais qu'il allait sortir fêter ça. Mais peut-être que mon encouragement tout particulier lui a fait changer ses plans. Une part de moi est ravie de l'avoir scotché à ce point, sa tête sur le moment était mémorable.

Cade : *Alors, t'es là ?*

Winnie : *Je suis là où je suis, Captain.*

Il tambourine si fort sur la porte du studio que je me demande si elle va résister. Pour éviter tout accident, je me dépêche de lui ouvrir.

– Tu m'as trouvée…

Il avance, je recule.

Il claque le battant derrière lui et s'arrête devant moi, me surplombant tandis que je l'observe, un sourire malicieux sur les lèvres. Ses cheveux sont humides et il semble essoufflé, mais il est divinement sexy.

– Alors, ce match, heureux ? je demande.

– 4 – 2, répond-il.

– Je sais, je t'ai dit que je me tiendrais informée.

M'éloignant de lui pour recouvrer mes esprits, je range soigneusement mes affaires dans mon sac.

– Connor a fait un doublé pour son premier match avec nous, explique-t-il. On peut dire qu'il a marqué son territoire. Et…

– Tu as marqué les deux autres, oui, je le sais, je le coupe. Les Grizzlys sont en forme, on dirait. Ce transfert semble avoir été une bonne idée.

– On ne lâche rien. On ne laisse aucune chance aux autres équipes, même pendant les rencontres amicales.

Je me redresse sans cesser de le fixer, tandis qu'il me dévisage comme s'il voulait me dévorer, mais qu'il se retenait. Je me dirige vers la pièce d'enregistrement pour vérifier que tout est éteint, puis retourne dans la partie régie du local, où Cade suit le moindre de mes mouvements.

– Et tu ne fêtes pas ça avec tes coéquipiers ?

– Mentalement, si, grogne-t-il.

Je glousse. Sa réponse ne veut pas dire grand-chose, mais je ne vais pas le lui faire remarquer.

– Quoique non, mentalement et physiquement, je suis avec toi, Red.

Ces mots semblent sortir des profondeurs de son corps tant ils sont chargés de sens.

– En quel honneur ?

Il grogne encore. Je ne l'avais jamais vu faire ça, mais il faut avouer que c'est franchement sexy de l'entendre exprimer son désir de cette façon.

– Tout ça à cause d'une paire de seins ? je devine.

Je me tourne vers lui en souriant. Il me veut encore plus et ça m'excite complètement.

– Pas n'importe lesquels… *tes* putains de seins, Winnie !

– C'est vrai qu'ils sont plutôt beaux…

Et encore, je ne crois pas qu'il ait bien vu de là où il était… sinon, je pense qu'il serait encore plus fou que ça.

– Tu sais, je suis très superstitieux en ce qui concerne les avant-matchs, et, maintenant que tu as fait ça et qu'on a gagné, il va falloir que tu recommences. Encore et encore, avant chaque rencontre.

– Elle a bon dos, la superstition.

– N'est-ce pas ?

Cade sourit cette fois, mais son sourire a quelque chose de prédateur. Et je me fais une joie d'être sa proie.

– Pourquoi tu es venu jusqu'ici ? Tu voulais juste me prévenir que dorénavant, il fallait que tu voies mes nichons avant chaque compétition ? Ou me remercier de t'avoir motivé comme jamais, peut-être ?

– Non.

Intéressant.

– Alors, que me vaut l'honneur de ta visite ?

Sans un mot, il s'avance vers moi et me plaque contre lui pour m'embrasser. Comme dans la ruelle, c'est sauvage, pressant, intense. J'aime à croire qu'il avait envie de ça depuis que je lui ai montré mes seins dans le couloir, qu'il y a pensé et que ça l'a excité. Ses lèvres prennent possession des miennes et sa main, qui me maintient la nuque, me guide exactement comme il le veut.

Cade m'embrasse divinement bien. Il est encore plus intense quand c'est lui qui mène le jeu. Et j'aime ça. Sa façon de me vouloir, de me désirer. Je dois avouer qu'Adam était plutôt passif. Peut-être pas au début de notre relation, mais à la fin, le sexe était du genre : missionnaire, missionnaire, pipe, missionnaire, etc. Mes envies personnelles n'entraient pas forcément en ligne de compte. J'en ai conscience, aujourd'hui. Seulement en m'embrassant, Cade me promet de me faire voir toutes les couleurs de l'arc-en-ciel, et pas de boucler ça vite fait bien fait.

Le désir que m'inspirent mes propres pensées me rend fébrile, et je réponds avec fougue à son baiser. Je serre son pull entre mes doigts, puis les passe sur son torse pour le toucher. Ses abdos se contractent sous ma paume. Je m'en délecte, ses muscles sont durs, si bien dessinés. Merde, je ne pensais pas être ce genre de nana attirée par le physique, mais il faut croire que si… un peu. En même temps, quand on a un spécimen comme Cade en face, on ne peut que reconnaître que parfois, la nature fait très, *très* bien son travail.

Soudain, il m'attrape par les bras et maintient une légère distance entre nous.

– Il faut que je les goûte, déclare-t-il, en reprenant son souffle.

Nos regards se croisent.

– Quoi ?

– Tes seins, Red.

Sans un mot, et plus excitée que jamais, je n'hésite pas, je retire mon gilet en maille. En dessous, je ne porte qu'un fin débardeur blanc avec de la dentelle sur le décolleté qui épouse ma poitrine. Le tissu remonte sur mon nombril et j'en attrape les pans.

– Non, grogne Cade. Garde-le.

J'interromps mon geste et plonge mon regard dans le sien.

– Putain, t'es la créature la plus belle de l'univers.

– Rien que ça.

– Plus que ça, me corrige-t-il en embrassant chastement mes lèvres.

Et lentement, il remonte l'ourlet de mon débardeur au-dessus de ma poitrine. Je vois le moment exact où il remarque mes tétons percés ; son regard bleu se voile de luxure.

– Putain, siffle Cade. Je savais qu'ils étaient là…

Puis, après avoir relevé la tête vers moi pour coller son front contre le mien, il glisse :

– *J'espérais* qu'ils seraient là, Red.

Je me sens tant désirée.

La façon dont il vient de dire ça, dont sa voix devient rauque sous l'effet de l'excitation… c'est incroyable ce que ça me fait.

– Putain, regarde comme t'es belle.

Je frissonne quand le bout de son pouce caresse chastement le galbe de mon sein.

– Je veux les toucher, les lécher, Red.

Ses mots me coupent le souffle, et je ne suis pas sûre de pouvoir parler à ce stade.

– Je veux te faire jouir en suçant tes tétons, ajoute-t-il.

Il y a dans sa voix du désir, oui, mais aussi quelque chose de plus… comme une affirmation, un ordre. Il a cette même assurance que lorsqu'il est sur la glace, son terrain de jeu préféré.

– Je veux que tu fasses ça. Tout ce que tu as dit, je le veux aussi.

Lentement, ses lèvres se fraient un chemin depuis mon cou, jusqu'à ma poitrine. Il m'embrasse, me caresse avec sa bouche, et je me perds dans cette envie cuisante, qui rugit dans mon bas-ventre et entre mes cuisses. Alors que la pointe de sa langue glisse sur mon téton droit, ses doigts attrapent l'anneau du gauche. Il tire doucement dessus et je laisse échapper un cri de plaisir.

– Adam était un sacré chanceux…

Je glousse.

– Ne parle pas de lui, pas maintenant. Mais si tu veux tout savoir, il trouvait les piercings vulgaires.

– Au temps pour moi, c'était un sacré connard.

– Tu es le premier à t'amuser avec ces piercings… Mais ça n'a pas l'air de te déranger, pas vrai ?

– Je n'ai jamais été aussi dur. C'est d'une beauté à couper le souffle.

Autre point pour moi, on dirait.

Cade soupire contre moi et suce la pointe durcie de mon sein entre ses lèvres. Je rejette la tête en arrière, les yeux clos. Je sens sa langue qui lape ma peau, ses dents qui tirent parfois sur mon anneau, ses doigts qui me pincent, ses mains qui me malaxent. C'est trop bon. Tellement que mon clitoris est enflé, presque douloureux.

– Écarte les cuisses, Red.

J'obéis sans une hésitation.

Comme je porte des chaussettes hautes avec ma jupe plissée, il trouve directement ma culotte. Je sais qu'elle est mouillée et il le confirme en grognant :

– T'es excitée.

Il écarte mon tanga, et ses doigts se perdent dans l'humidité de mon sexe. Il le caresse lentement, de long en large, s'enfonçant toujours plus profondément dans ma chair prête pour lui. Tout en dévorant mes seins avec sa bouche, il me pénètre avec ses doigts. Ils glissent en moi sans difficulté tant je suis prête. Lorsqu'il vient finalement poser sa paume sur mon clitoris, je défaille et je crie. Ses lèvres remontent dans mon cou, sur ma gorge, ma bouche. Il m'embrasse langoureusement et je m'étale sur la console de la régie pour m'offrir à ses caresses, les ressentir plus fort encore.

C'est comme une décharge électrique.

Je suis sur le point de basculer vers l'orgasme.

– Lèche-moi les seins. Et fais-moi jouir comme tu me l'as promis.

Il obéit.

Il est partout, il me dévore, me caresse, me comble. Mon orgasme est soudain, étourdissant, divin.

Quand Cade s'éloigne, mes jambes tremblent un peu. Le regard qu'on se lance est sans équivoque, ce n'est pas fini. On se désire encore tellement… et lui, il est si dur que son sexe déforme son pantalon. J'ai envie de le sentir en moi.

Je me dresse sur la pointe des pieds et mordille sa lèvre.

– Je n'en ai pas fini avec toi, je dis.

– J'en avais pas fini moi non plus, sourit-il. Non, cette fois, je suis prêt à aller jusqu'au bout…

Encore et toujours cette promesse dans sa voix, qui ravive mon désir.

– Je suis prête.

Comme il est encore tout habillé, je lui demande de se désaper. C'est incroyable ce qu'il est grand et bien bâti, de même que tous ses muscles sont superbement développés et dessinés. Son pull se retrouve à terre, avant qu'il ne déboutonne simplement son jean, sous lequel il ne porte rien. Son sexe pointe fièrement et j'en salive d'avance. Alors que je le détaille sans vergogne, il ne perd pas de temps et s'agite quelques instants pour trouver ce dont il a besoin. Quand il me montre fièrement une capote, je souris, et il l'enfile avec une urgence qui veut tout dire. Soudain, son regard vaut tout l'or du monde. Ses gestes sont ceux d'un homme sûr de lui quand il m'attrape les fesses pour me porter.

– Comme une continuité de ce qui aurait pu se passer dans la ruelle, dit-il contre ma peau.

– Oui, un peu comme ça.

Je sens le mur à côté de la porte d'entrée du local dans mon dos. J'enroule les jambes autour de la taille de Cade et d'un mouvement souple, il me pénètre. D'une seule et puissante poussée, le voilà en moi. J'ai la sensation d'être comblée ; le sentir si profondément est particulièrement délicieux. Il y avait tellement longtemps que je n'avais pas pris mon pied comme ça. Lentement, il commence ses mouvements de va-et-vient, s'enfonçant toujours plus loin.

Merde, c'est si bon.

J'enroule mes bras autour de sa nuque et colle ma poitrine contre ses pectoraux. On dirait que son cœur bat à cent à l'heure. Le mien n'est pas en reste. Quand nous

nous embrassons langoureusement, j'ai l'impression que nos lèvres suivent le mouvement de ses coups de reins.

Lorsqu'il reprend son souffle, Cade s'incline vers ma poitrine, et comme tout à l'heure, il la couvre de baisers, titille les pointes durcies par le désir. Je laisse ma tête partir en arrière, me cambre, me donne à lui tout entière, sans pouvoir m'empêcher de gémir de plaisir.

Ce mec est en train de me faire revoir tout ce que je pensais connaître du sexe.

– Baise-moi, je lui intime. Fort.

J'aime créer une tempête en lui, j'aime voir dans ses yeux le supplice et le délice que je lui inspire. C'est la meilleure des sensations. Je me sens plus sensuelle que jamais.

– Accroche-toi à moi.

Je resserre ma prise autour de sa nuque, pendant que lui empoigne vigoureusement mes fesses, et ses coups de reins deviennent de plus en plus frénétiques, profonds, presque percutants. Nos peaux claquent l'une contre l'autre, nos bouches se trouvent, nos sexes se rejoignent, et tout s'accélère dans une danse de plus en plus enflammée.

Je suis complètement à bout de souffle, mais d'un autre côté, j'espère que ça ne se terminera jamais. Tout en moi est en feu, et si j'en crois son regard, il est dans le même état. Au bord du gouffre, mais refusant de céder. Pourtant, lorsqu'il glisse sa main entre nous, je sais d'avance que j'ai perdu la partie. Il lui suffit d'effleurer mon clitoris pour que je convulse, emportée par mon orgasme. Il me suit quelques secondes plus tard, sa tête dans mon cou.

Quand Cade me repose, mes jambes me soutiennent tout juste. Pour autant, je le dévore des yeux.

– Déjà fatigué ?

– Tu me consumes. T'es machiavélique.

– T'es pas mal dans ton genre, je t'assure.

Je remets en place mon sous-vêtement et soudain, je vois l'écran allumé de mon portable resté sur la console de la régie. Je me dépêche d'aller le récupérer et j'ai l'impression d'halluciner quand je vois le nombre de notifications qui s'affichent sur mon écran.

Dix-sept appels en absence.

Une dizaine de SMS.

Tous de Pria.

D'abord, j'ai peur qu'il lui soit arrivé quelque chose, et puis, je vois les messages qu'elle m'a envoyés.

Je blêmis.

Je me décompose.

Je me jette à corps perdu sur la console de contrôle comme une damnée pour tout éteindre.

Pria : *WINNIE !!*

Pria : *WINNIE POOH !!*

Pria : *LES MICROS !! BORDEL DE MERDE, COUPE LES MICROS !!*

Pria : *T'AS ALLUMÉ UN DES MICROS DU STUDIO D'ENREGISTREMENT, WINNIE POOH !*

Pria : *T'ES EN LIVE ! BORDEL, T'ES EN LIVE !*

Pria : *PUTAIN, WINNIE, TU BAISES EN LIVE À LA RADIO... JE SAIS PAS SI JE SUIS ÉPATÉE OU GRAVE JALOUSE !*

Pria : *ET POURQUOI JE M'ÉPOUMONE À ENVOYER DES SMS ALORS QUE TU BAISES ?*

Pria : *T'AS L'AIR DE PRENDRE TON PIED, PUTAIN !! C'EST OFFICIEL, JE SUIS JA-LOU-SE !*

– Winnie, tout va bien ? me demande Cade dans mon dos.

Oh, mon Dieu ! Oh, mon Dieu ! Oh, mon Dieu !

Non, ça ne va pas du tout !

Je n'ai même pas les mots pour décrire la honte qui pèse sur moi. J'ai baisé en live à la radio, des gens nous ont forcément entendus et…

– Putain ! Putain ! Bordel de merde. C'est pas vrai !

– Winnie ? Qu'est-ce qu'il se passe ?

Il faut qu'on parte, et vite, on doit dégager d'ici le plus vite possible. Il est tard, de toute façon, et…

OMG, et si la doyenne l'apprenait ? Et si elle me virait pour ça ?

Putain, ce n'est pas possible !

Seulement un mois après ma prise de poste, ce serait une catastrophe !

– Fait chier.

La panique grimpe un peu plus en moi.

– Winifred ! s'écrie Cade.

Je me tourne vers lui alors qu'il enfile son pull.

– On était en live. J'ai dû allumer les micros quand je me suis couchée sur la console.

Je lui montre les messages de Pria et me prends la tête dans les mains pour essayer de trouver une solution, une excuse, n'importe quoi qui puisse sauver mon poste.

– C'est une catastrophe ! Si Wells ou même l'administration l'apprend, je vais être virée et…

Je me tourne alors vers Cade, qui est mort de rire. Il rit aux éclats, il a même des larmes aux coins des yeux et la tête rejetée en arrière.

– Il n'y a rien de drôle, je m'offusque.

– C'est pire que ça, s'esclaffe-t-il. C'est hilarant. Winnie, c'est très, très drôle.

– Je…

Il se penche vers moi et embrasse mon front.

– Tu ne perdras pas ta place. Et puis quoi ? Quelques auditeurs nous ont entendu baiser, et alors ? C'est naturel.

Je ne sais pas comment il arrive à me calmer, mais il y parvient. Je souffle malgré la peur que je ressens encore de perdre ce job que je chéris. Mais le voir si détendu est communicatif, il faut croire.

– Cade, c'est…

– Personne ne saura que c'est toi. Attrape tes affaires, on va se barrer d'ici, aller manger un truc en ville et rire de ça. Et aussi nous inventer des alibis en béton, si tu en as besoin. Fais-moi confiance, je suis rodé pour ce genre de conneries. J'en suis même le roi.

Il me caresse la joue et m'entraîne hors du studio. Je verrouille la porte et le laisse me guider dans les couloirs heureusement déserts du campus.

Une fois dans sa voiture, il attrape ma main, qu'il embrasse doucement.

– T'as conscience que grâce à cette anecdote, notre partie fine figure parmi mon top trois des plus folles aventures que j'aie pu avoir ?

C'est à mon tour de rire à gorge déployée.

CHAPITRE 23

Good friends don't let you do stupid things…
Alone[35].

(Vu sur Pinterest)

Cade

Je suis en sueur et pourtant, mon visage est frigorifié. Ce contraste entre l'air glacé qui règne en maître dans la patinoire et ma chaleur corporelle est quelque chose qui m'a toujours fasciné.

Surtout que nous sommes en train de nous entraîner depuis deux heures, autant dire que je suis bouillant. Il ne reste plus que mes potes sur leurs patins, mais on avait envie de continuer un peu. Pour une fois que personne ne doit aller travailler, on joue les prolongations, juste entre nous.

On s'amuse à faire des tirs arrêtés vers les cages de Griffin, qui nous provoque et nous intime de donner le meilleur, pour que lui puisse également être à son top niveau.

Et on ne lui épargne rien.

Surtout Connor, qui est d'une efficacité redoutable face à une cage de buts. Le regarder sur des vidéos et même en entraînement est impressionnant, mais le voir à l'œuvre durant un match, c'est autre chose. Ce qui est sûr, c'est qu'il

35. Les bons amis ne te laissent pas faire de choses stupides… Seul.

n'a pas usurpé son surnom ! Je saisis vraiment pourquoi le coach Meyer a tant insisté pour qu'on ait ce transfert cette année. Sa présence dans l'équipe comble une partie de ce déséquilibre survenu avec le départ des joueurs ayant terminé l'université après notre victoire au Frozen Four.

Et ce sera à mon tour, cette année.

Cette pensée a le don de me stresser un peu plus. C'est mon ultime chance de marquer les esprits, autant ici, à Rebel, qu'auprès des recruteurs. Mais j'y crois encore dur comme fer. Je donnerais *absolument tout* pour me frayer un chemin en NHL.

Cependant, ça va être rude, d'autant que si on compte Zeke et Connor, ça fait trois personnes à sélectionner dans une même formation. C'est beaucoup, et il y a des chances pour qu'on ne soit pas tous repérés.

Je suis partagé entre mon rôle de capitaine, ravi d'avoir la crème de la crème pour cette nouvelle saison de hockey, et ma trouille de ne pas être choisi pour aller en ligue pro. Zeke et Connor deviennent des concurrents dans cette course. Le doute subsiste qu'on atteigne tous les trois notre rêve. Et ça me fait mal de le penser, même si c'est parfaitement vrai.

– Eh, Captain ! Tu veux refaire un tour ou tu as assez donné pour aujourd'hui ? me demande Hunter en s'arrêtant devant moi.

Il a un immense sourire sur le visage, mais il me suffit d'un coup d'œil pour repérer qu'*a contrario*, Griffin est très en colère. Hunter a dû réussir à percer sa défense et marquer un point.

Et j'ai raté ça ! Tout ça parce que je passe mon temps à m'inquiéter de trucs qui ne sont pas encore là… Parfois, je me dis que mes potes ont raison, que je me mets beaucoup trop de pression pour mon âge, et qu'un jour, ça va se retourner contre moi. Le plus tard possible, espérons.

– Non, je vais m'arrêter là. Mon épaule me fait un peu mal.

Le froncement de sourcils de mon adjoint ne m'indique rien de bon.

– Tu en as parlé aux rééducateurs sportifs ou en cours ?

– Non, pas encore. J'ai juste un peu trop forcé, c'est tout.

– Toi et moi. Massage. Ce soir. Non négociable.

Il ne me laisse pas le temps de lui répondre et repart faire la queue pour tenter une nouvelle fois sa chance face à Griffin. Il faudrait être bête pour refuser l'aide de Hunter. Ce type a suffisamment de force pour s'occuper de gabarits comme les nôtres. En plus de ça, il est super doué, je n'ai aucun doute qu'il deviendra un excellent kiné. Au contraire de moi, il suit ce cursus avec la réelle envie d'en faire son métier, donc il s'investit à fond dans ses études.

– Les mecs, je prends de l'avance ! je lance, en patinant déjà à reculons vers la sortie.

– On arrive, on dérouille Griffin, ce sera rapide ! crie Zeke, sous les insultes de notre gardien.

Le trajet jusqu'au vestiaire me paraît incroyablement long. J'ai peut-être un peu trop forcé aujourd'hui. Après ma journée de cours, je suis allé bosser à la piscine, puis j'ai enchaîné ici, et il me reste encore des révisions en rentrant. Je ne vais pas être couché avant deux ou trois heures du matin, avec tout ça.

Mais bon, c'est la vie que j'ai décidé de mener, pour arriver à concrétiser mes rêves de gamin. Pour une fois, je ne prends pas le temps de ranger directement mon matériel, je le laisse sur le banc devant mon casier. J'ai désespérément besoin d'une douche. Je passe l'espace commun pour me diriger vers les cabines privées.

Quand le jet d'eau chaude percute ma peau, je ne peux retenir un grognement de bien-être. Les paumes appuyées sur le mur devant moi, je laisse l'eau dénouer mes muscles crispés. Et pendant que mon corps se détend, mon esprit vadrouille vers la seule source de joie que j'aie en ce moment : Winnie.

Bordel, quand je repense à nos ébats à la radio, c'était juste exceptionnel. Le fou rire que j'ai eu quand je me suis rendu compte qu'on était en live n'a fait que graver cette expérience un peu plus profondément en moi.

C'est le genre de truc qui n'arrive qu'une fois dans une vie, voire pas du tout. J'imagine déjà m'en vanter auprès de Cameron, mon frère, quand on se verra à Thanksgiving. Le connaissant, il va être vert de jalousie, mais au fond de lui, il sera très fier.

Même si la doyenne a demandé des explications, toute l'équipe de la radio s'est serré les coudes, et hormis Pria, personne n'est certain que c'était nous, nous n'étions pas directement dans la salle d'enregistrement et les bruits venaient de loin. Du coup, Wells a vite lâché l'affaire et Red a pu souffler un bon coup. Même si je pense que ça veut dire que le sexe au studio, c'est fini pour nous. Non pas que ce soit grave, il y a des milliers d'endroits encore qu'on doit baptiser, donc je n'ai pas de regrets.

J'ai vraiment le sentiment que tout se passe bien entre nous. On avance gentiment, sans pression, comme elle le veut. Mais j'espère secrètement qu'elle va s'apercevoir qu'elle et moi, on matche parfaitement. C'est rare d'avoir une telle connexion avec quelqu'un, même si pour l'instant, je sais qu'on est en phase « lune de miel ». Je ne vois pas comment je pourrais me lasser d'elle ou de son sourire.

Je n'ai pas encore trouvé le courage de lui dire de vive voix que je l'aime. Si la constatation est bien réelle dans mon cœur et dans mon esprit, sauter ce pas est impossible pour l'instant.

Il est hors de question que je lui force la main, il faut qu'elle parcoure le chemin d'elle-même. Et c'est pour ça que bien que l'on soit plus ou moins officiellement ensemble, je n'ai pas lâché mon idée d'accomplir mes plans invraisemblables pour lui couper le souffle. Tant qu'elle ne me dira pas : « OK, Captain, je suis peut-être bien la femme de ta vie », je continuerai.

Je ne veux pas que cette flamme entre nous s'éteigne. Et si pour ça, je dois faire le con toute mon existence et me ridiculiser afin de voir cette étincelle dans ses yeux, je le ferai.

Je n'ai pas oublié son visage quand j'ai débarqué dans son amphi pour lui jouer la sérénade, ni son expression lorsque je l'ai emmenée à la piscine pour un pique-nique improvisé. Ça valait tout l'or du monde. Et je veux voir ça encore et encore. Jusqu'à la fin de ma vie, de préférence. Je signe n'importe quand pour ça. Et surtout, je ne veux pas qu'elle croie que maintenant qu'on a couché ensemble, je pense qu'elle est acquise, que je n'ai plus besoin de lui couper le souffle. Je le ferai encore et encore si elle m'en laisse l'opportunité.

– J'espère que t'es pas en train de prendre toute l'eau chaude !

La voix de Connor me sort de mes pensées alors qu'il entre dans la cabine à côté de moi. Je lui présente mon plus beau majeur par-dessus la séparation. Son rire me fait ricaner et quelques secondes plus tard, dans un bordel familier, mes trois colocs débarquent à leur tour.

Le moment détente est fini, je le crains.

– Princesse a pris six buts, m'informe Hunter en passant devant ma cabine.

J'écarquille les yeux malgré moi. Griffin peut très bien voir ma réaction, puisque mon visage dépasse du rideau.

– Pas la peine de faire cette tête, je les ai laissés marquer pour que leurs petits ego remontent un peu. Sinon, tu sais comment ils sont, ils se plaignent pendant des heures, et je ne voulais pas gérer ça ce soir. Alors j'ai pris une balle pour l'équipe, Captain. J'attends tes remerciements.

Et il semble sérieux, le con. Le pire, c'est que je pense qu'il en a probablement laissé passer un ou deux. Je reste persuadé que si les recruteurs viennent, le gars va leur taper dans le viseur, et qu'il va tout simplement les éconduire avec un petit rire en supplément.

– Euh… merci, Griffin, d'avoir perdu ta dignité devant tes potes ? je propose, pas très sûr de ce qu'il attend de moi.

– Avec plaisir ! Mais je ne recommencerai pas de sitôt, Zeke est beaucoup trop chiant quand il gagne contre moi…

– Je n'ai pas gagné, je t'ai écrasé ! lance la grosse voix de mon adjoint depuis sa cabine, plus loin.

En levant les yeux au ciel, Griffin file prendre une douche pour se décrasser à son tour. Je me dépêche de finir tout en écoutant d'une oreille distraite mes amis débriefer la séance du jour, mais je n'y prends pas part. Mon cerveau est déjà saturé et mes révisions m'attendent.

J'enroule une serviette autour de mes hanches avant de sortir, et en attrape une seconde afin de sécher ma tignasse rebelle. J'ai déjà enfilé un boxer quand la petite troupe débarque dans le vestiaire, toujours en train de se chambrer.

De grands gamins.

Mais qu'est-ce que je les adore. Sans eux, rien n'aurait la même saveur, et soyons honnêtes, je me ferais bien chier.

– Cade ! Dis-leur que le *Seigneur des anneaux* est mieux que *Harry Potter* ! me supplie Zeke.

– Oh la la, jamais je n'entre dans ce débat, je rigole en passant un tee-shirt.

– Lâcheur, rétorque-t-il. C'est toi, le fana de cinéma, de base !

– Ouaip, mais la réponse reste la même.

Hunter arrive à mes côtés, ouvre son sac de sport et se penche vers moi discrètement.

– *Harry Potter*, on est d'accord ?

– Ouaip, je réponds avec un clin d'œil complice. Enfin, si on parle d'un point de vue cinématographique. Avec les plans, les séquences, *Le Seigneur des anneaux* est un véritable bijou. Mais *Harry Potter*, mec ! C'est une institution !

Zeke bougonne et Griffin lui tape dans le dos.

– Tu le connais, Captain, il aime beaucoup trop l'univers de Tolkien pour y voir le moindre défaut…

– Il faudrait qu'on mate les films avec lui pour les pointer un à un. Ça pourrait être drôle, je suggère en m'habillant. Ça bousillerait son fanatisme.

– Essayez pour voir, je vais les contrer les uns après les autres, vos arguments. Je vous prends à deux, à trois s'il le faut pour vous montrer que le *Seigneur des anneaux* est numéro un !

– Numéro un en partant du bas, ouais, j'argue.

– Ah, voilà mon roi des conneries. *Welcome back*, mec ! s'exclame Hunter.

– Pour vous éviter un débat stérile, voici mon plaidoyer. Ces films sont trop similaires pour être réellement départagés : ils mettent tous les deux en scène un petit gars sur qui tout repose pour sauver le monde. Ensuite, il y a un vieux sage, un meilleur ami un peu con-con, genre *hello* Ron Weasley et Sam Gamegie, une araignée flippante et un seigneur du mal. Sans parler des deux barbus qu'on voit un peu comme des oncles ! C'est du pareil au même.

– Ne t'avise jamais de critiquer Samsagace Gamegie, compris ? C'est limite lui le vrai héros de la saga ! s'emporte Zeke.

Griffin balaye son intervention d'un revers de la main.

– J'ai mieux, les gars. Pour foutre un coup de pied au cul du patriarcat, regardons *Hunger Games*. Katniss, elle est grave *badass*.

– Putain, ça me crève le cul de dire ça, soupire Hunter en se mettant debout à côté de Griffin, mais il a raison, regardons *Hunger Games* !

Mon éclat de rire me surprend moi-même. Zeke me suit et les autres aussi. Bon sang, je n'ai jamais autant aimé ma place dans cette équipe qu'actuellement. Tu m'étonnes qu'on ait remporté le Frozen Four avec une *team* pareille.

– N'empêche, les similitudes de ce connard me foutent à terre, s'esclaffe Zeke.

Je me dépêche de me préparer pour partir d'ici au plus vite. Il semblerait que les révisions attendront, c'est soirée film.

– Est-ce qu'on peut parler deux secondes de ton *glow* ?

Je remarque Griffin, qui est descendu de son banc et est planté derrière moi, une serviette autour de la taille, une autre autour de sa nuque.

– De quoi tu parles ? Je ne brille pas, je grimace, en essuyant malgré tout mes joues.

– Je ne parle pas de paillettes, tu as assez donné dans ce registre, se moque-t-il, mais de cette aura qu'on a après une bonne partie de jambes en l'air. Tu irradies à des kilomètres à la ronde !

Oh putain, le con.

Je n'ai rien dit aux mecs, même pour le coup de la diffusion en live à la radio. Ce n'est pas l'envie qui manque, mais je sais que Winnie n'aimerait pas. J'ai fait comme si de rien n'était et jusqu'à présent, je pensais être passé sous leurs radars.

– Je ne vois pas de quoi tu parles, je marmonne.

– Mon cul, ouais, intervient Zeke. J'ai fermé ma gueule, mais maintenant que Griffin a lancé les hostilités, tu sifflotes tout le temps et tu t'endors avec un sourire que j'ai envie de te faire bouffer. C'est Winnie ?

Son mouvement de sourcils m'achève. Qui fait encore ça à son âge ?

Je me retourne brusquement et fourre mes affaires dans mon sac, avant de ranger mon matériel dans mon casier. Peut-être que si je les ignore suffisamment longtemps, ils vont juste me laisser tranquille. Le silence qui règne dans la pièce ne me dit rien qui vaille, mais je me dépêche pour me barrer avant que…

« Baise-moi. Fort. »

Même si le son est de piètre qualité, je reconnais très bien la voix, et surtout le moment où Winnie m'a dit ça. Comme pour confirmer le doute monstrueux qui s'insinue en moi, ma voix résonne dans la pièce à son tour.

« Accroche-toi à moi. »

Les bruits qui suivent me donnent soudain chaud, car je les ai vécus. Les enfoirés, ils ont une sauvegarde de ce qui a été diffusé à la radio. J'ai juste envie de crever. Ou de les buter lentement et douloureusement. Avec un couteau à beurre.

Quand je trouve le courage de leur faire face, Zeke tient fièrement son téléphone devant lui, alors que Griffin mime tout simplement l'acte avec ses hanches.

Ils sont ridicules, mais à mon corps défendant, la scène me fait rire. Il faut dire que tout ça est juste dingue, c'était prévisible qu'ils se foutent de ma tronche. Parce que si c'était arrivé à n'importe lequel d'entre eux, je n'aurais pas manqué l'occasion de faire la même chose.

Ma réaction semble les stimuler, car tous deux en rajoutent une couche :

– Tes petits couinements sont juste fantastiques ! Limite, c'est dommage de ne pas avoir l'image qui va avec le son !

– Va chier, Zeke, je lui dis, en lui lançant une serviette mouillée, qu'il évite aisément.

– Moi, je suis content pour toi, mec. Winnie a l'air d'être une fille super, me réconforte Connor.

– Elle l'est, je confirme.

– C'est terrible comme en quelques mois, tout a changé ! Mon roi et moi, Hunter avec Harper, Cade avec Winnie, Zeke avec Della… Et toi, Connor, je ne sais pas avec qui tu couches, mais avec un corps pareil, tu dois avoir une liste d'attente aussi longue que ma bi…

– Della et moi, on n'est pas en couple. On baise, c'est tout, l'interrompt Zeke, en coupant enfin l'enregistrement sur son portable.

– C'est tout comme, reconnais-le.

Le visage de mon adjoint se ferme, et il lâche une insulte, avant de partir s'habiller. Après un signe de la main, Connor prend la poudre d'escampette. L'ambiance légère s'est envolée.

– J'ai dit une connerie, apparemment.

– Tu sais, les étiquettes, ça ne convient pas à tout le monde, je commence. Même Winnie et moi, je ne sais pas encore ce qu'on est…

– Quoi ?

Hunter semble vraiment surpris.

– Mec, t'es la réplique parfaite du type qu'on voit dans toutes les comédies romantiques ! Pourquoi elle ne voudrait pas être officiellement en couple avec toi ? Personne ne s'est autant défoncé pour une fille, j'en mets ma main à couper. Même à moi, tu me files des complexes avec Harper, je veux dire, dans le genre geste romantique, j'ai publié une vidéo sur mon compte Insta…

Je hausse une épaule.

– On n'en parle pas, c'est tout. Et pour le moment, je prends ce qu'elle me donne.

La vérité m'écorche un peu la gorge, parce que je sais très bien que je veux plus. Et eux aussi en ont conscience. Surtout avec le carnet qui traîne toujours sur notre table basse et qu'ils continuent à remplir de leurs idées farfelues.

– Mais… m'incite Griffin, laissant la suite de sa phrase en suspens.

Je souris ; il me connaît bien, le bougre.

– Mais… ça ne va pas m'empêcher de continuer à la surprendre. Le prochain effet *kiss cool* est pour très bientôt.

– Tu veux de l'aide ?

Zeke semble s'être remis de ses émotions, et le fait qu'il pense à me proposer un coup de main me touche.

– Toujours, même si je n'ai pas besoin de vous pour l'action même.

– Balance-nous tout, conclut Hunter.

Au fur et à mesure que je leur expose mon plan, leurs sourires s'élargissent, ce qui me rassure complètement. S'ils valident mon idée, c'est qu'elle est débile. Et si elle est débile, c'est qu'elle va surprendre Winnie, ce sera donc un pas de plus vers son cœur.

– Quand je serai grand, je veux être toi, dit Griffin, des étoiles plein les yeux.

Ouais, elle va halluciner.

CHAPITRE 24

"Fuck it" = my final thought before making 99,9 % of my decisions[36].

(Rebel Circus)

WINNIE

– Je ne comprends toujours pas pourquoi on doit aller là, spécifiquement. Il y a suffisamment d'endroits où manger sur le campus pour ne pas aller aussi loin !

– Tu es une rabat-joie, Winifred, me répond Maeve. La vue près du kiosque est jolie. On avait envie de profiter d'une des dernières belles journées avec notre amie avant que le froid glacial du Michigan s'abatte sur nous. C'est trop demander ?

OK, maintenant, je culpabilise. Je marmonne néanmoins une réponse et laisse Harper glisser un bras sous le mien pour me guider où elles veulent. C'est vrai que ces derniers temps, je n'ai pas eu autant l'occasion de voir les filles que je l'aurais aimé. Mais la radio accapare tout mon temps libre, et même si c'était prévisible, ça m'embête. Parce qu'elles ont été un véritable soutien pour moi depuis ma rupture et lors du lancement des programmes lives.

36. « Et puis merde » = ma dernière pensée avant de prendre 99,9 % de mes décisions.

En plus, Maeve a raison sur un point : c'est vraiment une belle journée, je suis contente de prendre un peu le soleil. Je crois que je passe beaucoup trop d'heures enfermée à la radio, bien que j'adore ça.

– Maeve est en mode *bossy* depuis deux jours. Je crois que son article sur les femmes influentes qui sont passées par Rebel University lui monte à la tête, m'explique Harper, avant de pouffer.

– En même temps, il était génial, son papier. J'ai ressenti une bouffée d'orgueil d'être dans la même fac que ces femmes, j'avoue. Encore plus à l'idée que le papier ait été rédigé par une copine.

– Je sais, moi aussi, je suis très fière d'elle. Mais ne lui dis pas trop, sinon, elle va prendre le melon. Tu la connais, pour ça, elle est comme son mec.

Avec un clin d'œil, je lui indique que je rentre dans son jeu. Maeve ne prendra jamais la grosse tête, et on le sait toutes les deux. On arrive enfin à destination et par je ne sais quel miracle, une table est encore disponible. C'est vrai que ce coin-là du campus est joli. D'autant plus avec les arbres qui sont en train de changer de couleur, le vert laissant la place aux tons orangés et rouges. Le vieux kiosque trône sur la pelouse, cerclé de tables en bois et de bancs. Il y a beaucoup de monde par ici, et sincèrement, je ne pensais pas que c'était *the place to be* pour déjeuner.

Comme quoi, cette fac regorge encore de secrets. Je ne sais pas pourquoi, mais cette idée me met de bonne humeur. Peut-être la perspective d'être encore surprise au bout de trois ans. Je crois qu'après Adam, la monotonie est quelque chose qui m'effraie. Je ne veux pas retomber dans ces vieux travers-là. Même si je suis sûre que lorsqu'on est heureuse, avoir des routines et des habitudes peut être sympa. Mais pour le moment, je veux m'éclater et me sentir libre.

– Bon, alors, tu t'es remise de tes ébats sexuels en live ? attaque directement Maeve tandis que je m'assieds.

Le rouge me monte instantanément aux joues. Pourtant, j'aurais dû me douter que le sujet allait être mis sur le tapis, puisque c'est moi qui leur ai appris la nouvelle. Le fou rire qu'elles se sont pris était mémorable, et je sens que ça va rester. Même si à ce moment-là, j'étais encore terrorisée à l'idée d'en subir les conséquences.

– J'ai cru faire un malaise quand Wells m'a convoquée, mais j'ai tenu bon. Je n'ai rien dit. Même si je suis certaine qu'elle sait que c'était moi, elle me regardait d'une manière particulière…

– Comment ça ? me questionne Harper.

– Je ne sais pas, c'était bizarre. Mais j'ai vu son rictus…

– Si ça se trouve, elle était fière ! répond-elle. Wells est le genre de femme à savourer quand le conseil d'administration se fait des cheveux blancs. Alors même si elle a dû bloquer l'information, elle a sûrement apprécié puissance mille le scandale que ça aurait pu devenir !

Maeve balaye de la main la répartie de sa meilleure amie, avant de se pencher vers nous par-dessus la table.

– On se fout de la doyenne. Moi, je veux savoir ce que vaut Cade au pieu !

Je prends le temps d'ouvrir le sachet kraft qui contient mon déjeuner, puis de déballer mon sandwich gentiment. Ouais, faire durer le plaisir est devenu ma spécialité.

– Tu vas cracher le morceau, Winnie, d'une façon ou d'une autre. Crois-moi, me prévient Harper. Alors, autant prendre la voie facile et tout balancer tant qu'elle est en mode « cool ».

– Voilà, écoute Harper. Elle, elle sait à quel point je peux être persuasive…

– Ou qu'elle n'hésite pas à user de la torture jusqu'à ce qu'on craque, contre-attaque Harper.

– Ce n'est qu'une question de point de vue, *babe*.

Purée, ce duo est fantastique. Elles ne doivent jamais s'ennuyer quand elles sont chez elles ! Je me racle la gorge pour attirer leur attention, et il me faut prendre une inspiration supplémentaire pour ouvrir la bouche.

– C'était juste dingue… Tout mon corps était en feu…

– Et il a joué au pompier avec sa grosse lance ?

– Maeve ! s'étrangle Harper, alors que j'explose de rire au même moment.

– Quoi ? Toi et moi, on est bien placées pour savoir que deux des quatre mecs de cette colocation n'ont pas à rougir, niveau « équipement ». Et vu le physique de Cade et Zeke, je ne les imagine pas du tout avec un petit attirail.

Le ton sur lequel elle a déroulé sa théorie est hilarant, mais je retrouve malgré tout un semblant de sérieux pour répondre :

– Sa *très* grosse lance m'a effectivement apporté tout ce dont j'avais besoin.

– Je le savais ! s'exclame Maeve, victorieuse.

Je leur raconte brièvement ce qu'il s'est passé, de mon « flashage de seins » à notre petit show en direct à la radio. Le fait de retenir leur attention de la sorte me procure un drôle de sentiment. Comme si je me sentais vivante, enfin. Même si j'étais amie avec Harper quand je sortais avec Adam, je ne lui parlais pas de nos ébats amoureux. Il n'y avait pas grand-chose à raconter, de toute façon, c'était ennuyeux, je m'en rends compte maintenant. Il prenait son plaisir et je devais me débrouiller pour le mien. Dire que j'ai consenti à ça pendant deux longues années…

Connard.

Cade me permet d'explorer des choses que je n'avais pas du tout imaginées. Il faut dire qu'il y a quelques mois, je me voyais en couple pour la vie avec Adam. Alors qu'aujourd'hui, j'explore ma vie sexuelle avec un mec sexy à souhait qui a juste envie de s'amuser, comme moi. En plus, il est très doué de ses dix doigts, de sa langue et de sa queue !

– Ah ! Vous voilà ! lance une voix que je connais bien.

Griffin s'avance vers nous en faisant de grands gestes alors qu'il n'est qu'à trois mètres de nous. Hunter est juste derrière lui, mais le sourire qu'il arbore n'est réservé qu'à une personne, laquelle roucoule à côté de moi. Je m'attends à ce qu'ils viennent saluer leurs nanas respectives, mais rien ne se déroule comme prévu. Sans que je puisse rien faire, ils m'attrapent chacun un bras et une jambe et me soulèvent comme si je ne pesais rien.

– Mais qu'est-ce que vous foutez, bordel ? je hurle de surprise.

– On exécute les ordres, m'dame, me répond Hunter en chuchotant.

– Ordre ou pas, reposez-moi, sinon, je vous botte le cul !

– Pour le moment, tu n'es pas en position de faire quoi que ce soit, Winnie, s'interpose Griffin. Donc sois sage.

C'est alors que je vois une chaise posée juste devant le kiosque. Elle semble tout à fait banale… si on oublie la dizaine de ballons qui y sont attachés.

Dites-moi que ce n'est pas vrai !

Qu'est-ce qu'il se passe, encore ? Ils ne vont pas m'asseoir dessus et attirer l'attention de tout le monde sur moi, pas vrai ? En même temps, ce sont les gars les plus populaires de cette fac, alors je ne suis pas surprise de constater que les téléphones sont déjà de sortie et n'en ratent pas une miette quand mon regard se porte vers la scène. Tout ça va encore se retrouver sur les réseaux sociaux, et je vais passer mon temps à filtrer les mentions.

Comme je l'avais craint, ils me posent délicatement sur la chaise, mais Griffin laisse ses mains sur mes épaules, s'assurant que je ne fuie pas. S'il savait à quel point je n'ai pas la force de bouger, il s'épargnerait certainement cette peine. Mes jambes tremblent d'anticipation.

Soudain, la musique explose de tous les côtés et malgré moi, je reconnais directement la chanson aux premières notes : *Call Me Maybe*, de Carly Rae Jepsen.

Oh merde, je crains le pire.

Cependant, tous les scénarios qui pourraient me passer par la tête ne seront jamais à la hauteur de ce qui déboule devant moi. Cade s'avance vers le kiosque d'une démarche plutôt assurée, pour un mec perché sur des talons aiguilles.

Des putains de talons aiguilles.

Mais ce n'est pas tout, il a la panoplie complète, avec des bas résille et une robe en cuir si moulante que je me demande comment elle fait pour ne pas craquer. Sans parler de la perruque brune qui lui cascade dans le dos.

La partie de *lypsync*[37] qui se déroule devant mes yeux ébahis est simplement ahurissante. Cade se trémousse, et mon cœur manque d'exploser. Surtout lorsqu'il se sert d'un des poteaux du kiosque pour tenter un renversé prodigieux.

Il est beaucoup plus souple que je ne l'imaginais ! Cet homme ne cessera donc jamais de me surprendre ?

La foule d'étudiants autour de nous est complètement en délire, il pourrait mettre le feu à tout le campus s'il le voulait. Mais non, il décide de faire le guignol pour m'amuser moi, pour me couper le souffle. Et ça marche.

Je suis sans voix qu'il fasse ça pour m'époustoufler.

Si j'avais imaginé qu'une simple demande de ma part pouvait déclencher un tel effet boule de neige, je l'aurais peut-être formulée plus tôt. Mais je ne sais pas si quelqu'un d'autre que Cade aurait été apte à faire *ça*.

Arrivé au milieu de son show, il s'approche sensuellement de moi, et je me demande comment il parvient à ne pas se tordre une cheville dans l'herbe. Tandis que la chanteuse s'époumone sur son morceau, il me tourne autour, montrant bien à toute l'audience – au cas où elle aurait encore un doute – qu'il fait ça pour moi.

Alors, les paroles me frappent :

« *I beg, and borrow and steal*
At first sight and it's real
I didn't know I would feel it,
but it's in my way
Your stare was holdin', Ripped jeans, skin was showin'

37. Exercice qui consiste à faire du *play-back* sur une chanson. De la danse peut être ajoutée en plus de la performance.

Hot night, wind was blowin'
Where you think you're going, baby[38] *?* »

C'est fou comme une chanson, qu'on a pourtant scandée à s'en faire exploser les cordes vocales il y a des années, change soudain de signification quand le mec avec qui vous couchez vous la chante devant une grosse partie du campus ! Après une caresse sur mon visage et un clin d'œil, il repart pour le grand final vers le kiosque, où il se trémousse comme jamais. Malgré mes pensées trop sérieuses, c'est plus fort que moi, j'explose de rire.

Car Cade est en train de se donner à fond, et le show vaut le détour. Alors je fais comme tout le monde, j'applaudis et crie pour l'encourager. Ce nouvel entrain semble lui donner des ailes et ses mouvements deviennent langoureux sur les dernières paroles :

« *Before you came into my life*
I missed you so bad
And you should know that
I missed you so, so bad
So call me, maybe[39] *?* »

L'explosion d'applaudissements qui accueille la fin de sa performance est juste hallucinante. Tout le monde

38. Je t'en prie, je te le jure / C'était le coup de foudre, le vrai / Je ne pensais pas ressentir cela / Mais c'est comme ça / Ton sourire était ravageur, ton jean troué, ta peau promettait / des nuits torrides, le vent soufflait / Où pensais-tu aller, bébé ?

39. Avant que tu entres dans ma vie / Tu me manquais tellement / Et tu devrais le savoir / Tu me manquais tellement, tellement / Alors appelle-moi, peut-être ?

l'acclame, et le sourire de nigaud qui lui mange le visage est fantastique. Il semble si heureux de sa connerie que je ne peux que lui retourner la pareille. Mon cœur s'emballe, contre toute attente, comme s'il essayait de me faire comprendre quelque chose. Mais je refuse de l'écouter, et j'enfouis profondément en moi les interrogations qui tentent de se frayer un chemin dans mon esprit concernant le choix de cette chanson en particulier. Peut-être qu'il a simplement sélectionné un morceau dynamique que tout le monde connaît.

Ouais, ça doit être ça.

Après tout, on parle de Cade Reed, le capitaine de l'équipe des Grizzlys. Le type a un palmarès de coups d'un soir aussi long que le ticket de caisse de Nana quand elle va au supermarché.

Rien ne prouve que tout ça a une signification cachée. Je peux très bien me faire des films, comme d'habitude. Je réfléchis trop. Tandis qu'il s'avance vers moi sous les cris des gens autour de nous, je me recompose un visage serein et me lève.

– On peut dire que celle-là était… surprenante ! je déclare quand il arrive à mon niveau.

– Surprenante au point de te couper le souffle ?

Je fais mine de réfléchir, comme si j'hésitais, alors que c'est la chose la plus folle qu'un mec ait faite pour moi.

– Mouais, c'était pas mal !

Il rigole, avant de planter ses mains sur ses hanches moulées de cuir. De près, la robe semble vraiment à deux doigts de déclarer forfait.

– Winifred Wilson, vous êtes dure en affaires ! Tu as bien regardé ce que je viens de faire là-bas ? dit-il en pointant le kiosque.

– Je dois avouer que ta petite pirouette contre ce poteau était impressionnante !

Ses yeux pétillent de joie alors qu'il me dévisage. Le rouge me monte légèrement aux joues. Même affublé d'une tenue ridicule et d'une perruque, Cade reste sexy. Le monde est parfois injuste…

– Si j'avais su qu'il suffisait que je me frotte à un poteau pour t'émerveiller, je me serais moins compliqué la tâche. Tu n'imagines pas l'entraînement que m'a fait subir Griffin pour que j'arrive à marcher avec ces engins de torture.

– Mais ça valait tellement le coup, lance le concerné derrière moi.

– Je ne veux pas vous couper dans votre délire, intervient Hunter, mais va falloir y aller. Zeke vient de m'envoyer un texto, la police du campus arrive.

Oh, merde !

Je n'avais pas du tout pensé à ça. J'ouvre la bouche, sous le coup de la panique, et Cade s'en rend compte.

– Ne t'inquiète pas, Red, j'ai tout prévu.

Sur cette phrase pleine de mystère, il attrape ma nuque et me plaque un baiser bref et bruyant. Puis il me laisse comme ça, essoufflée et frustrée. Je voulais plus. Bien plus.

Mon rythme cardiaque s'emballe de nouveau.

Ça suffit, stupide cœur !

Et pourtant, je reste là, les bras ballants, à le regarder emporter la chaise sur laquelle je me tenais et disparaître au coin d'un bâtiment, Hunter et Griffin sur ses talons.

– Eh bien, je ne sais pas ce que tu as promis à Cade pour qu'il te fasse un show pareil, mais il faut me donner ta recette miracle, meuf ! me lance Maeve lorsque je les retrouve à notre table. Je veux que Griffin danse pour moi, genre sur *Umbrella*, de la queen Rihanna !

– T'as juste à lui envoyer un message et ce soir, il rapplique à l'appartement pour le faire, raille Harper.

La vision de Griffin en train de se trémousser dans la tenue de Cade me fait exploser de rire, et ma tension s'évacue comme par magie.

Je n'en reviens pas que tout ça soit devenu mon quotidien, ma vie. J'ai une chance incroyable et j'en suis reconnaissante. Même si pour être honnête, je me demande comment Cade pourrait encore me surprendre après un tel spectacle.

Mais je ne prononce pas ces mots à voix haute pour ne pas me porter la poisse. Car avec le roi des conneries, il faut s'attendre à tout, tout le temps. Je l'ai bien compris, à présent.

Et j'adore ça.

CHAPITRE 25

One Girl
Thousand feelings[40].
(Vu sur Twitter)

CADE

Je me souviens que lorsque Hunter s'est mis en couple, on passait moins de temps ensemble le week-end. Quand Griffin est officiellement sorti avec Maeve, nos soirées films et jeux vidéo se sont faites encore plus rares. Je les enviais et je leur en voulais en même temps. Je les trouvais égoïstes de faire passer leurs relations avant notre amitié. Avec le recul, c'est plutôt moi qui l'étais de penser comme ça. J'étais juste à des années-lumière de comprendre.

Maintenant, je saisis pourquoi ils avaient hâte de finir les entraînements, pourquoi ils ne sortaient plus qu'avec elles… Parce que lorsque tu trouves la personne faite pour toi, tu as envie d'être avec elle tout le temps. Comme si un nouveau besoin vital émergeait en toi. C'est ce qui se passe avec Winnie, et j'aurais tendance à envoyer bouler n'importe qui m'empêcherait de passer du temps auprès d'elle. Après une semaine de cours bien chargée, je suis heureux d'être en

---

40. Une fille.
Mille émotions.

week-end. Les gars sont occupés de leur côté. Zeke travaille, mais de nous quatre, il est le plus solitaire. Il nous a toujours dit que ça venait de son statut d'enfant unique. Comme on appartient tous à une fratrie, on n'a jamais pu le contredire sur ce point.

Si je suis aussi excité par l'arrivée du week-end, c'est aussi parce que ce soir, je vois Winnie. Juste elle et moi, en tête à tête. Et dire que je suis impatient est un putain d'euphémisme. J'ai hâte d'y être. On s'est parlé uniquement par messages, et son joli visage me manque. Elle m'a demandé de venir la chercher chez Nana pour qu'on passe du temps ensemble. Et je suis aussi impatient qu'un gamin le jour de son anniversaire ou de Noël. Ou les deux réunis.

Je range les cours sur mon bureau quand je remarque qu'il est l'heure de partir. Je n'ai pas du tout réfléchi à un moyen de lui couper le souffle ce soir. Mais j'imagine que je peux faire une pause de temps en temps, ou compter sur mon génie spontané. Ou alors, si je pense comme Griffin et Hunter, je pourrais lui couper le souffle avec une bonne partie de jambes en l'air… Je ne maîtrise pas le déroulement de la soirée, mais tout ce qui compte, c'est qu'on se voie. Je passe par la salle de bains, histoire de me recoiffer, puis de me laver les mains et le visage, avant de filer. Si on oublie les gros cernes sous mes yeux, ça va.

J'arrive chez elle vers dix-neuf heures.

Je frappe, et il ne lui faut que quelques secondes pour venir m'ouvrir. À croire qu'elle est aussi impatiente que moi.

– Salut, Captain, dit-elle joyeusement.

Elle porte encore une de ses fameuses jupes plissées, noire cette fois, avec un haut bordeaux et des… pantoufles à tête de requin.

– Salut, Red, t'es au courant que tu as des requins aux pieds ?

– Ne dis pas de mal de mes Bruce, ils sont adorables.

– Bruce ?

– Bruce, du *Monde de Nemo*. Je suis déçue, monsieur le cinéphile, se moque-t-elle.

Sa pique ne m'atteint pas, je suis trop heureux d'être là. Et le pire, c'est que même avec ses requins aux pieds, elle est sublime.

– Tes pieds ne risquent rien, au moins.

– Exactement. Et encore, tu n'as pas connu mes Darky.

– Des pantoufles Dark Vador ? je tente.

Elle me fait entrer en hochant la tête. Sa joie est communicative.

Le salon est vide et plongé dans la pénombre.

– Nana n'est pas là ?

– Pas ce soir, elle est sortie avec ses amies.

Ah.

– Tu as prévu quelque chose ? je demande. Désolé, je n'ai rien préparé de mon côté…

Elle glisse son regard dans le mien, mais laisse ma question sans réponse.

– On pourrait aller au resto, je propose. Peut-être un bowling ou un ciné ?

Elle sourit encore, ce qui me déstabilise un peu plus, même si, je l'avoue, j'adore quand elle me fait languir comme ça.

– Ça tombe bien que tu parles de cinéma…

Tout en disant ces mots, elle se dirige vers la cuisine et n'ajoute rien. Je la suis, un peu désarçonné par ce nouveau petit jeu contre nous, mais prêt à engager la partie quand elle le veut.

– Red ?

Winnie ne répond pas. Sur la table, je constate qu'il y a des tonnes de choses à grignoter. Du pop-corn, des barres chocolatées, un saladier de bonbons en tous genres, des gâteaux et d'autres choses encore. Bon, techniquement, je n'ai pas trop le droit de manger tout ça. Mais si ce n'est qu'une fois, ça ne me fera pas de mal, et ce sera notre petit secret.

La joie me saisit, parce que si elle a prévu quelque chose, ça va se dérouler ici, visiblement.

– Tu comptes faire péter le plus haut score de diabète de la semaine ? je raille.

– Tais-toi donc et prends le plateau.

Elle ouvre alors une porte qui mène au jardin, toujours silencieuse et mystérieuse. Je la suis, ledit plateau entre les mains, et je manque soudain de tout faire valdinguer tant la surprise est grande.

C'est incroyable.

Elle est incroyable.

Entre deux érables rouges décorés de guirlandes lumineuses, il y a un énorme drap blanc suspendu. Le sol est jonché de tas de coussins et couvertures, avec plus loin une table qui soutient un gros rétroprojecteur.

– Bienvenue au cinéma Wilson ! s'exclame-t-elle.

– Winnie, c'est génial !

Elle hoche la tête en tournant sur elle-même pour regarder le décor qu'elle a préparé.

– Notre cinéma en plein air est assez célèbre, explique-t-elle. On le fait tous les étés. Avant, on partageait ça avec ma mère, mais maintenant, les amies de Nana ont pris le relais. Je peux te dire que quand j'étais gosse et que j'organisais des soirées pyjama, j'avais trop la classe. Bon, certes, l'été est loin et on va avoir besoin de plaids, mais…

– C'est vraiment magnifique, je l'interromps.

Je n'en reviens pas qu'elle ait préparé ça. Je suis sur le cul. J'apprécie qu'elle aussi cherche à me surprendre. Un duo de choc, voilà ce qu'on est.

– Tu peux poser le plateau ici, dit-elle en me montrant un tabouret.

J'obéis.

– Il reste les boissons à apporter, et aussi la pizza. Elle va arriver dans quelques minutes.

Putain, mais épouse-moi, Red.

– Elle est à l'ananas, par contre, ajoute-t-elle.

Épouse-moi, malgré tes goûts douteux en matière de bouffe.

– C'est un crime contre l'humanité, on a déjà eu cette discussion, je la charrie.

Elle me sourit encore.

– Je vais la chercher, le livreur est là, indique-t-elle en consultant son portable.

– Tu as besoin d'argent pour payer ?

Elle éclate de rire et s'en va sans répondre. Alors, je tourne sur moi-même. J'observe tout ce qu'elle a préparé, à quel point c'est beau et combien ça me touche. Je fais quelques photos avec mon téléphone, histoire de montrer ça aux mecs. Ils vont être tellement jaloux que je savoure leurs réactions d'avance.

– La pizza ! s'exclame Winnie.

Je vais l'aider à prendre les boissons.

– Merci. Ça sent si bon !

Elle pose le carton sur un des plaids et se penche sur la table. Curieux, je m'approche d'elle.

– Je me suis permis de faire une sélection de films par décennie. Pour les années quatre-vingts, on a *Karaté Kid* et *Die Hard.*

– Très bon choix.

– Ensuite, j'ai pris *Last Action Hero* et *Le Flic de Beverly Hills* pour les années quatre-vingt-dix, et nous avons *Sin City* et *V for Vendetta* pour les années deux mille.

– Que des films d'action, je constate tout haut.

– Mmh, c'est vrai, admet-elle en souriant. J'avais envie d'un truc qui bouge. La prochaine fois, je te ferai ma *short-list* de comédies romantiques.

– Je serais curieux de voir ça.

– Spoiler : *Dix bonnes raisons de te larguer* sera sûrement parmi les finalistes…

– Je retiens, je réponds en riant.

– Alors, tu veux qu'on mette quoi ?

– Je regarde déjà *Die Hard* à Noël avec mon frère, alors je vais opter pour… *Le Flic de Beverly Hills*, ça fait des lustres que je ne l'ai pas vu.

– Vendu ! Installe-toi, je mets en route l'Ancêtre.

Tandis qu'elle trifouille le rétroprojecteur, je pose deux parts de pizza sur des serviettes en papier. Aucun ananas en vue, cette fille est vraiment faite pour moi.

Viande, fromage et poivrons, miam !

Quand l'écran s'allume, elle vient s'asseoir à côté de moi. Sa jupe se relève légèrement sur ses cuisses sous ce mouvement, et mon regard se perd quelques secondes sur sa peau de pêche, que j'ai envie de toucher et caresser.

– *Bon appétit !* dit-elle en français, ce qui me fait craquer encore un peu plus.

Nous dînons devant le début du film, tout en commentant celui-ci. C'est vrai qu'il fait légèrement frais, mais ça reste supportable. Et puis, honnêtement, profiter d'une séance cinéma au clair de lune, avec le jardin partiellement illuminé de guirlandes, ça fait son petit effet. La pizza est rapidement engloutie.

– C'était délicieux ! s'extasie-t-elle.

Je suis bien d'accord, même si après cette soirée, je crois qu'il va falloir que j'aille faire un footing en plus de la muscu pour dépenser les calories ingurgitées. Nous nous installons plus confortablement sur les coussins. Winnie se colle même à moi et pose sa tête sur mon épaule.

– Tu sais qu'avec les mecs, on va venir squatter ici l'été prochain ?

Elle rit, pourtant, je décèle une subtile pointe de tristesse. J'essaye de comprendre pourquoi, quand elle me devance :

– T'as conscience que c'est ta dernière année ici ? Alors, va savoir où vous serez, en juin prochain. Peut-être que Hunter et Griffin passeront de temps en temps pour leurs nanas…

Moi aussi, si tu me le demandes.

– C'est vrai, mais l'un n'empêche pas l'autre, je dis.

Elle semble peu convaincue par mes mots. J'ai envie de me taper la tête contre un mur ; pour elle, on s'éclate juste ensemble, rien ne me retient. Si elle savait que je suis raide dingue d'elle, elle verrait peut-être les choses autrement. Le fait qu'elle semble déçue anime un espoir au creux de mon cœur.

– Tu vas sûrement partir chez les pros, ça va prendre tout ton temps, et c'est génial. La concrétisation d'un rêve… Tu le mérites amplement. Mais mon cinéma en plein air ne fera pas le poids face à ça.

Encore une fois, elle a raison… *en partie*. Si je plais aux recruteurs et signe avec une équipe, je vais devoir m'y consacrer à deux cents pour cent. Il faut rapidement faire ses preuves en ligue pro.

– C'est vrai, ce serait la concrétisation d'un rêve de gosse et de beaucoup d'heures passées sur la glace.

– T'imagines ? Tu grandis avec un seul et même rêve et un jour… paf, tu le concrétises. Ta passion devient ton métier !

L'espoir dans sa voix résonne en moi.

– Oh que oui, j'imagine très bien.

– Tu as déjà des contacts avec des recruteurs ? demande Winnie.

– Pas moi directement, mais notre coach oui. Ils vont venir nous voir jouer dès les *playoffs*. Il n'a pas encore la date exacte. Je pense qu'ils se pointeront à l'improviste.

– Donc pas le droit de flancher.

– Exactement, on doit être au top tout le temps. C'est pour ça que même sur les matchs amicaux, on donne tout. Bien que ce soit un peu plus compliqué avec les nouveaux membres. Faut apprendre à trouver une cohésion avec des nouveaux hockeyeurs, c'est pas simple…

– Pour eux, ce sera encore plus difficile l'année prochaine, quand vous les quitterez. Il va y avoir un gros trou à combler.

– C'est vrai.

Je n'avais pas vu la situation sous cet angle. Meyer doit déjà être en hyperventilation rien que d'y penser, et Pierce, en transe à l'idée de gérer le recrutement. Pourtant, je n'ai aucun doute que les futurs Grizzlys continueront de me rendre fier.

Winnie sourit. Sous la lumière des guirlandes lumineuses, elle est magnifique.

– Et toi, c'est quoi ton job de rêve ? je l'interroge.

– Travailler dans les médias, je crois que j'adorerais ça. J'aime la radio, mais je ne suis pas fermée à d'autres formats comme la télé, le Web ou les podcasts. J'adore découvrir de nouvelles choses, apprendre et me surpasser.

– Tu y arriveras, je n'en doute pas une seconde.

– Disons que moi aussi, je ferais tout pour y arriver.

– Si jamais tu as besoin d'aide, quand je serai célèbre, je pourrai te pistonner, je lui souffle avec un clin d'œil appuyé.

– Fais gaffe, à ce rythme, tes chevilles ne rentreront pas dans tes patins pour ton prochain match.

Je ris. Je ne désespère pas d'être connu, cela dit. Peut-être que je ne serai pas le meilleur joueur en NHL, mais je veux marquer les équipes dans lesquelles je passerai. J'ai pour projet de profiter à fond du temps qu'on m'accordera en pro. Parce qu'à ce niveau, les carrières sont aussi puissantes qu'éphémères.

Comme si elle sentait une pointe de nervosité dans ma voix, elle change de sujet.

– Tu veux regarder autre chose ? demande Winnie.

– T'as des films de cul dans ta sélection ? je réponds comme un con, pour la surprendre.

Et ça marche, elle éclate de rire.

– Non, ce n'est pas trop notre délire, avec Nana. Et franchement, niveau son, pas sûr que ça plaise dans le quartier.

– Dommage.

Elle tourne la tête vers moi. Son regard me cloue sur place.

– Carrément ? Tu es déçu ?

– Tous ces coussins et ces couvertures qui ne serviront pas à grand-chose de plus que nous tenir chaud, c'est bien triste…

Elle se lève. J'observe ses longues jambes et quand elle éloigne toute la nourriture, j'ai l'impression fugace qu'elle n'a pas de sous-vêtements.

– Qui a dit qu'ils ne serviraient *qu'à ça* ?

Une seule petite allusion de sa part, et je suis déjà prêt. Cette fille me fait bander rien qu'avec des mots.

– Red, est-ce que tu portes une culotte ?

Animée par je ne sais quoi, elle glisse une main sous les plis de sa jupe, il me semble qu'elle se caresse en me souriant, puis elle retire ses doigts.

– Il semblerait que non, souffle-t-elle en réponse.

Putain !

Je veux me redresser pour l'attirer à moi, mais elle pose un pied nu sur mon torse, m'offrant une vue des plus enchanteresses. Elle peut me marcher dessus, je suis à elle corps et âme. J'espère qu'elle a la même confiance en moi.

– Non, reste comme ça. Il y a quelque chose que j'ai envie de faire.

– Tout ce que tu veux, je réponds.

Quand elle s'installe à califourchon sur mon visage, mon sexe est plus dur que jamais, et je la dévore à sa guise…

CHAPITRE 26

Elle m'a porté en elle jusqu'à la vie,
je la porterai en moi à jamais.
(John Joos)

WINNIE

Ces derniers jours, bien que je n'aie pas eu le temps de rentrer passer du temps avec Nana, j'ai beaucoup pensé à ma mère. Elle est toujours dans mon esprit, mais je ne sais pas… je crois que le dernier Post-it que j'ai trouvé, celui qui m'a poussée à dire à Cade de me couper le souffle, me ramène inconsciemment vers elle.

Elle me manque, c'est viscéral.

Son odeur, son rire, ses tics de langage, je donnerais tout l'or du monde pour retrouver ça ne serait-ce que quelques minutes. Je sais que les souvenirs que j'ai d'elle sont très certainement modelés par mon regard d'adolescente et par le chagrin de la perte, mais c'était vraiment la meilleure maman qu'on pouvait avoir. J'aurais tant aimé qu'elle soit là, qu'elle voie ce que je suis devenue, même si j'ai encore du chemin à parcourir pour lui arriver à la cheville. J'aurais voulu lui parler d'Adam, de Cade, de mes amies et de tout le reste, même des choses insignifiantes comme le beau temps ou les longueurs quotidiennes que je fais toujours à la piscine. Des conversations normales entre une fille et sa mère.

Je regarde la photo d'elle sur ma commode. Elle est en train de rire sur ce cliché. Elle détestait son rire, car il était très bruyant. Parfois, j'en avais honte, surtout quand on était dans des endroits fréquentés comme un magasin, mais maintenant, je vendrais mon âme au diable pour l'entendre encore. Aujourd'hui, avec le recul, je suis heureuse de me dire que j'ai hérité de son sourire et de ses yeux. Et comme toujours lorsque je regarde cette image, je suis attirée par l'enveloppe kraft qui est posée juste derrière. Sa dernière lettre, celle que je n'ai pas eu le courage d'ouvrir pour mes dix-huit ans. J'ai toujours espéré que la dernière serait spéciale, qu'elle aurait fait les choses en grand. La différence de taille laisse en tout cas présager qu'il y a plus qu'un simple mot à l'intérieur.

L'ouvrir m'a plusieurs fois effleuré l'esprit, mais je n'ai jamais pu franchir le cap. Je l'avoue, ces derniers temps, cela me tiraille comme jamais. J'ai presque un sentiment d'urgence à l'idée de connaître enfin le contenu de ce dernier message. Je me redresse et vais chercher un peu d'eau dans mon mini-frigo. Ce soir, dans l'ambiance tamisée de ma chambre universitaire, j'ai le sentiment que c'est le moment, qu'il faut que je l'ouvre. Je ne sais pas trop pourquoi, mais je me sens prête. Et peut-être que cela vient simplement du fait qu'elle me manque cruellement et que j'ai besoin de me retrouver dans son esprit, de lire quelque chose qui me vient d'elle. De recréer un lien, aussi intangible soit-il.

Je bois une gorgée d'eau pour gagner un peu de temps, parce que c'est un grand pas que je m'apprête à franchir, avant d'aller attraper mon téléphone.

Winnie : *Salut, Cade !*

Je n'ai pas à attendre longtemps pour que sa réponse me parvienne, ce qui me ravit.

Cade : *Tu m'appelles Cade, il y a quelque chose qui ne va pas ?*

Je glousse comme une idiote. Il me fait toujours rire. Même par messagerie interposée, il me redonne le sourire. J'aime le pouvoir qu'il a sur mon humeur, il faut dire qu'il essaye toujours de me tirer vers le haut. Il est vraiment digne de son titre de capitaine, il en a l'étoffe dans sa façon d'inspirer les gens. Je pense que si je peux me libérer de la radio, j'irai le voir à ses prochains matchs, même si je n'ai pas encore décidé si j'allais jouer le jeu avec cette histoire de superstition…

Winnie : *Tu ne t'appelles pas Cade, Captain ?*

Cade : *Voilà, c'est mieux. Tu vas bien ?*

Winnie : *Oui, ça va. Et toi ?*

Cade : *En vie. Les entraînements, les cours et le boulot vont avoir ma peau…*

Winnie : *Et on dit que les étudiants se la coulent douce, hein ?*

Cade : *C'est clair !*

Winnie : *Mais te connaissant, tu aimes ça…*

Cade : *Décidément, tu me connais trop bien.*

Winnie : *Repose-toi, Captain, tu l'as mérité. Passe une bonne soirée !*

Cade : *Red, qu'est-ce qui se passe ?*

Sent-il vraiment que j'ai envie de lui demander quelque chose ?

Cade : *Dis-moi avant que je rapplique fissa pour te tirer les vers du nez.*

Je souris, parce qu'il a mis dans le mille.

Winnie : *Est-ce que tu es occupé ce soir ?*

Cade : *Tout à toi. Je débarque quand ?*

Winnie : *Mais je ne t'ai même pas expliqué…*

Cade : *Tu as besoin de moi, je rapplique, c'est tout.*

Je souris en soufflant, ce qui me fait évacuer mon stress en même temps. Il va être à mes côtés, et cette pensée me rend heureuse. J'ai besoin de lui, besoin qu'il soit là. Cette constatation me ravit autant qu'elle m'effraie.

Winnie : *Je crois que je suis prête à lire la dernière lettre de ma mère, et j'aimerais ne pas être seule. Tu ferais ça avec moi ? Spoiler alert : il y aura probablement de la morve.*

Cade : *Je suis en train de mettre mes chaussures. J'arrive.*

L'émotion me serre la gorge. Il est vraiment adorable.

Winnie : *Merci.*

Cade : *Tu es chez Nana ou au dortoir ?*

Winnie : *Je suis à Jenkins. Le code d'entrée, c'est RU03, si jamais c'est fermé. Après, tu connais le chemin…*

Cade : *J'arrive dans dix minutes.*

Je suis heureuse et soulagée qu'il ait accepté. J'ai toujours lu les lettres de ma mère seule, mais pour celle-ci… je sens que j'ai besoin de quelqu'un pour m'épauler, d'un roc auquel m'attacher. Cade est taillé pour ce rôle. En l'attendant, je range les vêtements qui traînent et les livres de cours éparpillés partout sur mon lit. Je les pose en tas sur mon bureau, mais j'ai un peu honte quand je vois le côté de Cara qui est immaculé. Celle-ci doit rentrer tard normalement, elle ne devrait pas nous interrompre.

Après quinze minutes de rangement, on toque à ma porte.

– Salut, Captain ! je lance fébrilement.

– Salut, Red.

Ce petit rituel de salutations entre nous fait battre plus vite mon cœur. Qui aurait cru qu'un simple « salut » pouvait être aussi touchant, voire exaltant ? Je lui souris et le fais entrer. Il se déchausse sur le seuil et je ne sais pas pourquoi, mais j'imagine sa mère l'engueuler mille et une fois avant qu'il ne prenne cet automatisme.

– Qu'est-ce que c'est calme chez toi ! Ça fait du bien.

– La coloc ne se passe pas bien ? je m'inquiète.

– Si, même si on s'engueule plus qu'avant à cause du manque de place, de l'unique salle de bains… et du fait que mon pote de chambre a visiblement un plan cul régulier, ces derniers temps. Du coup, il me fout à la porte de ma propre piaule, et ça commence doucement à me gonfler.

– En effet, ça fait beaucoup.

– Donc, je tuerais pour avoir une chambre dans ce genre, lance-t-il, avec un clin d'œil.

Le fait de parler de sa situation, et non pas du *pourquoi* il est ici, me détend.

– Des regrets d'avoir reconduit la cohabitation avec tes potes plutôt qu'en résidence universitaire ? L'autre jour, Connor disait que dans la sienne, il restait des chambres libres.

Il grimace rapidement, avant de passer une main dans ses cheveux.

– Des fois, je me dis que faire comme lui aurait été plus simple, mais malgré les tracas du quotidien, je les aime, ces nazes ! En vrai, aucun de nous n'y a pensé, parce que c'était évident qu'on resterait ensemble.

Je hoche la tête. Je comprends ça, qu'ils aient voulu rester unis, surtout après leur expulsion dégueulasse par le père de Griffin. Ils devaient avoir besoin de se serrer les coudes.

– Tu veux boire quelque chose ? Je n'ai que de l'eau ou des sodas.

– Va pour un soda.

Je sors deux verres ainsi que la bouteille de limonade.

– Tu peux t'asseoir sur le lit, si tu veux.

Il obéit et me dévisage.

– Tu es nerveuse, constate-t-il.

Pour le coup, je n'arrive pas à cacher l'angoisse qui bout en moi. Je fais les cent pas dans la pièce. Je n'ai jamais ressenti ce mélange de stress et d'euphorie. Chaque lettre a été une épreuve, une étape importante, mais celle-ci, c'est mon Everest.

– J'ai l'impression que c'est un gros cap dans ma vie, je souffle.

– Ça l'est, admet Cade en attrapant mon bras.

Il m'attire entre ses genoux et me force à le fixer. Son regard n'est que douceur et compassion.

– Mais si tu y es prête, tu vas le faire, et tout va bien se passer. Elle ne partira jamais. Elle est toujours dans ton cœur, elle vit à travers celle que tu es aujourd'hui et celle que tu deviendras demain. Tu es sa création, la plus belle de toutes. Alors rien qu'en vivant, tu rends hommage à celle qu'elle était. Même si c'est la dernière lettre, elles sont toutes là si le besoin de les relire se fait sentir.

– Cade…

Je caresse sa joue et me love contre lui. Jamais personne ne m'avait dit de choses aussi belles. Je sens qu'il resserre ses bras autour de ma taille. J'ignore combien de secondes, combien de minutes s'écoulent, mais je reste contre lui, puisant du courage dans son aura qui m'étreint. Son souffle chaud traverse mes vêtements et par je ne sais quelle magie, ça m'aide.

– Je vais le faire, je murmure, comme un secret.

Je m'éloigne et attrape l'enveloppe, les mains tremblantes.

Les derniers mots de maman.

Je m'assieds à côté de Cade et j'ouvre le paquet d'un geste rapide, avant de changer d'avis. Il pose sa main sur ma cuisse. Je jette un coup d'œil à l'intérieur et découvre qu'il y a plusieurs choses. Je prends néanmoins la petite pochette pour commencer. Mon prénom est inscrit, à côté du chiffre un. Il faut croire que j'ai visé juste et que je connais bien ma mère.

Je déplie le papier et cligne plusieurs fois des cils pour éclaircir ma vision. Des larmes s'accumulent déjà aux coins de mes yeux.

« *Ma merveilleuse Winnie,*

Excuse-moi si cette lettre est confuse, j'ai l'impression qu'il faut que je te dise encore un millier de choses, et le temps presse… Mais surtout, je n'arrive pas à savoir quelle information est plus importante, à deviner ce que tu voudrais lire, alors je vais juste écrire ce que j'ai sur le cœur.

Déjà, tu étais tellement belle aujourd'hui, quand tu es descendue prendre ton petit déjeuner, même si tu en veux au monde entier de t'avoir dotée de cette couleur de cheveux aussi flamboyante. Tu sais, les hommes – ou les femmes – en seront sous le charme un jour… et toi aussi. Les cheveux roux sont rares, aussi rares que toi. J'ai lu des choses dessus, c'est un gène bien particulier qui donne cette pigmentation si spéciale. Bon, je m'égare, mais moi, je les aime, ils reflètent le futur (et déjà bien affirmé) caractère que tu couves, ma Libellule. »

Je fais une pause dans la lecture, le temps de reprendre mon souffle. Cette dernière lettre est puissante, elle me détruit autant qu'elle me soigne. Les doigts de Cade caressent doucement le bas de mon dos, m'apportant un soutien silencieux.

« *J'ai écrit tant de choses dans ma vie, même des livres qui ont été publiés, mais la plus belle histoire que j'aie pu inventer, c'est toi, ma magnifique fille. Chaque jour, pendant treize ans, nous avons rédigé les chapitres de notre vie, et c'était merveilleux. Je t'ai adorée dès que j'ai su que tu étais là, dans mon ventre. Je t'ai aimée quand tu es née et que tu as ouvert les yeux sur le monde, et je t'ai idolâtrée chaque jour depuis. Ma fille, ma reine, si belle, si intelligente, si drôle, si têtue, si… tout. Même quand on se fâchait, même quand tu me détestais, je t'aimais incommensurablement. Viscéralement. Et je t'aimerai même en étant poussière. Pour toujours et à jamais, tu es ma plus belle histoire d'amour. J'aurais voulu en écrire tant d'autres, des chapitres de nos vies, et je me sens égoïste de te quitter si tôt. Mais ça ne me ressemblerait pas s'il n'y avait pas un plot twist dramatique. J'ai toujours été une drama queen dans l'âme.* »

Je laisse échapper un mélange de rire et de sanglots. Qu'est-ce qu'elle me manque ! J'ai l'impression de la toucher du bout des doigts en me plongeant dans ses mots. Je l'imagine très bien assise à son bureau, en train de rédiger cette lettre.

« *Mais je sais, j'en ai la conviction, que tu vas devenir une femme exceptionnelle. Et si j'avais un seul regret à formuler, ce serait de ne pas pouvoir assister à ton ascension. Les mamans savent beaucoup de choses, et je suis persuadée que tu vas bousculer le monde par ta présence. Peu importe comment, je sais que tu vas rayonner. Et je veux que tu flamboies, ma Libellule. De tout ton cœur, de toutes tes forces, de toute ton âme. Flamboie et ne t'excuse jamais de le faire. Je souhaite que tu concrétises tout ce que tu veux, que tu sois tout ce que tu désires être, même les choses les plus folles. Ma fille, je te souhaite de t'aimer pour ce que tu es. Ne te laisse pas influencer par qui que ce soit, bats-toi pour toi. Vois-toi comme je te vois, si forte, si belle, si intelligente, et entoure-toi de gens qui te regarderont ainsi. Ne t'encombre pas des mauvaises personnes, même si ce n'est pas toujours facile de déceler le vrai visage des autres. Je te souhaite d'aimer. D'aimer comme je t'ai aimée, d'aimer comme on aime une âme sœur. De vivre pleinement ce sentiment, qui est l'un des plus beaux qui existent. Laisse une chance à l'amour d'entrer dans ton cœur, avec une personne de confiance, et profite de chaque moment. Je te jure que c'est à couper le souffle quand c'est réciproque.*

Je suis fière de toi, je le serai éternellement.

Je suis privilégiée de t'avoir eue dans ma vie et de t'avoir pour fille.

Je t'aime, ma Winnie, ma Libellule.

Maman »

Je lâche un soupir. Je me rends compte que j'étais en apnée durant ma lecture. La plus belle apnée de ma vie. Ces mots sont gravés dans mon cœur, je sais déjà que je les connaîtrai bientôt par cœur, comme tous les autres qu'elle m'a écrits. C'est impressionnant comme j'aime cette femme et comme ça me ravage de ne plus l'avoir dans ma vie.

– Tout va bien ? s'enquiert Cade.

– Oui et non, je réponds.

Ma voix est rauque, presque méconnaissable.

– C'est un tsunami d'émotions qui me percute, j'ajoute en levant les yeux vers lui. Je ressens tout à la fois. C'est… à couper le souffle.

Son regard est doux, compatissant, son sourire, généreux. Je suis heureuse qu'il soit avec moi pour partager cet instant.

– Ce n'est pas fini, je crois qu'il y a d'autres choses dedans…

Je pose délicatement la lettre sur mon lit et sors le contenu qui se trouve encore dans l'enveloppe. Il y a une liste de mots qui n'ont aucun sens. Cent mots numérotés qui n'ont pas vraiment de rapport entre eux.

« 13. Cookie

28. Maman

30. Bonjour

67. Voiture »

– Qu'est-ce que ça peut bien être ? demande Cade.

– Je ne sais pas…

– Attends, il y a une note collée derrière, dit-il en le détachant. « Quand tu étais bébé, j'ai eu envie d'écrire une liste. Celle de tes premiers mots. »

– Continue, je chuchote, l'émotion me coupant la voix.

Il sourit, comme si ça le rendait heureux que je le fasse encore plus complice de ces découvertes.

– « Et note que si "maman" arrive bien après "cookie" ou "pied", je ne t'en ai jamais voulu. Si un jour, tu as envie d'avoir des enfants, fais cette liste, c'est indéfinissable, l'amour que ça procure, même après dix ans… Parfois, quand tu disais un de ces mots, j'avais le numéro en tête. »

Cette remarque me fait rire aux éclats. Et pour la première fois de ma vie, je comprends pourquoi elle soufflait un « 28 » quand je l'interpellais parfois.

– Ta mère était incroyable, lance Cade.

Je souris en hochant la tête.

– Oui… la meilleure.

Je réponds distraitement, parce que je tiens dans mes mains un petit paquet, plutôt mou, mais je sais qu'il renferme quelque chose. Dessus, il est noté : « J'ai porté cette chose tant de fois avant ta naissance et je t'y ai enveloppée quand tu étais bébé, l'odeur te calmait… Je me suis dit que tu l'aimerais. »

Je découvre alors un foulard couleur lilas, son préféré, celui qu'elle mettait quand elle écrivait. Lorsque je le porte à mon nez, sa fragrance m'enivre. Je n'arrive pas à croire que son parfum soit toujours présent après tout ce temps. Sans doute a-t-elle fait exprès de si bien l'emballer, pour qu'il en soit ainsi. Mes mains tremblent et les larmes coulent de nouveau. J'éloigne le tissu pour ne pas le tremper de larmes, et les bras de Cade m'enlacent. Je me laisse aller contre lui, savourant son étreinte. Comme tout à l'heure, j'ignore le temps qui passe, mais j'ai besoin de ça, de lui.

Finalement, je range le contenu de l'enveloppe pour le préserver. J'aurai le temps, plus tard, de le regarder encore et encore. Je m'allonge ensuite sur mon lit, tandis que Cade reste assis, droit comme un « i ».

– Tu ne regrettes pas de l'avoir ouverte ? s'inquiète-t-il.

Même si je prends le temps de réfléchir à sa question, la vérité est évidente.

– Non. Merci d'être venu, je sais que ce n'est pas forcément la soirée que…

– Merci de m'avoir invité, me coupe-t-il. Je suis content d'avoir été là pour toi, assister à ça était… unique.

Je souris.

– Cade ?

Il ne répond pas.

– Captain ? je tente.

– Red ?

Mais quel gamin.

– Tu viens quand t'allonger près de moi ?

Il obéit dans la seconde, se débarrassant avant de son pull pour ne garder que son tee-shirt. Je me love alors contre son torse, en me faisant la réflexion qu'il est beaucoup trop immense pour mon lit, mais je suis bien, là, au creux de son bras.

– Parle-moi de ta famille, je lui demande en fermant les yeux.

CHAPITRE 27

Karmasutra: when life fucks you
in all sort of creative ways[41].

(Vu sur Rebel Circus)

Cade

Mes cernes commencent à se creuser dangereusement sous mes yeux. Je pensais savoir ce qu'était la fatigue avant… mais je me trompais lourdement ! Et je sais que les mecs font le même constat que moi : on n'imaginait pas notre dernière année à Rebel University comme ça. Cependant, même si on ne se voit plus trop, j'ai l'impression que ça nous a rendus plus matures et que notre amitié est encore plus forte. On se serre plus les coudes qu'avant. Cela ravit le coach Meyer, parce qu'on n'a plus vraiment le temps de faire la fête. On est bien trop crevés pour ça. Et même si je n'irais pas jusqu'à dire que ça me manque, j'avoue que j'aimais bien ces bouffées d'oxygène. Parce qu'on s'éclatait bien. C'étaient un peu les seuls moments où j'avais l'impression de me comporter comme quelqu'un de mon âge, d'être au même niveau que n'importe quel étudiant de ce campus. La normalité de certains était mon exception. Mais ce qui me fait tenir, en ce moment, c'est que l'anniversaire

41. Karmasutra : quand la vie te baise de façons très créatives.

de Hunter approche, le jour d'Halloween, et je sais qu'on ne loupera pas cette occasion de se retrouver, de célébrer ça. Même si on doit organiser un truc en petit comité, on fera tout pour que ça se fasse et on demandera une petite dérogation au coach, comme chaque année.

J'arrête de me dévisager dans le miroir de la salle de bains et mets rapidement du déodorant, avant d'enfiler un tee-shirt gris et un *hoodie* bordeaux. Le temps est en train de gentiment basculer vers l'hiver ici alors que novembre n'est pas encore là. Mais c'est ça, le Michigan, une météo plus brutale qu'à d'autres endroits. Je suis habitué à ce climat depuis gamin, après tout, je viens de Chicago, donc littéralement de l'autre côté du lac Michigan.

Après une dernière vérification, j'estime que je suis prêt pour ma soirée de folie. J'accompagne Winnie et sa grand-mère jouer au bingo ! Je ne pensais pas que Red tiendrait parole, et pourtant, nous y voilà. Autant dire que je frétille d'impatience de rencontrer la troupe de Nana, car de ce qu'elle m'en a dit, ça vaut le détour. Et je suis toujours prêt à découvrir de nouvelles personnes, surtout aussi intrigantes.

J'ai encore un quart d'heure devant moi avant de partir, alors je me pose sur le canapé et allume la télé pour combler le silence dans la maison. Je ne sais pas par quel miracle je suis seul ce soir à la coloc. Zeke travaille, donc rien d'étonnant à ce qu'il ne soit pas là, mais je n'ai aucune idée de l'endroit où sont passés Dumb et Dumber[42].

Comme si le simple fait de les évoquer suffisait à les faire apparaître, Hunter et Griffin passent la porte d'entrée.

– Je te dis que je ne veux pas savoir ! Tu ne vas pas me forcer, quand même ? s'agace Hunter.

---

42. Référence au film du même nom sorti en 1994 avec Jim Carrey et Jeff Daniels.

– En même temps, je ne vois pas pourquoi tu ne veux pas écouter ce que j'ai *envie* de te partager…

– Parce que tes anecdotes sexuelles avec Maeve, j'en peux plus ! J'en bouffe à tous les repas, matin, midi et soir. Mec, j'ai entendu plus d'histoires sur vous deux que je n'ai vu de pornos dans ma vie ! Et entre nous, je n'ai pas besoin de savoir tout ça, j'en viens à être gêné quand je la croise ! Moi ! Gêné, le comble !

Je les regarde s'engueuler comme un vieux couple tandis qu'ils enlèvent leurs blousons des Grizzlys. Il ne me manque plus que le pop-corn pour profiter du spectacle. Ces deux-là n'arrêtent pas de se bouffer le nez, puis de se tresser les cheveux comme deux gamins. Mais sur ce coup-là, je ne peux que compatir avec Hunter. Griffin passe son temps à nous raconter en long, en large et en travers ce qu'il se passe avec Maeve, dans tous les domaines de leur relation. Pire que lorsqu'ils se « détestaient ». Alors qu'on s'en fout et qu'honnêtement, on n'a pas besoin de connaître autant de détails.

Mais c'est Griffin. Il ne sait pas ce que veut dire « trop d'informations »…

On a appris avec le temps à accepter le package, avec lui.

Mes potes viennent s'asseoir à mes côtés sur le canapé, et Griffin se tourne vers moi, tout sourire.

– Toi, Cade, je suis sûr que tu veux savoir le truc hallucinant qu'on a fait avec mon roi !

J'ai mis du temps à comprendre qu'il parlait de sa meuf quand il employait cette expression, en lien avec le nom de famille de Maeve : King. Et quand on lui a demandé pourquoi il ne l'appelait pas « sa reine », il nous a dit que c'était ainsi que le grand-père de Maeve surnommait sa femme et que ce serait bizarre.

– Je dois partir dans moins de dix minutes, tu penses pouvoir tout raconter d'ici là ? je lui demande, alors que Hunter me fait les gros yeux dans son dos.

– Bien sûr ! Je vais devoir prendre quelques raccourcis, mais c'est faisable.

Ah, merde !

Moi qui pensais manier l'art du sarcasme à merveille, il semblerait que mon pote m'ait pris à la lettre.

– C'est ta faute, assume, me rétorque Hunter en croisant les bras.

– Ne boude pas, Hunthunt, tu vas aussi apprendre des trucs qui pourraient te servir avec ta meuf.

– Je n'ai pas besoin de tes conseils. Tout va très bien avec Harper.

Griffin lui pose une main sur la cuisse, un air navré sur le visage.

– Oh, ça, c'est ce que tu crois…

Le visage de Hunter se décompose, sous nos yeux ébahis. Ce mec réagit au quart de tour quand il s'agit de sa copine, il ne voit même pas que Griffin se fout de sa gueule.

– Pourquoi tu dis ça ? Maeve t'a dit un truc ?

Je n'avais vraiment pas prévu que la discussion se déroule comme ça, mais Hunter semble vraiment inquiet maintenant… jusqu'à ce que Griffin explose de rire. Je glousse à travers mes dents.

– Non, mais je voulais juste attirer ton attention, et maintenant que c'est fait…

Le coup de poing que lui met notre pote dans l'épaule est plus que bien placé, et la grimace de Griffin montre qu'il n'y est pas allé de main morte.

– Bon, OK, celui-là, je le méritais. Mais reste le cul sur ce canapé, Big H, tu vas apprendre deux ou trois trucs.

– Accouche, mec, je dois bientôt partir, j'interviens.

Il lève les mains pour me faire taire, ce qui fonctionne, même si je roule des yeux.

– Bien. Il y a quelques jours, Maeve m'a envoyé un texto qui m'a fait bander comme jamais. Elle voulait tester une nouvelle position de préliminaires, et comment vous dire que j'étais plus que chaud pour la réaliser. Parce que vous voyez, ce qu'il y a de bien avec mon roi, c'est qu'elle est très souple, du coup…

– Princesse, abrège, menace Hunter à travers ses dents serrées.

– Ouais, pardon. Bref, hier soir, je l'ai retrouvée dans la salle du journal parce qu'elle devait bosser tard sur un article. Elle était là, en train de taper sur son ordinateur, quand je me suis souvenu de sa demande. Alors, je lui ai dit : « Tu veux toujours t'asseoir sur mon visage ? »

Mon cœur rate un battement.

Qu'est-ce que c'est que cette connerie ? Quelle est la probabilité pour que Maeve et Winnie aient eu envie de tester le même genre de pratique à quelques jours d'intervalle ? Je cache mon malaise du mieux que je peux pour ne pas éveiller les soupçons.

– Si vous aviez vu le regard qu'elle m'a jeté ! C'était un putain de volcan ! Elle m'a emmené dans la salle où ils peuvent développer les photos et elle m'a allongé sur la table lumineuse. On se serait crus dans un film de cul tellement la scène paraissait surréaliste. En plus, elle était en jupe, donc tout a été super simple. Elle m'a dévoré la bouche et on s'est chauffés comme jamais. Jusqu'à ce qu'elle me demande si j'étais prêt ! Moi ? Je suis né prêt pour ce moment ! Je ne pensais vraiment pas kiffer le *facesitting*, mais putain, j'ai eu l'impression de développer un nouveau superpouvoir avec cette position. Elle a joui en un temps record ! débite Griffin, sans prendre le temps de respirer.

Putain. De. Bordel. De. Merde.

Le silence qui règne dans le salon n'est entrecoupé que par la télé. Hunter est bien calme tout à coup, et de mon côté, je n'ose pas ouvrir la bouche de peur de vendre la mèche à mon tour.

Winnie et Maeve ont forcément parlé entre elles. Il n'y a pas d'autre explication.

– Pourquoi vous ne dites rien ? Attendez… laissez-moi deviner, vous êtes jaloux ?

Le regard que me jette Hunter me dévoile tout ce que j'ai besoin de savoir.

Putain.

Lui aussi.

Mon fou rire soudain les fait tous les deux sursauter, ce qui renforce mon état. Je n'aurais jamais cru que les filles pouvaient fomenter un plan pareil, mais ça m'apprendra à les sous-estimer. En tout cas, maintenant, c'est officiel, les femmes parlent de cul entre elles. Et pas qu'un peu, il semblerait !

– Tu trouves mon histoire drôle ? De base, je m'imaginais plus une réaction en mode « *high five*, mec ! ».

Il me faut quelques instants de plus pour me calmer, et des larmes perlent aux coins de mes yeux.

– Désolé de casser ton instant de gloire… mais sache que j'ai vécu exactement la même chose il y a quelques jours, j'avoue en ricanant. À quelques détails près.

– Quoi ?

– Moi aussi, ajoute Hunter en levant le bras, comme pour demander l'autorisation de parler. Il semblerait que les filles se sont donné le mot.

Il faut quelques secondes à Griffin pour digérer l'information.

– Elles sont brillantes ! s'exclame-t-il alors. Pourquoi est-ce que *nous*, on n'y a pas pensé plus tôt ? Parce que c'était le feu, hein, cette position ?

– Putain, ouais, soupire Hunter, alors que je me redresse. Mais on n'en parle plus, et encore moins devant elles. Si tu relances la conversation, je te tue dans ton sommeil.

– De toute façon, avec tous les pets que tu lâches, tu n'en es pas loin, se moque Griffin. On devrait se trouver un petit surnom, on est membres d'un club très sélect maintenant…

J'éclate encore de rire.

– Si tu nous appelles le « Facesitting Club », je te défonce à coups de crosse, je le menace en le fixant droit dans les yeux, pour être sûr que le message passe.

– Mais ! Mais ! s'écrie Camila. Je savais que c'était toi !

Je passe une main dans mes cheveux tandis qu'elle me regarde avec des yeux ronds. J'étais en train de discuter avec Maggy quand elle est arrivée à notre table.

– Tu veux bien éclairer nos lanternes ? se moque son amie Patty.

– Il est venu deux fois à la boutique pour acheter des fleurs, et j'avais l'impression de le connaître. Vous savez, cette sensation d'avoir déjà vu un visage et de ne pas mettre de nom dessus ?

– Eh oui, c'était Septembre ! s'amuse Nana.

Je rougis.

– Et il offre des fleurs, en plus, ajoute Maggy en m'adressant un clin d'œil.

– De la meilleure boutique du pays, confirme Camila avec un sourire. On a un calendrier dans l'arrière-boutique, j'aurais pu te demander un autographe ! J'en aurais fait, des jalouses, dans le quartier !

– Ça peut encore s'arranger, ne vous inquiétez pas, je ne compte pas arrêter d'offrir des fleurs.

Ma réplique semble appréciée, puisqu'elles couinent toutes.

– Et pour en revenir à ce qu'on disait avant que Camila nous interrompe, pourquoi ce n'est pas possible ? me questionne Maggy.

Je ne sais pas si je dois rire ou me sentir gêné de l'intérêt que me portent les amies de Nana, mais elles me cuisinent aux petits oignons. À un contre quatre, maintenant, je ne fais pas le poids.

– Parce que depuis qu'on a gagné le Frozen Four, notre championnat national, la fac nous donne enfin les finances dont on a besoin. Du coup, pas besoin de faire une nouvelle levée de fonds, donc pas de nouveau calendrier cette année.

– C'est une honte ! s'exclame Nana. On vous en aurait acheté plein ! Tu sais, il y a une maison de retraite pas loin d'ici, toutes ces petites mamies auraient eu le rouge aux joues en notant leurs rendez-vous sur ces calendriers. Un vrai succès !

– Rien que pour moi, j'en aurais pris trois : un pour la cuisine, l'autre pour le salon et le dernier pour ma chambre, renchérit Maggy. On n'a jamais assez de calendriers.

Le ricanement de Winnie m'incite à la regarder, et elle pince fort les lèvres pour ne pas éclater de rire. Il faut croire qu'elle connaissait l'intérêt que portaient ces femmes à l'équipe de hockey. Elle n'a pas pris la peine de me prévenir, la petite cachottière. En même temps, c'est bien joué, si j'avais eu une carte pareille, je l'aurais utilisée aussi. Sans hésiter.

– Sinon, vous prenez les commandes particulières ? demande Patty.

Cette fois-ci, les quatre amies rigolent ensemble. J'en profite pour me pencher vers Winnie.

– Sache que je retiens que tu m'as jeté dans la gueule du loup.

– Oh, ne le prends pas comme ça, Captain. Je t'avais prévenu cet été, en plus, souviens-toi. Et puis, elles sont plutôt du genre grand-mère du Petit Chaperon rouge que grand méchant loup…

– Une à une, peut-être, mais les quatre ensemble sont redoutables, je grimace pour plus d'emphase. Et crois-moi, sur la glace, j'en ai affronté, des mastodontes. Mais elles, elles me foutent la trouille.

Elle sait très bien que j'exagère, cependant, ça ne l'empêche pas d'entrer dans mon jeu. C'est ça que j'aime avec Winnie, elle a cette capacité à m'entraîner dans des trucs improbables et à en rire avec moi.

– Oh, mon pauvre Cade… T'es à des années-lumière de la gêne qu'on ressent à longueur de temps, nous, les femmes. Mais bon, je saurai me faire pardonner si tu en ressens le besoin, promis.

Et juste comme ça, un incendie s'allume en moi, qui se reflète dans ses yeux. Je suis à deux doigts de lui dire que je l'aime, mais je me retiens de justesse. Ce n'est ni le lieu ni le moment. Pourtant, je sens qu'il va bientôt falloir que je le lui avoue. J'ai l'impression que c'est réciproque et qu'il est temps qu'on soit honnêtes l'un envers l'autre. Notre relation a évolué, ce n'est plus seulement un truc pour s'amuser. Ça ne l'a jamais été pour moi, soyons clairs, mais après l'intensité de ce qu'on a partagé ces dernières semaines, je pense que Winnie est au même stade que moi. On est tellement bien ensemble, tout est fluide entre nous.

On est complémentaires, on s'éclate, et puis, c'est la femme de ma vie. Je ne pense pas me bercer d'illusions en me disant qu'elle ressent la même chose, après tout, c'est moi qu'elle a appelé pour la lecture de la lettre de sa mère. C'était tellement personnel, intime, que j'étais honoré d'être avec elle pour ce moment. Ce n'est pas quelque chose qu'on partage avec n'importe qui.

J'ai envie de lui ouvrir mon cœur, comme je lui ai ouvert tout le reste de ma vie. Même si c'est hyper-impressionnant de se jeter à l'eau comme ça. Je n'ai déjà dit ces mots qu'à deux personnes, y compris ma mère. L'autre était Maya Tree, lorsque j'étais au primaire. Autant dire que ça remonte à un sacré bout de temps…

Ce que je ressens pour Winnie est puissant et ravageur. C'est presque plus que de l'amour, donc je n'ai pas envie de me faire rembarrer.

– Vous avez fini de vous regarder dans le blanc des yeux ? nous interrompt Nana.

Je me tourne vers elle, pour me rendre compte que toute la tablée de bingo nous fixe.

OK, ce n'est pas du tout gênant. Mais je ne me démonte pas.

– Enfin, Nana… comment voulez-vous que je détourne les yeux d'une telle beauté ?

– Oooooh, couine Patty.

– Quel beau parleur, dit au même moment Camila.

– Si quelqu'un me disait ça, on serait déjà en position horizontale, ça, je vous l'assure, ajoute Maggy.

Je n'en crois pas mes oreilles. Est-ce que ma grand-mère a le même genre de conversations avec ses amies du club de lecture ? Le frisson qui me parcourt me prouve que je n'ai pas envie d'avoir la réponse à cette question. Jamais !

Alors que Winnie regarde tous les tampons alignés devant elle pour en choisir un bien précis, Nana se penche vers moi afin que je sois seul à entendre ce qu'elle a à me dire.

– Tu as intérêt à la traiter comme une reine, Septembre. Compris ?

Pour une fois, il n'y a pas de trace d'humour ou de sarcasme dans ses mots. Ses yeux sont plantés dans les miens et les avertissements qui les parcourent sont nombreux. Je savais qu'elle était très protectrice envers sa petite-fille, et j'en ai la preuve tangible. Si je devais un jour blesser Winnie, ce qui n'est pas près d'arriver, je n'aimerais pas croiser la route de sa grand-mère. Elle me ferait passer un très mauvais quart d'heure, j'en mets ma crosse au feu.

– J'y compte bien, m'dame, je réponds sur le même ton.

– Bien, c'est bien, marmonne-t-elle, plus pour elle que pour moi.

– Winnie, dépêche-toi de choisir ton tampon et fais passer. La partie va bientôt commencer, et je compte bien écraser ton beau mâle jusqu'à ce qu'il finisse sous la table, si tu vois ce que je veux dire !

Respire, Cade, respire.

CHAPITRE 28

If I ever say "Do you want me to be honest ?" Say no[43].

(Vu sur Pinterest)

Winnie

Les petites piques des amies de Nana au détriment de Cade étaient hilarantes, ce soir. Elles n'en ratent jamais une en temps normal, mais là, elles ont tapé fort. Après, Cade est bon public, alors l'ambiance a été excellente, il a vraiment pris ça à la rigolade. Fidèle à lui-même, il est même entré dans leur jeu, répondant brillamment à leurs assauts. Je crois, sans trop me tromper, qu'elles l'ont adopté. En même temps, qui n'aimerait pas Cade ? Il n'y a pas plus adorable que lui. Mais quand je vois comment elles se sont comportées, ça me laisse imaginer ce qu'elles font quand elles partent à Las Vegas, toutes les quatre. Genre clubs de strip-tease et autres… Elles sont sûrement intenables ! Ça doit être absolument génial à vivre à leurs côtés. Lors de leur prochaine virée dans la cité du vice, je propose à Pria, Harper et Maeve de partir avec elles. Ce serait sans doute un week-end d'enfer. Un remake de *Very Bad Trip*, mais à notre sauce !

En tout cas, j'ai passé une super soirée avec cette petite troupe. J'ai trouvé adorable que Cade vienne avec nous

43. Si jamais je demande : "Veux-tu que je sois honnête ?", dis non.

comme il l'avait décrété pendant les vacances d'été. Il voulait qu'on se fasse un ciné, mais lorsque je lui ai dit qu'il y avait une soirée bingo de prévue et que je ne pouvais pas laisser Nana y aller sans moi, je n'ai même pas eu besoin d'argumenter. J'aime Nana plus que tout, et qu'il le comprenne est important pour moi, même essentiel. J'en reviens toujours à lui, mais Adam ne semblait pas apprécier le temps qu'on partageait avec elle. Il faut dire qu'elle ne le ménageait pas, contrairement à Cade, qu'elle taquine de bon cœur. Quand elle pouvait mettre un petit tacle à Adam, elle n'hésitait pas, et ce n'était pas de manière amicale comme ce soir. On en était même très loin. Mais la différence, c'est qu'elle apprécie réellement son « monsieur Septembre ».

– Bon, je vais me coucher, moi. Passez une bonne fin de soirée, les enfants. Et s'il y a dodo à la maison, j'exige du silence. Ce sera sexe mutique, ou pas de sexe tout court, j'ai besoin de mes heures de sommeil, je travaille demain !

– Mon Dieu, Nana !

Comme si je pouvais faire ça dans ma chambre d'enfant, alors que ma grand-mère dort juste à côté. Bon sang, même quand elle est avec moi, elle ne rate jamais l'occasion de me coller une honte phénoménale.

Elle ricane diaboliquement et je souris, le cœur débordant d'amour pour cette femme.

– Bonne nuit, Nana, lance Cade. Et félicitations pour votre victoire de ce soir.

– Ma nuit serait meilleure si j'avais de la compagnie.

Cade rougit comme pas possible, c'est tellement mignon.

– Je ne parle pas de toi, Septembre, tu ne me survivrais pas. J'aurais peut-être dû rappeler ce Greg, à moins que ce ne soit Craig… Peu importe, lance-t-elle en balayant sa phrase d'un mouvement vague.

Je lève les yeux au ciel. Elle est féroce quand elle s'y met, et elle a une victime toute désignée en la personne de Cade. Une vraie furie, mais c'est comme ça que je l'aime, et je ne l'imagine pas autrement. Manquerait plus qu'elle soit différente de ce qu'elle a toujours été. Là, ce serait étrange. Je m'approche d'elle et me blottis dans ses bras.

– Bonne nuit, Nana.

– Bonne nuit, mon colibri.

Elle entre dans la maison et je reste dehors, dans l'allée, avec Cade. Il commence à faire frais, mais les températures négatives ne me dérangent pas tant que ça, j'y suis habituée depuis gamine. J'adore la neige.

– Tu as passé une bonne soirée, Captain ? Je parie que c'était la première fois que tu allais à une partie de bingo avec une équipe aussi déjantée.

– Ma première fois tout court. Et bien sûr que c'était top. Même si j'ai eu l'impression que les amies de Nana étaient plus excitées par moi que par le jeu. Mais je ne savais pas que le bingo pouvait être aussi motivant. J'ai cru que Maggy allait sauter à la gorge de la femme derrière elle.

– C'est même certain, je glousse. J'ai déjà vu des tirages de cheveux en règle durant une partie. Ça arrive au moins une fois par an, c'est plus sportif qu'on ne le pense !

Il rit et passe une main dans ses cheveux, les ébouriffant un peu plus. Je bâille soudain, ce qui le fait sourire. Je dois dire, à ma décharge, que les semaines sont des plus intenses avec les cours et la matinale de la radio. Et si le rythme est déjà soutenu en ce début d'année, je n'ose même pas imaginer ce que ce sera avant les vacances de Noël, avec les premiers examens qui vont se rajouter. Je ne m'en fais pas pour autant, je saurai gérer la pression, il faut juste que je me repose tant que je le peux encore. Après, les nuits blanches seront mes meilleures amies, comme pour tous les étudiants du campus.

– Je vais te laisser aller dormir, dit-il en s'approchant de moi. Il faut que tu reprennes des forces.

Je me hisse sur la pointe des pieds alors qu'il se baisse pour venir à ma rencontre. Nos lèvres se trouvent et je soupire d'aise. C'est tellement agréable que j'en frissonne.

– Red ?

– Captain ?

– Ça matche plutôt bien entre nous, non ?

– On est assez complémentaires, ça, c'est sûr.

Il pose son front contre le mien, puis me caresse tendrement la joue. Mon cœur flanche quand je croise son regard bleu et que j'y vois une nouvelle détermination.

– Du genre révélation cosmique ?

Je pouffe. Il n'y a que lui pour utiliser ce genre de vocabulaire.

– Si tu veux, oui.

Il m'embrasse chastement, et comme à chaque fois, j'ai l'impression que le temps se fige et je me noie dans les sensations qui me parcourent. Il s'écarte doucement. Un mélange de sérieux et de peur traverse son expression. Et bizarrement, je devine ce qui va arriver.

– Je n'avais pas prévu que ça tombe ce soir…

Non.

Ne fais pas ça.

– … mais il faut croire que je ne tiendrai pas beaucoup plus.

Comment est-ce qu'on respire, déjà ?

– J'ai besoin de t'avouer ces mots depuis longtemps.

Je sais déjà ce qu'il va dire avant que ça ne franchisse ses lèvres.

– Je t'aime, Winnie Red Wilson.

Putain.

Bordel.

Merde.

Putain de bordel de merde !

Ses mots résonnent dans mon esprit, comme une boucle sans fin. Je ne sais pas combien de temps s'écoule, mais j'ai envie de m'enfoncer dans le sol pour échapper à ce qui est en train de se passer. La façon dont il me dévisage, dont ses doigts me caressent, dont son corps est lové contre le mien. Il me semble tout à coup trop proche, trop présent, et la panique s'infiltre dans mes veines. J'ai besoin d'espace pour clarifier mon esprit, réfléchir et ne pas éprouver cette oppression.

– Je…

Je m'éloigne d'un pas, rompant notre contact. On était d'accord pour un truc léger et sans attaches, ce qui excluait tout sentiment. Mais là, on est clairement à l'opposé du deal de départ.

– Euh… Merci, Cade.

Ma réponse est sortie toute seule, comme par automatisme. Je la regrette aussitôt, mais je ne peux pas la ravaler. Je ne peux pas remonter le temps. Seigneur, j'ai toujours trouvé ces situations humiliantes dans les films, et voilà que c'est moi qui dis ces choses-là. Je l'aperçois déglutir au moment où ma réponse le percute de plein fouet. Je vois ses yeux se remplir d'une tristesse si profonde que ma gorge se serre. Mais il se reprend vite et arbore un sourire faux ; je le connais trop bien maintenant pour voir qu'il n'atteint pas ses pupilles.

Merde.

– Cade…

– Ce n'est pas grave, me coupe-t-il d'une voix grave, tendue.

– Je suis désolée… je dis en me dandinant sur place, mal à l'aise.

– Je vais y aller, les mecs doivent m'attendre pour…

La fin de sa phrase se perd dans un murmure inaudible, mais de toute façon, je n'ai aucune réponse à lui apporter.

J'ai mal pour lui, pour nous. Je me sens horriblement gênée de la situation. Mais je n'ai jamais voulu de sentiments entre nous, je n'ai jamais voulu construire quoi que ce soit de sérieux. C'est justement parce qu'il n'y avait pas d'enjeux dans notre relation que je parvenais à lâcher prise. Je me suis trouvée dans cette liberté, après avoir été ternie par une relation toxique. Tout ce que je voulais, c'était m'amuser, découvrir la vraie Winnie. Je n'imaginais pas que ça puisse aller jusque-là, et pourtant, mon cœur saigne.

Cade s'éloigne jusqu'à sa voiture, sans un mot ni un regard. Ses épaules sont comme affaissées, et on dirait qu'il a le feu aux trousses. Je voudrais lui parler, m'excuser encore, ravaler mes paroles maladroites, mais je reste plantée là. Je suis pratiquement sûre qu'il ne me croirait pas, le mal est déjà fait. Je suis figée dans l'allée de roses de Nana, sans savoir quoi dire, où aller, quoi faire de moi-même. Tout vient de partir en sucette.

Je t'aime, Winnie Red Wilson.

Euh… Merci, Cade.

Ces mots continuent à jouer leur refrain cruel dans mon esprit. Je suis une horrible personne, un être abject ; voilà qui résume plutôt bien les choses. Si la situation était inversée, j'en serais malade.

Soudain, Cade se fige avant de monter dans son véhicule. J'ai l'impression qu'il lâche une insulte, puis il se retourne.

– Non, je ne suis pas d'accord ! argue-t-il en revenant jusqu'à moi. Explique-moi ce que j'ai fait de mal ou ce qui cloche entre nous !

– Ne…

À cet instant, il semble différent de l'homme que j'ai connu jusqu'à aujourd'hui. L'ombre de celui qui se dessine devant moi est teintée de colère… et je me rends compte que je ne l'avais jamais vu comme ça. Il a toujours été drôle, serviable, sociable, et cette version de lui me manque cruellement. Mais une part de moi est consciente qu'il est en droit de ressentir toutes ces émotions. Comme je suis en droit d'éprouver les miennes.

– Tu savais que je ne cherchais rien de sérieux, je me justifie faiblement. Je voulais juste m'éclater et jusqu'à preuve du contraire, toi aussi.

Il laisse échapper un rire sarcastique.

– Ouais, je m'éclatais *avec toi*. J'étais heureux d'être *avec toi*. Et je n'aurais fait ça avec personne d'autre *que toi*, putain ! Moi ou un autre, ça aurait été la même chose pour toi, c'est ça que t'es en train de m'expliquer ? Je croyais que j'étais un peu spécial à tes yeux. Tu aurais lu la lettre de ta mère avec n'importe quel type ?

– T'es injuste, et franchement, si je ne te connaissais pas mieux, je te traiterais même de connard.

Je vois bien que la tristesse l'emporte sur la colère qu'il ressent, mais ça me rend encore plus minable et ça me blesse profondément. Ses mots me font mal, ses reproches aussi. Pourtant, je ne vais pas lui dire que je l'aime aussi, alors que je ne sais pas ce que je ressens, ce serait encore plus horrible. Je le sais, je suis passée par là. Parce qu'avec le temps, j'ai compris qu'Adam n'avait pas pu avoir de sentiments pour moi et me jeter comme une malpropre au moment opportun pour lui.

– Mais dans quel monde tu vis, Winnie ? Tu crois que j'aurais accepté ce stupide pari de te couper le souffle juste pour m'éclater ? Tu crois que je me serais ridiculisé en public *deux fois* juste pour un plan cul ? Réfléchis ! Je l'ai fait parce que…

Il s'interrompt brusquement.

Je me sens terriblement mal, je voudrais rentrer et me cacher sous mes draps en espérant que cette fin de soirée n'ait été qu'un cauchemar. Parce que je ne suis pas idiote, cette dispute met fin à ce qu'on partageait, ainsi qu'à notre amitié. Et ça, ça me brise le cœur. Ces derniers mois, il a pris une place de premier plan dans mon quotidien, et c'était important.

– Je suis désolée pour *ça*, mais j'ai été claire sur le fait que je voulais m'amuser et… tu n'as pas le droit de me le reprocher. Je ne t'ai pas forcé à danser habillé en nana sur le campus, je ne t'ai pas forcé à accepter ce pari…

– T'as raison sur ce point… mais ouvre les yeux, *Winifred*, t'en connais beaucoup, des types qui feraient ça juste pour mettre une meuf dans leur lit ? Non, laisse-moi éclairer ta lanterne : il n'y en a pas. On fait ce genre de conneries pour les personnes qu'on… qui nous tiennent à cœur ! Et puis, permets-moi de te rappeler ce que tu disais toi-même il n'y a pas si longtemps : que j'aurais pu avoir n'importe quelle nana sans faire tout ça.

Je secoue la tête. Ses mots me dérangent, parce qu'il dit vrai. Ça paraît peu probable que Cade fasse tout ça pour chacune de ses conquêtes, il n'en a jamais eu besoin. J'ai suffisamment entendu les rumeurs sur lui, ainsi que sur l'équipe des Grizzlys et leurs fidèles *bunnies*. Mais je ne veux pas réfléchir à ça, pas maintenant.

– Quand tu as commencé à développer des sentiments pour moi, il fallait le dire, on aurait arrêté tout ça… On…

– Je croyais qu'on était sur la même longueur d'onde, lâche-t-il. Je constate que pas du tout. Mais c'est ma faute, j'ai dû tirer des plans sur la comète. J'ai pensé que je méritais que tu tiennes à moi. Merci pour la leçon, Wilson, je saurai m'en souvenir.

Les mots restent coincés dans ma gorge. De toute façon, je ne sais plus quoi répondre. Peut-être parce qu'il n'y a rien d'autre à dire. Il repart vers sa voiture et avant de fermer la portière, il hurle presque :

– Faudra m'expliquer comment t'es tombée amoureuse d'un sombre connard qui ne te respectait pas, alors que moi…

Il n'a pas besoin de finir sa phrase, on sait tous les deux ce qu'il allait ajouter.

Je suis muette tandis qu'il démarre en trombe. Je reste dehors, bien que cela fasse de longues minutes qu'il est parti. Pourtant, je n'arrive pas à bouger, et je dois me faire violence pour m'arracher à cette allée de malheur.

Une fois dans la maison, je sens les larmes couler sur mon visage. Je ne sais pas exactement comment je me sens. J'ai l'impression d'être dans le brouillard. Après avoir bu un grand verre d'eau qui n'a pas l'effet escompté, je monte. Quand je passe devant la porte de Nana, je vois de la lumière filtrer par sa porte entrouverte.

– Viens, Winifred, dit-elle.

Sa chambre donne juste sur le devant de la maison, je suppose qu'elle n'a rien raté de notre dispute et qu'elle sait déjà tout. Tant mieux, ça m'évitera de devoir en parler. En même temps, j'en suis tout bonnement incapable. Je fonds en larmes dans ses bras, et mon cœur éclate lorsqu'elle embrasse mes cheveux.

CHAPITRE 29

Excuse me, which level of Hell is this[44] *?*

(Vu sur : Your Tango)

Cade

La rancœur m'habite.

Je crois que c'est la seule émotion qui m'empêche de m'écrouler. Ou de m'écouter. Parce que si c'était le cas, je serais très certainement au fond de mon lit à broyer du noir. Je suis tellement en colère contre moi-même. Comment j'ai pu être aussi stupide ?

Je n'arrive pas à croire qu'on en soit arrivés là, Winnie et moi. Et pourtant, avec le recul, j'aurais dû comprendre les signes. Mais j'étais trop concentré sur mon objectif, et surtout, j'ai clairement vu ce qui m'arrangeait. Comme pour le hockey, je me suis persuadé que j'allais gagner. Pour une fois, je n'avais pas anticipé le fait que mon adversaire allait me mettre à terre en premier.

Elle ne m'aime pas.

Putain, ça fait mal.

Son « merci » résonne encore en moi, et à chaque fois, je ressens la même impression de suffoquer. Comme si ce maudit mot compressait mon cœur douloureusement. Je me

44. Excusez-moi, de quel niveau de l'enfer s'agit-il ?

suis bercé d'illusions à cause de la relation de mes parents. J'ai cru qu'on pouvait rencontrer l'amour de sa vie aussi jeune.

Mais tout ça, ce sont des conneries.

Mes parents sont une anomalie dans la matrice, voilà tout.

– Reed ! Va falloir y aller doucement, ce n'est qu'un entraînement ! me crie Pierce depuis le bord de la patinoire.

Je serre les dents face à cette remarque. Il peut bien aller se faire foutre, je gère cette session comme j'en ai envie. Et aujourd'hui, j'ai besoin d'écraser chaque personne présente sur la glace. Même mes potes. Un à un. Puisque je dois vivre avec le tourbillon d'émotions qui me tiraille, je veux me noyer dans le hockey. C'est la seule chose importante qu'il me reste.

– Cade, tu ferais bien de l'écouter, me dit Hunter en s'arrêtant à côté de moi. Tu dégoulines de transpiration et tu respires déjà super vite. Je sais que…

– Ferme-la ! je le coupe. Tu ne sais rien du tout. Alors, avant de dire une connerie de trop, tais-toi.

Il se renfrogne et tape sa crosse devant moi pour m'empêcher de repartir.

– Si, je sais. Tu oublies que j'ai merdé avec Harper et qu'elle m'a quitté…

Mon rire cynique me surprend moi-même.

– Ne compare pas ce qui n'est pas comparable. Winnie m'a rejeté avec un charmant « merci » quand je lui ai avoué mes sentiments. Toi, tu as repoussé Harper parce que t'es con, mais tu as pu la reconquérir, vu qu'elle t'aime. Tu saisis le sens des mots « sentiments non partagés » ou t'as besoin d'un cours de subtilités ?

Il reste silencieux, et semble à la fois compatissant et en colère.

– Bien, ôte-toi de mon chemin, avant que je ne te démolisse.

– T'es pas sérieux ?

Je prends le temps de planter mon regard dans le sien, malgré la sueur qui coule de mon front.

– Vas-y, tente, pour voir.

Je ne sais pas ce qu'il distingue sur mon visage, mais prudemment, il relève sa crosse et recule.

Je préfère ça.

Je suis en mode connard, et en même temps, ça fait du bien de me laisser aller. Extérioriser cette colère est salvateur, car je crois que sinon, je pourrais exploser. Dès que j'ai le champ libre, je déguerpis rapidement et me remets dans l'échange en cours. Zeke est en train d'essayer de feinter la défense pour tester leur résistance. On a encore beaucoup de travail avec eux, mais je sais qu'on peut y arriver. De toute façon, ils ne vont pas avoir le choix, s'ils veulent rester dans l'équipe. Les Grizzlys ne se contentent plus de joueurs corrects, on veut les meilleurs.

Comme je m'y attendais, Zeke trompe la défense après une lutte plutôt satisfaisante, mais il *passe*.

Cela ne réjouit personne, et Pierce siffle une coupure.

– On ne va pas pouvoir refaire ce genre d'erreur indéfiniment, les gars ! Il faut que vous soyez alertes, tout le temps. Un battement de paupières, et l'attaquant sera en train de marquer un but ! Alors, reprenez-vous, arrêtez de cligner des yeux, et même de respirer ! Concentrez-vous !

Normalement, c'est au tour de Connor de tester la défense, mais je m'interpose, et il a la sage réaction de reculer. Je serre ma crosse si durement que malgré mes gants, j'en ressens chaque arête. Griffin me renvoie le palet, que j'intercepte, mais une douleur passagère dans le bras me fait changer d'angle.

C'est quoi, ce bordel ?

Il manquerait plus que des crampes viennent me faire chier maintenant, et ce serait le combo merdique parfait pour cette journée ! En même temps, pourquoi pas ? Je ne suis plus à ça près, que quelqu'un vienne m'abattre, ça ira plus vite.

Je me reconcentre malgré tout, puis prends le temps de fixer chaque joueur avec un sourire cruel afin de leur faire comprendre que je vais les détruire. Ils ne se démontent pas, c'est déjà un premier bon point pour eux. Mais sans leur laisser le temps de se préparer complètement, j'attaque.

Je bouge rapidement, et Dean, l'un des petits nouveaux, prend la décision de venir au contact.

Erreur fatale, mec.

Je sais déjà ce qu'il va se passer avant que mon corps commence à bouger. J'abandonne mon palet pour un choc frontal. Il n'est clairement pas prêt, et mon épaule le cueille en plein torse. La vitesse à laquelle on se percute est violente, j'en éprouve le coup dans chacun de mes os, alors même que j'ai pu m'y préparer.

Ce qui n'est pas son cas.

Son vol plané me paraît se dérouler au ralenti, et le bruit que fait son dos en percutant la glace fige tout le monde. Moi inclus.

Pourquoi est-ce que ce n'est pas aussi satisfaisant que prévu ?

Le sifflet de Pierce me vrille les oreilles.

– Putain, Reed ! C'est quoi ton problème ? C'est un *entraînement* ! Pas un match des *playoffs* !

Il entre sur la glace, puis se dirige vers Dean, toujours sonné et au sol. Mes coéquipiers se rapprochent de lui, et certains me jettent des regards noirs.

Allez-y, je ne ressens plus rien.

– Comment tu te sens ? demande Pierce à Dean.

– Comme si je venais d'être percuté par un bus, répond-il, le souffle court, toujours allongé sur la glace.

Certains ricanent, plus de soulagement qu'autre chose, mais pas mes meilleurs potes. Au contraire, eux me jugent sans aucune pitié. Et je sais déjà qu'en rentrant ce soir, chacun d'entre eux va y aller de sa petite pique, de son petit sermon. J'en ai la nausée rien que d'y penser. Je suis le premier à rabâcher qu'on oublie tout quand on arrive à la patinoire. Bordel, j'ai presque voulu le faire graver au-dessus des portes du vestiaire. C'est hypocrite de ma part aujourd'hui, car je n'ai rien oublié avant de fouler la glace, et ce *rien* abyssal me tord les boyaux et me comprime la poitrine. Je ne peux pas y changer quoi que ce soit. Je n'ai aucune solution, et encore moins la force de jouer le mec qui n'en a rien à foutre d'avoir eu le cœur piétiné.

– Reed, tu dégages, assène Pierce. Je veux plus te voir pour aujourd'hui.

– Mais…

– Continue à me tester, petit con, et je te mets sur le banc pour les prochains matchs.

Je serre les mâchoires, parce que je sais qu'il en a le pouvoir et que le coach Meyer sera furieux quand il apprendra ce que j'ai fait. J'hésite une seconde de plus, puis je repense à mon futur en ligue pro, loin de Rebel, de mes potes, de Winnie. Je ne peux manquer aucun match. Parce que le hockey, c'est désormais tout ce qu'il me reste. Et ça, il est hors de question que je le laisse filer. Néanmoins, je suis trop piqué dans mon ego pour ne rien dire, c'est pourquoi je balance lâchement :

– De toute façon, cet entraînement est à gerber tellement on est mauvais.

Puis, je sors comme une flèche.

Mon cœur bat des records de vitesse alors que je me défoule sur le tapis de course. J'ai décidé d'aller vider le peu d'énergie qu'il me restait à la salle de sport. L'entraînement doit bientôt toucher à sa fin, et j'aimerais juste pouvoir m'écrouler en rentrant chez moi. Une nuit sans rêves ni cauchemars me ferait le plus grand bien. Et surtout, ce serait l'excuse parfaite pour esquiver mes colocataires et leurs dizaines de questions. Peut-être que si mon corps est trop épuisé pour bouger, mon cerveau se mettra en mode « alerte rouge » et me foutra la paix à son tour. Parce que ouais, *spoiler alert*, je n'ai besoin de personne pour me torturer, j'y arrive très bien comme un grand.

Euh… Merci, Cade.

J'augmente la vitesse ainsi que l'inclinaison du tapis tout en maintenant le rythme. Les muscles de mes jambes tirent, mais je m'en moque, je garde le regard vissé sur le vide devant moi. Rien ne m'arrêtera.

Il y a comme une urgence en moi, une course contre la montre que je ne comprends pas.

Peut-être que j'essaye de fuir la douleur dans ma poitrine. Peut-être que si je cours un peu plus vite, elle me laissera tranquille et je pourrai de nouveau respirer sans avoir l'impression qu'un éléphant est assis sur mon torse.

Ça vaut le coup d'essayer, en tout cas. Alors j'accélère encore, repoussant mes limites un peu plus loin. *Vite, que l'engourdissement arrive.*

– Mais qu'est-ce que tu fous, ça ne va pas ? crie une voix derrière moi.

La surprise me fait perdre le rythme et je manque de me rétamer violemment. À cette vitesse, l'accident est vite arrivé. Je ne sais pas par quel miracle j'arrive à me rattraper et à éviter la catastrophe.

Soudain, Zeke est dans mon champ de vision. Ses traits sont marqués par la colère, il est furieux.

– T'es devenu sourd en plus d'être con ?

Il porte encore son équipement intégral, donc je suppose qu'il est parti à ma recherche dès l'entraînement fini.

– Quoi ? C'est quoi, ton problème ? je lâche, à bout de souffle.

– C'est *toi* mon problème, putain ! s'agace-t-il. Déjà, tu merdes à l'entraînement, parce que Dean ne méritait clairement pas le placage que tu lui as mis, et je te retrouve ici à bout de souffle ! Tu as vu ta tronche, sérieux ?

Sa réflexion me pique dans mon orgueil.

– Va chier, Zeke.

Ouais, bon, comme répartie, j'ai fait mieux. Mais à ce stade, mon cerveau est concentré sur le fait de retrouver une respiration moins chaotique. J'appuie sur les boutons du tapis pour l'arrêter et j'en descends rapidement, avant d'attraper ma serviette. Je la passe sur mon visage, sans tenir compte de mon pote à deux mètres de moi. Il me gave, à ne pas comprendre que j'ai envie d'être seul. Qu'il vienne me prendre la tête ici et maintenant est une grossière erreur. On se connaît suffisamment pour savoir qu'il y a des moments propices pour discuter. Là, clairement, ce n'en est pas un. Et je ne suis pas sûr d'être un jour prêt à aborder le dossier Winifred.

– Qu'est-ce qu'il t'arrive, mec ?

La lassitude me gagne soudain. Ils savent déjà tout à la coloc, et je n'ai pas envie d'en remettre une couche. Pas alors que je viens de tout faire pour échapper à la tristesse qui me ravage.

– Fous-moi la paix, je vais bien.

– Ouais, tu vas bien, une vraie publicité pour le bonheur et la bonne santé à toi tout seul, rétorque-t-il. Sérieux, regarde-toi dans une glace, tu fais peur à voir.

En levant les yeux au ciel, je me tourne vers le grand mur devant les bancs de musculation, sur lequel sont fixés des miroirs.

Bon, OK. Il marque un point.

Je ne suis même plus rouge, à ce stade, je suis écarlate, tandis que mes lèvres tirent étrangement vers le blanc. Mes cheveux me collent au front, mon tee-shirt est trempé de transpiration. J'ai déjà eu meilleure mine, cependant, j'aimerais bien voir dans quel état il serait après un entraînement de hockey et une course folle. Et une rupture atroce.

Je parie qu'il n'aurait pas meilleure allure.

– Tu sais que c'est une année charnière pour nous, je ne peux pas laisser mon Captain tout foutre en l'air pour une meuf…

Une vague de rage monte en moi de manière fulgurante. Je me dirige vers lui, prêt à le massacrer. Comment ose-t-il dire que Winnie n'est qu'une meuf ? Il *sait* pourtant à quel point j'aime cette fille, et que son rejet a été un uppercut violent qui m'a laissé au sol, agonisant. Aucun coup durant un match ne m'a fait aussi mal, peu importe la brute que j'avais en face de moi. Il n'y connaît rien, lui, il est trop occupé à baiser Della pour fuir Connor. Il ferait mieux de s'occuper de ça, plutôt que de fourrer son nez dans mes affaires. Il carre les épaules, prêt à encaisser ce qui va suivre, quand tout à coup, une envie de vomir me submerge. Je m'arrête brutalement, persuadé que je vais lui gerber dessus, mais la sensation repart aussi vite qu'elle est venue.

– Merde, Cade, ça va ? T'es tout pâle…

– Occupe-toi de ton cul… je grogne, prêt à en découdre. Ne t'avise plus jamais de parler de Red comme d'un plan cul. *Jamais.*

Je ne sais même pas pourquoi je la défends, mais c'est le cas. Je serre tellement les poings que ça me blesse. Il y a de grandes chances que mes ongles me laissent des traces aux creux des paumes. Mais il vaut mieux ça que de me battre avec Zeke.

Ma poitrine me fait un mal de chien, elle me donne l'impression de se comprimer, et je n'arrive plus à respirer comme il faudrait. Je pose une main sur mon cœur, avec la sensation qu'il bat beaucoup plus vite qu'il ne le devrait.

Je me sens mal.

Genre, très mal.

Ma vision se brouille légèrement, alors je cligne plusieurs fois des yeux pour essayer d'y remédier. J'aperçois Zeke qui tend les mains vers moi, comme pour m'attraper, et je réalise alors que je tangue.

D'un geste brusque, je m'éloigne de lui en bougonnant un « ça va » pas très convaincant. Et, dans un éclair de génie, je décide de m'asseoir sur un banc de musculation. Les seules choses que j'entends encore sont ma respiration sifflante et le monologue interne que je me répète en boucle.

Inspire. Expire.

Inspire. Expire.

Inspire. Expire.

Il n'y a rien de plus simple, je l'ai fait dès ma première seconde sur Terre, et je le ferai encore pour des années. Pourtant, j'ai de plus en plus de mal à effectuer ce geste aussi instinctif et naturel. Ma poitrine continue à me lancer, j'ai l'impression que la douleur augmente. Ça ne peut pas être normal, un truc cloche. J'ouvre la bouche pour dire à Zeke d'aller chercher de l'aide, mais il n'est nulle part en vue.

Super.

J'ai réussi à le faire fuir au moment où j'ai besoin de lui. Je vais devoir me rendre au centre médical par moi-même, en espérant que le docteur Green sera toujours là pour m'examiner. Dans un effort qui me paraît surhumain, j'arrive à pousser sur mes jambes afin de me relever. Il me faut une éternité pour parvenir jusqu'à la porte, mais c'est le moment que choisit mon corps pour ne plus réagir comme il le devrait. Pour ne plus réagir du tout.

Une violente pointe au cœur me coupe le souffle, et la dernière chose que je vois est le sol se rapprocher dangereusement de mon visage.

CHAPITRE 30

I'm fine.
(n.) The most common lie[45].
(@hipdict | Instagram)

WINNIE

Je me sens comme la pire des pestes.

J'ai l'impression d'être une personne horrible, alors que… j'ai le *droit* de ne pas savoir ce que je ressens ou de ne pas éprouver la même chose que Cade. Mais cela ne m'empêche pas de me torturer en me répétant que j'aurais pu gérer la situation différemment, employer d'autres mots… ou juste la fermer. Ça aurait fait moins de dégâts.

J'ai hésité à lui envoyer des messages pour qu'on en discute, mais je ne l'ai pas fait, car il n'y a pas grand-chose à dire. Je crois qu'il ne veut plus me parler, et je le comprends tout à fait. Si j'étais à sa place, il me faudrait du temps aussi pour digérer la situation. Ça m'a pris des semaines pour relever la tête après Adam, pour juste savoir comment respirer sans avoir l'impression qu'on me broie la cage thoracique.

Cependant, ce sentiment de culpabilité est tenace et désagréable. J'ai la sensation qu'il m'agrippe à la gorge. Malgré

45. Je vais bien.
(nom) Mensonge le plus commun.

les trois jours qui viennent de s'écouler, je me sens toujours nauséeuse, et ça ne semble pas vouloir s'apaiser. Il faut dire que j'y pense dès que je ferme les paupières. Je me rejoue la scène, encore et encore, ce qui fait que je n'ai pas beaucoup d'heures de sommeil à mon actif. Je n'ai jamais réfléchi à la manière dont les choses se passeraient si ça se terminait avec Cade avant que ça n'arrive. J'étais bien avec lui, et soudain, j'ai pris notre dispute en pleine figure. Je m'attendais à tout, sauf à ça.

Son « je t'aime ».

Mon « merci ».

Notre confrontation, les mots qu'il m'a dits, moi qui répétais que nous ne faisions que nous amuser… Mais surtout, ce qui me maintient éveillée, c'est qu'il m'ait reproché de ne pas vouloir ouvrir les yeux sur le fait qu'aucun mec n'aurait tenté tout ce qu'il a tenté sans avoir de sentiments.

Des sentiments…

Aurais-je loupé un truc ? Oui, indubitablement, mais est-ce qu'il y a quelque chose que j'aurais dû voir bien avant son « je t'aime » ? Je me pince l'arête du nez, et me refais l'historique de nos rendez-vous. Ses regards, ses attentions, la façon dont il voulait toujours tout savoir de moi, ses shows, la chanson de Carly Rae Jepsen… Mes discussions avec Harper et Maeve, qui semblaient penser qu'on partageait la même chose, toutes les trois. S'il y a eu des signaux d'alerte, je ne voulais pas voir au-delà. Mais maintenant que je sais ce qu'éprouve Cade, je me torture avec des dizaines de questions.

Est-ce qu'il était amoureux de moi avant ce défi à la con ? Est-ce que tout le monde était au courant, sauf moi ? Seigneur, je m'éclatais, je prenais mon pied, et ça avait l'air d'être son cas également. Si j'avais su, j'aurais pu agir différemment. La dernière chose que je voulais, c'était blesser

Cade ou donner l'illusion de me servir de lui. Il est beaucoup trop gentil pour mériter ça. C'est vraiment l'un des hommes les plus doux que j'aie pu rencontrer.

Bon sang, je déteste cette sensation, je ne l'avais jamais éprouvée jusqu'à présent. Ce sentiment d'avoir fait un truc horrible, sans l'avoir vraiment fait. Peut-être que je me suis mis des œillères. Pourtant, en y regardant d'un peu plus près, les preuves étaient là.

T'es une nana horrible, Winifred Wilson.

Hier soir, je suis rentrée à la maison, je n'avais pas envie d'être dans ma chambre à la fac, je voulais simplement retrouver un endroit où je me sens en sécurité, mais Nana n'était pas de très bonne humeur. Alors, je me suis terrée sous ma couette, les mots et les lettres de ma mère éparpillés autour de moi. Je me suis rarement sentie aussi seule. C'est à ce moment précis que j'ai réalisé la place qu'avait prise Cade dans ma vie, parce que c'est la première personne que j'ai eu envie d'appeler pour me confier. Mais ce n'était plus possible, car il me déteste, à présent.

J'ai eu peur aussi que Harper et Maeve se sentent obligées de choisir un « camp », parce qu'après tout, elles sont également amies avec Cade, tout comme Hunter et Griffin. Pour eux, je suis forcément la méchante de l'histoire, je suppose, celle qui a fait souffrir leur pote. Mais c'était bien mal connaître les filles, elles m'ont prise en embuscade à la radio, avec l'aide de Pria, et ont tout simplement été présentes pour moi. Sans elles, ces derniers jours auraient été un enfer sur Terre. J'ai aimé qu'elles comprennent que ce n'est pas parce qu'on est à l'origine d'une rupture qu'on n'en souffre pas pour autant. Qui a décrété que c'était facile pour l'autre ?

Parce que, *spoiler alert* : ça ne l'est pas pour moi.

Je finis par descendre, une fois à peu près satisfaite de mon reflet dans le miroir. Je ne pourrai pas masquer beaucoup mes cernes, il va falloir faire avec. Il est très tôt, mais je dois assurer l'émission matinale à la radio, et j'ai plus de route pour m'y rendre que depuis mon dortoir. La bonne odeur de café venant de la cuisine m'indique que Nana est déjà réveillée. Elle doit être d'ouverture à la boutique, parce que sinon, ma grand-mère aime dormir, elle n'est pas aussi lève-tôt que moi.

– Bonjour, je dis, en arrivant dans la pièce.

Elle relève à peine la tête de son journal.

– Bonjour, Winifred.

Une nouvelle sensation désagréable se loge au creux de mon ventre. Il n'y a pas d'animosité dans sa voix, pourtant, j'ai le pressentiment qu'elle m'en veut, elle aussi. Je veux dire, ce « Winifred », bien que ce soit mon prénom et qu'elle adore l'utiliser à toutes les sauces, n'est pas comme d'habitude. En temps normal, elle m'aurait gratifiée d'un de ses surnoms affectueux. Quand j'y pense, hier non plus, elle ne m'a pas appelée une seule fois « mon colibri ».

– Il reste du café ? je tente, pour détendre l'atmosphère.

Elle s'arrête de lire, puis pose les doigts sur sa poitrine en fermant les yeux. Lorsqu'elle les rouvre, elle semble plus calme, même si une tristesse infinie se lit sur son visage.

– Oui, mais d'abord… est-ce que tu pourrais t'asseoir cinq minutes avec moi ?

Il y a des moments dans une vie où l'on sait qu'on est en train de traverser quelque chose d'important, et j'ai l'impression que c'est le cas à cet instant. Alors, je m'exécute et j'attrape la main qu'elle me tend.

– Laisse-moi te raconter quelque chose à propos de River.

Sa voix flanche légèrement en prononçant le prénom de ma mère. Je hoche la tête, espérant ainsi l'encourager. Avec les années, c'est devenu plus rare que Nana se confie à propos de sa fille.

– Avant que ton grand-père ne décède, je n'étais pas celle que tu connais aujourd'hui. J'étais plutôt du genre femme au foyer, qui se pliait en quatre pour son mari et sa petite princesse.

– Toi ? Femme au foyer ?

– Je sais, ça paraît impensable, dit comme ça. Mais oui, et j'étais persuadée que j'adorais ce rôle, alors je m'y investissais à deux cents pour cent. Je me complaisais dans ce schéma de vie. Charlie, ton grand-père, était un homme tendre, qui nous était dévoué, et on ne manquait de rien. Jusqu'à sa mort prématurée en service… Du jour au lendemain, je n'avais plus que River, et j'ai reporté toute mon attention sur elle. Mais aussi tout mon amour. Je crois que c'est à ce moment-là que les choses ont dérapé.

Elle prend une grande inspiration, contrôlant difficilement les tremblements dans sa voix.

– Ta mère n'a pas bien vécu le décès de son père, ils étaient très proches tous les deux, et elle me reprochait de ne pas être aussi triste qu'elle. Ce qui était faux, bien sûr, j'ai profondément aimé Charlie, et encore aujourd'hui, il est dans mon cœur. Mais je m'interdisais de le montrer ou de craquer, parce qu'il n'y avait plus que moi pour faire tenir cette famille debout. Je voulais qu'elle me voie comme une femme forte sur laquelle elle pouvait compter. Puis, j'ai ouvert la boutique avec Camila, et les années passant, j'ai rencontré d'autres hommes. Pour River, c'était la preuve qui lui manquait, je n'avais pas aimé son père. Pour elle, l'Amour avec un grand A ne pouvait pas s'éteindre comme ça. Elle avait raison, en un sens, mais elle était trop jeune pour comprendre vraiment ce qu'il en était.

Je reconnais bien ma mère, cette philosophie qu'elle avait, elle qui faisait tout avec passion et amour. Les lettres qu'elle a laissées dans ma vie avant de me quitter en sont la preuve.

– Qu'est-ce qu'il s'est passé ? je lui demande doucement.

– Elle m'a repoussée pendant un temps. Ça n'a pas été une période facile pour nous deux, cela dit, je pense avoir fait de mon mieux, même si ce n'était pas toujours parfait, je le reconnais. Mais River… À l'adolescence, elle s'est mise à fréquenter des garçons, et tous étaient l'élu de son cœur, jusqu'au moment où elle se rendait compte que non. Elle était simplement amoureuse de l'amour. J'ai essayé d'intervenir plusieurs fois, cependant, elle me disait que j'étais incapable d'aimer comme elle, que je ne connaissais rien aux sentiments. Et elle fonçait tête baissée dans sa relation suivante… jusqu'à ton arrivée.

C'est à mon tour de retenir mes larmes. Je ne connaissais pas cette version de ma mère, et en même temps, cela lui ressemble tellement. Même si je n'ose imaginer ce que ça a dû être pour Nana de gérer la situation toute seule, en plus de son deuil et de la boutique.

– Le jour où elle t'a tenue pour la première fois, j'ai vu son monde s'éclairer et changer de centre de gravité. Elle avait trouvé cet amour qu'elle cherchait partout. Il était là, au creux de ses bras. Tu es devenue son tout, elle avait renoué avec sa paix intérieure. Tu as été sa lumière, Winifred.

Mon sanglot franchit mes lèvres, et Nana essuie mes joues mouillées.

– Alors, elle t'a appris à aimer, fort et inconditionnellement. Parce que c'était comme ça qu'elle-même faisait. J'essayais de mon côté de contrebalancer, mais je savais aussi que ce n'était pas mon rôle. Je t'ai vue grandir et entreprendre chaque nouvelle action ou rencontre en posant tes « tripes sur la table », comme aurait dit ton grand-père. Et tu as fait pareil avec Adam.

La mention de mon ex me fait serrer les mâchoires.

– Je te revois encore rentrer de ton premier jour de stage en me disant que tu avais rencontré l'homme de ta vie, qu'il était parfait en tout point et que tu te voyais déjà lui faire des enfants, rit-elle gentiment. C'était comme un bond dans le passé, pour moi… Et tu connais la suite.

– Il m'a quittée.

Elle hoche la tête, avant d'ajouter :

– Puis Septembre est arrivé, avec son armure de chevalier, *littéralement*.

On pouffe toutes les deux en repensant à cet épisode dans l'amphithéâtre.

– La seule différence qu'il y a eue entre River et toi, c'est que ta mère n'aurait pas hésité une seconde. Mais toi… la blessure qu'a laissée ce salopard d'Adam t'a fait barricader ton cœur. Plus personne n'y avait accès, pas même toi.

– Comment ça ?

– Mon colibri… Toi, qui as participé à des compétitions de natation synchronisée, qui es même allée au culot demander un stage à la radio de la fac, alors que ça n'aurait pas dû être possible, et qui n'as jamais eu peur d'entreprendre quoi que ce soit, tu t'es mise à hésiter sur tout, tout le temps. Tu as étouffé cette flamme en toi par peur de la voir s'éteindre au prochain coup dur.

Ma respiration s'accélère tandis que je me revois effectivement me lancer dans ces objectifs, sans jamais douter de moi ou de leur issue favorable. C'était peut-être naïf, mais c'était comme ça. Si j'avais rencontré Cade à ce moment-là, est-ce que les choses auraient été différentes ? Certainement.

Non.

J'en suis persuadée.

– Pourquoi tu me racontes tout ça, Nana ?

– Parce que lorsque je t'ai vue avec Septembre, j'ai cru que tu avais trouvé la clé pour déverrouiller ton cœur. Vous êtes entrés dans ce jeu de séduction, tu l'as fait venir ici, *chez nous*, il t'a courtisée comme je n'ai jamais vu personne le faire…

– Je n'ai pas besoin que tu me fasses culpabiliser, j'y arrive très bien toute seule, je rétorque, blessée.

Elle recule sur sa chaise et m'observe.

– Rien de ce que je dis n'a pour but de te culpabiliser, j'essaye juste de te faire prendre un peu de hauteur sur la situation. Tu verras peut-être que, certes, Cade s'est probablement emballé trop vite, mais qu'il n'a jamais caché ses sentiments pour toi. Il n'est pas si bon acteur, et toi non plus. Je suis certaine que tu as ressenti plus de choses que tu n'es prête à l'admettre. Mais si tu ne l'aimes pas, soit, je serai la première à sortir avec toi pour rencontrer de nouveaux garçons. Cependant, promets-moi de bien réfléchir à la situation, parce que quand tu étais avec lui, cette petite lueur, cette flamme dans ton regard, était de retour, et c'est mon rôle de te le dire.

Ses mots compressent ma poitrine. Nana est bien la seule personne au monde dont je ne doute jamais. Et je sais qu'elle se rangera toujours de mon côté, peu importe ce que je décide. Je n'avais simplement pas réalisé à quel point elle est observatrice.

– Merci d'avoir été honnête. Je t'aime.

– Moi aussi, mon colibri. Mais ne refaisons jamais ça à cinq heures du matin, c'est une torture.

Et juste comme ça, je respire un peu plus facilement.

Lorsque la pause déjeuner arrive, je ressens le besoin de m'oxygéner. J'ai décidé de passer quelques heures hors du campus. Pour ma santé mentale, il faut que je prenne un peu l'air. Les écouteurs dans les oreilles, j'écoute *Journey* en montant dans le bus qui s'arrête devant moi. C'était le groupe préféré de ma mère, et avec tout ce qui se passe en ce moment, j'éprouve le besoin de me connecter à elle, surtout après ma discussion avec Nana. Le live à la radio ce matin n'avait pas vraiment d'âme, puis j'ai passé mes trois heures de communication à n'écouter qu'à moitié mon prof. Alors, tant pis si je dois rater des cours cet après-midi, j'ai trop besoin de cette coupure. Je regarde le paysage défiler par la fenêtre, me laissant bercer par la musique et mes pensées, qui sont plutôt calmes pour le moment. Je reviens à la réalité quand mon portable vibre dans ma main.

Pria : *Tu es où ?*

Winnie : *J'ai besoin d'un break, je t'appelle ce soir.*

Les points de suspension s'affichent directement.

Pria : *D'accord, on pense à toi !*

Une photo de mon amie, accompagnée de Maeve et Harper, est jointe au SMS. Heureusement que j'ai ces filles dans ma vie, elles me soutiennent dans cette épreuve et sont très compréhensives. Si je le leur avais demandé, elles seraient venues avec moi, mais je dois le faire seule. Et puis, je sais qu'elles m'auraient redit ce qu'elles me répètent avec bienveillance depuis le début. Que j'ai le droit de ressentir ou non de l'amour, que ça va aller, que tout ça ne sera bientôt plus qu'un mauvais souvenir. Et même si je les adore d'être aussi à l'écoute, je dois dire que leurs mots ne m'ont pas apporté le soulagement que j'attendais. J'étais heureuse que mes amies soient là pour moi, coûte que coûte, mais je ressens toujours ce vide en moi.

Quand enfin, j'arrive à mon arrêt, je n'ai pas le temps de faire trois pas que déjà, les larmes roulent sur mes joues. J'aime tellement cet endroit, et pourtant, il est aussi imprégné d'un tourbillon d'émotions dévastatrices. Je n'y viens pas souvent, parce que je n'en ressens pas le besoin, mais aujourd'hui, je suis comme guidée vers ce lieu. C'est viscéral. La petite marche de trente minutes pour arriver à destination me semble hors du temps, comme à chaque fois. Et puis, au détour d'un virage, il apparaît.

Le lac.

Le lac de maman.

Celui où on a dispersé ses cendres.

Elle écrivait ici, toujours dans ses carnets. Alors, le lieu était tout trouvé pour Nana et moi, à l'époque.

Je ne suis plus qu'à un mètre de l'eau quand je me laisse tomber à même le sol, vidée. L'air est un peu frais, mais un beau soleil scintille sur la surface. Il n'y a pas âme qui vive, et j'ai la sensation d'être seule au monde. Juste elle et moi.

– Bonjour, maman, je souffle.

Comme en réponse à ma salutation, une brise secoue les feuilles des arbres autour de moi. Un frisson me parcourt. Ce lieu a une aura particulière, c'est la dernière demeure de ma mère.

– J'aimerais tellement que tu sois là, je suis complètement perdue et j'aurais eu besoin d'un de tes discours maladroits. Tu sais, ceux qui commençaient bien, mais où tu avais toujours cette phrase en trop qui faisait partir le tout en cacahuète. Tu seras ravie de savoir que j'ai le même tic que toi… Mes amis disent que je fais du Winnie.

Je souris à ce souvenir.

– J'ai besoin de te parler d'un garçon, il s'appelle Cade. Il est… En fait, c'est le genre de mec qui n'existe que dans les contes, normalement. Pourtant, il est bel et bien réel. Et… il m'aime, maman.

Je ferme les yeux et le visage de Cade se dessine dans ma mémoire. Son expression lorsqu'il m'a fait sa déclaration était si sereine, avant que je ne détruise tout, que je ne laisse la peur prendre le contrôle de mon cœur. Depuis ce soir-là, elle le maintient férocement en cage, et elle m'oppresse par la même occasion.

– J'ai tout fait foirer. Il était parfait, certainement celui dont je rêve depuis gamine, et je l'ai repoussé sans ménagement.

Je ne sais pas si c'est le fait d'être là, ou le trop-plein de ces derniers jours, mais mes barrières tombent d'un coup. La peur, le chagrin, la culpabilité… tout m'échappe. Je suis dans ma zone neutre. Ici, il n'y a personne pour me juger ou m'apporter des conseils, juste moi, un lac, et ma mère.

– Mais tu connais ce vieil adage qui dit qu'on ne se rend compte d'à quel point on aime quelqu'un que lorsqu'on le perd ? Eh bien, il est vrai. J'aurais préféré que ce ne soit pas le cas, mais…

Un sanglot me secoue et je referme les bras autour de mes jambes, les yeux perdus dans le bleu du lac.

– J'avais barricadé mon cœur, je pensais en avoir fait une forteresse imprenable, mais Cade a su trouver le chemin à travers les barbelés et les pièges. Et il s'y est lové alors que je luttais… Il ne m'a laissé aucune chance. Tel le chevalier qu'il est, il a franchi toutes les barrières. J'ai tellement peur de souffrir encore une fois, maman. Te perdre a été la pire des épreuves, et je crois que je me suis raccrochée à Adam comme s'il était la solution à cet amour que j'avais besoin de donner. Je l'ai aimé si fort que je n'ai pas vu ce qui clochait. C'est pour ça que lorsqu'il m'a repoussée, j'ai sombré. Je me sentais une nouvelle fois abandonnée.

Ma gorge se serre violemment, à la limite de la douleur, comme si les mots refusaient de sortir. Pourtant, je sais que je dois franchir cette étape. J'inspire profondément, puis j'expire lentement.

– Quand Cade a débarqué dans ma vie avec son armure, ses chansons et ses attentions aussi farfelues qu'attendrissantes, je n'ai pas su quoi faire, comment réagir. J'avais offert jusqu'à la moindre goutte de mon attention à un homme qui m'a vidée de toute confiance. La peur m'a soufflé à l'oreille qu'il était plus simple de prétendre vouloir juste du fun, de rester dans une zone sûre, où je ne serais pas une fois de plus rejetée. J'ai essayé de jouer selon mes propres règles, mais j'ai échoué.

Lamentablement échoué.

Une feuille d'érable rouge se détache de l'arbre au-dessus de moi, et tombe au ralenti pour venir se poser à mes pieds. Je la fixe et me laisse aller à la réflexion. Je repense à cette soirée où Cade était là pour moi, quand j'ai lu la dernière lettre de ma mère. Je comprends maintenant pourquoi j'avais tant besoin qu'il soit à mes côtés, pourquoi je me suis sentie aussi apaisée et en confiance.

– Je suis tombée amoureuse de lui le soir où il m'a offert ce pique-nique à la piscine. Qui pouvait faire un truc aussi barré et mignon à la fois ? Il est entier, passionné, drôle, beau et respectueux. Il est à l'écoute, il me regarde… si tu savais comme il me regardait. Tout le monde mérite d'avoir un Cade Reed. Bon sang, je n'avais aucune chance face à lui.

Pas la moindre.

– En lui lançant ce défi, je lui ai carrément offert la clé de mon cœur sans le savoir. Maman, je suis persuadée que tu l'aurais adoré.

Un sourire naît sur mes lèvres. Oui, ma mère aurait aimé Cade. Tout comme Nana, Maggy, Camila et Patty. Et moi.

– J'ai été si stupide de le repousser de la manière dont je l'ai fait, maman. Comme si ses sentiments n'étaient rien à mes yeux, alors qu'ils valaient tout l'or du monde. Mais je n'étais pas prête à m'avouer l'évidence, et une part de moi ne l'est toujours pas. Tu sais de quoi tu ne m'as jamais parlé ? De combien l'amour, le vrai, celui qui compte plus que tout, fait aussi peur. Peur à t'en faire faire des conneries. Car à partir du moment où on y a goûté, on n'a qu'une crainte, c'est qu'il nous quitte et nous laisse aussi vide qu'une coquille. J'aurais aimé que tu m'y prépares un peu.

Je ramasse la feuille tombée à mes pieds et la fais tourner entre mes doigts. Le soleil joue sur ses reflets orangés. J'imagine l'image que je renvoie : une fille aux cheveux roux, assise devant un lac, entourée d'arbres aux couleurs de feu.

– Tu me manques tant. J'aurais besoin de toi, de tes conseils pour savoir quoi faire. Et alors, tu me dirais que je suis la seule à avoir la solution à ces questions. Tu aurais raison, mais c'est tellement dur…

Plus que jamais en cet instant, ses câlins et ses baisers sur le bout de mon nez me manquent.

– Cade doit savoir que je l'aime aussi, que son amour n'est pas à sens unique, et il pourra décider si oui ou non il souhaite me pardonner. Mais je veux me battre pour lui, je veux me hisser à sa hauteur, le courtiser, lui couper le souffle en retour.

C'est surprenant comme je me sens apaisée d'enfin oser dire à haute voix ce qui se cache en moi depuis des semaines.

– Tu aurais un signe pour moi, pour me dire que je suis sur le bon chemin ?

Ma question reste en suspens, sans aucune réponse, mais ce n'est pas le plus important, car j'ai fait la paix avec moi-même. Je m'approche de l'eau et y dépose la feuille, après l'avoir embrassée.

– Je t'aime, maman.

CHAPITRE 31

I loved you so much that even when
you hurt me, I tried to understand you[46].

(dyingful, *Akhira)*

CADE

Putain.

Putain. Putain. Putain. Putain. Putain. Putain.

Je n'en reviens pas de ce qui me tombe dessus, et pourtant, je n'ai pas le choix que d'ouvrir les yeux sur la situation.

J'ai merdé.

Sur toute la ligne.

J'ai pratiquement fait un arrêt cardiaque.

À vingt-deux piges. Vingt-deux foutues piges.

Cette phrase est toujours aussi choquante, même si cela fait presque une semaine que c'est arrivé. De ce qui m'a été raconté, les mecs m'ont trouvé inconscient derrière la porte de la salle de sport. Ils ont dû s'y mettre à plusieurs pour réussir à l'ouvrir et venir me secourir, puisque je bloquais le seul accès.

Heureusement, Zeke est allé chercher le docteur quand il a vu que j'agissais bizarrement. Je pense, très sincèrement,

46. Je t'ai aimé tellement fort que même lorsque tu m'as blessé, j'ai essayé de te comprendre.

qu'il m'a sauvé la vie. J'ai essayé de le remercier, mais il m'a envoyé chier en me disant de vite me remettre sur pied, pour qu'il puisse de nouveau me botter le cul sur la glace. Je crois que c'est sa façon de me faire comprendre qu'il m'aime et qu'il a eu la trouille de sa vie. Tout ça pour dire que sans cette prise en charge rapide, la situation aurait pu être vraiment pire.

Du genre, mortelle.

Mortelle.

Je n'en reviens toujours pas.

Et pourtant, tous les signes étaient là. Quand je me suis réveillé à l'hôpital, le personnel soignant m'a posé une multitude de questions. En y réfléchissant bien, il y a eu plusieurs alertes, et je m'en suis voulu de les avoir ignorées. Certes, je ne fais pas des études de médecine, mais je suis quand même dans le domaine de la santé. Je n'ai juste pas su écouter les signaux que m'envoyait mon corps. Depuis un moment.

La première alerte a été lorsque j'effectuais un exercice d'endurance pour Hunter l'année dernière. Il m'a fait remarquer que mon rythme cardiaque était beaucoup trop haut, mais je l'avais pris à la rigolade. Je n'aurais pas dû. Il semblerait que c'était déjà un signe avant-coureur.

Mais comment est-ce que j'aurais pu me douter une seule seconde que cela pouvait être sérieux ? Je suis jeune, je ne pensais pas que ça pouvait m'arriver, ce qui était très présomptueux. Ça se saurait si les problèmes de santé ne touchaient que les personnes âgées.

– Tout va bien, mon chéri ?

La voix réconfortante de ma mère me sort de mes pensées moroses.

– Oui, maman. Ne te tracasse pas comme ça, je suis un grand garçon.

Elle souffle en venant s'asseoir sur le canapé à mes côtés, un trait d'inquiétude gravé entre ses sourcils.

Autre nouveauté dans ma vie : je suis en convalescence chez mes parents. Je n'ai pas trop eu voix au chapitre, mes proches ont débarqué à l'hôpital, et dès que j'ai été en capacité de faire la route, ils m'ont rapatrié à la maison. Depuis, ma mère me surveille comme le lait sur le feu.

– Peu importe ton âge, tu seras toujours mon bébé. Et quand tu auras des enfants à ton tour, ça ne changera rien non plus. Mon petit bébé, me taquine-t-elle.

– Pas si petit que ça, ton bébé, il pèse plus que nous deux réunis, lance mon frère, en débarquant dans la pièce avec un plateau de bouffe.

Je lève mes majeurs dans sa direction, ce qui le fait éclater de rire. Rentrer au bercail n'est pas la torture que j'imaginais, et finalement, je savoure ce temps loin du campus. Du hockey. De Winnie. J'avais besoin de cette pause, même si j'aurais préféré qu'elle se fasse dans d'autres circonstances.

– Sois gentil avec ton frère, Cameron, le sermonne ma mère. Il doit se reposer, tu le sais bien.

– Ouais, trouduc, baise-moi les pieds, je lâche avec un sourire narquois.

– Langage, s'interpose maman, plus par habitude qu'autre chose.

– Je ne suis pas sûr que ton petit cœur brisé puisse supporter que je m'occupe à ce point de ta précieuse personne, blaireau, rétorque-t-il, me clouant le bec.

Cœur brisé.

Ou plus exactement, le syndrome du cœur brisé, aussi appelé tako-tsubo par les médecins. Je ne pensais même pas que ça existait, et pourtant… pourtant, c'est réel. Le docteur qui a débarqué dans ma chambre m'a dit : « Votre cœur vous a presque lâché, jeune homme. Ce que vous avez eu s'apparente au syndrome du cœur brisé. » Mon frère, qui était là avec mes parents, a éclaté de rire. Il est même sorti de la pièce tellement il était plié en deux. Le spécialiste a ajouté : « Contrairement à ce pense ce jeune homme, c'est très sérieux. Une anxiété aigue déclenche une libération massive d'hormones de stress, les catécholamines. Une partie du cœur, c'est-à-dire la pointe et les parois latérales, ne peut alors plus se contracter. Ce phénomène peut être aggravé ou accéléré après un chagrin, un décès, une rupture amoureuse, un accident physique sévère… Mais le stress constant et non traité est le mal sous-jacent. Il est primordial de vous faire accompagner pour gérer la trop grosse pression que vous vous infligez. Avec une bonne hygiène alimentaire et sportive, un suivi médical et psychologique, vous retrouverez votre vie d'avant en quelques semaines. Mais il faut vous prendre en main, et aucun retour en arrière n'est possible. »

J'abrite donc un putain de cœur brisé, au sens propre comme au figuré.

Il va falloir que j'apprenne à gérer mes angoisses et mes responsabilités d'une manière beaucoup plus efficace que me contenter de les enfouir en les ignorant. Parce qu'*a priori*, cette technique ne marche pas du tout. Le retour de bâton est bien trop dangereux.

– Cameron ! s'indigne ma mère. Tu sais que tu es encore en âge de recevoir une punition si tu dépasses les bornes, n'est-ce pas ?

– Mais, mamaaaaaaan !

Et les voilà repartis.

Je ne les écoute que d'une oreille distraite, parce que c'est toujours la même rengaine. Mon frère et moi, on s'aime fort, mais on adore par-dessus tout se chercher des noises. Cependant, je suis hors limite tant que maman n'aura pas le feu vert du docteur. Ce qui ne devrait plus tarder. Je dois encore passer un léger test à l'effort pour satisfaire les critères de tout le monde. Il me tarde, parce que j'ai envie de retourner sur la glace. Ça me manque vraiment, viscéralement.

Pour le moment, je n'ai pas le droit, et je sais que je devrai reprendre à rythme plus doux avec des temps de jeu aménagés. Mais je pourrai jouer de nouveau.

Ça, j'en suis certain.

Je suis fait pour vivre le hockey.

Si on m'avait dit qu'une émotion pouvait prendre le dessus sur le corps, je n'y aurais tout bonnement pas cru. Heureusement, il n'y a aucune séquelle dans mon cas, j'ai été rapidement pris en charge et ça a évité la catastrophe.

Pour ce qui est de la partie remise en forme physique, c'est assez facile, c'est mon domaine. Par contre, j'ai aussi hâte d'aller consulter un psy que de me pendre, mais bon… si je dois en passer par là, je le ferai. Pour le sport, pour mes rêves, pour ma future carrière. Et puis, au fond de moi, j'ai conscience que j'ai besoin de vider mon sac auprès de quelqu'un de neutre. Surtout depuis ma rupture avec Winnie. Je sais qu'il y a de grandes chances pour que cela ait accéléré le processus qui a mené à cette connerie.

J'ai vraiment mal vécu le fait de m'être trompé à ce point-là, et que mes sentiments ne soient pas partagés.

Non, rectification. Je le vis toujours super mal. Je pensais qu'elle éprouvait la même chose, mais son « merci » a tué un truc en moi. J'ai déjà été rejeté par le passé, mais là, j'étais bien trop confiant, je la croyais elle aussi amoureuse. La chute a été douloureuse. Bien entendu, je me demande comment elle va de son côté, mais j'ai été très clair avec mes colocs quand je leur ai tout raconté. Je ne veux pas avoir de ses nouvelles, je sais que je pourrais retomber dans la spirale de me jeter à ses pieds si j'apprenais qu'elle est triste.

L'est-elle ?

Si c'est le cas, peut-être qu'il y a encore un espoir, que…

Non.

Je m'imagine qu'elle va bien. Elle n'était pas amoureuse, après tout… On peut dire que je me suis planté sur toute la ligne. Pourtant, une part de moi nie toujours la vérité et s'accroche à l'espoir que tout ça ne soit qu'un malentendu. J'aimerais bien pouvoir la faire taire. Parce qu'on n'est pas dans un film où tout finit bien. Non, ici, c'est la vraie vie. *Ma vie.*

La rancœur se mêle à ma tristesse de ces derniers jours, et je sais que ce n'est jamais bon signe chez moi. Après, il y aura la colère, puis l'indifférence.

Soudain, ma mère caresse cette zone entre mes sourcils. Elle lisse ce pli soucieux que j'ai souvent.

– Arrête d'être aussi sérieux, Cade. Tout va bien se passer, je te le promets.

Après un dernier regard d'avertissement à mon frère, elle se lève et quitte la pièce. Ce dernier se jette à côté de moi et pose les pieds sur la table basse.

– Si elle te voit comme ça en revenant, t'es cuit, je le préviens.

– Je n'ai pas peur d'elle.

Je me contente de le fixer sans rien dire, car il sait qu'il ne fait pas le poids face à notre mère. Il finit par s'avouer vaincu et enlève ses pieds.

– J'ai fait ça parce que j'en avais envie, c'est tout, avance-t-il.

– Mais oui, continue à te raconter cette histoire, mon grand, je le charrie en montant le son de la télé.

On regarde la rediffusion du dernier match des Red Wings de Détroit. Ce n'est pas parce que je n'ai pas le droit de porter mes patins que je ne peux pas vivre ma passion par procuration. Et clairement, le hockey à ce niveau, c'est juste… fantastique. Ils ne s'épargnent rien et il y a souvent de bonnes grosses bastons, mais qu'est-ce que c'est beau !

– Papa va nous engueuler d'avoir maté la rencontre sans lui, me dit Cameron, avant de prendre le bol de chips.

– Y a des chances, je réponds, en haussant les épaules. Mais au pire, on le regardera de nouveau avec lui, ce n'est pas bien grave.

– T'es taré.

– Passionné, c'est différent. Révise ton vocabulaire, Cam… je rétorque.

Ce que j'aime, avec mon grand frère, c'est que tout est simple. Ça l'a toujours été. On a six ans d'écart, mais on est inséparables depuis… ma naissance, il me semble. Mes parents m'ont raconté qu'il attendait ma venue au monde avec impatience. On se chahute souvent, mais c'est ça, la fratrie. Il suffit de voir comme on se comporte à la colocation…

Ce n'est jamais une torture pour moi de rentrer passer du temps avec mes proches, au contraire. J'aime me retrouver ici. Certes, pas dans ces circonstances. Mais habituellement, c'est le cas. Et ne pas avoir pu revenir cet été parce que je bossais m'a plus manqué que je ne l'imaginais. D'autant plus quand cet enfoiré de Cameron m'envoyait des photos des barbecues de mon père, ou alors de lui, se prélassant dans la piscine du jardin. Lors de ses jours de repos, ce mec est toujours fourré ici, je pense que s'il pouvait encore y vivre, il le ferait…

Je me dis que j'ai peut-être besoin de ce break, de profiter d'être choyé par ma mère, de passer du temps avec mon père et Cam. Il y a pire. Je pourrai m'en vouloir plus tard de rater les cours et les entraînements. Ce rappel à l'ordre niveau santé a le don de remettre les priorités sur le devant de la scène.

Mon téléphone vibre à côté de moi, et rien qu'au nom de l'expéditeur du message, j'ai déjà le sourire aux lèvres.

Hunter : *Salut, petit cœur, je viens un peu aux nouvelles ! Comment ça va ? Cameron ne se fout pas trop de ta gueule ?*

C'est bon de savoir qu'on peut compter sur ses potes pour être compatissants.

Cade : *Déjà, mon cœur et moi, on t'emmerde. Et pour répondre à ta question, tu es juste jaloux et tu voudrais être à ma place, sois honnête…*

Hunter : *Tu m'as percé à jour. Je rêve de ne pas avoir à me lever aux aurores pour nettoyer la merde des autres et rentrer le soir pour dormir dans la même chambre que Princesse. Y a de la place chez toi ?*

Le rappel de la triste réalité dans laquelle on est enfermés à Rebel University me revient en pleine poire. Je me doute que puisque je ne suis pas présent, ils travaillent plus pour compenser la perte de mon salaire sur la semaine. Je sais que Hunter ne me dit pas ça pour me faire culpabiliser, mais c'est plus fort que moi. J'ai l'impression de les abandonner, et ça n'a rien d'agréable. Quel piètre capitaine je fais. Je suis censé être le leader, pas celui qui met son entourage dans la merde.

Et voilà, juste comme ça, la morosité me rattrape violemment. Il en fallait peu.

Hunter : *T'es toujours là ? Si tu ne veux pas me parler, tu peux le dire,* *je ne le prendrai pas mal. Enfin… je pleurerai juste toutes les larmes de mon corps, c'est tout. Zéro pression, mec.*

Cade : *Ouais… J'ai juste les boules de ne pas pouvoir faire ma part à la coloc. Mais ça va passer.*

Les trois petits points apparaissent, puis disparaissent pendant une éternité. Je repose même mon portable pour regarder le match. Hunter doit se lancer dans un de ses laïus interminables.

Hunter : *Je ne sais même pas quoi répondre tellement c'est de la merde, ce que tu dis. Zeke savoure le fait que tu ne sois pas là pour ramener sa « non-meuf » tous les soirs (oui, on dort avec nos écouteurs dans les oreilles dans notre piaule). Griffin se fait un devoir de protéger ta réputation et la raison de ton absence. Il passe son temps à inventer des trucs et se tape délire sur délire (faudra jouer le jeu quand tu reviendras et dire oui à tout, sinon, ce sera grillé). Quant à moi, tu me manques, c'est dur ici sans toi (pas de mauvais jeu de mots, promis, enfin, sauf pour Zeke, si tu as bien suivi), mais plus dans le sens où mon pote, mon coéquipier me manque. Cela dit, je préfère te savoir entre de bonnes mains plutôt qu'ici à tourner comme un lion en cage. Ton petit cœur mérite de se reposer, histoire de nous revenir en pleine forme pour les sélections des playoffs. En attendant, on surveille tes arrières afin que tu puisses te* *remettre de tout ça, et je veux bien dire de tout. Même de Red.*

À la lecture de son long message, l'émotion me gagne. Je ne sais pas ce que j'ai fait pour mériter des potes pareils. Ce n'était pas gagné, de base, qu'on s'entende tous aussi bien. Je veux dire qu'à nous quatre, on a un condensé de testostérone qui explose tous les niveaux, et chacun de nous est différent. Pourtant, ils vont me manquer, l'année prochaine. Quoi que je fasse, que je sois pro ou pas, on sera indubitablement séparés par des jobs, une formation… Mais je préfère ne pas y penser, j'ai déjà assez le cafard sans en rajouter. Sa mention de Winnie me fait quand même serrer les mâchoires. Est-ce qu'on peut réellement se remettre un jour d'avoir échoué à conquérir la femme de sa vie ?

Je ne pense pas.

Les doigts suspendus au-dessus de mon écran, j'essaye de trouver les bons mots pour le remercier d'être lui-même et de savoir *toujours* quoi dire. Mais un dernier message apparaît :

Hunter : *Putain, dans la famille, niveau décorations d'Halloween, vous déconnez pas ! Et le piiire dans tout ça, c'est que vous êtes sacrément en avance ! Vous aimez terroriser le voisinage ?*

Une photo est jointe au message, sur laquelle apparaît le porche de la maison de mes parents. J'écarquille si grand les yeux qu'ils manquent de sortir de leurs orbites.

Non.

Si ?

Putain, ce serait trop bien !

Tant bien que mal, je me lève du canapé, sous le regard interloqué de mon frère.

– Tu vas te chier dessus ou… commence-t-il, alors que je me dirige vers la porte d'entrée. Les chiottes, c'est de l'autre côté, Cade !

Je ne l'écoute plus et fonce dehors pour voir ma brochette d'idiots préférés, tout sourire, agglutinés devant la voiture de Zeke.

Putain, ils sont là, ils ont fait la route pour passer du temps avec moi. Je suis un gros chanceux. Je file les rejoindre, et dans un élan de joie, je les prends dans mes bras à tour de rôle. Je pense qu'à la fin, je souris autant qu'eux.

– T'as bonne mine, quand même, me dit Hunter.

– Mais t'as pris de la bedaine, enchaîne Zeke en me touchant le ventre.

– Pourtant, t'es toujours aussi canon, clôture Griffin en ébouriffant mes cheveux.

J'explose de rire, soulagé de les voir, et heureux de savoir qu'ils vont passer du temps ici.

– Comment vous avez eu mon adresse ? je demande, tandis qu'on rentre se mettre au chaud dans le salon.

– J'ai dû faire du charme à la secrétaire de Wells, et Griffin a pu se faufiler pour tirer ton adresse dans ton dossier scolaire, m'explique Hunter.

Je les fixe en attendant qu'ils me donnent la vraie réponse. Mais ils restent silencieux, tous les trois.

– Vraiment ?

– Carrément, confirme Zeke, blasé. J'en ai entendu parler pendant une soirée entière après mon service. Ils deviennent trop inséparables, je te jure, c'est une torture. Quand est-ce que tu reviens ? Je suis en infériorité numérique, là !

Je ris. Putain, que ça fait du bien.

– Maman va tomber dans les pommes quand elle va vous voir ici, lâche Cameron, la bouche pleine, lorsqu'on débarque dans le vestibule.

– Votre mère nous adore. On a sauvé son fils, argue Zeke au moment où cette dernière arrive, alertée par le bruit.

Elle marque un temps d'arrêt, puis se dirige droit vers Griffin, les bras ouverts. Ce dernier, qui adore les câlins, lui rend le sien avec entrain.

– Les garçons ! Je ne savais pas que vous deviez venir ! Laissez-moi appeler George, qu'il apporte plus de plats chinois pour ce soir. Vous allez rester avec nous jusqu'à demain.

– Oui, m'dame Reed, répondent-ils en chœur.

Mon frère mime le fait de se faire vomir, avant de repartir vers le salon.

Ouais, j'ai besoin de ça, d'eux et de ma famille pour panser mes plaies. C'est la première fois depuis un moment que je sens qu'avec du temps, tout pourra rentrer dans l'ordre. Avec eux dans ma vie, tout ira bien.

CHAPITRE 32

Elle m'énerve cette phrase :
"Il faut toujours voir le bon côté des choses."
Genre tu tombes d'un escalier tu te dis :
"Cool, je suis déjà en bas" ?
(Vu sur Twitter)

WINNIE

Il y a une rumeur qui circule depuis quelques jours sur le campus.

Une rumeur concernant le capitaine des Grizzlys. Elle est sur les lèvres de tout le monde. Il se murmure dans les couloirs que Cade n'est plus à Rebel University, mais personne ne sait précisément pourquoi.

Les gens disent qu'il n'assiste pas aux cours ni même aux entraînements de hockey, et il est vrai que je ne l'ai pas aperçu depuis un moment. Ces bruits de couloir me font peur, honnêtement, ils me glacent le sang. Je crains que ce soit ma faute, et en même temps, je me sens affreusement présomptueuse de le penser. J'aimerais tant savoir où il est, s'il va bien… mais je n'ose pas en parler aux filles. Alors, je reste avec la trouille au ventre de ne pas savoir comment il va. Mes amies ne savent pas que toutes mes barrières sont tombées, que je peux enfin avouer que je suis amoureuse de Cade Reed.

Je l'aime et il me manque. Atrocement, viscéralement. En ne répondant pas à ses sentiments, j'ai créé moi-même ce vide qui me tiraille depuis ce soir-là. Et c'est un enfer.

Est-ce qu'il est possible de revenir en arrière ?

La crainte qu'il ne veuille pas me pardonner est puissante, mais je refuse d'y céder avant d'avoir essayé de le courtiser à mon tour. Tout est encore possible. Je me répète ce mantra pour ne pas céder à la panique ni baisser les bras. Sinon, je n'aurai jamais la foi de retenter ma chance avec lui, et je m'en voudrai toute ma vie. Je ne sais toujours pas quoi faire pour le récupérer. Je n'ai pas encore trouvé d'idée digne de lui. En même temps, qu'est-ce qui est du niveau de Cade ? Il a mis la barre tellement haut que toutes mes propositions me semblent bien fades en comparaison. J'ai du mal à rivaliser avec le roi des conneries.

Je laisse ma tête partir en arrière, contemplant un instant la régie de la radio, puis ferme les yeux. Dans cet endroit, qu'il a imprégné de sa présence pour effacer toute trace d'Adam, j'essaye de l'imaginer, de me plonger dans son esprit, mais il est unique… Je souffle en me redressant, avant de m'approcher du mur couvert de cadres. Sur la photo des garçons, après leur finale du Frozen Four l'année dernière, je ne regarde que lui. Il est couvert de sueur, mais son sourire et son air triomphant le rendent incroyablement beau. Il avait cette même aura lorsque je lui ai lancé mon défi. J'ai enclenché son mode compétiteur sans le savoir. Si seulement j'avais été aussi forte que lui, si seulement je ne m'étais pas cachée… Je ne peux pas revenir en arrière, je dois avancer et assumer qu'à l'époque, je n'étais pas prête à avouer mes sentiments. Je déverrouille l'écran de mon portable pour regarder l'heure. Il est minuit passé et soudain, j'entends des coups contre la porte du local. Mon cœur manque de lâcher sous la surprise. Dans un recoin de mon esprit, j'espère secrètement qu'il s'agit de Cade, même si les chances sont maigres. Le souffle court, je vais ouvrir et tombe sur Griffin, qui me balance un sourire dont lui seul a le secret.

Voilà qui est aussi peu probable.

– Griffin ?

– Salut, Winnie ! T'as deux minutes à me consacrer ?

Celle-là, je ne m'y attendais pas du tout.

– Tu… Je… Oui ?

Je bafouille complètement, mais pour ma défense, il fait partie des dernières personnes que je m'attendais à voir ici, surtout à une heure pareille. Ma confusion semble l'amuser.

– Oui, je répète, en essayant de me reprendre.

Je le laisse entrer. Il porte un blouson des Grizzlys, un jean déchiré aux genoux, et je jurerais qu'il a un trait d'eye-liner discret sur ses yeux.

– Tu vas bien ? me demande-t-il.

Il plaque en arrière les deux mèches bouclées qui tombent devant ses paupières, me permettant de confirmer qu'il porte un fin trait de crayon noir.

– Tu ne me détestes pas ?

Ma question est sortie toute seule, et je la regrette. Il ricane, ce qui, je l'avoue, lui donne un petit côté irrésistible.

– Pourquoi je te détesterais ? lance-t-il en posant un carnet sur la table.

Encore une fois, il me prend au dépourvu, et je reste muette quelques secondes.

– À cause de ce qu'il s'est passé avec Cade. Ça reste un de tes meilleurs potes et…

– Tu l'as juste envoyé sur les roses, tu ne l'as pas poignardé, Winnie. Je ne vais pas te détester pour ça.

– Je…

– Je ne suis personne pour juger qui que ce soit, ajoute-t-il en me souriant.

– Tu…

Oh, bon sang, je ne sais plus parler.

Je suis juste soufflée par sa bienveillance. Quand son regard croise le mien, il n'y a que de la douceur. Je pourrais croire qu'il joue un rôle et qu'il va venger son meilleur ami, mais je sais que Maeve ne sortirait jamais avec un type comme ça. Et s'il s'y amusait, elle le réduirait en cendres.

– Alors, comment tu vas ? insiste-t-il.

– Bien.

Pas vraiment, en réalité… parce que j'aime ton capitaine et que j'ai tout gâché.

Voilà ce que j'aimerais réellement répondre, mais je n'ose pas.

– Et en vrai ? lâche-t-il, en levant les yeux au ciel.

– Euh… Qu'est-ce que tu veux dire ?

– Tu peux te confier et tout raconter à ton pote Griffin, mais tu n'es pas non plus obligée de dire quoi que ce soit. J'ai une petite sœur qui me parle de tout, et de manière générale, je pense savoir écouter les gens.

Si on m'avait annoncé un jour qu'il pouvait débarquer comme ça pour me proposer un espace de parole, je n'y aurais jamais cru. Et je ne sais pas pourquoi je cède, mais c'est ce que je fais.

– Cade me manque, j'avoue alors dans un souffle.

Voilà l'euphémisme de l'année ! J'aimerais pouvoir crier sur tous les toits que je l'aime, que je ressens son absence dans chaque cellule de mon corps. Mais je sais aussi que c'est à *lui* que je dois dire ces mots en premier, pas à Griffin.

– Qu'est-ce que tu fais réellement ici ? je demande à la place. Tu n'es pas venu écouter mes états d'âme, surtout pas à cette heure-ci, pas vrai ?

Il sourit et pointe le carnet sur la table.

– Je suis venu car j'ai lu un livre, récemment. Un peu cliché, mais je me suis dit qu'il te plairait peut-être. L'héroïne te ressemble beaucoup.

– Pourquoi ? Désolée, je ne comprends pas ce que tu racontes. T'as picolé, c'est ça ? Je peux appeler Hunter pour qu'il vienne te chercher.

Il ne se laisse pas démonter par mon sarcasme et ricane.

– Je peux m'asseoir ? demande-t-il en tirant une chaise, sans attendre ma réponse.

– Prends tes aises, je lâche, toujours aussi perdue.

– Viens à côté de moi, Winnie.

– Griffin, t'es flippant. Tu vas me faire la lecture ?

– Non, je te propose simplement de t'asseoir, car ce bouquin est à tomber à la renverse. Il vaut le coup, je t'assure.

Je sais que me battre contre lui ne mènera à rien. Si j'ai bien retenu un truc de ce que m'a dit Maeve, c'est que ce type est têtu. Alors, je m'exécute en silence. Lorsque Griffin fait glisser le carnet jusqu'à moi, je remarque que ses ongles sont peints dans un violet foncé.

– Tu portes du vernis ?

– Maeve aime tester les teintes sur moi, répond-il en esquissant un petit sourire.

Comme si c'était normal, comme si tous les mecs de ce campus accepteraient d'en faire autant.

– Il y a quoi là-dedans ? je souffle, avec une appréhension grandissante.

Il attrape alors ma main et rive ses yeux aux miens. Mon cœur manque un battement devant son expression si intense.

– Des choses que tu dois voir, lire… Ce contenu ne va pas changer le cours du monde, mais il risque de bousculer le *tien*.

Il me lâche la paume, et je soupire.

Je ne suis toujours pas sûre de comprendre où il veut en venir, mais j'attrape le cahier entre mes doigts tremblants. La première chose que je remarque, ce sont les nombreux « Prince King » dessus et à travers ma nervosité, un rire se fraie un chemin.

– Prince King, hein ?

– Je ne peux pas tourner le dos à un patronyme aussi cool, tu m'as bien regardé ?

Tout le monde ne le verrait pas de cet œil, mais Griffin a sa vision bien à lui de la vie, et c'est ce qui le rend aussi unique. Je dois avouer que c'est également pour ça que je l'apprécie.

Après une dernière hésitation, j'ouvre le carnet à la page qui est signalée avec un Post-it, où il est écrit en gros : « Opération "Coupe-moi le souffle", ou comment faire craquer Winifred Wilson. »

Il n'y a que ces quelques mots, mais ils ont déjà le don de faire tambouriner mon cœur, de le malmener, de le ressusciter, parce qu'ils me rappellent le début de nos jeux ensemble et qui, aujourd'hui, me manquent atrocement.

Malgré le fait que je sois entourée de mes amies et de Nana, je me sens terriblement seule depuis une semaine. Je pensais qu'Adam avait rouvert cette blessure en me quittant, mais depuis que Cade a déserté ma vie, je sais… Mon ex a été une bouée de secours dont j'avais besoin à un moment donné, mais il n'était que ça. Et comme m'a prévenue Camila, il m'a rendu service en mettant un terme à cette mascarade entre nous. En revanche, j'ai l'impression d'avoir perdu une part de moi en rejetant mon chevalier. Cade *Knight*[47] Reed, voilà qui lui va à ravir.

Les mains tremblantes, et avec précaution, je vais à la page suivante.

47. « Chevalier » en anglais.

Opération « Coupe-moi le souffle »,
ou comment faire craquer Winifred Wilson

~~Mettre une mini-casquette sur ta bite~~

Faire imprimer des tee-shirts pour le lancement de la radio

~~Écrire une chanson et la chanter en plein amphi pour l'inviter à un date~~

~~(Porter une armure de chevalier ?)~~

Date romantique dans un endroit qu'elle aime
(genre la piscine, avec bougies, etc.)

~~L'emmener à un concert~~
(Elle adore écouter Journey)

~~Lui faire un strip intégral~~

~~Préparer un repas avec des aliments qui ne commencent que par la lettre P~~

~~Te tatouer son prénom sur une fesse~~

~~Écrire un poème avec les lettres de son prénom~~

~~L'attendre tous les matins avec un chocolat chaud~~

~~Lui dire combien elle déchire chaque matin pendant son live~~

Demander à Nana de me transmettre la recette de ses mac and cheese et lui faire la surprise

~~L'emmener voir un championnat de natation~~

Lui dire que je l'aime depuis la première fois que j'ai croisé son regard

Oh, putain.

Cette dernière phrase est le coup de grâce. Je n'ai rien vu alors qu'il était amoureux de moi depuis le tout début. Pourtant, il a été à mes côtés après ma rupture sans jamais rien tenter, il a respecté mon besoin de solitude. Il a été d'une patience infinie avec moi. Il m'a aidée à me remettre, à mon rythme, puis il a attendu mon consentement pour me proposer notre premier rendez-vous.

Et j'ai piétiné sa confession.

Sur la page qui suit, il y a les paroles de la chanson qu'il a écrite pour moi et qu'il m'a chantée pendant mon cours de communication. Elle est raturée de nombreuses fois. Il y a également des petits dessins qui agrémentent l'ensemble, et au milieu des gribouillages, une toute petite feuille dessinée en rouge. Elle me rappelle étrangement celle qui a glissé jusqu'à moi quand j'ai demandé un signe à ma mère, et soudain, j'ai le sentiment que tout prend un sens. Ce n'est pas un hasard, c'est un signe. Celui que je lui ai demandé.

Je mets un instant à me remettre de ce que j'ai sous les yeux, à laisser les pièces du puzzle s'imbriquer dans mon esprit.

Oh, maman.

Merci.

Étrangement, je ne pleure pas. Non, je me sens heureuse, je me sens vivante, je me sens… bien.

Je tourne la page. Sur celle qui suit, il y a un poème. Non pas de mon prénom, comme mentionné dans la liste, mais de cul avec une annotation en dessous : « Lui sextoter des poèmes érotiques pour la rendre fébrile. »

Oh, Cade. Toi, tu n'as jamais douté que j'étais la femme de ta vie, et tu étais prêt à réaliser encore mille défis s'il l'avait fallu.

Absolument tout ce qui est noté ici est une ode à ma personne. Peu importe que certaines idées soient débiles, d'autres romantiques ou adorables, tout a été pensé, écrit pour moi.

Rien que pour moi.

La dernière personne à m'avoir aimée si fort a laissé des bouts d'elle partout dans ma vie, afin d'être encore présente dans mon quotidien des années plus tard. Et c'était ma mère. C'est certain, elle aurait été sa plus grande fan, un peu comme Nana.

– C'est…

Les mots me manquent.

– Tu te rappelles quand tu nous as interviewés la première fois ? demande Griffin.

Je hoche la tête.

– Vous étiez tous les quatre et vous avez passé votre temps à faire les cons, je rigole doucement.

– On a chambré Cade, car il semblait avoir flashé sur toi.

– Oui.

Je me souviens clairement de ses regards. Il m'avait troublée. Je me croyais heureuse avec Adam, à l'époque, mais j'avoue avoir ressenti un petit pincement au cœur ce jour-là. Celui qu'on a quand on se sent belle dans les yeux de quelqu'un d'autre que la personne avec qui on est en couple, et ça m'a fait quelque chose. Si j'avais su qu'à ce moment-là, il avait eu un coup de foudre…

– En réalité, il avait vraiment flashé sur toi.

– Je vois ça, je réponds en montrant le carnet, mais j'étais avec quelqu'un.

– Les coups de cœur ne s'expliquent pas, rétorque Griffin en souriant. Parfois, tu tombes amoureux d'une personne que tu ne peux pas avoir ou qui va te péter le frein…

– Il a fait tout ça juste pour… moi.

– Ouais.

Il prononce ce simple mot avec tellement de fierté et d'enthousiasme que ça creuse encore le vide béant que j'ai dans la poitrine.

– Quand tu lui as dit de te couper le souffle, tu lui as donné le feu vert pour te courtiser. J'aime ce mec, mais une partie de lui vit toujours au dix-huitième siècle ! Il ne pouvait pas se contenter de te payer un resto, non, pour te montrer qui était le vrai Cade et pour te faire comprendre ses sentiments, il devait sortir le grand jeu. Il attendait patiemment, et je pense même qu'il l'aurait fait encore longtemps…

Je le sais, maintenant. Il n'en est que plus merveilleux… mais une question me hante : ai-je encore une chance avec lui ? Lui, qui m'a aimée sans conditions dès le début, pourra-t-il me pardonner ?

– Je ne veux pas que tu croies que je suis ici pour te forcer la main. On ne peut pas obliger une autre personne à avoir des sentiments. Mais je suis convaincu qu'il était important que tu voies ce carnet, parce que je sais que de lui-même, il ne te l'aurait jamais montré. Pourtant, je me suis dit que…

– Merci, Griffin. Merci pour ce précieux cadeau, je le coupe.

Je fonds dans ses bras sans lui demander son avis. Je ne m'attendais pas à ce qu'il me rende mon étreinte, mais il finit par me serrer en retour. Ça me fait du bien, bien plus que je ne l'imaginais.

– Pas d'quoi !

On s'éloigne et Griffin sourit, avant de sortir son téléphone de sa poche.

– Si tu as quelque chose à dire, ramène ton beau p'tit cul ici ! gueule-t-il soudain.

Alors que je m'apprête à lui demander à qui il parle, la porte s'ouvre et Hunter apparaît.

– Qu'est-ce qu'il se passe ? je lance, perdue.

– Il t'a montré la dernière page du carnet ? me questionne Hunter.

– Pas encore, répond Griffin. Une émotion à la fois. Je prends soin de son cœur.

Je ne comprends pas pourquoi il insiste sur ce dernier mot. Mais je crains le pire, avec eux.

– T'es long, sérieux, l'accuse son ami.

– Je suis patient, contrairement à toi. Je ne brûle pas les étapes.

Alors qu'ils se chamaillent, je tourne la page, et là, ma respiration se coupe tandis qu'un violent frisson me secoue.

« *Avoir le syndrome du cœur brisé.* »

À la différence d'écriture, je sais que ce n'est pas Cade qui a rédigé cette simple et néanmoins dévastatrice phrase.

– C'est…

– Tu as eu vent des rumeurs qui circulent sur Cade ? lance Griffin.

– Celles qui parlent de son absence, précise Hunter.

– Oui, mais…

Soudain, leur expression grave me rend nerveuse.

Une pensée que j'ai refoulée au plus profond de moi refait surface : il lui est arrivé quelque chose. J'en suis certaine. Personne ne sait rien, mais Cade va mal, et pas seulement à cause de notre rupture.

– Il est vraiment parti, me confirme Griffin. Il est rentré chez ses parents. On fait blocus depuis des jours pour que personne n'en sache la raison exacte.

J'ai peur. Réellement peur. Une terreur similaire à celle que j'ai ressentie quand on a appris la maladie de ma mère.

– Vous me faites flipper, les gars. Si c'est une blague, c'est…

– On t'explique simplement, dit Hunter. Parce qu'on estime que ce qui lui arrive te concerne aussi et que tu aimerais savoir.

– Cette dernière phrase que tu as lue, ce n'est pas une figure de style, renchérit Griffin.

Je fronce les sourcils en relisant le passage en question. « Avoir le syndrome du cœur brisé. »

– De quoi vous parlez, bordel ? je m'agace.

– Pour simplifier, on va dire qu'il a fait un malaise après l'un de nos entraînements, explique Griffin, très sérieusement. Et d'après les médecins, c'est le syndrome du cœur brisé. En gros, il est provoqué par une situation de stress aigu et prolongé, après un événement dramatique. Le cœur ne peut alors plus se contracter et assurer sa fonction de pompe, ça s'approche d'un arrêt cardiaque.

– Il est…

– Il va bien, me rassure précipitamment Hunter. Il doit observer un repos strict et faire d'autres ajustements dans sa vie. Mais il n'est plus en danger. De notre côté, on fait en sorte que personne ne l'apprenne.

– Vous êtes en train de me dire que j'ai failli tuer Cade, je souffle.

Les deux ouvrent la bouche pour répondre, mais je ne les entends plus. Le sang bourdonne à mes oreilles, me coupant du reste du monde.

OMG, j'ai failli tuer un mec.

Pas n'importe lequel, *mon mec*, mon chevalier en armure, mon Knight.

« Le syndrome du cœur brisé », je lui ai infligé ça. En réponse, le mien bat comme un fou, ravagé par cette nouvelle. Je me sens encore plus tendue qu'avant l'arrivée des garçons, mais étrangement moins perdue.

– Je… Je ne voulais pas le blesser. Cade m'a aidée à trouver qui je suis vraiment. Il ne s'est jamais découragé, il m'a prise par la main et m'a accompagnée quand j'en avais besoin. Merde. Je ne pensais pas que vous seriez les premiers à qui j'ose le dire, mais je l'aime, c'est juste que j'étais perdue… enfin, j'avais peur. Je suis amoureuse de lui, j'ai jamais voulu…

Alors que je m'interromps, à bout de souffle, les joues cramoisies, Hunter et Griffin éclatent de rire.

– Pourquoi vous vous moquez ?

– Parce que tu fais du Winnie ! s'exclament-ils en chœur.

– Je…

– Et parce que tu l'aimes, rajoute Hunter.

– J'ai tout gâché… J'ai réfléchi à comment lui avouer mes sentiments, à quelque chose de grand, je ne voulais pas débarquer en trombe avec de simples mots. Mais je n'y arrive pas, je hoquette. Et maintenant que je sais tout ça, c'est sûr qu'il ne voudra plus jamais de moi.

– Griffin et moi, on a merdé dans nos relations respectives. On a connu un moment de flottement qu'on n'a pas réussi à gérer. Ça arrive à tout le monde.

– Surtout aux meilleurs, confirme son acolyte.

Je ris en sanglotant. Griffin me tend un mouchoir. Décidément, ils ont tout prévu.

– T'as eu une sale rupture. Il t'a fallu du temps pour comprendre, c'est tout.

– Merci de m'avoir tout avoué.

Je triture le bout de papier entre mes mains, avant de poser la question qui me brûle les lèvres.

– Vous pensez que j'ai encore une chance ?

Ils hochent la tête. Je souffle.

– Il faut que je vise haut, je dis. Genre, très haut. Aussi haut que les idées du carnet. Sauf que je ne sais pas faire ces choses-là…

– On va t'aider.

Je les regarde ; ils me sourient de toutes leurs dents.

– C'est-à-dire ?

– On a une idée, peut-être qu'elle pourrait te convenir, annonce fièrement Griffin. Sinon, on peut se creuser les méninges ensemble. Et si on trouve pas, je suis certain que Harper et Maeve seront ravies d'apporter leur pierre à l'édifice.

Alors que je leur souris, les mots de ma mère dans sa dernière lettre se répètent en boucle dans mon esprit. Je crois qu'elle serait heureuse de savoir que je me suis entourée d'amis incroyables qui me tirent vers le haut et qui me respectent. Et bientôt, je l'espère, d'un homme merveilleux.

CHAPITRE 33

Moi, en général, je lui réponds merde.
En principe, ça colle avec tout.
(Leodagan, Kaamelott*)*

Cade

Le retour sur le campus est un peu brutal. Je ne me rends compte qu'aujourd'hui combien les responsabilités que je trimballe sur mes épaules sont éreintantes :

– *réussir mes études*
– *assurer dans l'équipe de hockey*
– *en être le capitaine*
– *nous sélectionner pour les* playoffs *afin de gagner le Frozen Four une seconde fois*
– *rester inspirant pour les autres joueurs et montrer l'exemple*
– *être recruté pour jouer en ligue pro*
– *être à la hauteur du statut populaire qu'on m'a collé sur le front*
– *avoir un job*
– *gérer les factures*

Dire que mes journées ne font que vingt-quatre heures… Mais bon, j'ai pu rayer des éléments de cette liste, qui me libèrent du temps, comme :

– *avoir une petite amie*
– *lui couper le souffle*
– *l'aimer*

Triple merde.

Faut que j'arrête avec ça. Winnie et moi, c'est fini, j'ai tiré un trait définitif sur elle. Enfin, j'essaye. Je fais de mon mieux, en tout cas. Ça arrive de se planter, de se persuader de certaines choses alors que ce ne sont que des fantasmes. Peu importe à quel point j'étais sûr de moi, c'est ce qui m'est arrivé avec Winnie.

Ni plus ni moins.

Je me suis gouré sur toute la ligne, et c'est ma faute. Maintenant, je dois accuser le coup et rebondir. Voilà ce dont je tente de me convaincre depuis près de quinze jours. Mais je ne désespère pas, il faudra juste un peu de temps. Les compétitions de hockey à venir et les premiers partiels de fin d'année m'aideront, j'en suis certain. Je n'aurai plus de moments libres pour réfléchir à quoi que ce soit. Même si oublier Winnie me paraît impossible, je peux continuer de me convaincre que j'y parviendrai jusqu'à ce que j'y croie réellement.

Fake it until you make it[48].

Je ne sais pas ce que penserait ma psy de tout ça, mais il est hors de question que je lui en parle lors de notre premier rendez-vous. Je me déplace rapidement dans les couloirs, hochant la tête et offrant quelques sourires lorsqu'on m'interpelle ou me salue.

L'équipe a vraiment fait front commun, personne ne sait que je me suis effondré dans la salle de musculation. Je ne sais même pas comment c'est possible, car les ragots

48. Fais semblant jusqu'à ce que t'y arrives.

ici vont bon train. Hunter et Griffin m'ont promis qu'ils n'avaient rien dit à leurs meufs, ce qui est encore plus un exploit, quand on sait à quel point ces quatre-là partagent tout. Surtout que Hunter est en mode séducteur puissance mille, il va bientôt fêter ses un an avec Harper, et il compte faire les choses en grand. Un an… C'est passé si vite.

Malgré ça, il a assuré pour couvrir mes arrières, c'est important que peu de personnes connaissent la raison de mon absence. Non pas que j'aie honte de mon syndrome du cœur brisé, mais ça pourrait remonter aux oreilles des recruteurs. Ils le verront déjà forcément dans mon dossier médical, mais ils m'auront vu jouer avant, et surtout, je pourrai défendre mon cas le moment venu.

S'ils se font une opinion avant même de me rencontrer, c'est foutu.

Quand j'arrive devant le bâtiment qui héberge le pôle médical, je vérifie plusieurs fois que personne ne me voit entrer. C'est encore plus suspect que si j'y allais la tête haute. Mais c'est comme ça, j'angoisse à la perspective de ce premier rendez-vous.

« Arrête de stresser, Cade ! »

J'entends la voix de ma mère comme si elle était à mes côtés. Si seulement la pensée magique pouvait exister, ce serait beaucoup plus simple.

Je consulte le panneau et prélève les informations dont j'ai besoin, avant de me rendre devant la porte de madame Sil, ma thérapeute attitrée, qui va me suivre pour le reste de l'année scolaire. Je m'assieds sur une chaise pour patienter, ma jambe sautillant de plus en plus vite.

Ne pas savoir à quelle sauce je vais être mangé m'inquiète. Et si elle me diagnostiquait une dépression ou un truc du genre ? Ça pourrait tout foutre en l'air. Il faut être au top de sa forme physique et mentale pour espérer jouer en NHL. Sans m'en rendre compte, je porte mon pouce à la bouche pour me ronger l'ongle, quand soudain, une silhouette apparaît dans le couloir. Un petit bout de femme, le teint mat, de longs cheveux noirs et raides, et un sourire éblouissant. Elle ne doit pas avoir plus de trente ans et honnêtement, elle est canon.

Faites que ce ne soit pas ma psy, faites que ce ne soit pas ma psy…

– Monsieur Reed, je présume, dit-elle en me tendant la main. Je suis Maya Sil.

Je me redresse vivement, et elle est obligée de lever le visage pour ne pas rompre le contact.

– Oui, c'est moi.

– On m'avait dit que les hockeyeurs étaient de sacrés gabarits, mais je ne pensais pas que c'était aussi vrai…

Je ricane vaguement, toujours mal à l'aise. Comment ma psy peut-elle être aussi jolie ? Je l'imaginais vieille et avec des lunettes. Pas sexy et souriante comme c'est le cas.

– Venez avec moi, on va se mettre à l'aise dans mon bureau. C'est bien que vous soyez en avance, on va pouvoir prendre notre temps et faire connaissance.

Sans un mot, j'entre dans la pièce qu'elle ouvre, et je suis surpris de ne pas voir de canapé. Juste deux gros fauteuils d'apparence confortable, se faisant face. J'étais plein de clichés, je crois…

– Il y a un portemanteau derrière vous pour y déposer vos affaires, ensuite, prenez place, m'explique-t-elle en désignant un fauteuil.

Le temps que je me mette à l'aise, elle est déjà installée avec un calepin sur les jambes et un stylo accroché dessus.

Ah, voilà au moins un truc qui se révèle juste. Elle va prendre des notes pendant que je lui parle, et je vais me torturer pour savoir ce que j'ai pu dire ou faire qui soit si digne d'intérêt.

– Monsieur Reed…

– Cade. Appelez-moi Cade. Monsieur Reed, c'est mon père.

Elle rigole doucement, puis hoche la tête.

– *Cade*, est-ce que vous savez exactement pourquoi vous êtes là ?

Voilà une question bien plus complexe qu'il n'y paraît. Je fronce les sourcils, par réflexe, me concentrant et essayant de choisir avec soin les mots que je vais prononcer. Mais une sorte de lassitude s'empare de moi au même moment. Je n'ai rien à gagner à montrer une image parfaite de moi ici. Au contraire, si je veux vraiment passer à autre chose, il faut que je sois honnête avec elle, et surtout, avec moi-même.

Lorsque mes lèvres s'ouvrent, les mots glissent tout seuls, libérateurs.

Je ne pensais pas que la thérapie pouvait faire autant de bien. On approche de la fin octobre, et je vois madame Sil deux fois par semaine. Chaque fois que je sors de là, j'ai l'impression qu'un poids a quitté mes épaules. Elle m'aide vraiment beaucoup à tout gérer, que ce soit la pression ou la rupture avec Winnie.

Parce que finalement, c'est l'une des premières choses que j'ai mentionnées lors de cette fameuse séance initiale. Elle m'a entendu, m'a posé beaucoup de questions et m'a laissé faire mon propre chemin pendant nos différents échanges. Et j'ai décidé de moi-même de ne pas reprendre contact avec Red. C'est plus sain pour moi. Même si l'amitié qu'on avait me manque, cela serait bien trop douloureux de la revoir sans pouvoir la toucher ou l'embrasser. Et puis, je n'ai pas envie de lui imposer ça non plus. J'ai compris qu'aussi douloureux que ce soit, c'est plutôt bénéfique qu'elle ait été honnête avec moi.

Ouais, la thérapie m'aide énormément, et le campus est suffisamment grand pour qu'on puisse y cohabiter tous les deux. Je ne dis pas qu'il ne m'est pas arrivé de l'apercevoir de loin, et, en grand courageux que je suis, de changer de direction, quitte à me taper un détour monstre. Les cheveux roux de Winnie m'aident à la repérer beaucoup plus facilement, même si je n'ai pas besoin de ça. Je ressens toujours sa présence aussi fortement. Tandis que je marche à côté de Hunter pour aller en cours, mon esprit est accaparé par Red. Comme toujours, ces temps-ci, même si dès que je m'en rends compte, j'essaye d'y couper court et de concentrer mon énergie sur un sujet plus important.

– Tu sais si Connor vient ce soir ? me demande Hunter.

– À quoi ? je lance, perdu.

– À notre tournoi de poker ! s'excite-t-il. Les filles arrivent pour dix-neuf heures, ce serait sympa qu'il soit présent. J'ai l'impression qu'il s'éloigne un peu en ce moment…

J'avais oublié cette histoire, même si je pense qu'une soirée avec toute la bande réunie nous fera du bien. J'ai besoin de renforcer cette cohésion entre nous, comme pour me prouver que les gars sont encore là pour moi.

– En même temps, il est loin de sa famille et de ses potes, c'est normal que ça lui pèse, parfois, j'argumente.

– Raison de plus pour l'inclure un peu plus. Tu crois qu'il a le mal du pays ?

– Peut-être. C'est une bonne idée pour ce soir, mais faut briefer Zeke, alors.

La grimace de Hunter prouve que je marque un point, et pas un petit. Ces derniers temps, Zeke semble déterminé à afficher sa relation avec Della, et je sais de source sûre que Connor et lui n'ont toujours pas mis les choses au clair. Tout ça va juste leur péter à la tronche un jour, et j'espère que ça n'aura pas de répercussions sur l'équipe. Pas comme j'ai pu le faire à l'entraînement avec Dean. Je me suis excusé, d'ailleurs. Zeke avait raison, il ne méritait pas ça. Je veillerai au grain, même si c'est encore un truc à ajouter à ma *to-do list* interminable. Sur le chemin qui mène à la salle de classe, plusieurs personnes nous arrêtent, certaines pour nous dire bonjour, d'autres pour prendre de mes nouvelles.

– Salut, Cade !

– Eh, Tully ! Ça fait un bail !

C'est un peu bizarre de parler avec l'ex de Maeve, mais il a toujours été cool en soirée, et puis, c'est grâce à lui et à ses coéquipiers de l'équipe de basket que le gros de nos affaires a été épargné lorsque le père de Griffin nous a dégagés.

– Comment tu vas, mec ?

On se serre la main, puis il fait la même chose avec Hunter.

– Bien, et toi ? je réponds.

– Super ! Alors, ces rumeurs de recrutement, c'était vrai ou pas ?

Je secoue la tête en rigolant.

– J'aurais aimé te dire que j'ai été repéré par les Blackhawks, mais malheureusement non…

Il sourit.

– Ils vont t'appeler, c'est certain ! Mais au fait, on ne vous voit plus en soirée…

Alors que Hunter lui répond, mon regard est happé par un groupe d'amis non loin de nous. Ils sont trois, mais une couleur particulière attire mon attention. Des cheveux si flamboyants qu'il est impossible de ne pas être captivé. Winnie est en train de rire avec Pria et Taylor, et cette image, pourtant banale, fait battre mon cœur. Elle semble joyeuse, elle vit sa vie et…

Mes pensées deviennent confuses lorsque ses yeux croisent les miens. J'ai la sensation que le temps se suspend. Je voudrais oublier les sentiments qu'elle m'inspire encore, mais ce n'est pas simple. Je n'arrive pas à rompre le contact tandis qu'on s'observe toujours. Pour tenter de me donner une contenance, je passe une main dans mes cheveux, mais j'échoue. Je ne parviens pas à accorder la moindre attention à la conversation avec mes potes. Une myriade de sentiments me déglingue le cerveau et des questions défilent dans mes pensées. Est-ce qu'elle va venir ? Est-ce qu'elle… Winnie rompt soudain notre échange, sans rien amorcer. Pas un geste, pas un encouragement, *rien*. Elle s'éloigne en compagnie de ses amis de la radio. D'un côté, je me sens soulagé de ne pas avoir à supporter une conversation avec elle ou une confrontation, et en même temps, je me sens affreusement blessé. Car l'évidence qui s'impose à moi est simple : c'est bel et bien fini entre nous. L'adrénaline qui me pique le cœur est comme un signal d'alarme. Sans un mot pour Hunter et Tully, je fais volte-face et avance dans le couloir.

– Cade ?

Quand je jette un regard par-dessus mon épaule, je vois mon meilleur pote inquiet.

– Tout va bien, je prends juste soin de moi.

Mon nouveau mantra, c'est de m'écouter, de toujours me faire passer en priorité. Et je vis précisément un de ces moments où j'en ai besoin.

La partie de poker bat son plein, l'ambiance est légère, et ça fait un bien fou. Connor a accepté de venir, et il a même amené un mec qu'il voit en ce moment : Shawn. Autant dire que ça a créé quelques tensions au début, jusqu'à ce que Griffin lance à Zeke : « Ah, ben voilà, chaque bite a trouvé refuge ! » Cela a coupé court à tout débat, et tant mieux.

La seule ombre au tableau est que je me fais rétamer. Enfin, pour être honnête, Harper nous plume tous. Cette fille cache bien son jeu ! Elle prétendait qu'elle était nulle, et depuis, elle n'arrête pas de nous balancer « la chance des débutantes ». Alors que très clairement, elle sait parfaitement ce qu'elle fait. Hunter semble plus fier d'elle à chaque manche qu'elle remporte, même si lui aussi se fait laminer au passage. Il a un écriteau lumineux disant « C'est ma meuf » collé sur le front.

Je me lève pour aller chercher de quoi boire dans la cuisine, aidé par Griffin. On n'est qu'à quelques mètres des autres, mais ça ne l'empêche pas de mettre les pieds dans le plat au pire moment.

– Bon, tu vas prendre ton courage à deux mains et parler à Winnie, ou comment ça se passe ?

Je le fusille du regard, mais rien n'y fait. Il reste là avec sa gueule d'ange, attendant une réponse.

– Ce n'est pas tes putains d'affaires, je grogne.

– Ah si ! À partir du moment où t'es misérable et que…

– Je ne suis pas misérable ! Je prends soin de moi, chose que je n'ai jamais faite jusqu'à présent. Alors, fous-moi la paix.

Il lève les mains en l'air pour m'apaiser.

– Je me suis mal exprimé. Ce que je voulais dire, c'est que t'as une tronche de déterré et que ce ne serait peut-être pas si mal d'essayer de lui parler…

Dans le genre compliment, ce mec est à chier, mais ça, ce n'est pas nouveau.

– Tu sais, Princesse, je t'aime beaucoup. Vraiment, t'es l'un de mes meilleurs potes. Alors ça me peinerait de devoir te casser la gueule.

– Tout de suite, les grands mots…

Je suis très sérieux quand je lui demande de ne pas me pousser à bout, je suis encore bien à cran. Et je ne supporte pas qu'on me dise quoi faire ou comment gérer la situation.

Je pense que c'est ce que j'apprécie le plus avec ma psy, Maya : elle me pose des questions, me laisse y réfléchir par moi-même. Elle ne m'impose aucun raisonnement.

Peut-être que tout le monde devrait aller voir un thérapeute, en vrai. On nous bassine avec la santé de notre corps, bien manger, faire du sport, des régimes. Alors que sans un mental sain, tout ça n'est que du vent. C'est un duo, l'un ne marche pas sans l'autre. Il faudrait que j'en parle au coach et à Pierce, peut-être qu'ils seraient partants pour proposer une fois par trimestre aux mecs un endroit pour vider leur sac. Ça ne ferait de mal à personne.

– Je gère comme je peux et à mon rythme, Griffin. Est-ce que c'est la bonne solution ? Je n'en sais rien. Mais c'est celle qui me convient et qui me permet de reprendre ma vie en main. Alors si ça ne te va pas, tu peux aussi te foutre un doigt au cul pour aller y chercher un nouveau jouet ! Ce que je fais n'est pas ouvert au débat. Ma vie, mes décisions, que ça te plaise ou non.

Mon ton est beaucoup plus froid que je ne l'imaginais, et je prends alors conscience que plus personne ne parle dans la pièce. Tous les yeux sont braqués sur nous.

Super. Il ne me manquait plus que ça.

Maeve et Harper échangent un regard qui en dit long, et c'est ma goutte d'eau. Je contourne Griffin, attrape mon manteau et quitte la maison. Une bonne balade me fera du bien et m'aérera l'esprit.

J'en ai besoin.

Je laisse mes pieds me guider, et quand je me rends compte de l'endroit où je suis, je souris malgré moi. Il y a encore de la lumière à l'intérieur, ce qui ne m'étonne qu'à moitié. Le coach doit bosser tard le soir, avec l'approche des sélections. Je me faufile dans le bâtiment abritant la patinoire, puis me dirige vers son bureau. En effet, il est là, penché sur une immense feuille qu'il griffonne. Les ordinateurs sont le diable incarné pour lui.

Je toque et il lève les yeux, surpris.

– Reed ! Qu'est-ce que tu fais là ?

Je hausse une épaule, pas très sûr de savoir quoi répondre à ça.

– Entre, mon garçon, me propose-t-il, en se redressant dans son fauteuil.

Je m'exécute et lorsque je plante mon regard dans le sien, je me sens soutenu. Aussi bête que ça puisse paraître, il n'a besoin d'aucun mot pour me le faire savoir.

– Vous avez déjà été largué, Coach ?

– À deux ou trois reprises, oui, m'avoue-t-il, avec un sourire en coin.

– Et ça fait aussi mal à chaque fois ?

Il croise les mains sur son ventre, cherchant ses mots.

– Ça dépend à quel point la personne comptait, mais ce n'est jamais plaisant. Cela dit, comme pour toutes les épreuves de la vie, on s'en relève. En boitant, d'abord, et au bout de quelque temps, on se rend compte qu'on court de nouveau.

– Pour se faire piétiner une nouvelle fois ?

Il rigole franchement, me faisant sursauter.

– Peut-être, ou peut-être pas. On fait plein de choses dans la vie sans en connaître l'issue, mais ça ne nous empêche pas de les faire pour autant.

Je ne suis pas sûr de pleinement comprendre ce qu'il essaye de m'expliquer, mais je suis trop fatigué et las pour demander des explications.

– Ça va aller, Cade. Physiquement, tu es remis, et les entraînements se passent bien. Pour le reste, tu es tellement jeune encore que c'en est indécent. Tu as tout le temps pour trouver la perle rare. Crois-moi.

Pourquoi est-ce que ces mots me font du bien ? Je n'en sais rien, mais c'est le cas. J'avais besoin qu'on me dise que Winnie n'était peut-être pas l'élue ou qu'une autre m'attend quelque part. J'ai du mal à croire que je pourrais avoir un tel coup de foudre deux fois, mais après tout, pourquoi pas ? Rien n'est gravé dans le marbre comme je le croyais.

– Merci, Coach.

CHAPITRE 34

Whatever happened to chivalry ?
Does it only exist in 80's movies ?
I want John Cusack holding a boombox outside my window.
[...] I want Judd Nelson thrusting his fist
into the air because he knows he got me. Just once
I want my life to be like an 80's movie, preferably one with
a really awesome musical number for no apparent reason.
But no, John Hughes did not direct my life[49].

(Olive, Easy A*)*

WINNIE

– Tu es sûre de toi ? demande Pria.

Non. Peut-être. Oui.

De toute façon, plus moyen de faire machine arrière.

Il *faut* que je le fasse.

– Plus que jamais.

Je ne suis pas sereine, ça, c'est certain, mais je suis déterminée.

---

49. Où est passée la galanterie ? Est-ce que ça n'existe que dans les années quatre-vingt ? Je veux voir John Cusack soulever un transistor devant ma fenêtre. [...] Je veux que Judd Nelson lève le poing en l'air parce qu'il sait qu'il me plaît. Rien qu'une fois, je veux que ma vie ressemble à un film des années quatre-vingts, de préférence un film avec une scène de chanson vraiment géniale et qui sort de nulle part... Malheureusement, John Hughes n'est pas le réalisateur de ma vie.

Je n'ai quasiment pas dormi de la nuit ; je cogite pas mal, ces derniers jours. Tout est embrouillé dans ma tête. Je crois que je ne trouverai le repos que lorsque j'aurai enfin franchi cette étape. Peu importe l'issue, au moins, j'aurai dit ce que j'ai sur le cœur, et c'est tout ce qui compte. Je ne supporte plus de devoir esquiver Cade, j'ai envie de le voir, de lui parler, de l'étreindre… et pour ça, je dois sauter dans le grand bain.

Je suis terrorisée, mais je ne flancherai pas.

Je prends une longue inspiration. Je n'ai jamais eu aussi peur de toute ma vie, je ne me suis jamais sentie aussi vulnérable non plus. Si je souhaite attirer l'attention de Cade, je dois viser haut. Je dois me hisser à son rang de *book-boyfriend* – parce qu'il a vraiment l'étoffe de ces mecs dans les romances que je lis avec Nana – pour avoir une chance de le toucher en plein cœur à mon tour… Peu importe si je m'affiche, c'est lui qui compte. Lui et les sentiments que je ressens à son égard.

Lorsque je l'ai croisé dans les couloirs l'autre jour, je me suis fait violence pour rompre le contact et ne pas courir vers lui. J'avais envie de le toucher, de me fondre dans ses bras, de m'excuser, d'entendre de sa bouche qu'il allait bien, mais j'ai tenu bon. Même si ça m'a achevée, je me suis dit que c'était mieux ainsi. Afin de pouvoir mieux le surprendre aujourd'hui.

Tout est prêt.

L'idée des garçons était vraiment chouette, mais je ne me voyais pas du tout faire la mariole dans les gradins de la patinoire ni même sur la glace. Non, je voulais faire quelque chose qui me colle à la peau, quelque chose qui me ressemble, tout en le surprenant. J'ai aussi pris mon courage à deux mains pour demander l'accord de la doyenne, qui m'a dit oui, même si le fait que je veuille reconquérir Cade semblait lui passer par-dessus la jambe.

La seule chose que je ne contrôle pas est la partie que j'ai déléguée aux garçons. J'espère qu'ils ont conduit leur pote dans un couloir de la fac comme prévu. Peu importe lequel, du moment qu'il est là et qu'il entend. Sans ça, tout tombe à l'eau.

J'ai les mains moites, alors je les essuie sur mon jean.

Bordel, qu'est-ce que je suis stressée !

– La scène est à toi dans dix secondes, m'indique Pria dans l'oreillette. Tu vas tout déchirer, j'en suis persuadée.

Sur la table devant moi, j'ai mes notes. Je les connais par cœur, mais au cas où je flancherais, j'ai besoin d'un support pour me rattraper. À travers la vitre, mon amie me fait un signe pour m'indiquer que c'est bon, je suis en live.

– Chers auditeurs et étudiants de John Rebel University. Pour ceux qui ne me connaissent pas encore, je m'appelle Winifred Wilson, j'anime habituellement la matinale de la radio tous les jours, mais l'émission d'aujourd'hui a été annulée pour un flash spécial qui sera diffusé sur tous les haut-parleurs et dans tous les recoins de l'université.

Je souffle pour enchaîner.

– Ce flash spécial concerne un homme en particulier. Un homme tellement incroyable que j'ai décidé de me hisser à son niveau et de faire les choses à son image. C'est pourquoi je m'adresse à tout le campus, dans l'espoir qu'il m'écoute ou qu'il ait eu vent d'une rumeur me concernant…

Un coup d'œil vers Pria me rebooste ; elle me fait un grand sourire en levant ses deux pouces.

– Les mots qui vont suivre vont vous sembler sortir de nulle part et… d'un côté, c'est un peu le cas. Je ne suis pas douée pour les effusions ni pour me donner en spectacle, alors je vais me contenter d'être moi tout en essayant d'être digne de toi. Cade, Captain, mon chevalier, Knight, je sais que tu aimes les films, où on évoque bien mieux l'amour que dans la vie de tous les jours. Si je devais te parler de la même manière qu'au cinéma, si on était comme ces héros qui s'aiment de façon intemporelle, je te dirais ceci : « Dans l'éventail des amours possibles, il y en est un de la pire espèce. Sa cruauté est telle qu'il tue ses victimes. On l'appelle l'amour non partagé. » Je le connais pour l'avoir ressenti dans chacune de mes cellules, et pourtant, je te l'ai infligé à mon tour alors que ça m'avait détruite quelques mois plus tôt. Cade… « J'ai quelque chose à te dire et tu dois m'écouter. Je t'ai aimé dès que je t'ai vu, mais je ne me suis autorisé à vraiment t'aimer qu'aujourd'hui. » Crois-moi quand je te dis que j'étais tétanisée à l'idée d'ouvrir mon cœur une nouvelle fois, pourtant : « J'ai passé toute ma vie à attendre que le bon gars se présente et tout à coup, t'es apparu. » Pour ma défense, j'ai toujours été un peu longue à la détente. Cependant, je sais maintenant que « C'était juste un million de petites choses qui, quand vous les additionniez, me disaient que nous étions faits pour être ensemble… et je le savais ». Je sais que tu m'en veux, la façon dont je t'ai blessé est horrible, mais : « Je ne te laisserai pas te débarrasser de moi. Je t'aime. Tu… Tu me complètes[50]. »

Cette idée vient de Griffin et Hunter, ils étaient persuadés que Cade adorerait une déclaration d'amour enflammée avec des citations de plusieurs longs-métrages, lui qui aime ça. Ils voulaient que je me mette dans les gradins de la patinoire, mais ça ne me ressemblait pas de me donner en spectacle comme ça. Je désirais quelque chose qui le percute et traverse ses défenses, oui, mais avec ma touche à moi.

---

50. Les citations proviennent, dans l'ordre, des films suivants : *The Holiday*, *Si seulement*, *27 robes*, *Nuits blanches à Seattle* et *Jerry Maguire*.

En fin de compte, si je suis physiquement cachée dans le petit local de la radio, c'est quand même à toute l'université que je dévoile haut et fort mes sentiments pour Cade.

– Je sais que tu adores les films, alors j'ai condensé pour toi toutes les plus belles citations que j'aurais pu trouver pour répondre à ton amour comme tu le méritais. Dans les histoires romantiques, il y a toujours ce moment où les héros comprennent qu'ils s'aiment. Ce moment où ils sont certains de ce qu'ils éprouvent pour l'autre, où ils ont des flashs leur démontrant que leur vie ne serait plus la même sans cette autre personne… Cette fameuse évidence. Celle qui te retourne le cerveau en une seconde. Toi, tu l'as su directement, mais moi, je me suis barricadée derrière mes défenses par peur de souffrir de nouveau. Tu sais, je ne cherche pas d'excuses, mais j'ai souffert de la perte de ma mère, et ma dernière relation a réveillé violemment cette peur de l'abandon. Du coup, je me suis protégée contre tout nouveau sentiment, même ceux qui se battaient pour se frayer un chemin en moi. Et tu en as injustement fait les frais. En plus, tu t'en vas bientôt, tout comme *lui*, et ça me terrifie. Le risque que l'histoire se répète était trop grand. Mais tu sais ce que j'avais perdu de vue ? Tu n'es pas lui, tu es toi, mon chevalier, aussi intrépide qu'attentionné. Donc, j'ai fait ce qui me semblait le mieux pour moi, je t'ai repoussé pour ne pas subir une nouvelle déception. Et… je le regrette amèrement. En te rejetant, je n'ai pas seulement perdu un homme incroyable, j'ai aussi perdu mon meilleur ami. Alors, je suis désolée, terriblement… Tu me manques. Nos discussions, nos rires, tes conneries… Tout de toi me manque. Le vide que tu laisses dans ma vie ne pourra être comblé par personne d'autre que toi.

Dire ces mots à haute voix me demande beaucoup de courage. Plus que lorsque je me suis entraînée pour être sûre que je n'allais pas bafouiller telle une débutante sous le coup du stress. Là, je sais que beaucoup de gens écoutent ce que je suis en train de dire, mais surtout, j'espère de tout mon cœur que *lui* m'entend.

Un mouvement soudain dans la périphérie de mon champ de vision me fait tourner la tête, et je n'en crois pas mes yeux. Il est juste là, derrière la vitre, à côté de Pria. Je réprime un sanglot quand je vois le doux sourire sur ses lèvres. Il est bien là, à quelques mètres de moi, essoufflé, et je crève d'envie de le rejoindre. Il est plus beau que jamais, et semble plus vaillant, plus fort, comme si mes mots lui avaient donné un regain d'énergie. Il a l'air concentré sur ce que j'ai à lui dire, suspendu à mes lèvres. Au moment où je reprends la parole, ce ne sont plus mes fiches que je fixe, mais lui. Les yeux dans les yeux, je lui confesse ce que j'ai sur le cœur :

– C'est bête, parce que je t'ai éloigné de moi alors que tu es la relation que j'attendais, celle qui vaut le coup de tout donner. Celle qui te met des papillons dans le ventre, celle qui te prend aux tripes, celle qui te coupe le souffle et que tu n'oublies jamais. Comme dans les films. Mais tu sais, si je pouvais revenir en arrière, je crois que ma réponse serait similaire, juste pour éprouver de nouveau la puissance de mes sentiments pour toi quand je les ai enfin compris. Parce qu'ils m'ont bousculée pour mieux m'éveiller… et m'ont poussée à te courtiser comme tu le mérites. J'ai besoin de te dire que je t'aime, que tu me manques, que je suis désolée… et que si tu veux toujours de moi, je suis à toi. Je te veux dans ma vie, au quotidien, je veux retrouver mon meilleur ami sans pour autant qu'il ait besoin de me couper le souffle. Je veux qu'il soit juste lui, et moi, juste moi, sans être mise sur un piédestal que je ne mérite pas. J'aimerais que l'on soit simplement Cade Reed et Winnie Wilson. Parce que oui, pour finir, sache que « Je suis juste une fille, qui se trouve devant un garçon, et qui lui demande de l'aimer[51] ».

J'aurais pu continuer un moment, mais je retire mon casque, parce que je ne tiens plus. Tout ce que je veux, c'est le rejoindre et sentir sa chaleur tout contre moi. Je débarque dans la régie comme une furie et sans le ménager, sans lui laisser le temps de m'esquiver, je me blottis contre son torse, l'entourant de mes bras. Qu'est-ce que son odeur m'avait manqué ! Je ne m'en rends compte que maintenant qu'elle m'emplit les narines. Cela me donne le sentiment de rentrer à la maison. Je m'attends à ce qu'il me repousse d'une seconde à l'autre, mais il n'en fait rien. Mon cœur bat tellement fort que c'en est presque douloureux.

– Je vous laisse, dit Pria. J'ai mis la musique jusqu'à ce que… Laissez tomber, ce n'est pas important, j'y vais !

Je pouffe en me lovant plus fort encore contre lui. Comme si c'était ce qui lui manquait pour s'animer, ses bras se referment enfin autour de moi, telles des lianes. Ses gestes sont hésitants, mais ils ont le mérite d'exister.

J'ai le sentiment de revivre, d'être de nouveau entière.

Je suis tellement heureuse qu'il m'ait entendue, tellement heureuse que ça l'ait assez touché pour qu'il me rejoigne jusqu'ici. S'il n'était pas venu, j'aurais trouvé autre chose pour lui montrer à quel point je l'aime. Peut-être que j'aurais fait un *remake* de *Dix bonnes raisons de te larguer* dans les gradins, après tout…

– C'était quelque chose, murmure-t-il contre mes cheveux. C'était surprenant de t'écouter me dire tout ça. Magnifique, inespéré, mais surprenant.

Entendre sa voix me fait tellement de bien. Le sentir contre moi, encore plus. J'ai l'impression que le monde se

51. Extrait de *Coup de foudre à Notting Hill.*

remet correctement en marche, qu'il tourne de nouveau sur son axe. Il me manquait tant, et cette part de moi qu'il a prise avec lui quand je l'ai éconduit aussi. Je me sens complète, heureuse, même s'il reste beaucoup de choses à dire. J'ai conscience que tout ne pourra pas être réglé entre nous en quelques minutes, mais je dois exprimer ce qui me ronge.

– Cade, les garçons m'ont dit pour ton cœur et…

Les larmes montent rapidement, avant de déborder le long de mes joues. Lentement, je m'éloigne de lui pour le regarder dans les yeux, mais il tire sur mon poignet afin de me ramener dans ses bras. Le fait qu'il ne veuille pas que je m'éloigne de lui fait s'emballer mon rythme cardiaque. Cade baisse la tête vers moi.

– Ne pleure pas, dit-il en essuyant mon visage de ses pouces.

– Je n'aurais jamais imaginé… Je ne voulais pas… je souffle en secouant la tête.

– C'est arrivé, c'est tout. Je vais bien, Winnie, je me porte comme un charme. Faut dire que ton sourire a laissé une empreinte sur mon âme dès la première fois que j'ai posé les yeux sur ton beau visage. Je suis tombé amoureux et je n'ai jamais désespéré qu'un jour, tu partages mes sentiments. Si tu savais comme j'ai détesté ton ex pendant tout ce temps, avoue-t-il en rigolant.

Comment est-ce qu'il peut être aussi détendu alors qu'il aurait pu ne jamais se relever ?

– Mais je t'ai brisé le cœur, Cade.

– C'est vrai, admet-il après une pause. Deux fois. Au sens propre comme au figuré.

Le souffle me manque. Je ne m'attendais pas à ce qu'il dise ça.

– Je suis tellement désolée… J'ai…

– Tout le mérite ne te revient pas. C'était aussi une accumulation de plein d'autres responsabilités et d'un stress refoulé qui étaient trop à gérer.

Il a dit ça avec un tel sourire et une telle douceur dans le regard que je pouffe à travers mes sanglots.

– Tu sais, tes mots viennent de le réparer mille fois, ajoute-t-il, en me caressant la joue. Me déclarer ton amour en direct devant tout le campus, merde, comment je suis censé résister à ça ?

– Je devais faire quelque chose digne de toi, Captain. Et puis, comme ça, tout le monde sait que je t'aime et qu'on est ensemble, maintenant. La première *bunny* qui ose s'approcher à moins de vingt mètres, je lui fais sa fête !

On sait tous les deux que je ne suis qu'à moitié sérieuse, mais la fierté dans son regard, ce sourire qui étire ses lèvres… il est si beau. Lentement, d'un même geste, nos bouches se rejoignent dans un baiser à la fois doux et passionné. Mon cœur et mon corps se rallument, comme si leur flamme était éteinte depuis son départ. Dans une synchronisation des plus parfaites, nos lèvres dansent les unes contre les autres sensuellement, puis plus profondément encore. Notre baiser dure à l'infini, et même s'il ressemble à tous ceux qu'on a échangés, il est unique, car il reflète notre amour avoué et partagé. Il est comme la promesse que le futur sera incroyable entre nous. Il le sera, car lui comme moi, on sait qu'on va s'en donner la peine. Je me battrai pour lui montrer combien il compte pour moi, à quel point il a été le seul à me redonner ce souffle de vie qui me manquait.

– T'as pas idée à quel point j'aime cette Winnie qui se bat pour moi. Je crois que mon ego n'est pas près de s'en remettre !

– Je suis toujours la même, simplement, j'ai un peu moins peur. Tu avais raison, tu n'es pas lui. Il n'a jamais été et ne sera jamais à ta hauteur. Et je ne l'ai pas aimé comme je t'aime. Quand tu partiras chez les pros, je suis certaine qu'on arrivera à faire fonctionner notre relation. Ce sera un vrai challenge, mais si d'autres y arrivent, pourquoi pas nous ?

Je ne vais pas mentir, cette peur qui m'anime à l'idée qu'il s'en aille en fin d'année, et qu'il me laisse tomber comme Adam l'a fait, est toujours sous-jacente. Mais je sais aussi qu'ils sont diamétralement opposés. Cade m'aime de la façon dont maman le voulait, d'un amour indestructible, celui qui vous retourne la tête et le corps. Si elle l'avait connu, comme Nana, elle l'aurait adoré.

– Je t'aime depuis trop longtemps pour que ça s'efface en un claquement de doigts juste parce qu'on ne se voit plus quotidiennement. Qu'est-ce que quelques mois, quand je t'ai attendue plus d'un an ? Je veux et je vais te vivre, Winnie. Passionnément, et avec un soupçon de connerie aussi.

Ses mots sont si puissants qu'ils font naître un frisson le long de ma colonne vertébrale.

– Je sais, j'ai vu le carnet.

– Tu as…

Il semble étonné.

– Griffin et Hunter me l'ont montré. C'est la chose la plus loufoque et belle à la fois que j'aie pu lire. Ce cahier, ces choses que tu as écrites, ça m'a fait penser à ma mère. Sans le savoir, tu as agi un peu comme elle. Quand je l'ai parcouru, ça n'a fait que confirmer ce que je savais depuis que je t'ai dit…

Mais il est si choqué par ce que je lui raconte qu'il me coupe la parole :

– Je vais les tuer ! Ils ne perdent rien pour attendre, ce carnet était censé être un secret, ils ne devaient jamais t'en parler ! Je vais les massacrer au premier entraînement…

– Surtout pas. Après les lettres de maman, c'est la plus belle preuve d'amour que j'aie reçue. Je ne pourrai jamais l'oublier, ni ton envie, ta détermination à me rendre heureuse… C'est la chose la plus magnifique au monde, je vais le chérir toute ma vie.

Il me sourit, surpris, mais soulagé, semble-t-il. J'éprouve la même chose.

– Je vais prendre soin de ton cœur, j'ajoute. Il ne souffrira plus, pas par ma faute, en tout cas.

– Je te le confie, mais ne le ménage pas trop non plus, Red.

Ce surnom. Je l'aime tant. L'entendre me rend fébrile.

– Ah non ? je demande, taquine.

– Non, consume-le, enflamme-le, aime-le.

– C'est un défi ? je chuchote, avant de l'embrasser.

– Tu l'acceptes ?

– Oh que oui.

Il embrasse mon front, puis me serre tendrement contre lui. Je sens le vide qu'il avait laissé se combler au fur et à mesure que les secondes s'égrènent. Je pose mon oreille contre son cœur, qui bat vigoureusement pour moi. *Il est là, tout va bien. Il va bien.*

– Est-ce que tu vas réaliser toute la liste du carnet ? je demande d'une petite voix.

– Ça, et plus encore… répond-il.

Je sens qu'il sourit contre mes cheveux.

– Je t'aime, Cade Knight Reed, je murmure.

– Knight, hein ?

Je hoche la tête.

– Je crois que je vais adorer ce nouveau surnom. Redis-le.

– Knight.

Il grogne, et à la façon dont ses bras se resserrent autour de moi, je sais que l'avenir sera à son image : incroyable.

Les sensations qui ravagent mon corps et mon esprit sont unanimes, tout ira bien.

Et puis, nous sommes la glace et le feu, nos étincelles sont éternelles.

CHAPITRE 35

Situation amoureuse (partie 4) :
× Célibataire
✓ En couple
✓ Heureux et en train de préparer un truc énorme
(Alfreda Enwy & Alicia Garnier)

CADE
Un mois plus tard

Je fronce les sourcils en relisant les notes de Pierce. Putain, ce mec aurait pu être médecin, tellement il écrit mal ! Je tourne la feuille dans tous les sens, en espérant que cela m'aide, mais rien n'y fait. J'attrape alors mon téléphone pour prendre une photo et l'envoyer au concerné, avec comme seule légende « ??? ». Il va détester, ce qui me réjouit au plus haut point.

Ouais, c'est mon petit plaisir coupable, de titiller l'assistant du coach. On a dû avoir une sérieuse discussion tous les trois, afin de tout remettre à plat. Ils avaient besoin d'être sûrs que j'étais prêt à guider les troupes. Et avec les changements récents survenus dans ma vie, j'ai pris le temps de peser le pour et le contre. Mais ma passion pour ce jeu est trop évidente, vitale, alors j'ai promis de me donner à fond pour remporter le Frozen Four, et surtout pour ma dernière année dans cette *team*, que j'aime vraiment comme une seconde famille. Même si l'équipe médicale me surveille beaucoup plus qu'avant, je sais que ça va aller.

Quand mon écran se verrouille, une photo de Winnie et moi en train de nous embrasser apparaît devant mes yeux, et je souris.

Comme à chaque fois.

Je sais qu'on dit que l'amour rend idiot, mais je m'en fous. Depuis un mois, je vis sur un petit nuage. Tout est à sa place, pour mon plus grand bonheur.

Ça roule enfin pour moi : les matchs amicaux ont été remportés, et les sélections des *playoffs* ne vont pas tarder. Autant dire qu'on est dans les *starting-blocks*, prêts à en découdre. L'équipe est enfin unie et prête à montrer ce qu'elle vaut.

Je sais qu'on a toutes nos chances.

Genre, vraiment.

Je ne dis pas ça parce que je suis obligé d'y croire. Certes, mes anciens coéquipiers me manquent, mais ces petits nouveaux apportent du dynamisme et du sang frais. Les débuts avec eux ont été compliqués, mais ça va de mieux en mieux. J'ai l'impression de me revoir alors que je n'étais qu'en première année, et voilà où j'en suis aujourd'hui. On va le gagner, ce Frozen Four, et je vais être recruté en NHL. Il n'y a pas d'autre option possible, de toute façon. J'y suis destiné.

– La bouffe est bientôt prête, mec. Tu viens ? me lance Zeke, en passant la tête dans notre chambre.

– Ouais, je finis deux ou trois trucs et j'arrive. Pierce va me rendre dingue à ne pas savoir tenir un stylo.

Mon pote appuie son immense carrure contre le chambranle de la porte.

– Peut-être qu'il fait ça juste pour t'emmerder. Après tout, il doit partager ses notes avec toi. Le coach le pousse un peu loin, cette année.

– Ouais, mais c'est parce que je suis excellent dans mon domaine, je lâche en souriant, confiant.

– Ton ego a doublé de volume depuis que Winnie t'a fait sa déclaration en live. Limite, je ne peux plus entrer dans la pièce tellement ça m'étouffe. T'es presque plus diva que Griffin. C'est dire.

Je bombe le torse, rentrant dans son jeu.

– J'aime prendre de la place, que veux-tu ! C'est tout ce que ma merveilleuse personne mérite.

Il ricane, avant de rebrousser chemin pour me laisser finir de bosser. Je regarde une nouvelle fois les différentes tactiques et configurations de l'équipe que songe à faire jouer le coach. Il y a des choses sur lesquelles je suis d'accord, et d'autres beaucoup moins. Je suis étonné de lire dans les marges que Pierce est globalement du même avis que moi. Il pense lui aussi que de faire jouer Connor et Zeke sur la même période n'est pas une très bonne idée. Entre eux, c'est toujours compliqué, même s'ils ont chacun quelqu'un dans leur vie.

Faut croire qu'ils n'arrivent pas à passer outre leur histoire inachevée. J'ai déjà remarqué plus d'une fois les étincelles entre eux, mais ils sont aussi bornés l'un que l'autre. Je ne sais pas ce qu'il faudrait pour les faire céder, ou du moins pour qu'ils réussissent à mettre les choses à plat autour d'un verre, histoire de crever l'abcès. Mais ce n'est pas mon problème, tant qu'ils gèrent sur la glace. Ce qui est le cas. Donc… j'essaye de garder pour moi mes conseils sentimentaux, parce que je sais qu'ils me les foutraient en pleine poire si je m'y aventurais. Et surtout, j'ai déjà assez de responsabilités à côté pour ne pas m'en rajouter.

Un message de Pierce interrompt mes pensées.

Pierce : *Échappée. Et si mon écriture ne te plaît pas, Reed, tu auras qu'à assister aux réunions tard le soir avec le coach.*

Cade : *Tu sais, si je n'avais pas un emploi du temps de ministre, ce serait avec plaisir.*

Je ricane en envoyant mon SMS. Au prochain entraînement, il ne va pas me rater, et comme je m'en doutais, il ne prend pas la peine de répondre. Il me laisse sur un « vu ». Il est comme ça, Pierce : peu de mots, mais beaucoup de vengeance sur la glace.

Un mec entier, quoi.

En parlant de planning, je lève les yeux au-dessus de mon ordinateur pour fixer le mien. Il est aussi rempli que celui de Griffin, dont j'avais l'habitude de me moquer. Mais il y a un rendez-vous entouré en vert dont je suis super fier. Madame Sil a accepté de travailler avec l'équipe, et elle tient une permanence chaque premier samedi du mois. J'ai été surpris de voir qu'elle avait eu une journée bien remplie pour la première séance. Peut-être que le petit discours que j'ai donné dans le vestiaire a aidé. Dans tous les cas, le plus important est que les mecs sachent qu'elle est là, et qu'ils peuvent trouver une oreille attentive et compétente s'ils en ont besoin.

On a beau croire que les sportifs ont tout ce qu'ils veulent sur un plateau d'argent – et c'est vrai, pour certains –, pour la plupart d'entre nous, on doit se battre afin d'être là où on est, parfois au prix de lourds sacrifices. Et ça peut laisser des traces.

Sur mon mur est également épinglé un article de Harper sur la radio. Elle a réalisé un portrait de Winnie et de la révolution qu'elle y mène. J'étais si fier de voir ça que j'en ai acheté une dizaine, pour moi, les mecs, mes parents, Nana et ses amies. Red ne savait plus où se mettre quand je lui ai raconté ce que j'avais fait. Mais je veux que le monde entier découvre le travail qu'accomplit ce bout de femme. Elle a une force qui me surprend et dont je suis admiratif.

Et amoureux.

Fou amoureux.

On a beaucoup parlé, elle et moi, ces dernières semaines. On devait être sûrs que tout était OK entre nous et qu'on repartait sur des bases saines. Ça n'a pas été hyper-évident, parce qu'on sait que ce qu'on partage est encore neuf et fragile. Mais ça ne nous a pas arrêtés pour autant, on devait aborder tous les sujets qui nous trottaient en tête. Je ne m'attendais pas à ce qu'il y en ait autant, mais on a bien fait de les passer en revue. Et finalement, j'ai compris ce qui faisait le plus peur à ma petite rouquine : mon départ de Rebel à la fin de l'année scolaire.

Les relations longue distance, ce n'est jamais simple, et ça nous demandera du travail. Mais je suis prêt à faire ce qu'il faut, et elle aussi. On veut vraiment se donner toutes les chances pour que ça marche. Même si ça veut dire prendre beaucoup l'avion ou parcourir énormément de trajets en voiture, en fonction de l'endroit où je serai. Rien n'est trop beau pour Winnie, elle sera une de mes priorités, quoi qu'il arrive. Le défi de maintenir la flamme entre nous malgré la distance ne me fait pas peur. Au contraire, ça me permettra de travailler mon imagination, afin de la surprendre et de la rassurer, encore et encore.

D'ailleurs, ça commence bientôt. Au Premier de l'an, elle ne va pas en croire ses yeux, et elle ne se doute pas de ce que je lui réserve… Mon regard dévie vers un carnet que je garde planqué sous une tonne de papiers, sur mon bureau.

Je ne voulais pas que les mecs tombent dessus, et encore moins Griffin, qui en aurait fait une syncope.

Ce naze ne se remet pas d'être en partie à l'origine de notre réconciliation, à Winnie et moi. Il se vante à qui veut l'entendre que si j'ai la chance de la serrer dans mes bras, c'est grâce à lui. Et même si je sais qu'il a joué un rôle dans l'équation, c'est vraiment le discours de Red qui a eu raison de moi. J'aurais pu continuer à l'éviter pendant un bon moment, sinon. Il faut croire qu'elle et moi, on est aussi bornés l'un que l'autre.

Avec un regard vers la porte toujours ouverte, je sors mon carnet et le feuillette. Il y a mes notes, des ratures et un discours. Rien qu'en le parcourant, j'en ai la boule au ventre. Mais c'est du bon stress, cette fois-ci.

Toute la joyeuse troupe que l'on est va fêter la nouvelle année à New York. Griffin et sa sœur nous prévoient une soirée d'anthologie. Il me semble même qu'Adonis, le frère de Maeve, fera le déplacement également. Connor sera aussi de la partie, ce qui promet de pimenter un peu les choses. Je n'ose même pas imaginer ce que cela va donner, notre bande réunie dans une grosse ville comme New York, à suivre un mec aussi excentrique que Griffin.

J'ai hâte de le vivre, même si cette soirée est plus importante pour moi qu'ils ne s'en doutent. Mais je crois qu'il est temps de leur dévoiler mes plans machiavéliques, parce que j'ai toujours besoin d'eux pour réussir mes coups. Et celui-là, il est hors de question que je le rate.

C'est la boule au ventre que je retrouve mes trois colocataires autour du comptoir de la cuisine.

– Aaaaaah, Sa Majesté nous honore de sa présence, lance Hunter, en se tournant vers les fourneaux. C'est prêt dans deux minutes.

– Cool ! Ça sent trop bon, je réponds, en salivant d'avance.

Je m'avance vers eux alors qu'ils reprennent leur discussion, ne tenant pas compte de moi. Je me place au bout de l'îlot, nerveux, attendant le bon moment pour prendre la parole.

– Pourquoi on dirait que t'as envie de chier et que tu peux pas ? me demande soudain Zeke.

– Pourquoi est-ce que j'ai l'impression d'entendre mon frère à travers ta bouche ? je rétorque.

– Parce que Cameron, c'est la classe incarnée. On échange pas mal depuis qu'on est venus chez toi.

J'ouvre la bouche, sous le choc. Mon frère essaye de me voler mes potes ou quoi ? Je vais me foutre de sa gueule. Mais concentrons-nous, ce n'est pas le sujet qui m'intéresse, tout de suite. Je tords le carnet entre mes mains, attirant leur attention dessus.

– Ooooooh, est-ce que c'est *le* carnet ? demande Griffin, la main sur le cœur.

– Non, il n'y a pas tes gribouillages sur la couverture, remarque Hunter.

– Ce n'étaient pas des « gribouillages », mais des essais pour mon futur nom. Un peu de respect.

– Si tu le dis.

Ces deux-là ne la ferment jamais. Ils sont insupportables quand ils sont ensemble, je crois que les avoir mis dans la même chambre était une erreur. Hunter prend un malin plaisir à le contredire, et Griffin, à le titiller dès qu'il en a l'occasion. Donc autant dire qu'ils sont toujours fourrés sur le dos de l'autre.

– Donc, le carnet ? répète Zeke.

– Ouais… euh, non, Hunter a raison. Ce n'est pas le même…

– Ah, tu vois ! Mange ça, Princesse !

– Ce n'est pas parce que tu as raison une fois dans ta vie que…

– Mais vous allez la fermer, oui ! s'écrie Zeke. Vous êtes ingérables. Cade essaye de nous dire un truc et vous… vous… faites du grand *vous* !

– Tu sais quoi, mon grand ? lance Griffin, en posant une main compatissante sur le bras de Zeke. Pour Noël, je t'offre un dictionnaire des synonymes, ça te ferait plaisir ?

Oh, le con.

Il va se faire démolir.

Pour couper court à toute embrouille, je glisse le carnet sur le comptoir, au milieu d'eux, et leurs regards se rivent dessus. Hunter est le plus rapide ; il le récupère entre ses mains et l'ouvre.

Mon cœur bat la chamade, j'appréhende leurs réactions, et en même temps, ça ne me fera pas changer d'avis. Je vois ses yeux parcourir les pages, puis sa bouche s'entrouvrir. Enfin, il se tourne vers moi.

– Pour de vrai ? lâche-t-il dans un souffle.

– Quoi, pour de vrai ? intervient Zeke, en tendant le cou pour essayer de lire à l'envers. Qu'est-ce qui se passe ?

Je me retiens de sourire, alors que Hunter ouvre le carnet à la page de mon discours et le leur montre. Griffin et Zeke collent presque leurs têtes l'une contre l'autre pour pouvoir lire en même temps.

– Putain de bordel de merde ! s'exclame ce dernier.

– Je le SAVAIS ! Maeve me doit un dîner aux chandelles !

– Et comment tu pouvais savoir ça, je te prie ? je lui demande, les poings sur les hanches.

Merde, on dirait ma mère.

– Parce que tu es ce genre de type-là, *Cadounet*. Tu fais les choses pleinement ou tu ne les fais pas, c'est aussi simple que ça.

Bon, il n'a pas tort, sur ce point, c'est vrai que je suis comme ça. Mais j'espère qu'il est le seul à s'être rendu compte de mes projets, sinon, ça diminuerait l'effet de surprise.

– Par contre, ça ruine certains de mes plans pour le Premier de l'an. Il va falloir que je prévienne ma sœur. Elle gardera ça secret, ne t'inquiète pas. Mais on va vous préparer une soirée encore plus magique que ce qu'on avait initialement prévu.

– Je suis heureux pour toi, Cade, me dit Zeke avec une chaleur dans la voix que je lui ai rarement entendue.

– Merci.

– C'est vraiment ça, la raison du surnom de Winnie ? me questionne Hunter, en pointant une partie de mon discours.

Je souris. Depuis le temps qu'elle me questionne sur l'origine de « Red », elle aura bientôt sa réponse. Je me contente de hocher la tête, un sourire immense sur le visage.

– T'es fort, Captain. Mais pourquoi tu nous dis ça maintenant ?

Hunter, toujours droit au but.

– Parce que j'ai besoin de vous pour mener à bien cette mission.

– Quel doux nom pour la célébration de votre amour, me nargue-t-il en retour.

– Tu ne manies pas aussi bien le sarcasme que tu le penses, Hunter. Je peux te donner des cours, si tu veux.

– Griffin, Griffin, Griffin… Tu vas finir par prendre une raclée, mon petit. Continue d'énerver tonton Hunter, et je te promets que ça va arriver.

– Ne les écoute pas, me dit Zeke. Tu sais qu'on te soutiendra dans tous tes projets ou délires. Tu n'as qu'un mot à dire, et on est là.

– Tant mieux, parce que j'ai sacrément besoin de vous et de vos idées brillantes ! je réponds en rigolant.

– Et tu obtiendras le gros lot, ricane Hunter, en nous servant nos assiettes.

À partir de là, la soirée se déroule dans les rires et les propositions plus farfelues les unes que les autres. Comme la première fois, je les note toutes dans le carnet. Ils semblent encore plus emballés que moi par la chose. J'espère juste qu'ils sauront fermer leurs bouches jusque-là. Surtout Hunter et Griffin, car si Harper et Maeve apprennent mes plans, c'est foutu, et la surprise tombera complètement à l'eau.

Cela dit, ils ont su garder le secret de mon « accident », et ça leur a valu pas mal d'emmerdes avec elles. Donc je pense qu'ils réussiront cette fois encore. Sinon, je les taille en petits morceaux, et Harper pourra parler de moi dans un de ses futurs podcasts.

Le capitaine des Grizzlys découpe en tranches deux de ses coéquipiers.

Ça ferait une accroche intéressante, je trouve.

Je pouffe à ma blague, alors que je suis en train de me laver les dents. Il ne manquerait plus qu'ils m'entendent rire tout seul et ils iront en parler à ma psy, c'est sûr ! De retour dans ma chambre, je dépose le carnet sur mon bureau, tandis que Zeke est sur son portable, allongé sur son lit.

Une envie plus forte que moi me saisit soudain, et j'ouvre le cahier à la première page des suggestions des gars. J'attrape mon stylo et lui donne un titre, sur lequel je repasse plusieurs fois avant de le souligner.

J'admire mon travail, fier de moi, et surtout plus amoureux que jamais.

Winifred, dit Winnie, dit Red Wilson, tu n'es pas prête pour la suite, je songe avec délice.

Je passe mes doigts sur les mots qui font battre mon cœur à mille kilomètres-heure, savourant la joie qui monte en moi.

Opération « demande en mariage »

J'ai si hâte d'être dans la prochaine phase de ma vie, et tant que Red sera à mes côtés, je sais qu'elle sera merveilleuse. Parce que cette fille me complète autant que je la complète, et il est temps que le monde entier le sache.

Mais avant tout, je dois commencer par la toute première tâche en haut de ma liste :

– *demander sa bénédiction à Nana*

Et ça, ça risque d'être quelque chose !

BONUS
FROM SHADOW TO LIGHT

CONNOR

Je suis une machine.

Le hockey est ancré dans mon ADN.

Ce sport est une part de moi, de mon âme. Il est le prolongement entier de mon corps. Chaque cellule, chaque terminaison nerveuse, chaque muscle, chaque os de mon corps est fait pour ça. Et je me battrai jusqu'au bout pour que ça reste le cas, jusqu'à ce que j'en décide autrement.

Il n'en a pourtant pas toujours été ainsi. À l'âge de dix ans, je me prédestinais à une brillante carrière de basketteur, carrière qui a pris prématurément fin à ma toute première séance. L'entraîneur de quartier a annoncé à ma mère que je n'étais pas assez bon, que je ne ferais que ralentir son équipe et qu'il préférait arrêter avant même de me laisser une vraie chance.

Uppercut.

Autant dire qu'à cet âge-là, cela m'a tout simplement bousillé. Aucun gamin ne devrait entendre ce genre de saloperies. Le pire a toutefois été les mots de ma mère, dans la voiture qui nous ramenait à la maison, et que je peux encore réciter par cœur : « Tu sais, Connor, on ne peut pas être doué en tout. Il semblerait que ce n'est pas ton truc. Ça arrive… mais ça ne veut pas dire que tu n'as pas de talent pour autre chose, il faut juste trouver ce qui te convient. »

Double uppercut, Connor.

K.O. technique, même.

Alors, j'ai décidé ce jour-là que le sport n'était pas pour moi, et je me suis renfermé sur moi-même. Jusque dans la cour de récréation, je refusais de participer aux sports collectifs. J'ai vraiment mis du temps à passer outre cette expérience. On m'avait volé ma confiance en moi, et ça demande beaucoup de courage d'oser retenter sa chance. Surtout si jeune.

Mais en décembre de cette même année, lors de l'ouverture des cadeaux de Noël, j'ai découvert sous le sapin une paire de patins à glace rouge et blanc. Mon père jouait au hockey dans un club amateur avec ses collègues de boulot, alors après mon amère déception au basket, il a pensé que j'aimerais essayer une autre activité, celle qu'il adorait et qui est presque une religion dans mon pays, au Canada.

Lorsqu'il m'a emmené à la patinoire dans laquelle il s'entraînait, je n'étais pas spécialement convaincu. Ça me plaisait de regarder les matchs avec lui, installé bien au chaud sur le canapé, mais je n'avais jamais pensé me retrouver dans cet endroit glacial. Et pourtant, soudain, mon rêve de devenir le nouveau Shaquille O'Neal a été balayé en une seconde. Tout m'a subjugué. Le froid mordant, l'ambiance, la sensation de vitesse une fois que j'ai arrêté de tomber toutes les deux secondes, la puissance dans mes jambes… Le jour où le palet a percuté le bout de ma crosse pour la première fois, je suis tombé fou amoureux. En un battement de cœur, j'ai compris les mots de ma mère, ceux qui m'avaient tant blessé par le passé, car à cet instant précis, j'ai su que j'étais né pour jouer au hockey.

Alors, je me suis fait une promesse : celle de tout donner pour réussir. Cette fois-là, le coach ne m'a pas dit que j'étais nul, parce que j'étais indubitablement doué. Depuis, je suis toujours à mille pour cent de mes compétences, même pendant les entraînements basiques ou les matchs amicaux. Je ne sais pas faire autrement. Dès que je chausse mes patins et que je suis sur la glace, je ne pense plus à rien. Je sais ce que j'ai à faire, à savoir écraser toute personne qui se tient entre la victoire et moi. Je suis rodé comme une machine de guerre parfaitement huilée. Mes instincts, que j'ai affûtés avec les années, prennent le relais, comme si le monde s'effaçait, comme si mon cerveau et mon corps n'étaient plus capables de penser à autre chose qu'à ça. Cette sensation est la plus grisante que je connaisse. Mieux que le sexe, que les jeux vidéo, que la poutine de ma mère, que tout…

Rien n'égale le hockey, dans mon cœur.

Même si, lors de ma prospection ici, à Rebel University, je suis tombé sur un os. Depuis, hockey et attirance se sont entremêlés pour la première fois de ma vie, et je n'arrive pas à me sortir cette histoire de la tête, peu importe le nombre de mois écoulés ou mes tentatives de passer à autre chose. Et ça commence à me gonfler, parce que ça joue sur ma concentration lorsque je suis sur la glace. C'est inadmissible.

Cette erreur dans la matrice n'est autre que Hezekiah Hill, a.k.a. Zeke, a.k.a. monsieur je-ne-câline-pas-les-mecs-que-je-me-tape !

Mais il n'est pas que ça, son *curriculum vitae* est impressionnant : attaquant doué, adjoint du capitaine de l'équipe, et très bon dans ses études de droit, d'après ce que j'ai entendu. Pour ne rien gâcher au plaisir, il est foutu comme un dieu. Si mes putains de fantasmes ont un nom, c'est bien le sien, pour mon plus grand malheur. Ce mec a le physique, mais également la niaque pour devenir professionnel, et je ne dis pas ça tous les jours. Parce qu'il faut être honnête, parmi les passionnés, peu ont ce qu'il faut pour jouer en NHL. Cependant, je n'ai aucun doute sur le fait que Zeke a les épaules assez solides.

Aujourd'hui, alors que nous sommes en plein entraînement avec l'équipe, il n'est plus l'homme pour qui j'avais un faible, mais celui que je dois battre. Durant cet exercice, il incarne mon adversaire sur ce terrain, autant que je suis le sien, et je ne laisserai absolument rien se dresser en travers de mon chemin. C'est ma manière de fonctionner, il le sait.

Le palet au bout de la crosse, je m'élance vers lui ; il est prêt, il m'attend. C'est un homme intimidant, c'est certain, mais pas assez pour me mettre à genoux ni me faire reculer. Le choc de nos corps qui se percutent est violent. Il tente de récupérer le palet, mais quand j'ai décidé de le garder et de marquer, personne ne peut m'arrêter. Je sors vainqueur de notre duel et marque dans les filets d'Ashton, le remplaçant de Griffin. Comme c'est la dernière année de celui-ci, le coach commence à faire jouer un peu plus son successeur. Il a l'air prometteur, mais pas suffisamment fort pour moi, et clairement pas du niveau de notre gardien actuel, qui aurait pu intercepter ce tir.

Le regard énervé que me lance Zeke en dit beaucoup sur sa frustration de ne pas avoir réussi à m'arrêter. Je pousse le vice jusqu'à lui envoyer un baiser dans le vent, ce qui fait rire nos coéquipiers.

Eh ouais, mec, va falloir t'y faire, je suis là maintenant.

– Parfait, les gars, vous pouvez ranger le matériel et aller au vestiaire, lance Pierce, l'assistant du coach.

Je suis frustré de m'arrêter alors que l'adrénaline pulse encore dans mes veines, pourtant, ça fait déjà deux heures qu'on est sur la glace. Mais je pourrais certainement continuer deux heures de plus s'il le fallait. En fait, j'en ai envie et besoin, cependant, comme je me suis déjà entraîné en solo une heure de plus que les autres, je n'insiste pas auprès de Pierce, je sais qu'il ne voudra pas que je force. Mes coéquipiers n'ont pas autant de temps libre que moi cette année, ce qui est bien dommage.

– T'es en forme ! me lance Cade, en me frappant dans le dos, tandis qu'on patine doucement pour récupérer.

La coupure ne doit pas être trop brusque, surtout pour lui, vu les récents événements avec son cœur. On a pris l'habitude de ralentir gentiment après nos entraînements, pour le faire redescendre progressivement, au lieu de nous précipiter dans le vestiaire et d'enchaîner avec le reste.

– Toujours, quand il s'agit de hockey.

– J'adorerais jouer en pro contre toi, un jour.

– Ce serait un honneur, Captain.

Il sourit malgré son essoufflement.

– Mais ne m'en veux pas si je lamine ton équipe, je ne sais pas faire autrement. Je n'ai pas un gramme d'ADN de perdant en moi, je rajoute, avec un sourire goguenard.

– Je n'en attends pas moins d'un mec comme toi, contre-t-il. Mais ne m'en veux pas si je te le rends au centuple.

Je ris. Ce mec est passionné, ça se sent. Ça se voit dans sa façon de diriger son équipe lors des entraînements et des rencontres, mais aussi dans ses rituels d'avant et d'après-match. Je lui souhaite sincèrement d'avoir des propositions, et je pense qu'il en aura. Car si avec son niveau et les récentes victoires des Grizzlys, il n'en reçoit pas, alors les recruteurs ont vraiment de la merde dans les yeux. Cela dit, ce milieu est plus dur qu'il n'y paraît, donc rien n'est jamais gagné, surtout avec son dossier médical.

– En tout cas, je suis rassuré de t'avoir dans mon équipe pour cette dernière année ! avoue-t-il avec un petit rictus.

– Moi aussi, la compétition peut attendre quelques mois de plus !

Je croise le regard de Zeke une brève seconde, avant qu'il ne sorte de la patinoire. Il n'a certainement pas apprécié de perdre ce duel. Ou alors, il ne supporte pas que je m'entende aussi bien avec l'un de ses meilleurs potes, à cause de cette guéguerre entre nous. Je ne sais pas vraiment, mais c'est frustrant pour moi aussi.

Je retourne au vestiaire, accompagné de Cade, avec qui je parle des films de la franchise Marvel. C'est fou comme en quelques mois, j'ai créé des amitiés à Rebel. Ça n'a rien de facile de partir loin de tout repère pour espérer attirer plus de recruteurs. C'est un vrai sacrifice pour moi, mais les gars ont fait en sorte que je ne me sente pas complètement isolé.

Tout le monde est en sueur, crevé. À part peut-être Griffin et Hunter, qui chahutent en sortant de la douche. Ils ont passé la fin de l'entraînement sur le banc, pour laisser le champ libre à leurs remplaçants. Personnellement, il n'y a que lorsque je me sens au bout de ma vie que je sais que j'ai bien joué, quand mes poumons semblent peiner à trouver de l'air, quand mes jambes me font tellement mal qu'elles ne me portent presque plus… C'est grisant de se dire que j'ai tout donné pour ce sport que j'aime tant.

Je me débarrasse de mon équipement, puis, une serviette sur l'épaule, je me dirige vers les douches individuelles, plutôt que les collectives. Manque de bol pour moi, la dernière cabine libre est celle à côté de Zeke. Heureusement, il y a une cloison qui nous sépare. Cependant, quand j'arrive à son niveau, le rideau n'est pas complètement tiré et son putain de cul apparaît dans mon viseur. Je détourne le regard, histoire d'éviter l'une de ces engueulades monstrueuses dont on a le secret, lui et moi.

Je serre les dents pour ne rien dire ou faire, mais je n'ai toujours pas digéré la façon dont ça s'est fini entre nous. C'est-à-dire aussi vite qu'il a essayé de baisser mon fute pour me « faire ma fête », en me disant de me barrer fissa après. Je n'ai rien contre les coups d'un soir rapides, cela dit, je n'aime pas qu'on me donne l'impression de ne rien valoir. Et surtout, je pensais à l'époque qu'il y avait un truc entre nous, une alchimie qu'il ressentait aussi.

Je me suis foiré sur toute la ligne, et quand je me suis rendu compte que nous n'étions pas sur la même longueur d'onde, ça m'a blessé. Au-delà du fait que mon orgueil en a pris un coup, ça a surtout été difficile d'encaisser que ce que j'avais pris pour un rapprochement sincère entre nous, pendant toutes ces semaines, ne signifiait rien pour lui. Je pensais être bon pour décrypter les gens, mais il faut croire que ce mec envoie des signaux que je suis incapable de comprendre.

Je lève la tête vers le pommeau de douche et profite de la chaleur de l'eau. Les gars se vannent un peu plus loin, certains parlent fort, au point que je les entends d'ici. J'ai commencé à cerner de qui je pourrais me rapprocher et qui il valait mieux fuir comme la peste. Comme cet abruti de Marshall… Il est clair que je vais me tenir aussi loin de lui que possible. Pour ça, le Canada me manque un peu. Là-bas je savais sur quel pied danser avec tout le monde, ma bande de potes et de coéquipiers était soudée. Sans Hunter pour me briefer, j'aurais peut-être eu beaucoup plus de déconvenues, mais il a pris les devants et je l'en remercie. Je crois que l'un de mes principaux regrets est de loger à Roger, ma résidence universitaire, et non dans leur immense baraque comme c'était convenu. Il faut dire que je préfère savoir Griffin heureux, libéré de l'emprise de son raciste et homophobe de père, que soumis au joug de ce dernier juste pour conserver un toit sur nos têtes. Mais du coup, c'est plus compliqué de lier de nouvelles amitiés, car je ne profite plus des fameuses soirées de la coloc, et on me regarde encore comme le petit nouveau. Même si les gars me proposent tout le temps de faire des trucs avec eux, je sens bien qu'il y a une sorte de distance entre eux et moi. Et la plupart du temps, j'avoue que la solitude me pèse un peu.

Je sors de la douche quand ma peau me brûle à force de rester sous l'eau bouillante, puis me retrouve face à Zeke, torse nu. Son regard croise le mien. Je tamponne ma poitrine lentement, sans toutefois louper son regard ô combien subtil sur mes abdos. Je suis à un rien de faire « accidentellement » tomber la serviette autour de mes hanches pour lui offrir un rappel de ce qu'il a loupé en me prenant pour un mouchoir à usage unique.

– C'est mon charme qui t'a fait perdre notre duel sur la glace ? je raille, un sourire aux lèvres.

Il me le rend, mais ses yeux lancent des flammes dans ma direction.

– Je ne voulais pas froisser l'ego de la star canadienne, répond-il. Pierce dit que ce n'est pas bon pour la cohésion d'équipe.

– Il n'y a rien à froisser, Hezekiah. Pas par toi, du moins…

Ses yeux flamboient davantage. J'ai remarqué que personne ne l'appelle jamais par son prénom en entier, à part le coach Meyer, parfois, quand il oublie les noms de famille. Et visiblement, ça semble l'agacer que je me le permette. Alors forcément, je me fais un malin plaisir de continuer.

Me sentant d'humeur taquine, ce soir, j'ajoute :

– Parce que même à ton meilleur niveau, je l'aurais remporté, je t'aurai écrasé.

Composition et mise en pages
Nord Compo à Villeneuve-d'Ascq